KB245192

우리나라 식품위생 역사의 산 증인
신광순 박사 회고록

잉크가 바랠수록
추억은 빛이 난다

국립중앙도서관 출판시도서목록(CIP)

잉크가 바랠수록 추억은 빛이 난다 / 신광순 지음. -- 서울 : 지상
사, 2012
    p. ;   cm

ISBN 978-89-6502-143-8 03810 : ₩19500

회고록[回顧錄]

818-KDC5
895.785-DDC21   CIP2012000788

잉크가 바랠수록
추억은 빛이 난다

지상사 Jisangsa

회고록을 집필하며

2012년이면 필자도 팔순을 맞는다. 진짜 '노년기'에 접어든 것이다. 이제 새로운 것을 시도하기보다는 지난 일들을 돌아보고 여생을 생각할 때다. 특히 이 시기에는 과거의 일들을 정리해 후세에 남기는 것이 진정한 과제며 도리다. 그런 뜻에서 회고록을 쓰기 시작했다. 그 내용을 두 권 책으로 엮어 세상에 내니 보람이 있는 한편 서운함도 느낀다. 그동안 걸어온 발자취를 정리하니, 마치 세상에서 할 일을 다 한 듯한 무상함이 들기 때문이다.

이 책은 작년인 2011년 4월 1차로 출간한 《과거를 보고 미래를 연다 : 우리나라 식품위생정책의 역사》에 이은 두 번째 저술이다. 이번에는 주로 필자 개인과 관련한 지난 일들을 회고하고 정리하는 데 중점을 두었다. 필자의 본업인 교수 시절에 이룩한 교육, 연구, 봉사의 흔적을 비롯해, 정년 이후 10여 년 동안 나름대로 체험하고 실천한 일들과 사회 초년생 시절에 겪었던 일화는 물론, 출생과 성장, 학창시절의 이야기, 평상시의 생활습관 및 가족들 이야기에 이르기까지 필자의 모든 과거를 가감 없이 기술하였다.

원래 이 회고록은 2007년 2월부터 식품관련 전문 주간지인 ＜식품외식경제＞에 '신광순 박사의 남기고 싶은 이야기'란 제목의 시리즈를 연재한 것이 시작으로, 지난 2010년 말 172회를 끝으로 마감하였다. 그 내용 중에서 필자가 보건사회부를 비롯해 공직에서 일하던 시절(1960~1970년 초)의 이야기들을 한 권으로 모아 우선 발간했으며, 이번에 나머지 부분을 2차로 내놓게 되었다. 결국 전편은 우리나라 초창기 식품위생 관리정책의 역사를 정리한 꼴이 되었고, 후편은 필자가 걸어온 발자취를 엮은 회고록 성격을 띠게 되었다.

이 책은 필자의 자술기인 동시에 당시의 시대상을 밝힌 회고록이기도 하다. 누구나 좋은 점이 있으면 그렇지 못한 점도 있게 마련이지만, 조그마한 가식도 미화도 없이 있는 그대로를 쓰기 위해 노력하였다. 자기 자신을 전부 알린다는 것이 쉬운 일은 아니었다. 되도록 어느 한쪽에 치우치지 않게 썼지만 좋은 점과 나쁜 점을 모두 제대로 기술했는지는 장담할 수 없다. 이는 솔직한 고백이고, 판단은 현명한 독자의 몫으로 돌리겠다.

구슬이 서 말이라도 꿰어야 보배가 되듯 과거의 기억과 자료들을 찾아내 가려내고 정리한 다음, 문장을 만들고 다듬어서 책으로 엮어내는 일이 그리 쉬울 수만은 없었다. 어떤 때는 하루 종일, 심할 경우 밤늦게까지 컴퓨터 자판을 두드리고, 다시 읽어보고 고치는 일을 4년 동안 하였다. 눈도 침침해지고 허리도 뻐근해지는 것이 당연할 수밖에. 그러나 누가 시키지도 않은 일, 사서 하는 고생이니 원망은 고사하고 동정도 받을 수 없었다. 그저 나에게 주어진 의무이며 책임임을 절감했기 때문이다.

한 사람의 삶은 짧으나 그가 남긴 족적은 영원할 수 있다. 지난 일을 알아야 사람을 평가할 수 있다는 평범한 진리를 되새겨본다. 바라건대 이 책이 필자를 아끼는 많은 분들은 물론 후세대들에게 나의 과거를 이해하는 데 도움이 된다면 더없는 보람이며 기쁨일 것이다.

끝으로 이 책의 출판을 기꺼이 받아주신 지상사 최봉규 대표님을 비롯하여 편집과 교열에 수고해주신 여러분의 노고에 고마움과 감사를 드린다.

2012년 3월 팔순을 맞아
저자 신광순

  잉크가 바랠수록 추억은 빛이 난다

지난 세월을 돌아보다

먼저 필자가 걸어온 지난 세월의 발자취를 간추려보기로 한다. 필자는 1933년 3월 19일(음 2월 24일) 평양시 상수리에서 출생했으나, 원적지는 황해도 연백군 봉북면 소성리 118번지로, 평산 신씨 34세손(전서공파 19세손)이다. 아버님은 해관(海觀) 신현모(申鉉謨) 님으로, 일제강점기에 동우회 및 조선어학회 사건 등으로 고초를 겪은 독립유공자이며, 8·15 해방 후 고향인 황해도 연백 을구에서 제헌국회의원을 지내셨다. 어머님은 이국당(李菊堂) 님이다. 할아버님은 청람(靑嵐) 신종균(申宗均) 님으로, 고향에서 봉북면장을 지내시며 지역발전에 공을 세운 선구자이시다. 할머님은 김혜자(金惠慈) 님이다.

필자는 출생 직후 서울로 올라와 어린 시절을 보냈으며, 8·15 해방 때 재동국민학교를 졸업하고 양정중학교에 입학하였다. 중학 5학년에 1950년 6·25 사변 발발로 두 번에 걸쳐 부산으로 피난을 떠났으며, 그곳에서 국민방위군 및 육군예비사관학교에 입교하여 간부후보생 훈련과정을 전부 마쳤으나, 장교로 임관되기 직전 병으로 부득이 포기하였다. 그 후 1952년 부산에서 서울대학교 수의과대학에 입학했으며, 9·28 수복으로 서울로 올라와 교육을 받는 등 혼란기를 보냈다.

1956년 대학을 졸업하고 다시 마산의 육군군의학교에서 소정의 훈련을 필하고 육군 중위로 임관되어 육군식품검사반에서 수의장교로 근무한 후 제대

하였다. 이어 서울대학교 수의과대학 해부학 교실의 무급조교를 거쳐 1958
년 서울특별시 산업국 시량과(柴糧課) 및 농림과의 말단 공무원(현 8~7급)
으로 근무하다가 5·16 혁명 이듬해인 1962년 국방부 병무국 보건체육과의
보건의무관보(현 5급)로 공채되어 5개월간 근무하였다.

이어 1962년 국립의료원 영양과장(보건기좌, 현 5급), 1967년 보건사회부
보건국 식품위생과 식품화학계장 및 1969년 식품위생과장(보건기정, 현 4
급)을 거쳐, 1972년 국립보건연구원 훈련부 및 위생부 식품기준연구담당관
(보건연구관)을 끝으로 1973년 의원 사임하니, 만 15년 동안 공무원 생활을
한 셈이다.

그 무렵 공직생활을 하면서도 한편으로는 학업을 계속하여 1962년에는 서
울대학교 보건대학원에서 보건학 석사를, 1980년에는 건국대학교 대학원에
서 농학박사 학위를 각각 취득하였다. 이 밖에도 1965년에는 WHO장학생
으로 일본 국립공중위생원의 환경위생학 과정을 수료한 바 있다.

1973년 필자는 뜻하지 않게 서울보건전문학교 영양과 주임교수로 임명되
어 공직을 떠나 그곳에서 9년간 장년기를 보냈다. 이어 1982년 모교인 서울
대학교 수의과대학 교수(수의공중보건학)로 영전하는 행운을 얻었고, 1998
년 정년퇴직할 때까지 만 16년간 봉직하였다. 이 시절에는 대학 부설 수의과
학연구소 소장을 비롯해 본부기구인 교수협의회 및 환경안전연구소 위원을
지냈다. 또한 전공분야 학술단체인 한국수의공중보건학회, 한국식품위생안
전성학회, 한국HACCP연구회 등을 설립해 회장으로 활동하였다.

이 밖에도 보건복지부 식품위생심의위원회 위원장, 농림부 축산발전심의
위원회 위원, 환경부 분쟁조정심의위원회 위원 등 정부기관의 자문 역할을
수행했다. 또 민간단체인 대한보건협회 부회장과 감사, 대한수의사회 부회

장, 한국식품위생연구원 및 한국식품공업협회 자문위원으로 활동했다. 정년
퇴임 후에는 식품의약품안전청 식품기술자문관, 한국보건산업진흥원 설립
위원장 및 이사, 그리고 한국식품안전협회 회장을 끝으로 사회활동을 마무
리했다.

저술 및 학술논문 중 대표적인 것으로《최신식품위생학》(1975),《수의공
중보건학》(1981),《미국 FDA의 제도와 기능》(1996),《HACCP−이론과 실천
모델》(1998) 등이 있으며, 이 외에 10여 권의 저서와 80여 편의 학술논문, 20
여 편의 보고서가 있다. 그리고 이 공로로 1993년 대한보건협회에서 학술대
상을 수상한 바 있다.

이상과 같이 필자는 수의공중보건 및 식품위생안전 분야의 전문가로서
1958년부터 15년간 서울특별시 및 보건사회부에서 초창기 식품위생행정의
근대화와 기틀을 잡는 데 기여했다. 1973년부터는 대학교수로서 후학 교육
과 학문 연구, 그리고 사회공헌을 위한 각종 활동을 25년간 수행하다가 1998
년 정년퇴임했다. 이에 1997년 제25회 '보건의 날' 기념식에서 정부로부터
그동안의 업적을 기리는 국민훈장모란장(제1590호)을 받는 영광을 누렸다.

이 밖에 전술한 관련 분야 정부기관 및 민간단체는 물론, 조상을 섬기는 종
친회 일에도 관여해 평산 신씨 대종중 부도유사,《평산 신씨 천년사》편집위원
장으로 일하면서 선조의 뿌리를 찾고 빛내는 일에 솔선수범한 바 있다.

목차

  잉크가 바랠수록 추억은 빛이 난다

제
6장 제도 개선 관련 연구
문제점을 지적하고 개선 방안을 제시하다

제**1**장

출생에서 성장기까지

축복 속에서 태어나
순탄하게 자라다

1933년 평양에서 출생 "우리 동서가 강아지를 낳았어요!"

서울에서 자라면서 재동소학교에 입학하다

어린 시절 1년에 한 번 꼴로 이사 다니다

국민학교 시절 일제 말기 어수선했던 일들을 회고하다

8·15 해방 후 재동국민학교 첫 졸업생이 되다

8·15 해방 후 양정중학교에 입학하다

양정의 전통 마라톤과 럭비를 회고하다

양정중학교 그 시절의 선생님들을 떠올리다

1952년 부산 피난학교 그리운 친구와 동창들을 회상하다

"우리 동서가 강아지를 낳았어요!"

필자는 1933년 3월 19일 지금은 북한 땅인 평양에서 태어났다. 당시 아버님 신현모(申鉉謨, 字 允局, 號 海觀) 님은 40세, 어머님 이국당(李菊堂) 님은 42세였으니, 그 시절에는 흔하지 않은 노산이었다. 특히 어머님으로서는 18년 전에 누님 신좌경(申佐卿)을 낳은 이래 처음 맞는 출산이라 주위 사람들의 걱정이 컸다고 한다. 그래서 어머님은 집안 어른들 배려로 의료 혜택을 손쉽게 받을 수 있는 평양으로 갔고, 거기에서 경험이 많은 조산원(당시는 산파産婆라 부름)인 장성심(張誠心) 님의 도움으로 필자를 무사히 출산하였다.

크면서 어른들께 들은 바로는, 당시 출생 소식으로 집안은 기쁨에 넘쳤다고 한다. 먼저 큰어머니이신 연매당(延梅堂)께서 온 동네를 다니며 그 희소식을 전하면서 얼떨결에 "우리 동서가 강아지를 낳았어요!"하고 표현했을 정도니 그 기쁨이 얼마나 컸는지 짐작할 수 있다. 집안의 대가 끊길 것을 염려하던 어른들 처지에서 오죽했으면 '우리 동서가 아들을 낳았어요!'라는 뜻을 이렇게 비유했을까? 또 이 소식이 고향인 황해도 연백군 봉북면 소성리 관덕정 본가로 전해지니 큰아버지 신현기(申鉉琦) 님은 물론 작은아버지 신현성(申鉉聲) 님도 덩실덩실 춤을 추며 큰소리로 동네방네 소식을 전할 정도였다. (사진 1-1, 1-2) 그렇게 온 집안의 기쁨과 축복 속에 필자는 세상에 나왔다.

이와 같이 요란스럽고 남다른 축복에는 나름대로 사연이 있다. 일찍이 1907년 12월 30일 1894년생인 아버님은 13세 때 두 살 위인 어머님(1892년생)과 혼인했으며, 1914년 9월 17일 누님을 낳으셨다. 2년 후인 1916년 아버님께서 일제 침략에 저항하여 망명길에 올라 어머님과 생이별을 하셨다. 그리고 중국 상해와 남경 등지에서 잠시 머무시다가 더 큰 뜻을 이루기 위해 1917년 미국으로 떠나셨다. 기약 없는 이별이었다. 그때부터 어머님은 어린 누님을 홀로 키워야 했으며, 대가의 며느리로서 궂은일을 도맡을 수밖에 없는 신세가 되었다. 오죽했으면 조부님의 기적비(紀蹟碑)에 둘째 며느리인 어머님의 노고를 칭송하는 말씀을 남길 정도였을까. 가히 짐작할 만하다.

한편 미국에 가신 아버님은 주로 대한인국민회(大韓人國民會) 산하의 청년혈성단에 관여했으며, 흥사단의 초창기 단우(67번)로 활동하는 등 조국 독립운동에 적극 참여하셨다. 또한 대학 진학을 위해 영어를 공부하고, 상업학교를 거쳐 뉴저지 주 트랜튼 시에 있는 라이더대학 경제학과를 졸업했다. 그러다가 1932년 16년 만에 귀국하여 어머님과 재회했으며, 다음해에 기다리던 옥동자가 태어났으니 동네가 온통 떠들썩할 수밖에 없었다. 당시 사회 여건이나 어머님 연세로 볼 때 출산은 기대하기 어려운 일이었는데, 흔치 않은 사례가 현실로 나타났기 때문이다.

그런 연유인지 모르나 필자가 성장하는 동안은 물론, 어른이 되고 노인이 다 된 지금까지도 그 탄생의 기쁨을 옛이야기로 들려주고 있다. 이미 돌아가신 어머님과 큰어머님을 비롯한 집안 어른들은 물론이고, 지금도 살아 계신 신좌경(申佐卿) 누님을 비롯해 사촌인 신문경(申文卿), 신명경(申明卿) 두 분 누님은 필자를 대할 때마다 그때를 회상하는 말씀들을 무슨 자랑처럼 되풀이하신다. 너무 자주 듣다 보니 그때의 장면을 본 듯하다는 아내 차인자(車仁子)의 농이 나올 정도다. 이 탄생이 어찌 축복이 아니겠는가? 이토록 큰 은혜를 주신 부모님에게 영광과 감사를 돌릴 뿐이다.

특히 어머님은 늦은 나이에 출산을 겪으셨지만, 오히려 필자를 낳고 생에 활력이 생기고 보기 좋게 살도 오르시어 위풍당당한 마나님으로 다시 태어난 듯 여겨지며, 그때 찍은 가족사진에서 그 면모를 엿볼 수 있다. 거의 20년 동안 아버님과 생이별한 상태에서 인고의 세월을 보내셨으니, 이를 어여삐 여긴 하늘의 선물이 내려진 셈이다. 아버님 또한 그 당시 구시대의 사회 여건이나 일반적인 사례와 달리 오로지 조강지처를 향한 일념을 지키신 존경스런 어르신이다. 소위 신식 여성에 대한 동경도 있었을 법한데 말이다. 가문의 전통은 이렇게 계승되어야지 누가 시키거나 억지로 만들어지는 것이 아니라는 교훈을 몸소 실천하신 어른들의 거룩한 뜻을 저버려서는 안 될 것이다.

흔히 사람들은 '태어날 때 받은 축복을 죽을 때 되돌려주고 떠나야 한다'는 평범한 진리를 말한다. 이것이 사실이기를 바람은 나만의 생각일까? 아니다. 그렇게 되는 것이 하늘의 이치며 순리가 아니겠는가? 그래야만 사람들은 후손에 대한 사랑과 가족에 대한 도리를 다하는 삶을 추구할 것이다. 인간이 짐승과 다른 이치도 바로 여기에 있다고 본다. 새삼 필자의 출생을 되돌아보며 후대에 남기고 싶은 이야기들을 엮어보았다. 먼 훗날 선조들의 살아온 발자취를 본받고 그 뜻을 이어받는 후손들이 되기를 간절히 바란다.

많은 축복 속에서 태어났기에 필자도 그 사랑을 머금고 나름대로 삶을 꾸리며 보람차게 살 수 있었던 것이 아닐까? 힘들 때마다 행운의 여신이 손을 내민 것도 어쩌면 이 덕분이 아니었나 싶다.

  잉크가 바랠수록 추억은 빛이 난다

사진 1-1
필자를 안고 있는 할머님 (상단 왼쪽부터
큰아버님, 아버님, 작은 아버님)

사진 1-2
필자를 안고 있는 아버님

사진 1-2-1
어머님 사진

재동소학교에 입학하다

부모님은 평양에서 잠시 산후조리를 한 다음 고향에 들렀다가, 바로 서울 (당시는 경성)로 올라왔다고 한다. 미국에서 오래 살다 1932년 4월 10일 귀국하신 아버님에게는 아무래도 서울이 친지들도 많고 활동하는 데 좋았기 때문이었을 것이다. 이번 장에서 필자가 성장하면서 듣거나 본 기억을 더듬어 간추려본다.

서울에서 처음 살기 시작한 곳은 인왕산 밑에 있는 종로구 누상동의 한옥으로, 세발자전거를 탈 만한 마당도 있을 만큼 너른 집이었다. 마침 누님과 결혼한 매형 이기인(李起仁)과도 한집에서 살았다. 그는 일본 규수(九州)제국대학 농학부를 졸업하고 중국 베이징(北京)대학에서 조교로 있을 때 아버님 친구인 오봉빈(吳鳳彬) 선생의 중매로 누님을 만나, 1935년 8월 31일 상하이(上海)에서 결혼식을 올렸다. 그 후 잠시 살다가 귀국하여 식구도 없는 우리 집에서 함께 산 듯하다. 이 집에서 누님이 첫딸 이춘순(李春順_1936년생)을 낳아, 세 살 위인 필자와 함께 자랐음을 가족사진에서 엿볼 수 있다. 당시 매형은 자기가 졸업한 휘문고보를 비롯해 한성고보 등에서 박물학(생물학) 선생으로 교편생활을 하며 지냈다. 그러다 얼마 후 경기도 양주군 묵동과 별내면 화접리 등지에서 배나무 과수원과 젖소 목장을 하다가 해방을 맞는다.

또한 이웃 동네인 체부동 진명학교 근처에는 아버님의 친구인 이광수(李光洙) 선생의 집이 있었으며, 그의 부인 허영숙(許英淑) 원장은 산부인과 의사로 동네에서 병원을 열고 있었다. 평양에서 필자가 태어날 때 산파를 하신 장성심 씨와는 친구 사이로, 서울에 오시면 으레 우리 집에 묵으시면서 그와 만나는 일이 잦았다고 한다. 장 산파는 어머님을 언니처럼 허물없이 대했고, 어린 나를 수양아들 같이 귀하게 돌봐주신 분이다. 필자 또한 이 세상에 태어날 때 받아주신 산파님의 은혜에 고마움을 느끼고 있었고, 이 감정이 중학교에 들어가고 어른이 될 때까지 이어졌음은 물론이다.

그 후, 정확하진 않으나 1937년 필자 나이 5살 무렵에 종로구 가회동 51번지에 있는 재동소학교 뒷담길에서 첫 골목에 위치한 한옥으로 이사한 듯하다. (사진 1-4) 아버님의 자서전인 《필부불가탈지(匹夫不可奪志)》 84쪽 아래 2행에 언급한 내용으로 짐작이 간다. 당시 아버님이 동우회(同友會_흥사단 국내조직) 사건에 연루되어 곤욕을 치른 사연이 그 책에 기술돼 있어 그 내용을 인용한다. (사진 1-3)

사진 1-3
《필부불가탈지》 표지

사진 1-4
5〜6세 때의 필자

"1937년 6월 6일 새벽, 일제 종로경찰서 형사들이 가회동 나의 집에 들이 닥쳐 동우회 문건을 찾는다고 가택수색을 하고 나를 끌고 갔다. 같은 날 주요한, 이광수, 김윤경 등 10여 명도 붙잡혀 갔으며, 나의 집에서 압수된 회원명부에 의하여 전국적으로 150명이 검거되었다. 도산 선생은 20일 후인 6월 28일에 송태 산장에서 다시 피검되어 서울로 압송되었다. 일제가 같은 해 7월 7일 북지(북중국) 노구교(蘆溝橋)에서 청일(중일)전쟁을 본격적으로 도발하기 직전의 일이다."

그 후 필자가 소학교에 입학할 무렵에는 당시 경성여자고등보통학교(해방 후 경기여고로, 현 헌법재판소에 위치함) 길 건너 골목 안의 재동 집(후에 승방이 됨)에 살았다. 구식 한옥으로 안채와 바깥채가 이어져 방이 연달아 있는 아주 큰 집이었다. 덕분에 서울로 공부하러 온 집안 조카들의 하숙집 역할을 톡톡히 했다. 기억에는 당시 경기중학교에 갓 입학한 사촌인 영철(슈澈) 형님을 비롯해, 심지어 매형의 조카로 한성중학교에 다니던 이강석(李康奭)에 이르기까지 항상 서너 명의 친인척들이 함께 지냈다. 그 뒷바라지는 모두 어머님의 몫이었으나 아무런 불평 없이 그들을 대했으니, 일생을 그렇게 사신 은덕에 백수(白壽)의 복을 누리셨을 것이다.

이 집에 살 때인 1940년 4월 1일, 필자는 집과 불과 300m 거리에 있는 재동소학교에 입학했다. (사진 1-5) 원래 이 학교는 1895년 7월 19일(음) 고종황제 칙령 제145호인 '소학교령' 공포로 동년 8월 12일에 '관립 재동소학교'란 이름으로 설립, 9월 30일 입학생 40명으로 개교한 우리나라 초등교육의 발상지이자, 서울의 4대문 안에 세운 관립 소학교 중 하나다(필자가 2학년이던 1941년, '소학교'라는 명칭이 '국민학교'로 바뀌었다). 즉 동대문 쪽의 묘동(현 광희동), 서대문 쪽의 장동(현 매동), 남대문 쪽의 정동(현 봉래동), 북문 쪽의 계동(현 재동과 계동으로 분리됨) 소학교가 그때 세운 학교들이다. 이들 학교는 1995년에 이미 100주년 역사를 넘긴 전통 있는 명문 학교라 할 수 있다. 새삼 아득한 옛날의 추억을 떠올리며 어린 시절을 회고하니 감회가 깊을 뿐이다.

1학년 2반 입학 기념사진에서 교복을 입은 코흘리개 어린 학생들과 쪽머리 어머님들의 모습으로 70년 전의 시대상을 엿볼 수 있다. 특히 어머님들의 위풍당당한 모습에서 학교를 중심으로 서울의 선비촌인 재동, 가회동, 계동, 안국동, 원서동, 화동, 삼청동 등지에 살고 있는 명문가의 학부형다운 면모를 엿볼 수 있다.

사진 1-5
재동소학교 입학 기념사진
(맨 뒷줄 왼쪽에서 3번째가 필자, 학부모 앞줄 오른쪽에서 두 번째가 어머님)

1년에 한 번 꼴로 이사 다니다

따져보면 재동국민학교 6년 재학 중에 이런저런 사정으로 꼭 6번 집을 옮겼으니, 1년에 한 번꼴로 이사를 다닌 셈이다. 즉 재동 집에서 1학년에 입학한 후, 2학년 때는 삼청동 약수터로 오르는 비탈길에 위치한 한옥(33번지로 기억)으로 이사했다. 그곳 역시 안채인 윗집과 바깥채인 아랫집이 확연히 구분되는 구조로, 친척들이 서울에 묵을 때 쉬어가는 여관 겸 친인척 학생들의 하숙집 역할을 톡톡히 했다. 그 시대는 조금 살 만한 여유가 있는 집들은 다들 그렇게 지내는 것을 당연한 일로 받아들이던 때였다.

1942년 내가 재동국민학교 3학년 때 다시 우리 식구가 세 번째로 이사한 집은 종로구 가회동 79번지로 기억하고 있다. 이곳은 아버님의 친구이자 전라남도 순천의 대지주인 박창서(朴彰緒) 씨가 서울에 장만한 99칸 대궐집이었다. 학교 앞에서 삼청동 방향으로 조금 가다가 왼쪽 골목길을 30m 정도 오르면 대궐문 같은 큰 대문에 들게 되고, 긴 마당을 따라 가면 오른편에 주인집 대문이 있는데, 그곳이 본채인 안채다. 또한 왼쪽 전면의 중문으로 들면 바깥채가 따로 있었는데, 완전히 담으로 구획되어 두 집 몫을 할 수 있는 큰 집이었다. 주인이 사는 안채만큼 바깥채도 컸으나, 살 만한 사람이 없다 보니 거의 비어 있는 상태였다. 호남 부자로 평상시 선비들의 생활을 동경해오던 박창서 씨는 아버님과 이웃에 같이 살면서 가까이 지내기를 원했고, 아버님도 그 뜻을 받아들인 것 같다. 지금의 잣대로 치면 이해하기 어려운 일이지만 그 시절에는 가까운 친구간의 우정 어린 배려였다. 그만큼 사람 사는 맛을 풍기는 여유 넘치는 풍토가 있었다.

우리 세 식구가 사는 바깥채도 한 길이 넘는 축대 위에 지은 멋진 한식 가옥으로, 안방과 건넛방, 그 사이의 넓은 대청마루, 기역자 옆마루로 이어진 방 두 칸이 달린 본채, 그리고 큰 대문을 지나 중문 입구 왼편에 일자로 지어진 행랑채, 그 가운데 위치한 넓은 마당 등 전형적인 한식 주택 구조였다. 또한 본채 뒤편 높은 언덕에는 2층 양옥집이 별채로 있을 정도로 대단한 집이었다. 아마 필자가 그동안 살아온 집 중 제일 큰 집으로, 어린 시절이지만 그때의 기억이 생생하게 남아 있다.

일단 우리 가족은 본채만 쓰기로 하고, 행랑채에는 마침 서울 삼청동 비탈길 아래 좁은 전세방에서 어렵게 살고 있던 숙부님 조카딸 식구를 불러들이기로 했다. 사촌 누님인 신우경(申佑卿)과 매형인 서수준(徐守俊) – 당시 중동중학교 음악 선생, 아직 갓난아기라 밤새 유난히 보채는 둘째 딸 춘자, 두 살 위의 언니 경자도 함께 살았다. 또 빈 양옥집에는 아버님이 미국에서 동고동락한 친구의 부인인 김성량(金善亮) 씨로 하여금 살도록 했다. 서양식 생활에 익숙한 신식 여성이 살기에 적당한 집이었다. 흥사단우로서 일찍 세상을 떠난 동지에 대한 각별한 배려였을 것이다. 이와 같이 당시 우리 선조들은 '부다익과(裒多益寡), 넘치면 덜고 모자라면 보태는 자세'로 세상을 살았음을 알 수 있다. 특히 사회 지도층인 부유층이나 지식층 등 소위 상류층 사회의 '노블레스 오블리제(Noblesse Oblige_높은 신분에 따르는 정신적 의무)'를 엿볼 수 있는 사례라 할 수 있다.

4학년 때는 종로구 안국동 윤보선 대통령 저택 앞인 안동교회에서 가까운 곳에 위치한, 당시 경성여자고등보통학교(현 헌법재판소) 뒷담과 인접한 집에서 잠시 살았던 적도 있다. 이 집은 서울의 명문인 명성황후의 본가, 여흥

민씨 집안 어르신네 집으로 기억하고 있다. 아주 오래된 고옥으로, 본채 뒤편 어두컴컴한 기둥에 곰 발바닥을 매달아둔 것을 보고 어린 마음에 무서워 피해 다녔을 정도로 으스스한 집이었다.

5학년 때 다시 옮겨 간 곳은 가회동 5번지 높은 언덕에 있는, 인촌 김성수(仁村 金性洙) 선생이 큰아들 몫으로 지은 집이었다. 원래 이곳은 종로구 계동 중앙중학교 뒤편에 있는 운동장 서북쪽으로, 가회동과 계동의 경계로 산언덕 위 높은 곳에 수천 평 숲으로 싸인 북악산 줄기라 할 수 있다. 거기에 인촌 선생이 마련한 50~60평 정도의 한옥이 있었다. 평상시 아버님은 인촌의 인품을 존경했으며, 자주 교류하다 보니 허물없이 지내신 것 같다. 무슨 연유인지 모르나 인촌이 아버님에게 그 집을 비워둘 수 없어서 당분간 와서 살아주기만 해도 고맙다고 제의했으니, 아버님도 그 요청을 거절할 수 없었을 것이다. 단출한 식구를 거느린 아버님을 집을 잘 간수할 분으로 여겼는지 모르나, 그리 흔치 않은 사례였다. 여기에 아버님도 높고 공기 좋은 집을 선호하시니, 누이 좋고 매부 좋은 격으로 별 생각 없이 그 집으로 들어간 듯하다. 전술한 가회동 79번지 박창서 씨 집의 경우와 비슷한 일이 되풀이된 셈이다. 살 집이 없어서가 아니라 친구나 선배의 권유를 마다 않고 받아들이는, 피차 여유 있는 선비들의 생활 태도가 낳은 소산이라 생각한다.

이곳은 집과 조금 떨어진 언덕 위에 좀 낡은 일본식 목조주택이 한 채만 있는 그야말로 한적한 곳으로, 봄에는 벚꽃이 만발하고 여름에는 살구가 열려 마치 시골 고향의 뒷동산을 연상케 하는 도심 속의 전원마을이었다. 당시 중앙학교 선생님이셨으며 4·19 혁명 후 민주당 장면 총리 시절 문교부장관을 지내신 윤택중(尹宅重) 씨와 그 부인이며 재동학교 3~4학년 담임이셨던 윤숙자(尹淑子) 선생도 이웃으로 가까이 지냈다. 또한 이곳은 학교 동문이며

　　　　잉크가 바랠수록 추억은 빛이 난다

인촌 선생의 자제인 김상석(金相晳) 등 친구들이 많이 찾아와 초여름에는 벚나무의 빨간 버찌, 여름에는 누런 살구를 따 먹어 입안과 손이 온통 붉게 물드는 줄도 모르고 뛰어 놀던 어릴 적 추억이 아련히 남아 있는 곳이기도 하다.

지금은 다들 돌아가신 분들이지만 어릴 적 기억들을 떠올리며 그때 일들을 회고하니 인생의 무상함을 느끼며 감회에 젖는다.

일제 말기 어수선했던 일들을 회고하다

우리나라가 일제 36년 식민통치에서 해방을 맞은 날은 1945년 8월 15일로, 당시 필자는 재동국민학교 6학년에 재학 중인 13세 소년이었다. 세월이 지날수록 그 시절을 경험한 세대는 사라질 수밖에 없으나, 그때의 일들을 역사의 기록으로 남기기로 한다. 비록 거창한 일들은 아닐지라도 그때 겪었던 몇 가지 일들을 간추려 본다.

전술했지만 필자가 재동국민학교에 입학한 것은 1940년 4월 1일, 그래도 1학년 때까지는 '조선어(한글)' 시간이 한 주에 한 시간 정도 있어 '가갸거겨'를 배웠으나 1941년부터 시간표에서 빠졌고, 오로지 일본어인 '국어' 과목만 있었다. 학교에서도 일본말만 쓰도록 강요하니 친구간의 대화도 눈치를 보며 할 정도였다. 또 등하교 때마다 일본 천황폐하의 영정(사진)을 모신 봉안전(奉安殿) 앞에 서서 머리 숙여 절하는 것이 일과였고, 아침 전교생이 마당에 모여 조회(朝會)할 때도 봉안전을 향해 배례를 한 다음 교장선생님의 말씀(그때는 훈화訓話라 함)을 듣는 시간을 갖는 것이 상례였다.

그뿐이랴. 천황 탄생일인 4월 29일 천장절(天長節) 행사 때는 봉안전에 있는 천황의 영정을 꺼내기 위해 교장이 직접 몇 겹의 문을 열고 들어가 아주 깊은 곳에 있는 천황 사진을 꺼내 양손으로 머리 위 높이로 떠받치고 천천히 걸으면서 단상에 올리는 등 가히 천황 영정을 신주 다루듯 했다. 또 모든 행사를 마칠 때 교장의 선창으로 천황폐하만세를 삼창하며 모든 의례 식순을 마무리했다. 심지어 방학 때에는 남산에 위치한 조선신궁(神宮)을 정기적으로 참배토록 강요했다. 즉 방학에 들어갈 때 신궁참배표를 나눠주면서 누가 많은 실적(참배하면 그 날짜에 도장을 찍음)을 올리나 경쟁을 붙여 그 결과를 개학할 때 제출케 할 정도였다. 이와 같이 일제강점기에는 초등학교 때부터 일본의 천황을 신격화하는 그들 식의 의식화에 철저했음을 엿볼 수 있다.

또한 일제가 창씨개명을 강요하여, 당시 필자가 속했던 6학년 2반 학생 60~70명 중 1/3인 20여 명을 제외한 나머지 대부분은 일본식으로 성을 바꿀 정도였다. 당시 창씨를 거부할 경우 중학교, 특히 경기중학 등 공립학교에 입학할 때 문제가 됐으며, 또 취직할 때 온갖 불이익을 당했다고 한다. 물론 필자는 아버님의 의지로 창씨를 하지 않고 버티다가 해방을 맞으니 어린 마음에도 떳떳했으며, 친구들 사이에서도 우쭐댈 수 있었다. 아주 작은 일 같지만, 당시 창씨를 한 경우와 하지 않은 경우의 차이는 바로 일본에 얼마나 저항했느냐, 순응하고 협조했느냐를 판가름하는 척도로 봐도 크게 하자가 없을 만큼 심각한 문제였다. 조상 전래의 고유한 성씨를 바꾼다는 것은 바로 스스로 자신의 뿌리를 뽑아내는 격이니 어찌 가벼이 넘길 수 있었겠는가?

당시 실제 있었던 우리 집안의 사례를 들면, 아버님 3형제 중 큰아버님과 아버님은 창씨 절대 거부파였으나, 작은아버님은 일본에서 쥬오(中央)대학을 나와 고향인 황해도에서 민선 평의원을 지내며 활동하는 처지라 부득이 창씨를 할 수밖에 없었다. 그 방법으로 짜낸 지혜는 자기 성의 본관을 쓰는 추세를 본받는 것이었다. 숙부도 평산(平山) 신씨에서 따온 '히라야마(平山의 일본식 발음)'로 창씨를 했다. 또한 필자의 큰고모님 아들이며 내종사촌형인 오응호(吳膺鎬)의 경우 일본 와세다(早稲田)대학 출신답게 머리를 굴려 스스로 만족을 느끼고 비웃는 식으로 창씨를 했다. 즉 일본식 발음으로는 '나가오(長尾_뜻은 긴 꼬리)', 우리말로는 '내가 오(발음은 비슷하면서 뜻은 내가 오씨)'라는 재치 있는 성을 개발했다. 얼마나 하기 싫었으면 이런 기발한 아이디어를 냈을까 그 심정을 이해할 만하다. 해방 후 북한에서 6·25 때까지 활동했다고 들었으나 그 뒤의 소식은 알 길이 없다. 숙청당한 것으로 짐작된다.

다음으로 일본 패망이 가까워오던 무렵 필자가 겪은 몇 가지 일들을 다시 정리해 본다. 일손이 모자라 초등학교 학생들에게까지 배당시킨 군복 단추 달기 때 바늘에 손가락이 찔려 피 흘리던 추억(덕분에 지금도 단추를 잘 단다), 부족한 비행기 엔진기름 대체용으로 쓰기 위해 뚝섬에 있는 농장에서 해바라기씨, 피마자씨, 아주까리 열매를 땄던 일, 소나무 송진 채집을 위해 나무껍질을 벗기고 송진을 채취하는 일에 동원되었던 일화 등등……. 어린 학생들에게까지 전쟁 물자를 지원토록 할 정도였으니 일본이 미국을 상대로 한 전쟁에서 어떻게 이길 수 있었겠는가?

그 증좌 하나를 더 들면, 8·15 해방 이전인 4~5월경부터 서울에도 대낮에 이따금 공습경보가 울려 학교 지하실로 피난해야만 하는 상황이 종종 발생하였다. 그때 한참 호기심 많은 어린 학생들은 몰래 창틈으로 하늘을 쳐다보았는데, 푸른 하늘에는 B-29 비행기의 흰 꼬리 구름만 멋지게 그어질 뿐단 한 번도 폭탄이 투하되지 않다 보니 두려움보다 신기함을 느낄 뿐이었다. 야간에도 공습하는 적기를 찾기 위해 서치라이트를 밤하늘에 비춰댔지만 아무 일도 생기지 않았다.

또 일제강점기에는 서울 시내의 집들을 가능한 지방으로 소개토록 권장했으며, 이 통에 우리 집안 매형은 서울의 큰 한옥을 근교의 자기 목장에 옮겨 짓기도 했다. 필자도 여름방학이 되면 그곳에 가서 지낸 추억이 있다. 태릉 뒤편의 현 삼육대학 옆인 당시 양주군 별내면 화접리 558 일대에 위치하였

　　　　　잉크가 바랠수록 추억은 빛이 난다

는데, 그곳에서 10여 마리 젖소를 사육하는 고봉(高峰_다까미네: 매형 이기인의 창씨 성에서 유래함)목장을 해방 때까지 운영했다. 또 그 주위 약 2만 평의 불모지(국유지)를 조선총독부의 허가를 받아 개간한 바, 주로 목장에서 생산되는 퇴비를 활용하는 식으로 밭을 일구고 넓혀나갔다. 해방 후 매형은 미 군정청 농림부 잠사과장으로 발탁되었고, 다시 1년 후 서울대 사범대 생물학과 교수로 활동하다 6·25 때 납치당하는 운명이 된다.

지금까지도 생생하게 기억나는 어릴 적 일들을 되돌아보며 역사의 기록으로 남기니 새삼 흐뭇함을 느낀다.

재동국민학교 첫 졸업생이 되다

세월은 흘러 67년 전인 1945년 6학년 때, 필자는 가회동 5번지에서 8·15 해방의 기쁨을 맞았다. 지금도 생각나지만, 그해 9월 말경 우리나라를 해방시켜준 미군들을 환영하는 행사가 당시 종로구의 중심부인 덕수국민학교 교정에서 치러졌는데, 각 학교 학생은 물론 많은 시민들도 참여한 환영대회 때의 일이다.

재동국민학교 대표로 6학년생 전원이 그 행사에 참여했는데, 뜻밖에도 당시 교장이셨던 정의성(鄭儀成) 선생님이 오랫동안 숨겨두었던 조선조 말기의 옛날 태극기를 창고 속에서 찾아내 그 행사에 들고 가도록 했다. 아마도 이 태극기는 1895년 8월 12일(음) 조선조 고종황제 시대 '관립재동소학교'로 문을 열고 사용한 것으로 보이는데, 그 후 거의 빛을 못 보았고, 숨겨뒀던 귀중한 것이었기에 마치 황제가 직접 하사하신 듯한 느낌이 들었다. 태극 문양이나 네 궤도 지금 것과 달랐는데, 주위에 황금색 술(여러 가닥의 실테)이 달린 것이 귀하고 고풍스러워 마치 궁중 예식에나 어울리는 태극기 같았다.

해방될 때까지 40년 가까이 볼 수 없었던 태극기를 들고 식장으로 향하니 지나가는 시민들의 시선이 전부 집중됐으며, 식장에 참여한 미군들도 거수경례를 할 정도였다. 자기 나라 국기도 아닌데 경의를 표하는 미군들의 태도와 자세가 참으로 인상적이었다. 여하튼 모든 사람들이 키도 크고 체격도 좋은 기수인 필자에게 박수치고 경례하는 격이었으니 필자도 으쓱해지고 상기될 수밖에. 지금까지도 생생하게 남아 있는 어릴 적 자랑거리라 하겠다. 당

시 나라를 되찾은 감격으로 태극기를 보기만 해도 '대한민국 만세'를 부를 정
도였으니 더욱 잊을 수 없는 추억이다.

필자는 재동국민학교 6년 내내 같은 2반(당시는 조라 부름)이었다. 당시
동급생 수가 60~70명 정도였던 것 같다. 1~2학년 때 담임선생님은 사범학
교를 갓 졸업하고 처음 부임하신 누나 같은 분이셨는데, 성함은 잘 기억나지
않는다. 3~4학년 때의 담임은 전술한 윤숙자 선생으로, 원래 성품이 다정다
감하여 한참 말썽을 많이 부리는 반 아이들에게 벌을 줄 때면 한쪽 구석에서
눈물을 보이셨다. 그림을 잘 그리셨으며, 눈이 좋지 않아 먼 곳을 볼 때는 항
상 눈을 찌푸리는 분이셨다. 이어 5학년 때 담임은 남자인 김동식(金東植)
선생으로 별명이 '가스통'으로 깐깐하고 엄한 분이셨다. (사진 1-6) 그러나
해방 후 교편생활을 접고 서울대 상과대학에 입학해 공부를 계속하신 것으
로 들었을 뿐 소식은 알지 못한다. 그리고 6학년 때의 담임은 바지에 손을 넣
고 사타구니를 긁는 이상한 행동에서 붙은 별명인 '옴살이' 선생으로 좀 나이
가 드신 어른이셨다.

8·15 해방 다음해인 1946년 6월 27일, 필자는 재동공립국민학교를 38회
로 졸업했다. (사진 1-7) 해방 후 첫 번째 졸업생이 되었고, 그때 부른 졸업
식 노래는 유명한 동요 작가이신 윤석중, 정순철 선생의 곡으로, 지금까지도
기억하고 있을 만큼 감명이 깊었다. 여기 잠시 옮겨보면,

1절 "빛나는 졸업장을 받은 언니께 꽃다발을 한 아름 선사합니다. 물려받은
     책으로 공부를 하여 우리는 언니 뒤를 따르렵니다."
2절 "잘 있거라, 아우들아 정든 교실아. 선생님, 저희들은 물러갑니다. 부지
     런히 더 배우고 얼른 자라서, 새 나라의 새 일꾼이 되겠습니다.

3절 "앞에서 끌어주고 뒤에서 밀며 우리나라 짊어지고 나갈 우리들, 냇물이 바다에서 서로 만나듯 우리들도 이 다음에 다시 만나세."

가사가 좋다 보니 한참 감수성 있는 필자에게 준 영향이 컸으며, 지금도 이 노래를 들으면 가슴이 뭉클해짐은 필자만의 감상일까?

그 어린 시절 코흘리개 동무로 6년 동안 어울리며 지냈던 친구들 중 지금까지 교류하고 있는 동창들의 신상을 소개하면 다음과 같다(가나다순). 그 친구들은 김국홍(金國弘: 서울사대부중, 서울공대 금속과, 사업), 김병민(金炳敏: 휘문중, 동국대, 동국대 총무처 부처장), 김충기(金忠基: 서울사대부중, 서울사대 국문과, 경기상업고·휘문고·경기고 교사, 선린중 교장), 김진호(金鎭浩: 서울공고, 성균관대 경제과, 한양대 사무처), 오세욱(吳世昱: 용산중, 중앙대 국문과, 노동청), 조광신(趙光新: 중동중, 농림부) 등으로, 지금도 1년에 두서너 번 만나며 지내는 옛 친구들이다.

이 밖에 경찰병원 등 공직 의무관 출신인 백낙형(白樂瀅: 양정중, 서울의대), 고려대 공대 교수 이정덕(李廷德: 경기중, 서울공대 건축학과), 원주 연세산부인과 원장인 정종진(鄭鍾鎭: 휘문중, 연세의대)이 있다. 이미 고인이 된 친구들 중에는 김영무(金榮武: 보인상고, 운수업), 이건구(李建九: 경기중, 서울대 상대), 최세동(崔世東: 보성중, 서울미대) 등이 생각이 난다. 이 밖에 재동 38회(1946년) 졸업 6학년 2반(조) 64명 명단(사진 1-8) 중에서 그 이름을 기억할 수 있는 친구들로는 김동운(金東雲: 경기중, 서울공대 광산학과), 김상석(金相晳: 중앙중, 일본 게이오대, 인촌 김성수의 4남), 노동준(盧東俊), 마종훈(馬鍾勳), 백제훈(白濟薰: 도미), 사공철(司空哲), 이계복(李癸福), 이동휘(李東輝: 이동원 외무장관 동생), 정신영(鄭信永: 동국대, 은행지

점장), 한준원(韓俊元) 등을 거명할 수 있다. 특히 일제강점기 창씨개명을 하거나 그동안 한 번도 만난 적이 없었던 동창들은 기억하기 어려움을 이해하기 바란다.

60년의 세월이 흘러 노년에 접어 든 지금 그 먼 옛날의 일을 기억하고 동창들을 떠올려 기록하니 감회가 깊다.

사진 1-6
재동국민학교 5학년 2반과 김동식 선생

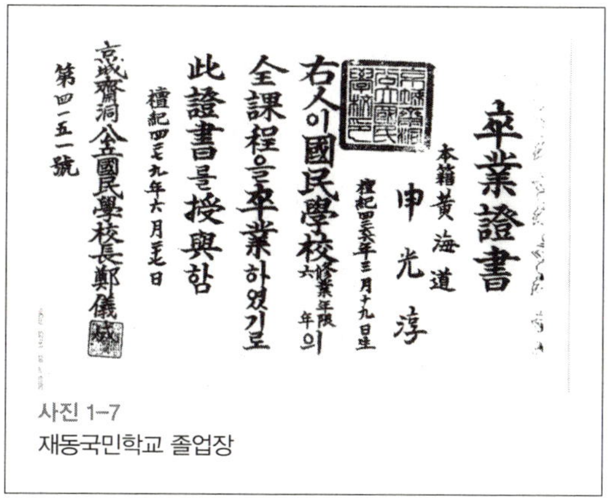

사진 1-7
재동국민학교 졸업장

齋洞國民學校 6學年2組 名單

金剛鎭	金東瑛	洪根植
金東寧	任鉦淳	桂賢
元容珏	千炳國	朴俊九
金昌炫	李世甲	蔡洙應
朴成浩	金本一	尹漢普
李東輝	鄭鍾鎭	趙光新
司空哲	金光年	金忠基
申光淳	高英辰	金相晢
李建九	鄭信水	洪性麟
崔世東	朴魯澤	金龍基
韓俊元	吳世昱	尹甫基
崔鎭煥	李癸福	金尙憲
申政鉉	金榮武	玉南錫
李溶	洪性主	李光朝
權寧九	李廷德	金鎭浩
金正煥	金國弘	金貞鎭
文承	白樂濚	
洪建杓	金東雲	
白濟兼	沈慶植	
金昌壽	朴容和	
金榮九	金重昭	
梁承	金炳敏	
盧東俊	崔益哲	
崔光昊	馬鍾勳	제64

(西紀1946年, 檀紀4279年, 38회 졸업)

사진 1-8
6학년 2반 명단

양정중학교에 입학하다

필자가 서울역 뒤편 봉래동 언덕 위에 위치한 양정중학교에 입학한 것은 1946년 9월 1일이다. 8·15 해방 후 만 1년이 지난 때로, 광복 후 첫 번째 입학생이었다. 당시 교육제도는 미 군정의 영향으로 종전의 4월 신학기가 9월로 변경됨에 따라 몇 달 연장되었기 때문이다. 그러나 입학 전형은 일제강점기를 거의 답습한 형태였으니, 지원자는 필기 및 구두시험을 거쳐야 했다. 서울의 모든 중학교를 전후기로 구분해 지원토록 했다. 명문 학교인 배재·양정·휘문·중앙·보성 등 소위 5대 사립학교는 전기였으며, 공립인 경기·경복·경동·서울·용산 등은 후기였다. 아마도 일제가 패망한 직후라 일본학생들이 많이 다니던 학교보다 전통과 역사를 배려하는 풍조 덕분이었다고 생각한다.

그때 필자는 1차 전기는 양정중학교, 2차 후기는 서울중학교를 택했는데, 나름대로 사유가 있었다. 우선 양정을 지원한 것은 해방 후 필자가 이사한 용산구 청파동 3가 118번지 집(당시 효창국민학교 정문 건너편 바른쪽 30m 정도 높이의 축대집)에서 약 20~30분 거리에 위치해 통학이 쉬웠기 때문이다. 또한 큰댁 사촌인 상순(商淳) 형님이 3학년으로, 형을 따라가는 당시의 풍조도 한몫을 했다고 본다. 한편 후기로 서울중학교를 지원한 데에는 마침 새로 부임한 김원규(金元圭) 교장이 황해도 동향 분이며, 일찍이 돌아가신 막내삼촌 현경(鉉炅) 어른과 일본 히로시마(廣島) 고등사범학교 동기동창 관계일 뿐만 아니라, 평시에도 그분께서 아버님을 형님으로 대한 친분이 고려됐을 것이다.

그러나 다행히도 전기에 합격해 굳이 후기학교로 갈 필요가 없었다. 시대 분위기도 일제강점기의 유물인 공립보다는 민족의 정기가 서려있는 사립 양정중학을 택하는 추세였다. 특히 양정은 구한말 명성황후가 시해된 후 고종의 계비(繼妃)가 된 엄비(嚴妃), 즉 순헌황귀비(純獻皇貴妃)의 주선으로 1905년 2월 엄주익(嚴柱益) 교장(1872~1931)이 창립한 양정의숙(養正義塾)이 시발이며, 진명여학교(1906년) 및 숙명여학교(초기는 명신여학교)와 함께 설립된 역사적 명문이다. 당시 경선궁(慶善宮)과 영친왕궁(英親王宮)에서 전라남도 무안·광양과 경기도 이천·풍덕군 소재 토지(주로 논) 약 200만 평을 하사받아 세운 최초의 사학이라 할 수 있다.

특히 일제치하에서 양정은 민족교육의 일환으로 체육부를 중점적으로 육성, 1936년 베를린올림픽 마라톤 대회에서 당시 재학생이던 손기정(孫基禎)과 졸업생인 남승룡(南昇龍)이 각각 금메달과 동메달을 수상함으로써 그 명성을 날린 바 있다. 더욱이 8·15 해방 직후 일제로부터의 해방과 광복의 기쁨, 대한의 독립을 외치던 시대 상황으로 볼 때 주로 일본 관리의 후예들이 다녔던 서울중학을 구태여 선택하는 것은 자존심이 허락하지 않았다. 그리고 전기인 양정에서 떨어진 학생들이 후기인 경기나 서울에 응시해 합격한 사례를 볼 때, 당시의 사회 분위기를 엿볼 수 있다. 때문에 필자는 명문 학교 1차 시험에 합격했다는 자부심이 컸으며, 그것도 해방 후 첫 번째 입학한 양정중학교 학생이 된 것이 자랑스러웠다.

당시에는 중학교 입학 자체가 경사스러운 일이었기에 가문의 기대가 매우 컸다. 따라서 입학식도 학부형들이 주위에서 지켜보는 가운데 엄숙한 분위기에서 치러졌다. 입학식은 학교 운동장에서 교장선생님을 비롯한 모든 교직원이 참석한 가운데 국기에 대한 경례와 애국가를 제창하는 등, 해방 후 처음 치르는 입학식답게 거행되었다. 그만큼 입학생들도 긴장했으며, 어린 마음에도 열심히 공부해 장차 큰 동량이 되겠다는 각오를 다졌다.

양정중학교 교복도 필자의 자부심에 한몫을 했다. 교복은 손목 깃 10cm 위에 흰줄이 둘러져 있었고, 모자 역시 그와 같은 흰 선 둘레가 있었다. 또 배지도 독특한 디자인이었는데, 당시 필자는 이 모든 것이 신기하고 자랑스러웠다. 이와 같이 교복에 흰 선을 둘러 눈에 띄게 한 것은 오래 전부터 이어온 학교 전통으로, 설립 순에 따라 양정은 한 줄, 진명은 두 줄, 숙명은 세 줄(주로 여학생 교복은 왼쪽 가슴 상단 및 어깨걸이에 표시했음)로 정함으로써 세 학교는 근원이 같은 자매교임을 금방 알 수 있었다. 그래서 거리를 지나다 이 학교들의 학생을 만나면 왠지 누나나 동생을 만난 듯 반가웠고 친근감마저 느끼어 서로 정겹게 지낼 정도였다. 이렇듯 학교 간에 서로 같은 뿌리에서 태어났다는 긍지와 전통이 있어 공감대가 강하게 형성될 수 있었던 것이다.

양정의 창학이념(創學理念)은 '몽이양정(蒙以養正) 양심정기(養心正己) : 깨우쳐서 바름을 기르고, 마음을 길러 자신을 바르게 한다'였다. (사진 1-9) 그리고 1924년 육당(六堂) 최남선(崔南善)이 작사하고, 김인식(金仁植) 선생이 작곡한 교가는 다음과 같다.

1절   "은혜로 열려진 기름진 밭 – 귀엽게 길리는 새 나무 싹 – 삼각산 이슬
        과 한강 비에 – 나날이 뿌리가 살쪄가네 –"
후렴   "우리의 목표는 정해 있다 – 양정 양정 양정 양정 가르치는 이, 배우는
        이, 한 가지 힘씀이 다만 양정"

   잉크가 바랠수록 추억은 빛이 난다

감수성 많던 중학시절을 회고하며 깊은 감회에 젖어 보았다.

양정중학교의 이념과 교가는 한결같이 민족의 자긍심을 돋우고 우리나라 최초 사학의 얼이 담긴 내용이었다.

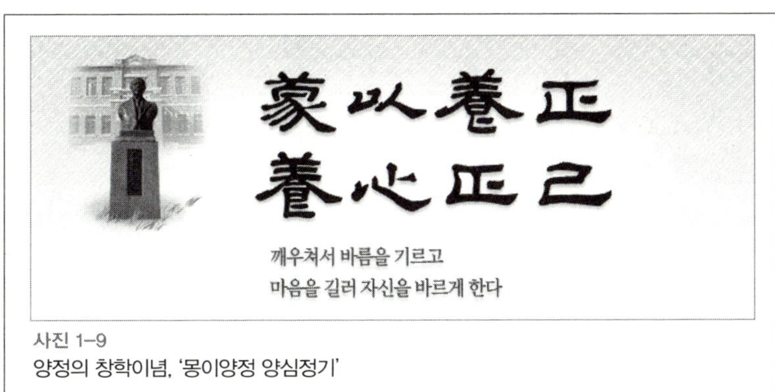

사진 1-9
양정의 창학이념, '몽이양정 양심정기'

마라톤과 럭비를 회고하다

먼저 6·25 전쟁이 일어날 때까지 중학 시절 4년간의 이야기를 남길까 한다.

현 양정중고는 1988년 서울 양천구 목동으로 이사했지만, 필자가 다닐 때는 서울역 뒤 만리동 언덕 위에 있었다. 그 옛 양정중학교 터가 지금은 '손기정 기념공원'이 되었으며, 당시 본관 건물 역시 '손기정 기념관'으로 보존되고 있다. 그 건물 전면 우측에는 기념비가 있으며, 그때 심은 월계수가 지금은 거목으로 자라 보호받고 있다. 이렇듯 1936년 제11회 베를린올림픽 대회에서 2시간 29분 19초 2의 신기록으로 마라톤을 제패한 손기정 선수(21회 졸업)는 마치 양정을 상징하는 인물로 지금까지 전해지고 있다. 이때 3위를 한 남승룡 선수(18회)도 양정을 졸업한 선배였으며, 그 직전 올림픽인 1932년 제10회 LA대회 때도 마라톤에 처녀 출전한 김인배(金仁培: 6위), 권태하(權泰河: 9위) 선수가 전부 양정 출신이니, 그때부터 마라톤 하면 양정을 떠올리게 됐을 것이다.

특히 필자가 학교에 입학한 것이 8·15 해방 직후였기에, 학교 측에서도 일제에 억압받던 한풀이라도 하듯 교내는 물론 대외적으로 마라톤 전통의 기상을 널리 알리려 했다. 그래서 1921년 창설한 이래 역사와 전통을 계승한 양정 육상부 재건이 학교의 명성을 올리는 최상의 수단이자 목표가 되었을 것이다. 그 하나로 당시 우리 국민에게 해방의 기쁨에 이어 민족의 긍지를 드높여 준 '보스턴' 마라톤대회 연 2회 우승을 들 수 있다. 즉, 1947년 서윤복

(徐潤福) 선수에 이어, 불과 3년 후인 1950년 4월 19일 함기용(咸基鎔) 선수가 우승했으니, 이는 양정 마라톤을 온 세상에 알린 쾌거 중 쾌거였다. 특히 함 선수는 필자의 1년 선배였기에 그 기쁨이 더 컸고 이어 2위 송길용(宋吉用: 숭문중), 3위 최윤칠(崔潤七: 경복중) 셋이 나란히 입상했으니 온 나라가 떠들썩할 수밖에! 새삼 양정의 전통과 양정인의 자긍심을 한껏 느꼈고, 어린 가슴에도 감동이 와 닿았다.

원래 양정의 마라톤 전통은 국내에서도 타의 추종을 불허한 바, 1949년 사례만 보더라도 3·1절 기념 경수역전마라톤 대회 우승, 3월 27일 서울시 일주마라톤 대회에서 심복석(沈福錫: 33회로 2년 선배) 1등, 기타 경춘역전학생마라톤 대회 종합우승 등 거의 모든 대회를 휩쓸었다. 그뿐이랴, 매년 가을에 서울운동장에서 열리는 학생체육대회 때도 중장거리 육상은 으레 양정이 석권했으며, 단거리는 배재, 중거리는 경복이 차지했다. 이와 같이 양정의 육상은 오랜 역사와 전통을 갖고 있었는데, 그 뿌리는 1921년 양정 육상부가 생기고부터 매년 개최하는 '교내 마라톤 대회'에서 찾을 수 있다. 보통 10월 초에 열렸으며, 전교생이 의무적으로 참여하는 이 행사는 서대문 넘어 홍제동 냇가 모래사장에서 출발하여 고양의 수색역전까지 왕복하는 10km 거리의 단축마라톤이었다. 당연히 필자도 참여한 행사였다. 비록 고갯길을 오를 때는 걷다시피 했으나 전 코스를 달린 것은 사실이며, 그때 단련된 체력이 젊었을 때는 물론 지금까지 이어지고 있음을 스스로 느끼니 참으로 좋은 추억이라 하겠다.

또 하나는 1930년에 창설된 양정 럭비부의 전통이다. 마라톤 못지않게 럭비도 양정의 자존심이라 할 수 있다. 특히 양정(1905년)과 배재(1885년)는 우리나라 사학의 효시로서, 구한말에 신세대 교육의 사명을 띠고 출발한 공통점을 갖고 있다. 이 교육 이념을 살리기 위해서 두 학교는 영국의 전통 운동인 럭비를 이용하여 학생들에게 스포츠맨십을 익히도록 하였다. 그 일환으로 1946년 11월 첫 토요일에 시작한 양교 재학생들의 시합, 졸업 선배들도 참여하는 OB팀의 친선경기가 서울운동장에서 열렸는데, 이때마다 양 학교의 응원전도 대단했다. 럭비의 스크럼식(어깨와 어깨를 이어 잡는 형태) 응원전은 젊은 학생의 기상과 단결을 고취하는 힘이 되었다. 이 전통은 지금까지 이어지고 있으며, 2010년 6월 18일에도 서울 목동운동장에서 '제55회 전배제-전양정 럭비 정기전'이 개최되었다. 경기 팀도 그때보다 많아져 중학교 YB팀, 고등학교 YB팀, OB팀, 40살 이상의 OB팀 등 4개 팀이 경기할 정도다. 지금도 기억나는 당시의 응원가 일부를 잠시 되뇌어본다.

양정 응원가:
(팔을 아래위로 휘두르며)
"얼싸 좋구나~ 빅토리 빅토리~ 우~리 양정 선수는 전통 지켜 빅토리, 얼싸
　좋구나~ 빅토리 빅토리~ 우~리 양정 선수는 전통 지켜 빅토리, (반복)
　V-I-C-T-O-R-Y 양정 양정 빅토리!! "

배재 응원가:
"우~리 배재학당 배재학당 노래합시다~ 노래하고 노래하고 노래합시다!!
　우~리 배재학당 배재학당 노래합시다.　노래하고 노래하고 노래합시다!!
　우~리 배재학당 배재학당 노래합시다. 랄라-랄라-랄라-랄라!! (반복), 배
　제-배재, 와아~ "

 잉크가 바랠수록 추억은 빛이 난다

세상에, 필자도 깜짝 놀랄 정도다! 어릴 적 부르던 양교의 응원가를 기억하니 스스로가 신통하다 할까? 마침 사촌인 상순 형님이 2년 선배로 그때 양정팀의 응원단장을 했기에 더욱 그 가사가 머릿속에 깊이 입력되었을 것이다. 지금 미국 LA에서 노후를 어렵게 보내시는 형님에 대한 그리움이 생김은 필자만의 감상일까?

이 밖에도 당시 학생들은 나름대로 과외활동에 적극 관여한 바, 특히 빙상부·수영부·농구부·정구부·산악부가 유명했고, 유도부·기계체조부·송구반·탁구반을 비롯해 문예반·사진반·변론반·음악반·밴드반·연극반·미술반·물리반·생물반·생활개선반 등 아주 다양했다. 또한 학도호국단 활동인 교련, 사상, 보도, 방호 및 선전반 등 당시 학교 내 좌익사상 침투를 예방하고 견제하기 위한 자율적 참여도 필요한 시대였다. 밤에 교실 내외에 불온 전단이 살포되기도 했는데, 좌익 공산사상의 선전으로부터 학생을 방호하기 위한 수단으로 고학년 학생들을 당번으로 정해 야간에 순찰활동을 해야 할 정도였다.

필자도 6·25 바로 1년 전인 1949년 4학년 여름방학 때 야간 숙직을 한 기억이 있다. 나무토막으로 만든 딱따기를 치면서 학교 주위를 순시하며 이상 유무를 확인하고 그 결과를 매번 일지에 기록해야 했다. 2인 1조로 순찰했지만, 교사 뒤쪽 깜깜한 곳을 지날 때는 귀신이라도 나올 듯 으스스한 기분이 들었다. 그때마다 주먹을 쥐면서 방어 태세에 임하니, 담력도 생기고 용기도 키워졌다.

이렇게 자란 덕분에 그 시대 학생들은 국가를 위한 역할, 좌익 공산당에 대한 경계심이 생겨났을 것이다.

그 시절의 선생님들을 떠올리다

1946년 9월에 양정중학에 입학한 필자는 6·25 전쟁 때인 1952년 3월 25일에 졸업할 수 있었다. 부산 초량동 산마루 공동묘지 동쪽 기슭 금수암(金水庵) 근처 소나무 숲에 천막교실 두 채를 짓고 1951년 9월 20일 개교한 피난학교에서 맞이한 졸업이었다. 마침 학제가 변경되어 중학 3년, 고등학교 3년으로 나눠지는 과도기를 겪었는데, 필자는 중학 6년제 마지막인 35회로 졸업했고, 1년 후배들은 바로 다음해에 고등학교 1회로 졸업했다.

솔직히 말하면 중학 6년 과정 중 필자가 실제 정상적인 중학생활을 한 것은 1946년 9월부터 1950년 6·25 동란이 일어나기 전까지인 4년간으로, 나머지 2년은 전쟁의 참화 속에서 제대로 공부할 수 없는 여건이었다. 이와 같이 필자의 중학 시절은 8·15 해방과 6·25 동란의 소용돌이 속에서 지낼 수밖에 없는 어려운 시기였다.

그나마 지금까지 남아 있는 흔적은 단기 4285년(서기 1952년) 3월 25일 양정중학교장 엄경섭(嚴敬燮) 명의의 졸업장뿐이다. (사진 1-10) 이것도 60년이 다 된 희귀 자료로, 필자가 이것을 어떻게 보관해왔는지 신기할 정도다. 그 흔한 졸업앨범은 물론이거니와, 사진 한 장도 남아 있는 것이 없다. 다행히 양정중고 총동창회에서 발간한 졸업생 명부에서 동창 명단은 구했으나 그 당시 선생님들의 기록은 없었다. 그래서 다시 인터넷을 통해 양정고등학교 홈페이지로 들어가 검색했다. 또 1995년도에 발간된《양정 100년사_養正百年史》를 참고하였고, 추가로 몇몇 동창들에게 당시의 기억을 물어 여기 기록으로 남긴다.

먼저 중학교 1~2학년 때는 해방 직후라 일제강점기부터 근무하신 분들이 대부분이었다. 특히 1학년 때 영어는 엄경섭 교무주임이 직접 담당하셨다. 엄 선생은 일본의 도쿄법정대학 출신으로 양정의숙 설립자이고, 초대 교장이신 춘정(春廷) 엄주익(嚴柱益: 재임 1905년~1931년, 고종의 황귀비인 엄비의 사촌오빠) 선생의 아드님이다. 제2대 교장 안종원(安鍾元: 1931년 ~1941년), 제3대 교장 서봉훈(徐鳳勳: 1941년~1947년)에 이어 엄경섭 선생님이 1947년 6월 4일에 제4대 교장으로 취임하신 후 26년간 근무하시다가 1973년에 국회의원으로 선임되어 사임하셨다.

그때 교감은 이병규(李炳圭) 미술 선생으로 일본 도쿄미술학교를 나오신 근세 유명 서양화가 중 한 분이다. 또 1~2학년 때 필자가 속한 3반 담임은 조선규(趙善揆) 선생으로 화학을 담당했으며, 그분은 연세가 높으신 점잖은 선비 어른이셨다. 1반 담임은 기하를 담당한 양재벽(梁在壁) 선생으로, 필자의

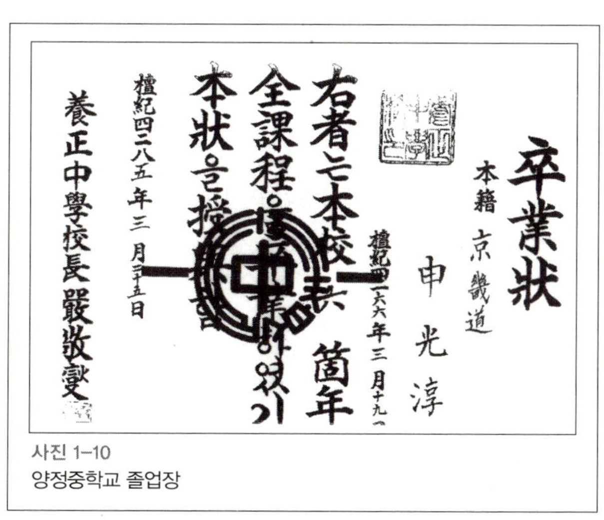

사진 1-10
양정중학교 졸업장

4학년 담임선생이시다. 그리고 2반 담임은 수학 담당 김석배(金錫培) 및 물리 담당 김종열(金鍾烈) 선생으로 기억하고 있다.

이 밖에도 국어 담당 강남규(姜南圭) 선생은 한글의 어간과 어미 변화를 가르치면서 '떡장수'란 별명을 얻었고, 당시 학도호국단 교련 담당인 이병권(李炳權) 선생은 마른 편이라 쭈그러졌다고 해서 '버커리[1]', 공민(윤리) 담당 전원영(全元英) 선생은 첫 시간부터 게티즈버그 연설(of the people, for the people, by the people)을 강조한 데서 에이브러햄 링컨이란 별명을 얻었다. 또 3학년 한문 담당 김중식(金中植) 선생은 《동몽선습(童蒙先習)》, 《목민심서(牧民心書)》, 《논어(論語)》 등의 기초를 가르친 한학자로, 아침 일찍부터 교정에 떨어진 낙엽을 쓸면서 몸소 학생들에게 시범을 보인 참 스승이시다. 또한 상업 담당 이경종(李慶鍾) 선생 역시 근검 성실한 태도로 학생들을 대하는 모범교사로, 6·25 때 부산 피난학교를 어렵게 이끄신 훌륭한 분이시다.

특히 교련 담당 이병권, 노병건(盧秉建) 선생은 당시 학도호국단의 군사훈련 강화를 목적으로 단기교육을 필하고 육군 소위로 임관되어 오신 분들이다. 같은 시기에 배속장교로 정식 부임한 교관은 이병한(李炳漢: 양정중 4년제, 1946년 졸업) 소위로, 그는 학생들을 훈련시킬 때 '군인은 국가를 위한 전쟁에서 거룩하게 죽을 줄 알아야 한다'며 이것이 참된 군인정신임을 특히 강조하였고, 소위 군대식 기합인 '토끼뜀'을 많이 시켜 악명이 높았다. 남북이 대치한 시대상을 엿볼 수 있는, 이름 그대로의 학도호국단이었다.

또한 일본 체육학교 출신인 김성수(金成洙) 체육 선생은 덕성여중에서 양

---

1) 늙고 병들거나 또는 고생살이로 쭈그러진 여자를 속되게 이르는 말.

   잉크가 바랠수록 추억은 빛이 난다

정으로 오셨으며, 그때 한참 유행한 뻥 어깨를 넣고 건들거리며 걸어서 '덕성가다(덕성어깨)'란 별명이 붙었다. 그는 6·25 후 서울대학교 체육 강사로 나오셔서 재회했으며, 계속 체육계의 지도자로 활동하면서 만년에는 서울체육고등학교 교장까지 한 분이다. 또 성함이 확실히 기억나지는 않지만 윤우석(?) 체육 선생은 당시 생소했던 곤봉을 처음 학생들에게 가르쳤으며, 그 덕분에 서울운동장에서 개최한 전국체육대회에서 양정중학 학생들이 곤봉체조 시범을 보일 정도였다.

또 성함이 뚜렷하게 기억나지 않는 선생님 중 음악 담당 박승복 선생 역시 일본 명문 음악학교 출신으로 독일 뮌헨음악원 합창반을 위해 편집한 합창 교본인 《코뤼분겐_Chorübungen》으로 학생들을 지도하신 분이다. 필자도 그때 악보 보는 법을 익혔다. 덕분에 간혹 기분 좋게 등산한 후 하산할 때 아무도 없으면 홀로 'O Sole mio(오, 나의 태양)'를 소리 높여 부를 정도이니, 이는 모두 그때 배운 실력 덕분이다. 또 양정 밴드부가 두각을 나타낸 것도 다 선생님 덕분이었을 것이다.

다음은 2학년 때 서울사대를 갓 졸업하고 양정에서 잠시 영어를 담당한 실력파 신진이신 서장석(徐章錫) 선생, 그는 바로 경기중학 등 공립학교로 가셨으며, 후에 교장을 거쳐 서울시 교육감까지 하셨다. 또 수학 선생은 책도 없이 대수 문제를 술술 풀어 학생들의 환성을 받았으나, 바로 학교를 떠나게 되어 무척 아쉬웠다. 지금도 그때 공부 꽤나 하던 친구들이 모이면 그분 이야기를 종종 한다.

본 장을 시작할 때에는 너무 오랜 세월 전의 이야기인데다 필자의 나이도 있어 중학 시절 선생님들 중 기억나는 몇몇 분만 쓸 생각이었다. 그러나 지난 일들을 빠짐없이 남겨야 직성이 풀리는 성격 탓에 기를 쓰고 자료를 구하다 보니 이에 본 장을 쓰는 데 몇 주가 걸렸다. 천우신조(天佑神助)인지, 필자의 아집인지 모르나 《양정 100년사》 262쪽에 당시 양정을 위해 헌신적으로 봉사한 교사 명단인 교직원 명부(1949년 7월말 현재)를 어렵게 찾아낸 것이 이 글을 쓰는 데 크게 도움이 됐다.

거의 60여 년이 지난 양정중학교 시절의 은사님들을 회고해 기록으로 남기니 인간의 도리를 다한 듯 흐뭇함을 느낀다.

그리운 친구와 동창들을 회상하다

2010년은 1950년 6·25 전쟁이 터진 지 꼭 60주년, 우리 양정 35회 동창들이 뿔뿔이 헤어진 지 환갑을 맞는 해이기도 했다. 그리고 그해에 운명의 여신이 점지한 것처럼, 4월 20일 동창회 총회에서 필자에게 회장직을 맡겼다. 당사자가 참여하지 않은 총회에서 내린 일방적인 통보에 가까웠으나 이미 결정이 되었고, 추천한 친구들의 뜻을 저버릴 수 없었다. 또 누군가는 맡아야 할 일이기에 동문들을 위한 마지막 봉사의 기회로 삼고 받아들이기로 했다.

동창들에게 그 사실을 알리는 인사 서한을 보내기 위해 전임 총무 서상철로부터 물려받은 동문 주소록을 확인하니, 실제 연락이 가능한 동문은 불과 50~60명 정도, 나머지 동창은 연락이 닿지 않거나 이미 유명을 달리한 것으로 볼 때 뭔가 모를 세월의 무상함이 진하게 느껴졌다. 양정중고 총동창회에서 발간한 명부(1997년) 145~152쪽에 있는 〈중 35회(6년제) −1952년 졸업〉란에 나와 있는 동창수가 총 300명임을 볼 때, 적어도 200여 명은 이 세상 사람이 아닌 듯싶었다. 아마도 그 일부는 6·25 전쟁을 거치면서 북으로 끌려갔거나 전사했고, 또 일부는 일찍 미국 등으로 이민을 갔을 것이다. 이 사실은 지난 십여 년을 통한 동창회 활동에서 한 번이라도 연락이 닿은 동창이 전체의 반수인 약 150명에 불과함을 볼 때 짐작할 수 있다.

여기에 지금도 자주 교류하고 있거나 한때 친했던 동창들의 면면을 간추려 기록으로 남긴다.

먼저 10여 년 전부터 등산 또는 걷기운동을 하는 노후 건강모임인 양우산회(養友山會)부터 소개한다. 현 참여 회원은 12명, 그 중 산행 위주의 A팀은 5명으로 매월 1·3주 토요일에, 나머지 걷기 위주의 B팀은 매주 토요일 오전에 과천 소재 서울대공원 지하철역에 집합한다. 3시간 정도 운동하면 보통 10000보 내지 15000보를 걷는 셈이다. 오후 1시경이면 당일 참여 회원 전원이 모여 점심을 나누며 담소하니 팔순이 다 된 노인 동창들이 다시 중학교 시절로 돌아간 기분이 든다. 마치 어린 아이들처럼 일주일이 기다려질 정도이니 얼마나 건전한 여생인가? 또 근래에는 무슨 옛날 선비가 된 듯 이름 대신 아호(雅號)를 부르며 대감 노릇을 자처하니 스스로 그 품격이 올라갈 수밖에. 이렇게 사는 것이 인생 황혼기의 보람일 것이다.

그들을 가나다순으로 소개하면(괄호 안은 아호 및 전직), 공영목(孔榮睦_桂陽: 전 교육부 기획관리실장), 김생빈(金生彬_曉山: 동국대 공대 교수, 부총장), 김학우(金學優_靑山: 체신부 전신전화국장), 박용균(朴瑢均_梅陰: 선린상고 교감), 서상근(徐相根_元谷: IBM상무, 양우산회장), 필자 신광순(申光淳_賢度: 서울대 교수), 안창수(安昌洙_芝翰: 자영업), 원유호(元裕浩_大河: 서울시 국장), 윤태호(尹泰好_一光: 자영업), 이병호(李秉昊_延靑: 중학교장), 이상표(李相表_靑岩: 단성양행 대표), 이종연(李鍾衍_松山: 조흥은행장), 이중화(李重和_松巖: 세종대 교수, 총장) 등으로, 주로 3반 동문들이 주축을 이룬다. 또 모임 초기에 잠시 참여한 동문은 김병기(金炳紀: 회사 사장), 김창수(金昌洙: 해병, 헌병대장), 김철녕(金澈寧: 포항제철 감사), 한신석(韓辛錫: 자영업) 등으로, 이따금씩 만나며 지낸다.

이 밖에 평상시 동창회에 자주 나와 교류했거나 필자와 1~3학년 때 같은 3반으로 가까이 지냈던 동문들(괄호 안은 전직) 중에는 강창석(姜瑒錫), 강한기(姜漢基), 권오창(權五昌: 육사 교관), 김기태(金綺泰), 김승호(金昇鎬:

시온고교 교사), 김정길(金正吉: 서울대 음대 교수), 김종현(金宗顯: 기업은행 임원), 김진철(金鎭哲), 남종우(南宗祐: 마포고), 박건서(朴健緖: 대신공업), 문영일(文英一: 이화여대 의대 교수), 배봉승(裵奉承: 제이택 고문), 백낙형(白樂瀅: 의원 원장, 초등학교 동창), 서정희(徐廷凞), 소후식(蘇後軾: 대성사), 손승남(孫承男), 신상우(申相佑: 감사원), 신철(申澈: 우화농장), 심한구(沈漢求: MBC-TV), 양창희(楊昌熙: 세무사), 우세제(禹世濟: 한의원), 유돈우(柳惇佑: 안동 국회의원), 유재식(劉載植: 인천 동암중 교장), 윤창현(尹昌鉉: 자영업), 이강연(李康延), 이규학(李圭學: 양정고 교사, 용진영어), 이기로(李起老: 신생산업 대표, 동창회장), 이진규(李晉揆), 이영준(李英駿: 경기 파주 국회의원), 이완열(李完烈: 해병대, 피난시 대학동창), 이윤희(李潤熙: 육군 준장, 정보부), 장두희(張斗喜: 공군, 서운상사), 장홍순(張鴻淳: 장백건설), 전규태(全圭泰: 연세대, 전주대 교수), 전기창(全起昌), 정순황(鄭淳璜), 정진화(鄭鎭華: 춘천 서울가축병원장, 대학동창), 정태국(鄭泰國), 조상진(趙祥鎭: 효제주차장), 조호연(趙昊衍), 지광원(池光源), 지현옥(池炫玉: 서울 세무서), 진계섭(秦啓燮), 천진구(千鎭球: 거원물산), 최석(崔晳: 현대해상), 최인수(崔寅壽: 육군 소장), 최전(崔沺: 자영업), 최형주(崔亨柱), 홍현기(洪賢基: 만연중) 등이 있다.

기타 미국으로 이민 간 김수진(金洙鎭: LA), 김재택(金在澤: 연세대 영문과 졸업, 뉴욕한인회장), 박용재(朴容在: 고려대 의대 교수), 심영섭(沈英燮: LA), 장세인(張世仁: 서울대 지질학과 졸업), 한인수(韓仁洙: 신앙촌 교육원장) 등과 소식이 없거나 이미 고인이 된 김성기(金星起: 삼화합섬), 김성기(金聖冀: 6·25 때 방위사관학교 동창), 김재규(金載圭: 동도공고), 문영탁(文榮鐸: 세무사), 박금태(朴錦台: 치과의원장), 박상두(朴相斗), 변종모(邊

鍾模: 국제공사), 서문석(徐文錫: 대우그룹 사장, 관악산 등산동료로 10여 년 간 교우함), 서상철(徐商喆: 전 동창회 총무), 선대영(宣大英: 해공 신익희 선생 호위 경위), 엄영진(嚴永鎭: 공사 럭비감독), 오달영(吳達泳: 건설부 한강 관리소장), 이상수(李相秀), 이영구(李英九: 종로제화), 이영재(李永載: 나라 건재상사), 이종구(李鍾九: 별표형광등, 새한농장 및 서울버스조합 이사장), 이해승(李海勝), 이화실(李化實: 대현약국), 정원섭(鄭元燮: 경보사), 정흥모(鄭興模: 6·25 때 동래보병학교 자진 입대, 소위 임관 후 바로 동부전선에서 전사함. 근세 한학자이며 역사학자인 위당(爲堂) 정인보(鄭寅普) 선생의 아들로, 납치된 부친의 원수를 갚기 위한 충정이었다고 봄), 정기덕(鄭基德: 자영업), 정찬세(鄭燦世: 피난 시 수학 공부를 함께 함. 1952년 2월 21~24일에 동아극장에서 열린 3·1절 기념 재부 서울시 중고종합예술제에서 곤봉체조 부문 1등상 수상, 연세대 의대 입학했으나 자살함. 초등학교 도창이기도 함), 최문호(崔文鎬: 공군군악대장), 최종하(崔鍾夏: 미진과학 사장) 등도 한 때 잠시나마 교우한 친구들이기에 여기 기록으로 남긴다.

중학교 시절의 동창들 이름을 나열하고 그들의 경력을 간추려 역사의 기록으로 남기니 친구의 도리와 회장의 직분을 다한 듯해 마음이 편하고 흐뭇함마저 든다.

 잉크가 바랠수록 추억은 빛이 난다

제 2 장

6·25 전쟁과 혼란기의 대학생활

어려움 속에서도 열심히 공부하다

6·25 전쟁 한강을 건너 부산까지 내려가다

9·28 수복과 1·4 후퇴 두 번째 피난길에 오르다

"우리는 피 끓는 장교다!" 국민방위군 사관생도 시절을 회고하다

경주 육군예비사관학교 이질에 걸려 임관 기회를 놓치다

6·25 전쟁 중 부산에서 대학에 입학하다

서울대 피난학교 시절 어려움 속에서도 열심히 공부하다

서울 환도 연건동 캠퍼스의 추억들을 회고하다

학도호국단(학생회) 활동 참여하고 봉사하는 마음으로 일하다

서울대학교 수의과대학 잊을 수 없는 88동문들을 회고하다

한강을 건너 부산까지 내려가다

1950년 6월 25일 일요일, 모두들 편히 쉬는 아침이었다. 당시 우리 집은 한강에서 가까운 용산구 청파동 3가 118번지로, 효창국민학교 정문 건너 약 30m 높이 축대 위에 있었다.

그날은 아침부터 계속 38선을 넘어 북한군이 남침했다는 긴급뉴스가 나왔던 것으로 기억한다. 처음에는 그동안 종종 있었던 38선 지역의 습격 정도로 생각했다. 마침 아버님의 국회의원 지역구가 경기도(황해도) 연백 을구로, 38선에 접한 곳이다 보니 야밤에 면장 집이나 파출소가 종종 습격당한 적도 있고, 또 1년 전인 1949년 5월 17일에는 북한 경비대원 40명이 백천경찰서를 습격해 경찰관 1명을 포함해 10명이 살해되고 이틀 후인 5월 19일 국군 11연대가 격퇴시키는 등 크고 작은 충돌이 많았기 때문이다.

그러나 당시 중학 5년생이었던 필자는 나라가 돌아가는 사정을 알 만한 나이도 아니었고, 상황을 판단할 능력도 없었다. 그런 상황에서 이틀을 보낸 27일 저녁, 효자동 큰댁의 상순 형이 갑자기 우리 집으로 오셨고, 모든 행동을 아버님의 판단에 따르라는 큰아버님의 전갈을 전했다. 그래서 일단 바깥 사정을 살필 겸 나가보기로 하고 아버님과 필자, 형님 셋이서 집을 나섰다. 큰길이 있는 남영동을 지나 삼각지에 이르니, 이미 많은 피난민들이 길을 가득 메우고 한강을 향해 가는데, 반대로 일부 사람들은 되돌아오는 것이었다. 그들에게 물으니 군인들이 한강 다리에서 통행을 막고 있어 건너갈 수 없다고 했다. 마침 비도 부슬부슬 내리고 밤도 됐으니 일단 집으로 가서 상황을 보기로 하고 발길을 돌렸다.

그렇게 밤 12시가 지나도록 어떻게 처신해야 할지 고민하고 있는데, 갑자기 집이 흔들리는 느낌과 함께 멀리 한강 쪽에 훤한 빛이 비쳤다. 마치 일제 강점기 때의 공습경보 상황과 같았다. 급히 마당에 있는 방공호로 온 식구가 피신하고 거기서 밤을 새고 나오니 어젯밤의 흔들림과 불빛은 한강 인도교 폭파에서 비롯되었다는 소문이 전해졌다. 일단 한강을 건너야 안전할 것 같다는 긴박감이 생겨, 우선 아버님과 형님과 나는 아침 일찍 다시 집을 나섰다. 이번에는 한강 아래로 방향을 잡고 효창공원에서 원효로를 지나 마포를 향해 뛰었다.

그곳에서 오래 사셨던 막내 고모부(李秉俊)에게 도움을 구할 겸 상의하니, 이곳 나루 근처에 사는 뱃사람에게 부탁해본다며 나가셨다. 배를 기다리는 동안에 아버님은 모든 신분증을 찢어 없애셨는데, 그런 아버님의 모습을 보자 어린 필자에게도 상황의 다급함이 느껴졌다. 한참을 초조히 기다리고 있는데 저쪽에서 나룻배 하나가 오더니 얼음 창고 옆에 있는 발판 끝에 배를 대면서 한 사람씩 오르라고 했다. 미리 눈치를 채고 우리와 함께 줄을 서 있던 십여 명을 태우니 배가 무거워 가라앉을 듯 기우뚱거렸으나 무사히 강을 건널 수 있었다. 그나마 마지막 배라도 얻어 탄 셈이다. 그때가 6월 28일 오전 11시경으로 인민군 탱크가 미아리를 넘어 서울 중심부까지 들이닥친 시점에 겨우 도망간 셈이다.

한강을 건너 잠시 한숨을 돌린 후 바로 남쪽을 향해 걷기 시작한 우리는 시흥국민학교 마당에서 아침에 싸온 도시락으로 점심을 때우고, 다시 걸어 저녁 무렵에 수원에 도착, 우선 여관으로 들어갔다. 한 2~3일 후에 집으로 돌아갈 요량으로 떠난 피난길이었으나 수원에서 잠시 머물다가 다시 기차를 타고 대전으로 남하하는 신세가 됐다. 한 열흘 동안 정세를 살폈으나 여의치 않아 다시 그곳을 떠날 수밖에 없었다. 기왕이면 아버님의 친구들이 많이 사는 호남이 좋을 것 같아 그쪽으로 방향을 틀었다. 그러나 경부선은 차편이 있으나 호남은 여의치 않아 도보로 갈 수밖에 없었다. 대전을 떠난 우리 일행은 전북 삼례 근처 시골 농가에서 하룻밤을 묵고 다음날 전주에 도착했다. 그곳에서 약 1주 정도 지냈으나 상황이 나아지지 않았고 또 남하해야 할 형편이 됐다. 그래도 다행히 광주까지는 열차로 갈 수 있었다. 마침 호남지역 군관구 사령관인 신태영(申泰英) 소장의 도움으로 그의 관사에서 편히 지낸 지 얼마 되지 않아 다시 순천으로 갔으며, 아버님의 친구인 박찬서(朴燦緒) 씨 집에서 묵으며 정세를 살폈다.

그때 북한 인민군은 파죽지세로 남하를 계속한 바, 특히 호남 쪽은 무방비 상태로 그들의 공세에 밀리는 형국이니 피난길도 고달프고 급할 수밖에 없었다. 이는 애당초 대전에서 방향을 잘못 잡은 탓이었다. 결국 여수까지 가는 신세가 됐고, 거기서 어렵게 화물선을 얻어 타고 경남 마산에 도착했을 때가 7월 29일, 집을 떠난 지 한 달 만이었다. 잠시 숨을 돌린 후 다시 부산에 도착, 영주동 언덕 위 영주여관에 투숙하니, 그곳에서 피난생활이 시작되었다.

이 여관에서 제2대 국회의원인 이충환(李忠煥: 진천), 신각휴(申珏休: 옥천), 윤길중(尹吉重: 원주), 구을회(具乙會: 당진) 등 여러 사람이 함께 지냈다. 그분들은 그해 5월 30일에 있었던 제2대 국회의원 선거를 통해 국회의원으로 선출되었는데, 6·25가 터지는 바람에 부랴부랴 부산까지 남하한 것이다. 바로 피난을 왔기에 망정이지, 만약 그대로 있었다면 신분상 북으로 납치되었을 것이다.

그렇게 시작된 부산에서의 피난생활은 9·28 서울수복 후 10월 초에 서울

    잉크가 바랠수록 추억은 빛이 난다

로 올라올 때까지 두 달 동안이었지만, 다행히 크게 고생스럽지 않았다. 모든 것이 당시 아버님의 사회적 신분 덕분이었고, 필자도 어린 17세 중학생이었기 군대에 가지 않을 수 있었다. 그러나 상순 형님은 연세대 영문과에 갓 입학한 20세 대학생으로 부득이 부산에서 통역장교로 입대했으며, 동부전선 7사단 등지에서 군생활을 했다. 이와 같이 당시 한강을 건너 남하한 사람들은 목숨을 유지할 수 있었고, 그대로 남은 사람들은 불과 3개월이지만 납치되거나 인민군으로 끌려가거나 숨어 살아야만 했다.

다행히 적 치하 서울에서 고생하신 어머님과 누님네 식구들, 큰댁의 할머님, 백부모님들은 운 좋게 살아남으셨다. 그러나 매형인 서울대 사대 이기인(李起仁) 교수는 북으로 끌려가는 운명을 맞았다. 부득이 식구 6남매를 누님에게 떠맡기고 떠난 결과가 됐으니, 이 어찌 비극이 아니겠는가? 영원히 원망스럽고 무책임한 남편으로 남을 수밖에 없었다. 무슨 말로 변명을 해도 소용없는 일, 그저 한스러울 뿐이었다.

한순간의 판단으로 운명이 갈리는 6 · 25의 비극을 몸소 체험한 시기였다.

두 번째 피난길에 오르다

1950년 9월 28일 미 극동군 사령관 맥아더 장군의 인천상륙작전 성공으로 3개월간 북한 치하에 있던 서울이 수복되었다. 아버님과 필자는 10월 초 피난지 부산에서 소위 '도강증(당시 서울로 들어갈 수 있는 증명)'을 받아 올라오니 시내 중심부는 폭격으로 폐허나 다름없었고, 살아남은 것만도 행운이라 여길 정도로 비참했다. 다행히 청파동 우리 집은 큰 해를 받지 않았으며, 어머니와 누님네 조카들도 모두 무사했다.

한편 38선을 넘어 계속 북진한 국군과 UN군은 불과 한 달 만에 평양을 점령하고 다시 압록강까지 이르는 일방적인 공세를 펼쳤다. 그러나 이러한 승전보도 잠시, 이번에는 중공군의 대공세로 다시 떠날 수밖에 없었으니, 이것이 1951년 1월 4일 다시 서울을 적에게 넘겨주고 남하하는 1·4 후퇴였다. 먼저 아이들이 6남매나 되는 누님 가족은 매형 고향인 충남 서산군 운산리를 향해 일찌감치 서울을 떠났으며, 아버님과 어머님, 필자 세 식구는 따로 남하하기로 했다. 또한 효자동에 사시던 팔순이 넘으신 할머님은 큰아버님과 큰어머님이 모시고 12월 중순에 기차를 타고 대구로 내려가게 하는 등 이번에는 6·25 때보다 일찍 피난길에 올랐다. 남은 부모님과 필자는 이런저런 일로 미적거리다 1·4 후퇴를 불과 이틀 앞둔 1월 2일 아침에 겨울옷을 챙긴 가방을 들고 집을 나섰다.

피난민이 가득 찬 길을 따라 한강에 이르니, 6·25 때 폭파된 인도교 아래에 임시로 설치한 부교가 있었고, 또 한강물도 꽁꽁 얼어붙어 그 위를 걸어갈 수 있었다. 이미 서울역에서 출발하는 기차는 끊긴 상태였으며, 영등포역에는 발 디딜 틈도 없을 정도로 많은 피난민들이 모여들었다. 6·25 때 피난을 가지 못한 서울시민들이 적 치하에서 워낙 모질게 고생한 탓에 이번에는 너나없이 모두 떠나니 기차를 탈 여지가 없었던 것이다. 그러나 설사 기차를 탄들 가는 방향도 모르고, 그렇다고 남들처럼 열차 지붕 위에 매달려 갈 처지도 아니었으며, 더욱이 이 혹한기에 무턱대고 아무데나 갈 수도 없었다.

아버님은 이런 상황을 미리 짐작하신 듯, 마침 황해도 연백의 해성염전 책임자로 계셨던 작은아버님과 미리 약속해 함께 피난을 가기로 했으니, 인천으로 가자는 것이다. 무조건 남쪽으로 향하는 피난민 행렬과는 반대로 시흥을 지나 인천을 향해 걸음을 재촉하니, 오후 3시경에 겨우 부두에 도착했다. 그러나 예정했던 염전 배는 찾을 길이 없었고, 설사 왔다고 해도 배를 부두에 대거나 한가히 기다릴 여건이 아니었다. 이미 모든 부두는 우리 군대의 통제 하에 군수물자와 식량만을 화물선에 실을 뿐, 피난민을 태울 여건이 아니었고 그럴 만한 배도 없었다.

그렇다고 피난길을 접고 돌아갈 수도 없지 않은가? 또 남들은 남쪽으로 가는데 엉뚱하게 서쪽으로 왔으니 되돌아갈 수도 없는 일, 그저 막막할 뿐이었다. 부득이 전직이 국회의원이신 아버님은 항만 당국을 찾아 사정을 말하니, 그 북새통에서도 중요인물로 인정된 듯 화물선(미 수송선 LST로 1,700톤급) 승선을 허락받았다. 배는 이미 쌀가마가 갑판 위에까지 한 길 높이로 쌓여 있었고 그 위에 피난민들을 가득 태운 상태였다. 이 배가 마지막 떠나는 배인 듯, 밤 10시가 넘은 캄캄한 밤중에 겨우 인천항을 출발했다. 미처 싣지 못하고 부둣가에 남겨진 쌀더미에는 휘발유를 뿌려 불을 질렀다. 멀리서 보니 그 타오르는 불빛이 가히 장관이었다. 귀한 식량을 적지에 놓고 갈 수 없다는 군의 비상조치였을 것이다. 어린 나에게 전쟁의 비극을 보여준 잊지 못할 장면으로, 지금도 뇌리에 새겨져 있다.

아찔한 순간에 겨우 얻어 탔던 화물선. 밤에는 별들이, 낮에는 푸른 하늘이 보이는 갑판 위에서 추운 겨울 망망대해를 지나 겨우 도착한 곳은 전북 군산에서 멀리 떨어져 있는 어청도(동경 126도)로 제법 큰 섬이었다. 적재 중량을 초과하다 보니 속도를 낼 수 없어 출항한 지 무려 3일 만에 뭍에 닿은 셈이다. 일단 100여 명의 피난민들이 섬에 내렸으며, 그곳 마을의 농가에 흩어져 밥도 얻어먹고 잠도 청하며 신세를 졌다. 참 인심이 좋았던 곳으로 꼭 한번 다시 오겠다고 다짐했으며, 지금도 그 추억을 간직하고 있다. 여기서 하룻밤을 쉬고 다시 배에 오르니, 이번에는 군의 특별지시로 일단 군산항으로 입항하라는 명을 받는 바, 그때가 1951년 1월 6일경으로 인천을 떠난 지 4일 만이었다. 그러나 군산에 그대로 머물 수도 없는 일, 그렇다고 당초 예정한 부산까지 육로로 걸어가자니 까마득할 뿐이었다. 4~5일이 지난 후 다시 아버님의 주선으로 군량미를 가득 실은 화물선 승선 허가를 얻어 겨우 군산항을 떠났다.

그렇게 늦은 저녁 무렵 출항해 30분 정도 지나 큰 바다에 이르자 갑자기 파도가 일어 배가 좌우로 심하게 기울었다. 그때마다 갑판 위에 쌓인 쌀가마들이 사람을 덮치니, 거기에 앉았던 피난민들도 함께 바다 속으로 곤두박질치는 아비규환이 벌어졌다. 마치 지옥과 천당의 갈림길 같았고 다들 정신을 잃는 찰나, 얼마 후 파도가 잔잔하고 조용해지더니 멀리서 불빛이 보였다. 파도가 너무 심해 큰 바다로 나가지 못하고 다시 군산항으로 회항한 것이다.

그렇게 배가 부두에 닿자 서로 다투다시피 하선할 정도로 밤새 생사의 길을 헤맨 피난민들 모두가 많이 지친 상태였다. 애당초 승선표도 없이 탔으니

　　　잉크가 바랠수록 추억은 빛이 난다

얼마나 많은 사람들이 바다에 빠졌는지 알 수 없었다. 다만 고향에서 피난 온 백천경찰서의 경찰관 명단이 있어 그나마 생사를 확인할 수 있었다고 한다. 천운인지 모르나 아버님과 어머님은 그 난리통에도 어른 대접(50대 후반)을 받아 갑판 위 한쪽 구석에 있는 좁은 공간 안에 계셨으며, 필자 역시 그 출입구 손잡이를 잡고 있었기에 무사할 수 있었다. 바로 그날 밤은 그해 겨울 중 가장 추웠던 1월 13일 소한으로, 영하 13도까지 내려갔었다고 한다. 다시 며칠 후 또 다른 LST화물선을 얻어 탔는데, 이번에는 속도도 빠르고 시설도 좋은 배였기에 편안히 부산으로 떠날 수 있었다. 잔잔한 다도해의 아름다운 일몰을 생전 처음 감상하면서……

이상과 같이 9·28 수복과 1·4 후퇴 등 6·25 전쟁 와중에서도 우리 가족이 크게 고생하지 않고 견딜 수 있었던 데에는 아버님의 제헌국회의원 신

戒 嚴 地 區 通 行 證

本 籍　京畿道 延白郡 鳳北面 昭成里 118
住 所　서울特別市 龍山區 靑坡洞 3街 118
姓 名　申 鉉 謨
生年月日　檀紀4227年(1894年) 1月 8日生

右者는 制憲國會議員으로서 身元이 確實하고
宣撫工作員임으로 三八以南 戒嚴地區 全域 및
地區에 旅行함을 許可하니 憲兵은 便宜를 圖謀할 事.

檀紀4283年(1950年) 10月　　日

陸海空軍 總司令官　陸軍少將　丁 一 權

戒 嚴 總 司 令 官

분이 절대적으로 작용했다. 이를 증명할 수 있는 당시 자료로 60여 년 전 아버님이 소지하셨던 계엄지구통행증을 지금까지 집에 간직하고 있다. 이 자료는 당시의 사정을 엿볼 수 있는 역사의 기록물로 색상이나 활자 상태가 좋지 않아 그 내용만을 여기 소개하니 참고하기 바란다.

"대한이 소한 집에 왔다가 얼어 죽었다"는 어머님 말씀을 실감했고, 지금도 소한이 되면 그때를 회상하게 된다.

 잉크가 바랠수록 추억은 빛이 난다

"우리는 피 끓는 장교다!"
국민방위군 사관생도 시절을 회고하다

1951년 1월 2일 부모님과 필자가 서울 집을 떠나 인천-군산-마산을 거쳐 부산에 도착한 것은 1월 20일경이었다고 기억한다. 우선 가족들이 함께 거처할 곳을 찾아야 했기에 수소문 끝에 장만한 곳이 현 구덕운동장 근처, 당시 구덕수원지 아래쪽인 동대신동 3가 78번지에 위치한 20평 남짓의 작은 집이었다. 방이 전부 3개였는데, 큰 방은 주인이 쓰고 우리는 두 칸의 작은 방에서 피난생활을 시작했다. 그때 중공군의 개입으로 그리 쉽게 전쟁이 끝날 것 같지 않아 장기 체류 태세를 취한 셈이다. 겨우 사람이 앉을 정도의 쪽마루에 부엌을 차리고 마당에서 밥을 짓는 형편이었지만, 수백만의 피난민이 남쪽으로 내려온 어려운 때인 만큼, 이러한 형편에도 감사할 뿐이었다.

한편 당시 국가 전시비상체제하에서 군 장병 확보가 필수적인 만큼, 정부는 군 의무입대 연령을 18세로 정해 시행하고 있었다. 그때 필자 나이 꼭 18세로 아직 어린 중학생이었으나, 군대에 가는 것이 국민의 의무이자 도리라 생각했다. 이런 취지에 부합하듯 국방 당국은 국민방위군을 창설했고, 필자도 1951년 1월 말경 경남 삼천포 지역 국민방위대에 자진 입대했다. 그곳은 군에서 필요한 인력인 18세에서 45세까지의 청장년을 미리 확보하기 위한 곳으로, 필자는 삼천포중학교 교사를 빌려 책상을 치운 교실에 가마니를 깔고 그 위에 모포를 덮고 자야 하는 일종의 대기 수용소에서 머물러야 했다. 기껏해야 운동장에서 목총으로 제식훈련을 받는 것이 전부였으며, 그 이상 훈련을 시킬 만한 여건이 갖추어지지 않은 곳이었다. 군복과 군화 지급은 물론 소총 사격훈련도 받을 수 없었으니, 군대가 아니라 마치 장병 수용소 같았다.

그런 상황에서도 필자는 운 좋게 참모장(중령급)실에 배속돼 연락병으로 일하게 됐으며, 잠도 그분 댁에서 운전병과 함께 자며 출퇴근할 정도로 특혜를 받았다. 필자가 출생할 때 산파였던 장성심 씨의 소개 덕분이었다. 참모장(성명 미상)님은 일제 때 만주군 출신이었고, 내 고향 황해도와 가까운 평안도 분으로, 특히 나이도 어리고 귀동자 티가 나는 서울 출신 애송이 학생을 특별히 아껴주셨다. 그때 필자의 일은 추운 겨울철(1~2월) 아침 일찍 참모장실 화로에 조개탄으로 불을 지피고, 바닥을 쓸고, 책상을 닦고, 주전자에 물 데우고, 낮에는 결재서류를 나르고 잔심부름을 하는 연락병 역할이 전부였다. 지금까지 집에서 하지 않던 일을 할 뿐이지 어렵거나 고생스런 느낌은 없었다. 다만 언제까지 이렇게 지내야 하는지 기약할 수 없는 것이 답답할 뿐이었다.

그렇게 한 달 정도 지난 어느 날, 국민방위군사령부에서 모병관들이 부대를 찾아 수용되어 있는 장병들을 대상으로 장교 후보생을 선발한다고 했다. 그만큼 일반 사회인을 대상으로 한 장교 모집이 어려워 부득이 인력이 모여 있는 현장까지 온 것이다. 당시 방위군 장교의 계급장은 나뭇잎 모양으로, 하나를 붙이면 소위, 둘이면 중위, 셋이면 대위였으며, 6주 정도의 단기교육을 받으면 장교로 임관되었다. 한참 어리고 순진한 나로서는 그저 연락병으로 지낼 일이 아니라 한번 도전해볼 만하다는 생각이 들었다. 그런 뜻을 참모장님께 전하고 지원할 의향을 밝히니, 굳이 말리지는 않으나 그냥 지금처럼 지내며 참아보라고 하셨다. 하지만 필자는 잎사귀 하나 달고 거들먹거리며 장교 행세를 하는 방위군 소위들이 부러웠던지 뜻을 굽히지 않았다.

그런데 막상 지원서를 내려 하니 연령이 20세 이상이어야 하며, 당시 학제

   잉크가 바랠수록 추억은 빛이 난다

인 6년제 중학교(현 고등학교)를 졸업해야 자격이 된다는 것이다. 이때 궁리를 했다. '나이를 20세에 맞게 올리고 학교도 졸업한 것으로 하면 그만이지, 전쟁 통에 증명서를 요구할 수도 없을 테니 확인할 방법도 없지 않은가?' 밀져야 본전, 용기를 내 지원서에 실제 출생연도인 1933년에서 2년을 올려 1931년으로 적고 월일은 실제로 표기했으며, 학교도 졸업한 것으로 기재했다. 남들은 군대 가는 것을 피하려고 나이를 줄이는 판인데, 반대로 올리면서 지원한 셈이다. 바로 그날 오후부터 지원자를 대상으로 면접을 실시하고 그 자리에서 판정을 내린 바, 필자를 신체가 건장한 우수 장교감으로 본 듯 아무런 문제없이 합격되었다. 대부분 농촌 지방 출신에 학력도 신통치 않은 판에 서울내기가 끼었으니 군계일학 격이었다. 그 자리에서 부산 동래 금정산 범어사에 있는 방위군사관학교 제3기 후보생으로 합격했다는 증명서도 교부받았다.

결국 삼천포에 온 지 한 달 정도 지난 2월 28일 오후, 그동안 필자를 각별히 대해 주신 참모장님에게 작별 인사를 올리고 연락선을 타고 부산으로 향했다. 하루에 한 번 운행하는 연락선은 날씨에 따라 항해시간도 일정하지 않았지만 그날따라 더 지체되어 부산 남포동 선착장에는 11시 통행금지 시간이 넘어서 겨우 도착했다. 부득이 부두 헌병파견대에서 밤을 지새우고, 새벽 4시 동대신동 부모님이 계시는 집으로 갔다. 그동안의 경위를 처음으로 말씀드리니 무척 놀라워하셨으나 이미 엎질러진 물, 오랜만에 부모님과 아침을 들고 용돈도 받아 바로 집을 나서야 했다. 입교 시간이 3월 1일 정오로, 학교가 있는 동래 금정산 범어사까지 가야 했기 때문이다.

당시 방위군사관학교 후보생 교육은 참으로 한심했다. 봄비가 조금만 와도 트럭이 비탈진 진흙길을 올라갈 수 없어 후보생들이 아래 큰길에서부터 쌀가마를 메고 약 2km를 날라야 했다. 또 당시 교육생만도 약 2,000여 명으로 한 끼에 30가마의 쌀이 소요되니 당시 이승만 대통령 생신일인 3월 26일에도 특식은 고사하고 점심도 굶어야 할 지경이었다. 또 범어사에 흩어져 있는 암자 대부분을 내무반으로 썼는데, 방은 좁은데 수용 인원이 너무 많아 겹치고 포개 누워야 겨우 잠을 잘 수 있었다. 대웅전은 합동교육장, 그 앞뜰은 연병장, 주변의 논과 밭은 제식훈련장으로 활용해야 했다. 그뿐이랴, 몸에 이가 들끓다 보니 내의를 뒤집어 털어내기도 했으며, 추운 겨울 밤새도록 밖에 걸어둬 얼어 죽기를 기다릴 정도였다.

취침 점호 때 군가인 '우리는 피 끓는 장교다' 대신 '우리는 이 끓는 장교다'로 목청을 높이면 조금은 위안이 될 정도로 참담한 생활의 연속이었다.

이질에 걸려 임관 기회를 놓치다

전술한 방위군사관학교 6주 교육이 거의 끝날 무렵인 1951년 4월 초, 뜻하지 않은 일이 벌어졌다. 소위 국민방위군 사건(군량미 등 부정유출 등)이 터짐에 따라 정부는 방위군 자체를 해산시키는 긴급조치를 내렸으며, 이 사건에 연루한 김윤근(金潤根) 사령관 및 그 참모들은 군법회의에 회부되었고, 후에 사형을 당했다. 물론 국민방위군사관학교도 폐교됨과 동시에 40여 일의 고생스런 교육훈련도 전부 허사가 되었다. 다만 그 후보생들 중에서 30세 미만으로 신체 건강하고 나름대로 장교로서 자질이 갖춰진 후보생들은 별도 면접을 통해 다시 육군예비사관학교로 갈 수 있는 길을 택하도록 했다. 전시 상황으로 볼 때 모처럼 확보한 장교 인력을 그대로 버릴 수 없었기 때문이다.

당초 방위군사관학교 후보생 2,500명 중 30세 이상은 전원 귀가 조치되었으며, 그 이하라도 본인이 희망하거나 자질이 부족할 경우 역시 집으로 돌려보냈다. 그리고 절반에 해당하는 1,200명 정도의 후보생들은 별도의 조치가 내려질 때까지 대기토록 했다. 이때 필자는 본인 의사와 관계없이 우선 선발됐으며, 필자 역시 그대로 물러설 수 없다고 생각했다. 기왕에 마음먹었던 장교의 길을 걷기 위해 오히려 잘됐다는 느낌마저 들었다. 그리고 며칠 후 우리들은 배고픔과 이 범벅의 추억을 남겨준 범어사를 출발, 옛 신라의 고도 경주로 이동했다. 그곳에는 우리들을 수용하기 위해 경주중학교에 새로 육군예비사관학교를 발족시킨 바, 제1기 후보생으로 입교했다.

이곳에서 당시 장교 배출 정규코스였던 동래 육군보병학교와 똑같이 12주간의 교육훈련을 받아야 했다. 즉, 1951년 4월 19일부터 7월 12일까지 84일간의 교육을 이수한 후 육군 소위로 임관하는 것이었다. 결국 여태까지 받은 방위군 장교 후보생 교육은 전부 무효가 됐고 다시 새로 시작한 셈이다. 물론 교관들의 수준이나 교육 여건도 그곳과 달리 어느 정도 구비된 상태였다. 그러나 기존 중학교 교실을 내무반으로, 운동장을 연병장으로 활용할 정도로 시설이 열악했다. 역시 후보생 수에 비해 터무니없이 협소한 시설에 한계가 있었는지, 비교적 가까운 거리에 있는 분황사 5층탑 주변, 안압지의 전각과 주위 잔디밭, 때로는 김유신 장군 묘소와 경주 시내에 산재돼 있는 왕릉 주위, 때로는 불국사 경내까지도 교육훈련장으로 활용했다. 지금 생각하니 그때 경주의 유명 고적지 대부분이 사관후보생 교육장이었으며, 그때의 기억들이 지금까지 생생히 남아 있다.

당시의 추억들을 한두 가지 들어 본다.

먼저 경주 불국사 입구 넓은 소나무 숲 야외에서 독도법을 교육받던 때의 일이다. 1951년 6월 말경 교육과정도 얼마 남지 않았고, 더위가 시작된 무렵이라 교육장소도 시원한 이곳으로 정한 듯했다. 담당 교관이 소풍 나온 기분을 살린 듯 점심시간을 이용해 석굴암을 돌아볼 시간을 줄 테니 희망자는 신청하라며 특별히 배려해주었다. 어린 중학 5년생이며 18세 소년인 필자는 경주 석굴암에 대해 알고 있었으나 실제 가본 적은 없었으니 절호의 기회를 놓칠 수 없어 기다렸다는 듯이 손을 들었다. 그러나 필자와 같은 애송이 순진파는 별로 없는 듯, 후보생 200여 명 중 지원자는 불과 9명이었다. 남들이 주먹밥을 먹으며 쉬고 있을 때 철부지 만용자들은 토함산 정상을 향해 뛰어야만 했다.

그때는 지금과 달리 석굴암에 가기 위해서는 겨우 등산할 수 있는 숲길과

　잉크가 바랠수록 추억은 빛이 난다

경사가 심한 오르막길을 올라야 했으나, 걸음을 서두른 덕분에 1시간도 안 걸려 석굴암에 도착할 수 있었다. 그렇게 땀범벅이 된 몰골로 석굴 속 불상 앞에 서서 쳐다보니 왼쪽 지붕 일부가 무너진 상태로 방치되어 있었다. 때가 전시인 만큼 돌볼 겨를도 없었을 것이나, 그때의 모습이 석굴암의 본래 모습이었을 것이다. 또 바로 옆에 있는 작은 암자와 그 밑 바위 틈으로 흘러 고인 감로정의 물을 비롯해 모든 것이 고풍스럽고 신비하게 보였다. 얼음 같이 찬 감로수 한 바가지를 들이키고, 흐르는 물에 머리를 대고 세수를 하니 몸도 마음도 날아갈 듯 상쾌했다. 내려오기 아쉬웠지만 더 지체할 수 없는 일, 먼 훗날을 기약하고 아무도 없는 그곳을 뒤로 한 채 뛰다시피 내려왔다. 왕복 한 시간 반이 걸린, 전쟁 중에 체험한 석굴암 탐사였다.

또 다른 추억은 마지막 과정인 전체 후보생이 참여해 실전경험을 익히는 훈련 때의 일이다. 1951년 7월 7~8일 양일에 걸쳐 경주에서 동해안 감천항까지 약 40km 거리를 왕복하는 것으로, 전체 병력을 반으로 나눠 공격과 방어 임무를 하루씩 교대로 수행하는 일종의 모의 전투훈련이었다. 때로는 산을 넘어 공격하고, 협곡을 이용하여 방어하는 등 지형지물에 따라 훈련 방법도 달랐다. 한낮 더위 탓에 목이 타들어 가면 논바닥 물을 그대로 마시기도 하고, 지치고 배가 고프면 농가에 구걸해 얻어먹는 등 고생스러웠다.

필자는 첫날 공격 조에 편성되었으며, 꼬박 10시간의 강행군 끝에 감천중학교에 마련한 숙소에 겨우 도착했다. 더운 날씨와 고된 훈련 탓으로 거의 기진맥진한 상태였다. 밤늦은 시간에 주는 식사는 주먹밥이었고, 국은 동해에서 잡히는 방어가 헤엄친 듯한 비린내 나는 소금국으로, 배가 무척 고팠으나 쉽사리 먹히지 않았다. 그래서 그대로 쓰러져 자는데 이번에는 뱃속에서 요동을 치더니 밤새도록 설사를 했다. 아침에 겨우 일어나긴 했지만 도저히 기운을 차릴 수 없는 지경이었다. 그러나 낙오자가 될 수 없다는 의지 하나로 다시 그날의 훈련인 방어작전에 참여했다. 거의 굶다시피 했지만 대오에서 뒤질세라 기를 쓰고 쫓아가 겨우 경주에 귀대할 수 있었다. 밤을 지새운 다음날 아침 일찍 2박 3일의 외출 허가를 받아 부산 부모님 계신 집을 향해 경주역을 떠났다. 이때 동행한 친구는 양정중학교 동창인 김성기(金聖冀)였으며, 그는 부산 범어사 방위군사관학교 입교 때 우연히 만난 후 그때까지 동고동락한 사이였다. 경기도 김포가 고향으로 후에 육군 소위로 임관해 지리산 공비토벌에 참여했다가 광주 기갑학교 교관(대위)으로 제대했다. 그러나 필자는 훈련 때 걸린 설사가 세균성 이질이 됐으며, 계속 고온과 피똥으로 한 달 이상 앓다가 겨우 살아남았으니, 바라던 장교 임관은 끝내 물거품이 되었다. (사진 2-1)

두 번씩이나 사관생도 훈련을 받았던 60년 전의 생생한 추억들을 남기니 감회가 새로울 뿐이다.

사진 2-1
육군예비사관학교 정문 앞에서

 잉크가 바랠수록 추억은 빛이 난다

부산에서 대학에 입학하다

1950년의 6·25 전쟁과 1·4 후퇴로 인해 중학교 때 피난생활을 하고, 그 와중에서 국민방위군사관학교 및 육군예비사관학교에 자원입대해 훈련을 받는 동안 어느덧 1년여의 세월이 흘렀다. 때문에 중학교 5학년을 허송세월하고 6학년 2학기 초에 겨우 부모님이 계신 부산 피난살이 집으로 돌아온 셈이다. 그렇다고 병역 의무를 마친 것도 아니니, 그저 반년 동안 고된 훈련만 받다가 아무 보람도 없이 원점으로 되돌아온 꼴이다. 보통 일반사병은 훈련소에 입소하면서 군번을 받는 데 비해 장교는 소위로 임관할 때 군번을 부여받기 때문에 그동안 받은 훈련은 아무 소용이 없었다. 그러나 필자는 소정의 교육 막바지에 치른 모의전투 훈련에서 걸린 세균성 이질로 한 달여의 투병 끝에 겨우 살아난 것만도 천운으로 받아들여야 했다.

1951년 9월 초 어느 정도 몸을 추스르고 나니 아쉽고도 억울한 생각마저 들었다. 일부러 시간을 내어 경주에 있는 육군예비사관학교를 찾아 그간의 경위와 자초지종을 호소하기로 했다. 이미 두 달 전에 병원진단서를 끊고 친구인 김성기가 귀대하는 편에 제출하여 혹 좋은 수가 있지 않을까 기대가 있었기 때문이다. 그러나 학교 측의 답변은 그때 귀대하지 못한 자는 전부 소위 임관 대상에서 제외하기로 결정했으니, 만일 희망한다면 한 달 후 졸업하는 차기(제2기) 후보생 과정에 들어와 그들과 함께 임관하는 길밖에 없다는 것이었다. 한참 무더운 삼복 중에 병을 앓았고, 특히 법정전염병으로 분류되는 세균성 이질로 쇠약해진 몸이다 보니 단 하루도 훈련을 받을 수 없었다. 억

울하지만 포기할 수밖에.

그렇게 마음을 굳히고 하늘이 필자에게 내려주신 운명으로 받아들이기로 했다. 그때 정상적으로 임관을 했다면 지리산의 공비토벌대나 일선 부대 소대장으로 투입됐을 것이다. 당시에는 신참 일선 소대장을 총알받이로 여겼으며, 또 실제 희생 사례가 많았다. 6·25 전쟁 막바지에 본의 아니게 희생양이 될 수 있는 운명을 피한 셈이다.

잠시 심신을 가다듬고 곰곰이 생각하니 결국 필자의 본분인 중학생으로 돌아가 공부하여 앞날을 기약하는 것이 최선이었다. 마침 그 무렵 휴전회담을 진행하는 등 전쟁도 막바지 국면의 소강상태였다. 또한 병역 의무도 학생 신분으로 돌아가면 졸업할 때까지 보류되는 등 국가적인 위급 상황이 많이 완화되고 있었다.

때마침 양정중학교 대구 본교에 이어 피난분교가 부산 초량동 산비탈에 천막 2개를 치고 문을 연 상태였다. 그러나 비교적 학생 수가 많은 저학년 위주로 수업을 겨우 하는 정도였기 때문에 대학 입학을 앞둔 우리 졸업반에 대해서는 소홀할 수밖에 없었다. 그만큼 가르칠 만한 선생님도, 수업을 받을 학생들도 별로 없었으니 각자 알아서 할 수밖에.

어찌할 수 없는 일, 불과 6개월 앞으로 다가온 대학 입시를 뒤늦게 독학으로 준비하기 시작했다. (사진 2-2) 다행히도 양정중학교와 재동국민학교 동창인 정찬세(鄭燦世)의 집에서 양정 2년 선배로 이미 서울대 공대 채광학과 재학생이었던 김동기(金東基) 선배한테 수학 과목 개인교습을 받을 수 있었다. 나머지는 사설 학원에서 영어와 독일어를 배우는 것이 고작이었다. 피난살이의 어려운 여건에서 불과 4~5개월 동안의 대학 입시 준비였지만 나름대로 열심히 했다.

　　　　　　　　　　　　잉크가 바랠수록 추억은 빛이 난다

드디어 1952년 2월 말 전시에 대학 입시가 치러지고, 필자도 그에 지원하기로 했다. 그러나 먼저 대학과 학과를 정하는 것부터 고민이었다. 제대로 학교 수업을 받으며 입시 공부를 할 수 없었기에 그 판단은 더욱 어려웠다. 우선 대학 선택은 서울대, 연세대, 고려대 중에서, 전공학과는 의학이나 공학 정도를 생각하면서 지원서를 내기 위해 학교를 찾았다. 교무주임인 이경종(李慶鍾) 선생을 뵙고 입시를 상담하니, 마침 그날 서울대에서 생물 강사로 나오신 윤석봉(尹錫鳳) 선생을 소개해주셨다. 그분은 서울대 농대 수의학부를 막 졸업하고 대학원에 재학 중이었다. 누구나 자기 전공분야의 특징을 강조하기 마련으로, 비록 지금은 수의학이 생소한 분야지만 장래성이 있는 학문임을 강조하면서 적극 권하는 것이었다.

일단 귀담아들었으나 부모님과 상의한 다음 최종 결정을 내리기로 했다.

사진 2-2
부산 초량동 양정중학교 피난분교 시절(1952년 초)

그러나 아버님은 극히 원론적인 말씀만 하실 뿐 스스로 알아서 판단하라고 하셨다. 즉 대부분의 학부모들이 선호하는 의학, 법학은 동경의 대상일지 모르나 직업의 성격상 피하는 것이 좋다면서 의사나 법조인의 부정적인 면만 강조하셨다. 다른 부모님들은 자식의 장래를 위해 적극 권장하는 이들 '사(師,事,士)' 자(字) 직업은 피하는 게 좋다는 의견만 제시할 뿐 대안을 내놓지도 않으니, 더 답답할 수밖에.

필자 또한 아버님의 깊은 마음을 헤아릴 수가 없어 입학지원서를 내는 날까지 결정을 미루며 고민할 수밖에 없었다. 결국 마감 당일 용기를 내 써낸 곳은 1차 지원이 서울대학교 수의학부, 2차가 사범대학 생물학과였다. 아마 전술한 윤석봉 선생이 권유한 탓도 있겠으나, 보다 근본적인 원인을 찾으면 필자의 매형인 이기인(李起仁) 교수와의 관계가 더 컸다고 본다. 즉 필자가 해방 전 초등학교 시절 여름방학 때마다 경기도 양주군 별내면 화접리에 있는 매형의 젖소목장에 가서 보고 느낀 점이 더 컸다. 어린 송아지를 끌고 고개 넘어 태릉에서 풀을 뜯기며 느낀 푸른 '파라다이스'에 대한 동경심, 해방 후 매형이 서울대 사범대학 생물과 교수 시절 제자들과 함께 서울 남산에 식물표본을 채집하러 가면서 중학생인 필자를 데리고 갔을 때 느낀 자연과의 만남, 청파동 집에 살 때 마당 한 구석에 닭장을 짓고 아침저녁 모이를 주면서 닭을 키우는 취미생활 등, 어릴 적 환경이 저도 모르게 전공을 택하게 한 동기가 된 듯하다.

그때 아버님의 필자에 대한 태도는 어찌 보면 자식에 대한 무관심으로 비추어질지 모르나, 보다 깊은 속마음은 스스로의 독자성을 인정한 서양식 사고에서 비롯된 것이 아니었나 생각한다.

     잉크가 바랠수록 추억은 빛이 난다

어려움 속에서도 열심히 공부하다

1952년 2월 말 서울대는 물론 연대, 고대 등 소위 일류대학의 입학시험이 동시에 실시됐다. 지금처럼 대학도 많지 않았고, 특히 당시 부산에는 전시연합대학을 만들어 모든 대학이 함께 공부하는 처지였기에 입학시험도 동시에 실시했다. 그때 필자가 지원한 서울대학교의 입학시험은 가교사가 위치한 부산 서대신동 사범대학에서 치러졌다. 필기시험으로 국어, 영어, 수학이 필수과목이며, 선택은 생물을 택한 것으로 기억한다. 합격자 발표는 보름 후에 있었는데, 합격자 명단에 내 수험번호가 보였다. 그동안 노력에 비해 너무 쉽게 합격한 것이 아닌가 느꼈다면 지나친 겸손일까? 후에 알아본 일이지만 아주 우수한 성적으로 합격했으며, 그 점수면 의대, 법대, 상대, 공대 등 소위 일류 학과도 갈 수 있었으니, 솔직히 조금은 아쉽고 후회스런 마음이 들었다. 그러나 일단 결정된 일이니 운명에 맡기고 최선을 다하기로 마음을 다졌다.

드디어 1952년 4월 1일 서울대학교 수의학부 입학식이 부산 송도 암남동(岩南洞)에 있는 국립중앙가축위생연구소(현 부산동물검역소) 구내의 숙직실 건물을 개조해 마련한 피난학교에서 조촐하게 열렸다. 그때 필자는 오순섭(吳順燮) 학부장님 앞에서 입학생을 대표해 선서를 한 바, 입학을 권유한 윤석봉 선생이 뒤에서 필자를 내세운 덕분이었다. 우연의 일치인지 모르나 4년 후 졸업식에서도 최규남(崔奎南) 총장으로부터 대표로 졸업장을 받아 두 번 영광을 누렸다. 그때 함께 입학한 동급생들의 출신지를 보면 역시 서울, 경기, 강원 등 중부지역 출신이 25명으로 제일 많았고, 가까운 영남지역인 부산, 경남, 경북이 20여 명, 충남북이 10여 명, 전남북이 5명 정도로 정원 60명을 채운 상태였다.

서울대 수의학부의 피난학교 자리인 가축위생연구소는 1942년 수역혈청 제조소(獸疫血淸製造所)를 개편해 만든 가축방역의 첨단기지였다. 전체 면적이 23만 평, 가용 면적만도 약 3만 평으로, 삼면이 바다였기에 일제 때는 소를 수출하기 위한 검역 장소로 쓰일 만큼 천혜의 격리 지역이었다. 당시에는 농림부 산하 연구기관으로 수의학부와 밀접한 관계가 있어 피난학교 자리로 이곳을 택했을 것이다. 그러나 수업을 위한 교실 등의 교육시설은 전혀 없다 보니, 부득이 연구소 구내 해변의 검역우 계류장에 가교사 2동을 설치해 1, 2학년 교실로 사용했으며, 실습은 연구소 부속건물에서 겨우 할 정도였다. 심지어 학생 수가 적은 3, 4학년의 강의는 소사육장 내부를 칸막이한 곳에서 각목과 널빤지로 만든 의자에 앉아 받는 등 교육환경이 열악한 편이었다. (사진 2-3)

그 무렵 피난학교 대부분이 천막 교실에서 수업을 받았으나, 그래도 수의대는 콘크리트 가교사에서 공부를 할 수 있었던 데에는 당시 국제연합 한국재건처(UNKRA) 수의고문관인 비치우드(Beechwood) 박사의 도움이 컸다. 그는 해방 후 미 군정청 수의국장으로 재직하였는데, 이때 위생과장으로 잠시 근무한 오순섭 학장과 연이 닿았다. 또 그분들은 1947년 7월 8일, 수의학과가 서울대학교 농과대학에서 분리되어 나오는 데에 주도적인 역할을 한 바, 이들 공로를 함께 기리는 뜻에서 1952년 7월 2일 서울대학교 최규남 총장님의 감사장이 수여되었다. (사진 2-4)

당시에는 모든 것이 여의치 않았기에 등교도 쉽지 않았다. 부산 시내 남포동에서 만원 버스를 타고 송도 해수욕장에 내린 다음, 꼬불거리고 파도치는

     잉크가 바랠수록 추억은 빛이 난다

해변 길을 돌고 돌아 약 1시간이 걸려야 학교에 도착할 수 있었다. 지방에서 온 학생들은 가까운 어촌마을(감천동)에 방을 얻어 삼삼오오 자취를 하거나 하숙을 했으며, 심한 경우에는 몰래 판잣집을 짓고 지내는 경우도 있었다. 이와 같이 어렵고 고생스런 시기가 서울로 환도한 1953년 9월(2학년 1학기)까지 이어졌다. 그러나 이러한 여건 속에서도 학생들은 아무 불평 없이 열심히 공부했으며, 서로 의지하고 도와주면서 젊음의 낭만과 희망을 불태우며 지냈다.

사진 2-3
대학 정문에서 정진화와 함께

사진 2-4
비치우드 박사 표창시 송도 해변에서

한편 입학 당시 농과대학에 속해 있던 수의학부도 1년 후인 1953년 4월 20일에 서울대학교 수의과대학으로 승격하면서 명실상부한 단과대학이 되었다. 만일 그때 단과대가 안 되었다면 상당수의 학생들이 타 대학으로 전과했을 것이다. 교내 전과가 가능했기 때문에 실제로 서울 환도를 전후해 몇 학생이 법대 및 공대로 간 사례도 있었다. 필자도 고민한 적은 있으나, 기왕에 들어선 길이니 갈 데까지 가기로 마음을 굳혔다. 지금 돌이켜보아도 그때의 선택과 판단이 옳았다고 생각한다.

대학 1, 2학년 때의 교수진을 소개하면, 학장 오순섭(해부학), 교무과장 홍병욱(내과학), 학생과장 이영소(생리학), 윤쾌병(조직학, 병리학) 네 분이 전임교수였고, 조교는 대학원생인 윤석봉(해부학), 길한식 두 분이었다. 외래강사인 이영우(생화학, 1학년), 신재두(생화학, 2학년) 선생의 전공과목과 영어, 독일어, 군사교련(고인선 대위) 등 교양과목이 있었다.

전시에 교재를 구할 수도 없었기에, 해부학 원서의 부도를 손으로 그려서 만든 유인물과 생리학 교재를 번역해 철필로 등사원지에 일일이 쓴 다음 찍어내는 소위 '가리방' 책이 교재의 전부였다. 때문에 강의 내용을 처음부터 끝까지 받아쓰는 필기 위주의 교육이 되다 보니, 노트 없이는 시험을 볼 수 없었다. 그래서 평상시 게으른 학생들은 시험 때가 가까워지면 공부 잘하는 학생들의 노트를 빌려가거나 심지어 훔쳐가는 일이 생기기도 했다. 그러나 이와 같이 열악한 여건 속에서도 교수님과 학생들은 모두 열심히 가르치고 배우기 위해 노력했다.

현재의 멋진 캠퍼스와 훌륭하고 다양한 교재를 비교해보면, 참으로 호랑이 담배 먹던 시대의 금석지감이 드는 추억이다.

　　　　　　　　　　　　잉크가 바랠수록 추억은 빛이 난다

연건동 캠퍼스의 추억들을 회고하다

1953년 9월 정부의 서울 환도로 드디어 2년 8개월 동안의 부산 피난생활을 접게 되었고, 수의과대학도 다시 종로구 연건동 캠퍼스로 돌아왔다. 모든 학생들은 새로운 기분과 각오로 2학기 수업에 임하니 비로소 학교 분위기도 정상으로 돌아가는 듯했다. 또 예전 경성의학전문학교 때의 교실과 실험실을 그대로 이용하니 모처럼 대학다운 면모도 되찾을 수 있었다. 물론 오랫동안 비어 있었고, 낡고 허름한 건물이라 어둡고 컴컴한 분위기였으나, 부산 피난학교에 비하면 그래도 만족스러웠다.

그 시절 경험하고 느낀 일들 중에서 지금까지 기억에 남는 몇 가지를 여기 소개한다. 먼저 약 3년간 방치했던 해부학 교실의 골격 표본을 정리한 일이다. 환도 후 처음 맞는 2학년의 2학기가 끝날 무렵, 필자를 수의과대학으로 이끌어주신 윤석봉 선생이 부르시더니 겨울방학 때 해부학 실습실 골격 표본들을 정리하는 일을 도와달라는 것이다. 모처럼 어려운 부탁을 하시는데 마다할 수 있겠는가? 또 그 일이 그리 싫지도 않았다. 다음날부터 가운을 입고 마스크와 모자로 무장한 다음 구둣솔로 몇 년 동안 쌓인 묵은 먼지를 털어내는 일을 시작했다. 작업 내내 매캐한 먼지가 코로 스며들어 목이 칼칼해지고 기침이 나며, 손과 얼굴은 마치 석탄을 캐는 광부의 몰골이나 다름없었다.

그때 표본실에 나뒹굴고 있었던 동물 골격은 대부분 일제 말엽에 창경원(현 서울의대 병원 후문 건너편의 창경궁)에 있었던 동물들의 것으로, 태평양전쟁 막바지에 미군의 공습에 대비해 야생동물들을 없애는 조치가 내려졌을 때 사살 처리한 것이다. 그 중 코끼리, 낙타, 코뿔소 등 일부 동물의 골격을 학교 실습용으로 제공받았으나, 6·25 전쟁으로 박스에 담겨진 채 오랜 기간 방치돼 있었으니 먼지에 덮일 수밖에 없었다.

약 보름에 걸쳐 먼지를 터는 작업이 끝날 무렵, 윤 선생은 필자에게 동물의 골격 표본 부도책(Atlas)을 주시면서 그림대로 한번 맞춰보라고 하셨다. 먼저 척추를 시도해보았으나 소, 말, 낙타, 코뿔소의 형태가 비슷해 구분하기가 어려웠다. 그러나 부도와 비교하면서 이리저리 순서대로 꿰어 맞춰나가니 동물별로 근사한 골격 표본이 생겨났다. 마치 장난감을 조립하는 것과 같았고, 이때 만든 것 중 코끼리 두개골 등 일부는 지금도 수의대 해부학 실습실 한 모퉁이에 놓여 있다.

이 밖에 서울 환도 후 어려운 여건에서도 수의과대학의 면모를 갖추기 위한 많은 노력들이 있다. 그 중 하나는 운동장 한쪽에 학생들을 위한 승마 훈련장을 만들어 교육을 시킨 일이다. 승마복을 입고 말을 타는 경험을 쌓으니 장차 수의사로서의 긍지도 함께 느낄 수 있었으며, 그때 참여한 학생들 대부분이 우리나라 승마계의 지도자로 성장하는 동기가 되었다. 특히 고등학교 시절부터 말과 가까이 한 인연으로 수의과대학에 입학한 조준행(趙俊行), 라종국(羅鍾國), 이효춘(李孝春), 조형원(趙亨遠), 신상진(辛相鎭) 등 쟁쟁한 멤버들이 배출된 것도 다 그때의 소산이다.

수의대 학생들은 특히 타 대학에 비해 대내외 활동을 활발히 한 바, 10월 15일 서울대학교 개교기념 종합체육대회 때마다 참여함은 물론, 특히 축구, 농구는 우승 아니면 준우승을 할 정도로 막강하였다. 총 12개 단과대학 중에서 단일학과 단과대학인 의대, 치대, 약대, 음대, 미대 등은 전혀 참여하지 않는데, 수의과는 예외였다. 또한 서울운동장에서 결승전을 할 때는 전교생

잉크가 바랠수록 추억은 빛이 난다

300명이 응원단으로 나갔고, 학생으로 구성한 밴드부까지 합세하니 가히 부러움의 대상이었다.

또 다른 학생활동으로 수의대 당수부(태권도)를 들 수 있다. 교수님 중 일본에서 '가라데(공수)' 9단을 취득한 윤쾌병 교수님이 당수부를 만드셨고, 방과 후 모여 운동을 하거나 연습을 했다. 필자도 집 마당 한구석에 가마니를 둘러 묶은 어깨 높이의 통나무를 세워놓고 매일 아침 주먹치기 연습을 하니 뼈마디가 두툼해지면서 딱딱한 군살이 생길 정도였다. 그 중 일부 학생은 윤 선생이 사범으로 계신 당수 수련관인 청도관(충무로 3가 소재?)에서 정식으로 배워 유단자가 되기도 했다. 이 밖에도 4회 졸업생이며 잠시 조직학 교실에 계시다가 미국으로 가신 김상남(金相南) 선생도 겉으로 내색하지는 않았으나 숨은 유단자로 알려진 분이셨다.

당시 연건동 수의대 뒤쪽에는 의대가 있었으며, 그 앞에는 문리대, 옆에는 법대가 위치하다 보니 학생 간에 나름대로의 기 싸움이 있었다. 하지만 당수부 덕분에 수의대는 학생 수는 적지만 함부로 건드리거나 무시할 수 없는 존재로 소문이 났었다. 타 대학 학생들은 수의대생 전부가 태권도를 하는 것으로 알았으며, 실제로 수의과 전교생이 흉내 낼 정도의 수준은 되었다. 학교 근처는 물론 종로 5가 일대에서는 수의대생에게 함부로 시비를 걸지 못했으며, 학생들도 어깨를 펴고 거들먹거릴 정도였다.

한 사례를 들면, 학도호국단(학생회) 주최의 행사 때 일어난 일이다. 1954년 봄 신입생 환영 및 재학생 단합을 위한 도봉산 망월사 및 천축사 일주 등반을 마치고 돌아올 때였다. 그 시절은 6·25 전쟁 때 불구가 된 상이군인들의 행패가 극심한 때였다. 그들은 대학생을 전쟁을 기피한 특권층으로 매도하고 있었기에, 등산을 마치고 하산한 학생들에게 아무 이유 없이 시비를 걸고 버스를 가로막는 행패를 부렸다. 당시 학생들 중에는 그들과 같은 참전용사도 있었고, 아직 현역으로 있는 장교, 사병 등도 있었다. 또 수의대는 당수부의 정예들이 포진해 있었으니 그들의 행패를 다루기란 식은 죽 먹기였다. 강한 자 앞에서는 몸을 사리는 그들의 행태를 뒤로 하고 수의대 교가인 '오! 대니 보이'를 소리 높여 부르며 버스를 달리니 흥이 절로 났다.

"아~ 목동들의 피리소리는 산골짝마다 울려나오고, 여름은 가고 꽃은 떨어지니 너도 가고 또 나도 가야지, 저 목장에는 여름철이 오고, 산골짝마다 눈이 덮여도, 나 항상 오래 여기 살리라, 아~ 목동아 아~ 목동아 내 사랑아"

잉크가 바랠수록 추억은 빛이 난다

학도호국단(학생회) 활동
참여하고 봉사하는 마음으로 일하다

필자가 학도호국단에 관여한 것은 환도 다음해인 1954년 3학년 1학기 초였다. 원래 학도호국단이란 명칭 그대로 학생들의 군사교련을 목표로 만든 조직으로, 전시 등 국가비상사태에 대비한 사전 포석이었다. 물론 6·25 이전에도 중학교 이상의 각 학교에 교관 요원들을 배치해 제식교련이나 총검술 등을 교육시켜왔으나, 그 후 더 강화되어 대학에서 이수하는 필수과목으로 현역 교관을 전속으로 배치해 주 2시간 2학점까지 부여할 정도였다. 한편 이 모임은 학생들의 자치활동을 보장하는 학생회 역할도 겸하고 있었다. 지금도 그렇지만, 그때도 3학년이 주도해 학도호국단을 운영했으며, 등록 때마다 회비를 납부해 활동경비로 충당했고, 학생대표인 회장도 3학년이 모여 자율적으로 선출하는 민주적인 형식을 취하는 제도였다.

당시 수의과대학도 그런 절차를 거친 결과 박중수(朴仲洙)가 회장으로 선출됐으며, 실무는 총무부장인 필자, 학예부장 최영일(崔英一), 체육부장 최종해(崔宗海)가 각기 맡았다. 주된 학생활동은 전술한 대로 1학기 중순경에 개최하는 신입생 환영회 및 단합대회, 2학기 연례행사인 개교기념 체육대회 및 종합예술제였다. 필자는 그때마다 살림꾼 역할로 분주했고, 나름대로 보람도 느꼈다. 특히 1954년 10월 서울대 체육대회 때는 우리 수의대 축구팀이 우승을 차지했고, 농구도 준우승을 할 정도로 두각을 나타냈다. 그때마다 총무부장인 필자와 최종해 체육부장은 출전 선수들의 유니폼과 운동화, 모자 준비는 물론 식사와 음료, 저녁 뒤풀이 등 모든 뒷바라지를 도맡아야 했다. 아마 그때 하던 일들에 익숙해진 건지 모르나, 지금도 무슨 일이 벌어지면 누가 시키는 것도 아닌데 자진 참여해 봉사해야 직성이 풀리니 알다가도 모를 일이다. 좋게 말해 매사에 적극적이고 주도적인 역할을 선호하는 리더의 자질을 갖게 한 동기였다고 스스로 자부해본다.

다음은 1955년 서울대 12개 단과대학 학도호국단 대표 모임인 운영위원회에서 현 서울대 표식인 배지를 만드는 데 주도적인 역할을 한 일이다. 당시 수의과대학 박중수 회장의 힘이 컸으며, 이미 2008년 발간한 《수의과대학 60년사》 동문회고록(601쪽)에 기고한 바 있다. 그 내용을 요약하면 1946년 국립 서울대학교가 발족한 후 10년 동안 교표인 배지도 없이 지내다가, 1954년에 비로소 단일화된 로고로 통일하자는 의견이 제시되기 시작했다. 물론 그 이전에도 논의가 있었지만, 이미 단과대학별 배지를 갖고 있던 큰 학부의 반대로 무산된 상태였다.

경성제국대학 등 일제강점기 대학들을 계승한 문리과대학, 의과대학을 비롯해 법과대학, 상과대학, 공과대학, 사범대학 등은 소위 명성과 역사가 있고 학생 수도 많았다. 그러한 주류 대학과 약학대학, 치과대학, 수의과대학, 농과대학, 음악대학, 미술대학 등 단과형이며 학생 수도 적은 비주류 대학 간의 견해가 달랐던 것이다. 여기에 전통성, 역사성, 우월감의 차이는 그 거리감을 더 크게 했으며, 이런 분위기를 반영하듯 각 단과대학별로 각기 다른 고유한 배지를 갖고 있었다. 결국 종합대학인 서울대학교의 이미지를 나타내는 로고는 없고, 각자의 특성만 내세운 로고만 있었다. 'University(종합대학)'가 'College(단과대학)'로 전락한 셈이며, 이는 해방 직후 1946년의 국립대학안(국대안) 반대 운동 여파가 그대로 남아 있는 구태의연하고 한심한 작태였다.

이런 분위기에서 수의과대학 학생대표인 박중수 회장은 비주류 학부를 결속시키는 한편, 주류 학부를 설득하는 데 역량을 발휘했다. 그 결과 1955년 12개 단과대학 대표로 구성된 운영위원회에서 '서울대학교 교표 통일안'을 발의했으며, 표결 결과 다수의 찬성으로 현재 서울대 로고를 하나로 만드는 동기가 되었다. 역사의 기록으로 길이 남겨둘 만한 일이기에 여기 간추려보았다.

참고로 환도 후 3, 4학년 때의 교수진을 소개하기로 한다. 먼저 2학년 2학기 때 교양과목 교수로 국사는 류홍열(柳洪烈) 문리대 교수, 헌법은 법대 한태연(韓泰然) 교수, 영어는 연세대 안병욱(安炳旭) 교수, 체육은 김성수(金成洙) 선생 등 당대의 석학들이 강사로 나와 주셨다. 3학년 때는 전부 전공과목으로, 미생물학은 의과대학 기용숙(奇鏞肅) 교수와 전윤성(全允成) 선생이 실습을 분담했고, 병리학은 윤쾌병(尹快炳) 교수, 약리학은 이장락(李長洛) 교수가 각각 담당했다. 4학년 때 내과학은 본교 홍병욱(洪炳旭) 교수 및 오수각(吳壽珏) 선생이 실습을 분담했고, 외과학은 농대 옥종화(玉鍾華) 교수가 담당했다. 기타 위생학, 축산학 등의 과목도 있었다.

이상과 같이 필자의 대학생활은 파란만장의 연속이었다. 전시 피난지 부산에서 입학해 3학기를 보내고, 다시 서울로 올라와 5학기를 지내는 4년 동안 모든 것이 생소할 수밖에 없었다. 차분하지 못한 분위기에서 학교를 다녔으니 학업의 만족도는 물론 장차 사회 진출에 대한 비전이나 희망도 없었다. 그저 대학과정을 남들이 거치니 나도 이수한 것뿐이지, 누구를 위해 무엇 때문에 대학을 다녔는지 분명하지 않았다.

그런 고뇌 속에서도 1956년 3월 28일 동숭동 문리대 교정에서 제10회 졸업식이 거행되었다. 학사모도 가운도 입지 않은 검소한 졸업식으로 최규남

총장이 12개 단과대학 대표에게 졸업장을 주고 축사를 하는 것이 식의 전부였다. (사진 2-5)

이때 우연의 일치인지 모르나 1952년 수의대 입학식에서 학생대표 선서와 더불어 이번에는 수의대 대표로 졸업장을 받는 영예가 필자에게 주어졌다. 새삼 그 시절을 회고하며 감회에 젖어 보았다.

사진 2-5
서울대학교 단과대학 10회 졸업생 대표(뒷줄 왼쪽에서 두 번째가 필자)

잉크가 바랠수록 추억은 빛이 난다

잊을 수 없는 88동문들을 회고하다

1981년 서울대학교 수의과대학 동창회 명부에 올라온 1956년도 졸업자는 1, 2학기 합쳐 79명이고, 2005년도 판의 1952년도 입학자는 총 72명으로 등재되어 있다. 입학생과 졸업생 수에 차이가 나는 것은 필자와 같이 4년 만에 졸업한 입학 동기 이외에도 중간에 복학했다가 졸업한 선배 등이 있었기 때문이다. 이는 6·25 전쟁 등 사회 격변기에 대학을 다녔기에 더 심했을 것이다.

하여튼 당시 같이 대학을 다녔던 동기들 중 먼저 두 명의 여성 동창부터 소개한다. 그 시절 사회 여건으로 볼 때 대학에서 여학생의 비율이 별로 높지 않아 2년 후배 1명을 합해 전부 세 명이다. 게다가 1947년 수의학부가 생긴 이래 최초의 여학생이었고, 그만큼 인기도 많았다.

우리 동기인 강경숙(姜敬淑)은 졸업 후 경북 봉화와 김천 등지의 중학교 교사로 출발해 대전에 있는 농남중학교 교장으로 퇴임할 때까지 교직을 지켰다. 또 김대은(金大恩)은 안양가축위생연구소 연구원으로 잠시 근무하다 유럽 네덜란드로 유학해 박사학위를 취득했으며, 귀국 후 서울시립대 수의학과 교수로 재직하다 바로 미국으로 이민을 떠났다. 그녀는 황해도 안악 출신으로 소아마비 탓으로 다리를 절고 다녔지만 무척 의지가 강했다.

다음은 필자의 입학 동기이자 졸업 동기인 김범래(金範來)로, 일찍이 농림부 공무원으로 시작해 수의사의 최고 직위인 가축위생과장과 국립동물검역소장을 지냈고, 수의대 동창회장과 우리 동기 모임인 88동문회장으로 활약하는 등 수의계에 많은 업적을 남긴 동문이다. 전동룡(全東龍) 역시 농림부에 잠시 있다가 바로 축산업에 진출해 성공한 동창으로, 천안에 동화농산이란 대규모 양돈장을 운영하면서 초대 한국양돈협회 회장으로 10여 년 동안 업계의 발전은 물론, 축산단체협의회 회장으로 축산업 발전에 지대한 공헌을 했으며, 대한수의사회 회장과 수의대 동창회장 및 장학재단 이사장으로 활약한 공로로 '자랑스러운 동문상'을 받기도 했다. 특히 그는 2010년 9월 30일 지병으로 유명을 달리했으나 사후 유족들이 그의 유지에 따라 본인이 이사장으로 있던 수의대 장학재단에 3억 원이란 거금을 쾌척하는 등 후배들의 장학사업에 기여한 공적이 지대한 동문으로 영원히 남을 것이다.

대학 교수를 지낸 동문은 모교인 수의과대학에서 평생을 바친 권종국(權宗國)과 최희인(崔熙仁) 학장을 비롯해 경상대학을 거쳐 서울대로 온 마점술(馬點述) 교수, 그리고 필자를 들 수 있다. 불과 20여 명밖에 되지 않은 수의대 교수 중 4명의 동창이 모교에 함께 근무한 바, 이는 전무후무한 일이었다. 그리고 3년 선배인 강원대 김우호(金宇鎬) 교수 역시 졸업 동기고, 경북대학의 허린수(許麟洙), 예산농업전문대의 이대영(李大永), 진주농전의 박옥윤(朴玉潤)을 합치면 총 8명의 동창이 대학에 진출한 셈이다.

수의장교 출신으로 육군본부 수의병과장을 지낸 동문은 김종면(金鍾冕), 최윤석(崔崙錫), 이순우(李淳雨) 대령(2년 선배로 대한수의사회 사무국장 역임) 등 3명이다. 기타 육군식품검사반에서 중위 혹은 대위로 비교적 오랫동안 활동하다 제대한 동창은 오리온햄 김영각(金榮珏), 경기도 고양군청 김용철(金容哲), 서산수협 상무 변영근(邊英根), 자체검사원 출신 이성우(李成雨), 임관철(林冠哲) 등이 있다. 또한 수의장교 임관 후 3~4년 이내에 제대한 동창들 중 비교적 일찍 사회에 나와 활동한 동문은 경남 밀양에서 개업한

　　　　　　　　　잉크가 바랠수록 추억은 빛이 난다

김경식(金璟埴), 부산 김명석(金明錫), 김상종(金湘鍾), 서울 김용제(金容濟), 충북 진천 덕산양조장 대표인 이재철(李載哲), 기독교방송국 최영일(崔泳一), 대한수의사회 총무부장을 지낸 최종해(崔宗海) 등이다.

기타 중고등학교 교사 및 교장을 지낸 동창은 서울 성암여상 인태봉(印泰奉), 해성여중 허옥(許沃), 대구농림 백학득(白鶴得), 경북 함안고 김두철(金斗鐵), 김해고 설진욱(薛珍旭), 청주 운호중 김진경(金鎭景), 경남 창녕 영산 농고 교장을 지낸 정진기(鄭鎭璣), 서울 경복고 이세제(李世宰) 등이다. 또한 2년 선배로 서울 사립 명문인 우촌초등학교 교장을 지낸 양재현(梁在賢), 안성여중 교사를 거쳐 백령도중고 교장으로 정년을 맞은 4년 선배인 이상만(李相滿)도 졸업 동기다.

수의사의 본업인 동물병원을 개업한 동창은 서울 이봉춘(李奉春)·전도순(全道淳)·조수식(趙守植)·조준행(趙俊行), 춘천 정진화(鄭鎭華), 충남 대천 김재하(金在河), 김해 및 부산 박만택(朴滿澤)·신덕근(辛悳根)·신영돈(申榮敦), 강원도 원주 이수영(李銖泳), 경남 마산 박병욱(朴炳旭)·의령 이종학(李鍾學)·밀양 최국주(崔國柱), 경기 평택 최원우(崔源佑)·이천 이종억(李鍾億), 전남 나주 노인환(魯寅煥), 광주 박금석(朴錦石) 등이다. 기타 수의직 공무원으로 경남가축위생시험소에서 공직 생활을 한 조희택(趙熙澤) 소장, 전북도청 및 가축위생시험소 양영섭(楊英燮), 인천시청 박재영(朴在泳), 경기도에 근무한 구본수(具本洙)가 있다. 또 관련업계나 단체로 진출한 동문은 경남유업의 구현수(具賢秀), 김해 영농가 박권주(朴權柱), 부산 안정룡(安正龍), 경기 양주축협 임원배(林元培), 노태산목장 김두명(金斗明), 농협중앙회 최형락(崔炯珞) 등이다.

이 밖에 전공과 관계없이 자유업으로 활동한 동창 중 절친한 친구인 안정

섭(安晶燮)은 대학 재학생 시절에 양돈장을 시작할 정도였으나, 너무 이것저
것 허황되게 사업을 벌이다 실패한 다음, 결국 본업인 가축병원을 개업하다
도미한 바, 그가 지닌 포부를 발휘하지 못하고 아쉽게 중도하차한 사례다. 이
밖에 삼경기업의 강유곤(姜楡坤), 전북 익산 송천목장의 김규태(金圭泰), 서
울 북부세무서의 김재덕(金在德), 서울 동숭약국의 김현수(金鉉洙), (주)창
설사 박임순(朴任淳), 미국으로 이민 간 이의명(李義明), 유한양행의 정운영
(鄭雲永) 등과 수의대를 졸업하고 부산대 의과대학으로 편입해 의사가 돼 경
찰병원 및 적십자병원에 근무한 김기홍(金基洪)이 있다. 또 입학은 함께 했
으나 졸업을 함께 하지 못한 동창은 학생회장인 박중수(朴仲洙)로, 수의장교
로 제대 후 민주공화당 마포지구당 사무국장을 거쳐 한국석탄공사 상임감사
를 지냈으나 교통사고로 별세한 정치지망생이었다. 대전 출신의 송덕화(宋

사진 2-6
88동창회 가족 일동(1983년 진천의 초평호텔 앞에서)

잉크가 바랠수록 추억은 빛이 난다

憙和), 김인구(金仁九)도 가까이 지낸 친구들이다. 졸업 후 15년도 안 돼 일찍 별세한 동문은 김성수(金聖洙), 문희철(文熙哲), 박형서(朴亨緖), 이봉춘(李奉春), 이수영(李銖泳), 장동훈(張東勳) 등이다.

우리 동기회 명칭인 88동창회는 졸업 학년도인 단기 4288년(1955년)에서 88을 따서 지은 것으로 '팔팔하고 건강하게 사는 동창회'란 뜻이며, 최영일 동문이 작명하였다. 그동안 이재철을 시작으로 이성우, 김범래, 변영근, 임관철을 거쳐 현 김종면 동문이 회장을 맡아 수고하고 있으며, 총 5,000만 원 기금의 이자 수입으로 부부동반 여행도 하고 친목도 다지며 30년을 지내고 있다. (사진 2-6)

세월도 무상해 동문 70여 명 중 절반인 30여 명이 이미 타계한 바, 훗날 저승에서 다시 만날 때 이승의 기록이 필요할 듯싶어 미리 정리해보았다.

제3장

사회 초년기

젊은 날, 금 같은 경험을 쌓다

1956년도 수의대 졸업생 마산 육군군의학교에 입교하다

군의학교 후보생 시절 모두가 동고동락하며 지내다

수의장교 임관 군 급식검사관 시절을 회고하다

수의대 무급 조교로 지내다 서울시 공무원으로 특채되다

공직생활 중에도 스스로 나아갈 길을 모색하다

직장생활과 동시에 보건대학원을 다니며 자기계발을 하다

보건대학원을 졸업하고 국방부 공채에 합격하다

마산 육군군의학교에 입교하다

당시도 지금과 마찬가지로 대한민국 남성은 누구나 군에 가야 했다. 특히 대학생은 학교를 마칠 때까지 군 입대가 유보된 상태였기 때문에 졸업과 동시에 군대에 가는 것을 당연하게 여겼으며, 졸업장이 바로 입대증이란 말이 나올 정도였다. 당시 정부는 청장년의 군 입영 등 병무업무를 전담하는 '병사사령부'를 지역 단위로 설치해 군 인력 확보에 만전을 기했고, 특히 대학을 졸업한 전문인력 활용 방안을 강구하였다.

그 사례로 바로 1년 선배인 1955년 수의과대학 및 약학대학 졸업생들이 졸업 다음날 소집영장을 받고 육군군의학교 의정장교 후보생으로 입대한 경우를 들 수 있다. 당연히 우리 1956년 졸업생도 그와 같은 전철을 밟을 것이라 믿고, 또 그런 기대 속에 영장이 나오기를 기다렸으나 감감무소식이었다. 어찌된 영문인지 알아보니 약학대학 졸업생들은 예년과 같이 이미 군의학교에 입대해 교육을 받고 있음을 확인할 수 있었다. 당시에는 서울대학교에만 약대와 수의대가 있고, 타 대학에는 관련 학과가 없던 시대라 쉽게 알아낼 수 있었다.

그러나 우리도 그러리라는 보장이 없으니 막연히 기다릴 수도 없는 일, 서울에 사는 최영일(崔英一)과 이봉춘(李奉春) 등 동기 동창들이 모여 모교를 찾아가 오순섭 학장님께 금년도 수의대 졸업생들의 군 입대 문제를 해결하는 방안을 육군본부 의무감실에 알아봐달라고 부탁을 드렸다. 그러나 차일피일 시간만 지날 뿐 신통한 회답은 기대할 수 없었으니 답답한 것은 당사자인 우리들뿐, 묘책을 찾아봐야 했다. 결국 필자가 직접 나서 알아보기로 하고, 먼저 육군본부 의무감실에 근무하는 선배인 김석근(金碩根) 소령을 찾아뵙고 상의하니, 금년(1956년)에는 수의과대학 졸업생을 위한 계획이 당초에 없기 때문에 불가하다는 것이다. 다만 작년의 사례로 볼 때, 좀 늦은 감은 있으나 학장님이 직접 의무감님을 뵙고 부탁드려보라는 말씀이셨다. 즉시 오 학장에 전해드렸으나 이번에도 별로 진전되지 않으니 세월만 축나는 꼴이었다.

그런 와중에 우연히 필자의 큰아버님이 관계하시는 평산 신씨 종친회를 통하여 당시 육군본부 의무감인 신학진(申鶴鎭) 준장을 소개받을 수 있었고, 당돌하지만 직접 집과 사무실로 찾아가 말씀드릴 기회를 얻었다. 그리고 작년도에 졸업한 선배들은 졸업과 동시에 소집되어 소정의 교육을 필하고 의정장교로 임관됐는데 금년에는 지금까지 아무 소식이 없어 직접 찾아뵙게 되었다는 말씀을 드리니, 자초지종을 알아보고 회답을 줄 터이니 기다려보라고 하셨다.

그 결과 육군본부 의무감실에서 당초 간호장교 후보생 교육계획을 변경해 수의과대학 졸업생을 위한 간부후보생반을 신설키로 했으며, 1개 소대 규모의 수의대 졸업생을 확보해야 교육이 가능하니 단시일 내에 소집해보라는 연락이 왔다. 바로 학교에 비치된 학생 주소록을 통해 통지하니 겨우 20여 명이 1차로 동참했고, 다시 10여 일 연장하면서 기다려 총 37명을 확보할 수 있었다. 이때 참여하지 않은 일부 동기생들은 이미 병역을 필했거나 기피 의도가 있는 사람들이었다. 여하튼 남들이 의무적으로 군에 소집돼 논산훈련소로 들어가 고생하던 시기에 우리들은 무슨 사병(私兵)을 모으는 식으로 소집되었으니, 아주 예외적인 대접이었다.

그러나 공교롭게도 2차 소집일을 며칠 앞두고 서울지구 병사사령부는 관내 해당자에 대한 소집영장을 발급하였고, 이때 영문도 모르고 입대한 동기생들이 있었다. 그래서 그들을 구출하기 위한 007작전이 1956년 7월 중순 어느 날 이뤄졌다. 총집합 장소인 서대문 로터리 일신국민학교에서 해병대로 입대 예정이던 동창들(김용철金容哲, 장동훈張東勳, 전도순全道淳 등)을 육군본부 특명으로 빼낸 것이다. 물론 이때 필자에게도 소집영장이 발부됐으며, 그 사실을 육군본부 의무감님에 말씀드리니, 일단 응소해야 하며 불응하면 기피자로 간주한다는 것이다. 그런 다음 공식 절차를 밟아 다시 뽑아낼 것이니 자기를 믿고 그렇게 하라는 당부였다. 그러나 필자는 아무리 의무감님의 말씀이지만 과연 믿을 수 있는 것인지 의문이 생겨 상황을 봐가며 결정하기로 했다.

마침 당시 통역장교로 있던 필자의 사촌형 신상순(申商淳) 대위에게 부탁해 알아봤다. 이번 서울지구 소집인원은 해병대로 입대할 예정이라는 정보를 얻었으나 확실하지는 않았다. 미심쩍은 생각으로 형님을 앞세워 소집 당일 현장에서 확인하니 그날 응소자들이 전부 해병대 입대 예정자로서 이미 인수절차를 마치고 수송 트럭을 대기하고 있는 상태임을 알 수 있었다. 그래도 응소해야 하는지 묻기 위해 필자가 육군본부 의무감실에 공중전화로 사실을 알린 바, 즉시 조치를 취할 것이니 잠시 기다려보라는 회답이 왔다. 그때 필자는 의무차감인 백창기 대령(후에 베트남전 때 의무부장 역임)과 직접 통화했는데, 그분은 우리 수의대 졸업생들의 사정을 익히 알고 있었다. 아무리 다급한 상황이지만 그래도 갓 대학을 졸업한 애송이로서 당돌한 행동을 한 셈이다.

그렇게 된 지 불과 30여 분 후 의무감실 인사담당과 국방부 병무담당 장교

잉크가 바랠수록 추억은 빛이 난다

(육군 대위) 둘이 탄 지프차가 급히 달려왔고, 현장의 모병담당 장교에게 공문과 함께 수의대 입대자는 제외시킬 것을 지시했다. 이미 해병대로 인계한 상태에서 수의대 출신은 손을 들라는 고함에 영문도 모르고 손을 드니 "개새끼들 나가"라는 소리에 친구 셋은 영문도 모르고 얼떨결에 밖으로 나왔다. 소위 '개병대' 신세를 면하는 순간이었다.

드디어 대학을 졸업한 지 4개월 후인 1956년 7월 말(28일 경), 우리 동기 동창 37명은 서울 용산역에 집합해 육본 의무감실 상사의 인솔을 받아 야간 군용열차 편으로 마산에 있는 육군군의학교로 향했다. 다음날 아침 일찍 학교 정문에 이르니 무슨 학생들이 난데없이 왔느냐는 식이었다. 잠시 기다리는 동안 육군본부에 확인한 다음에야 겨우 입교할 수 있었다.

어찌 보면 필자가 저지른 돌출 행동의 결과로 볼 수도 있으나, 그보다는 군대 내 수의병과의 기틀을 잡는 동기를 부여한 역사적인 사건이 아니었나 생각한다. 참으로 호랑이 담배 먹던 시절의 비화이기에 잠시 회고해보았다.

모두가 동고동락하며 지내다

이렇게 우여곡절 끝에 마산 군의학교에 입교한 1956년도 수의대 졸업생들은 동년 8월 6일부터 9월 29일까지 8주에 걸친 교육훈련 과정에 들어갔다. 마치 대학 동창들이 같은 내무반에서 합숙하며 지내는 격이니, 남다른 특혜를 누린 셈이다. 교육훈련 과목도 육군 장교의 기본 소양을 갖추기 위한 것으로, 제식훈련부터 총검술, 독도법, 소총의 제원 및 관리, 사격훈련, 야간 현장모의전투에 이르기까지 간부후보생 교육의 전반적인 내용을 담고 있었다. 또한 아침저녁 점호는 기본이며, 일과 후 청소 등 환경정비를 위한 노역에도 동원되는 등 일반 병사들의 고충도 체험할 수 있었다.

내무반 여건은 열악한 편이었는데, 퀀셋 막사 바닥은 흙바닥에 가마니를 깐 게 전부였고, 야전침대 위에서 담요 한 장을 덮고 자야 했다. 식사도 보리밥에 콩나물국, 김치나 장아찌 한두 가지이니 겨우 배고픔을 면할 정도였다. 하루 종일 빡빡하게 짜인 교육훈련에 지친 몸이니 밤이면 곯아떨어지고, 싫어도 먹어야 하니 이것이 바로 군 생활이구나 싶었다. 그런 와중에서도 저녁시간이면 간혹 주보(PX)에 들러 친구들과 어울려 군것질도 하고, 영내 교회에 예배 보러 간다는 핑계로 청소 당번을 피해보는 잔꾀를 굴리기도 했다. 또 교회 합창단에서 간호장교 후보생들과 어울리는 재미도 겸하니 꿩 먹고 알 먹기였다. '군대는 요령'이란 말을 몸소 체험한 셈이다.

그러나 하루 24시간을 동고동락하는 생활이니 어찌 좋은 일만 있고 궂은 일은 없겠는가? 특히 동기동창들이 모였으니 평상시에 느낄 수 없는 일들도 벌어질 수밖에……. 기억나는 몇 가지 사례를 들면 대개 이런 것들이다. 강의 시간에 눈만 감고 고개는 꼿꼿이 세운 채 소리 없이 자는 명상가, 밥을 더 얻어먹기 위해 식사 당번을 자청하는 봉사자, 식사 후 그릇 씻기 싫어 옆 친구에게 떠맡기는 애교 있는 얌체, 특히 새벽 기상점호 시간 군화 끈도 제대로 못 매고 어슬렁거리며 나오는 느림보 아저씨, 그 통에 아침 일찍부터 연대 기합 받는 신세……. 그 다음부터는 허 아무개(허린수)가 보이면 무조건 '전원 집합 끝!'이다. 친구들끼리 동고동락하기에 사이가 다 좋을 것 같지만 꼭 그렇지도 않았다. 오히려 친한 사이일수록 사소한 입씨름이 으르렁대는 싸움이 되었다. 심지어 친구의 지갑을 슬쩍하는 얌체도 있었고, 심한 경우 너무 고단한 나머지 오줌을 싸거나 배탈로 똥을 싸는 친구도 있었다. 또 내무반이 떠나갈 듯 코를 고는 동기 옆에서 자던 사람이 참다못해 그 친구를 발로 걷어차고 큰소리를 지르는 바람에 한밤중에 전원이 기상하는 일도 벌어졌다. 이때 공동생활에서 발생할 법한 추태들을 거의 경험해보았던 것 같다.

그러나 누가 뭐래도 군의학교 후보생 시절은 매우 즐거웠고, 담당 중대장(서승원 대위로 기억한다)은 물론 선임하사도 우리들을 무척 부드럽게 대해 줬다. 난데없이 뛰어든 동기들 중에 틀림없이 배경이 든든한 친구가 있을 것이니, 서로 좋게 지내자는 생각도 한몫했을 것이다. 물론 교육담당 교관이나 조교들도 마찬가지였다. 특히 의대, 치대, 약대, 수의대 등 전문 분야 출신들을 교육하는 곳이니 일반 보병과는 어딘가 달리 대했을 것이며, 실제 그런 대우를 받았다고 본다.

이런 분위기에서 8주 교육이 끝나니 남은 것은 육군 장교로 임관하는 절차뿐이었다. 하지만 예년대로 의정장교인 육군 소위가 되느냐, 아니면 수의장교인 육군 중위가 되느냐가 아직 결정 나지 않았으니 각자 집에 가서 기다려보라는 명령을 받았다. 참으로 엉성하던 당시 군대행정을 엿볼 수 있는 대목이다. 결국 우리들은 당시 군의학교장 장발 대령이 발행한 휴가증을 들고 뿔뿔이 헤어져 각자 집으로 향했다. 그 후 계속 대기 상태로 지내다가 12월 초 대구 보충대로 집합하라는 명령을 받고 출두하니, 군의학교를 수료한 지 두 달 만이었다. 결국 육군 중위 임관 사령장은 수료일인 1956년 9월 29일자로 소급된 것이고, 부대 배속도 뒤늦게 받는 등 필자의 군 생활은 처음부터 끝까지 우여곡절의 연속이었다.

당시 함께 임관한 육군군의학교 제27기 38명(사진 3-1) 중 약대 출신 1명을 제외한 수의대 동료 37명은 대부분 그해 초인 1956년 3월에 창설한 15개 식품검사반에 배치됐으니, 이때를 계기로 육군 급식의 검사업무도 본격화되었다. 뿐만 아니라, 이는 한참 후인 1971년도에 육군본부 의무감실의 수의

사진 3-1
27기 군의후보생 졸업기념(1956. 9. 29.)

잉크가 바랠수록 추억은 빛이 난다

병과가 정식 기구로 승격되는 계기가 되기도 했다. 역대 수의병과장 중 초창기인 1대 김만영(1971년)과 2대 이도필(1974년) 대령을 제외하고 3대 이순우(1977년), 4대 김종면(1979년), 5대 최윤석(1981년) 대령 등 3대가 연달아 우리 27기 동기들이었다.

또한 일반 군의관과 동격인 육군 중위 계급장을 받은 것도 미 육군 수의병과의 고유 업무인 식품검사 업무를 그대로 도입한 덕분이라 생각한다. 미국 대학의 경우 의과대학과 수의과대학의 교육이 6년제로 같아 군에서 대우도 동일했는데, 우리나라도 그 제도를 그대로 적용했다. 물론 1956년도 수의대 출신들에게만 주어진 단 한 번의 혜택이었지만, 수의계 역사에 길이 남길 자랑스러운 일이기에 그 전말을 상세히 간추려보았다.

훈련을 같이 받는 사람들 대부분이 동기였기에 힘든 군 생활이 얼핏 수련회 같은 느낌이 들 정도였다. 어려움만큼 즐거움도 많았던 시기였다.

군 급식검사관 시절을 회고하다

전술한 대로 우리 27기 동기생들은 1956년 12월초 대구 보충대에서 부대 배치를 받고 각자 임지로 떠나 본격적인 군대생활을 시작했다. 당시 필자는 대구 경마장 근처(비산동)에 있는 제1지구급양대 내 제1육군식품검사반에 배속됐으나, 실제로는 대구 봉산동에 있는 제2군사령부로 차출되어 의무부 수의담당 부서에서 근무했다. 그 사유는 2년 선배인 이성기(李聖基) 대위가 산하 부대에서 필자를 차출했기 때문이다. 주로 수의 업무를 보조하는 한편으로 2군 산하 식품검사 업무, 군납 통조림공장 지도 등의 일을 6개월 정도 수행했다.

그 후 원대복귀하면서 본업인 식품검사관 생활을 시작한 바, 당시 수의대 2년 선배인 김만영(金萬泳) 대위가 반장이었고, 4년 선배인 한수남(韓壽南) 중위도 있었다. (사진 3-2) 그 후 동기인 김영각(金榮珏), 1년 위인 김영목(金榮穆) 중위도 잠시 함께 지냈다. (사진 3-3) 수행했던 일은 급양대를 통해 공급되는 급식재료의 신선도를 살피는 일이었는데, 주로 관능검사를 통해 합격 여부를 결정하는 것이었다. 이는 미 육군에서 시행하고 있는 제도를 그대로 도입해 적용한 방식으로, 상당한 경험과 노하우가 필요했다. 이 과정에서 경험을 쌓은 선임자들이 많은 도움을 줬으나, 실질적인 노하우는 결국 스스로 배우고 터득할 수밖에 없었다.

뿐만 아니라 검사 요령도 필요했다. 추석이나 정초 특식용으로 납품되는 소는 산 채로 들어왔는데, 이 경우 외관상 배가 무척 부르거나 숨이 차는 등

물 먹인 소로 의심이 갈 때는 그 소를 적절한 방법으로 조치해야 했다. 무조건 1시간 이상 검사를 지연시켜 강제 급수로 체내에 축적된 수분을 오줌으로 배설시킨 다음 체중을 측정했다. 그러자 업자들도 다시는 그런 장난을 되풀이하지 않았다. 어패류의 신선도 검사도 중요한 항목으로 냄새, 색깔, 탄력성 검사 등 관능검사를 실시했다. 콩나물은 트럭에 포대로 쌓인 상태로 왔는데, 그것 전부를 풀어볼 수 없으니 한두 개 샘플을 골라야 했다. 이때 경험

사진 3-2
왼쪽부터 한수남, 김만영, 필자
(대구 밤거리)

사진 3-3
제1육군식품검사반 앞에서 필자와 김영각

인지 육감인지 모르나 썩은 콩나물 포대를 귀신처럼 골라낼 정도가 돼야 진짜 명검사관이란 명성을 얻을 수 있었다. 보통은 포대 깊숙이 숨겨두지만, 어떤 업자는 역으로 바깥쪽에 두는 술수를 부리기도 했다. 이런 저런 눈속임에 넘어가지 말아야 검사관의 위신을 지킬 수 있으며, 그렇지 못하면 애송이 취급을 받을 수밖에……. 그만큼 관능검사란 체험과 숙련이 요구되는 기술이며, 그때 쌓은 경험이 나중에도 많은 도움이 되었다.

약 1년간 대구에서 생활한 필자는 서울지구 제10급양대 및 육군병식연구소가 있는, 동대문구 답십리 현 전농초등학교 건너편 동대문여중 자리에 위치한, 제16식품검사반으로 전보발령을 받아, 모처럼 부모님이 계시는 서울로 올라왔다. 역시 2년 선배인 양승일(梁昇日) 대위가 반장이며, 동기인 김종면(金鍾冕) 중위가 함께 근무하고 있었다. 필자는 당시 부평 백마장에 있는 부평 식품검사반에 배치돼 주로 시외버스로 출퇴근하는 신세가 됐으나, 하숙하지 않고 집에서 다니는 것만으로도 감지덕지였다. 당시 했던 일은 부평, 부천지구 군부대 공급 부식물을 검사하는 것으로, 그 규모나 물량이 적어 필자와 하사 둘이 담당했다.

6개월 정도 지나니, 당시 육군본부 인사 원칙인 전후방 교대근무의 일환으로 다시 대구 제1식품검사반으로 발령이 났다. 당연히 전방으로 가야 하는데 반대로 대구로 발령이 난 것은 임관 초기에 2군사령부로 차출되어 근무한 경력을 고려한 데 있다. 특히 군 급식의 식품검사 업무를 정착시키기 위해서는 행정과 실무를 겸비한 검사관이 필요했으니, 후방 지원 2군사령부가 위치하고 있는 대구지역에 배치해 필자를 활용할 목적이었던 것 같다.

그러나 대구로 부임한 지 몇 달 후인 1958년 8월 31일자로 국방부의 제대 특명을 받은 바, 임관한 지 만 1년 11개월이 지난 때였다. 당시 여건상 불가능한 일이었지만, 그 발단은 서울대 의과대학에서 시작되었다. 당시 의대 졸업생들 대부분이 군의관으로 복무했고, 다른 병과에 비해 제대가 늦어지니 학생 실습에 절대 필요한 조교 요원이 부족할 수밖에 없었다. 그래서 이 문제의 해결책으로 제시된 것이 의대 조교 요원에 한한 특별 제대 방안이었다.

마침 문교부 장관이 서울대학교 총장 출신인 최규남(崔奎南) 박사로, 그 사정을 잘 인식하고 있어 긍정적인 검토가 가능했을 것이다. 그러나 이를 서울대 의대에 국한시킬 수도 없는 일이라, 의학계열 전반에 걸친 조교 요원 부족 사태를 함께 검토하는 것이 타당하였고 명분도 있었다. 그 결과 문교부는 국방부와 사전 합의를 거쳐 당시 의학계열 대학 전부인 서울대 및 세브란스 의과대학 각 6명, 서울대 치과대학·약학대학·수의과대학 각 3명씩, 5개 대학에서 총 21명을 특별제대 시키기로 결정했다.

각 대학에서 추천받은 자가 우선이었으며, 필자는 모교인 서울대 수의대에서 윤석봉 교수님이 해부학교실 조교 요원으로 추천한 덕에 특별히 제대할 수 있었다. 학생 시절의 인연이 이렇게 발전할 줄 누가 상상했을까? 사소한 인연이 커다란 행운을 안겨 주었다. 대학 졸업 후 하늘의 도움으로 들어간 군의학교, 뜻밖에 얻은 육군 중위 계급, 미국 제도 도입 덕분에 저절로 굴러든 식품검사관 생활……. 필자는 당시 2년도 못 채우고 37명 중 제일 먼저 군복을 벗은 행운아였다고 자화자찬해본다.

참고로 그 다음 해인 1959년에 권종국(權宗國)과 성재기(成在基)가 추가로 제대해 각기 생리학교실과 내과학으로 돌아왔다.

비록 고되긴 했으나 군 생활 내내 필자는 참으로 많은 행운이 따랐다. 또 그때의 경험은 훗날 밑거름이 되어 사회생활에도 많은 도움이 되었다.

수의대 무급 조교로 지내다
서울시 공무원으로 특채되다

　전혀 예기치 않았던 뜻밖의 은혜로, 제대한 후 바로 대학을 찾아 필자를 조교 요원으로 추천해주신 오순섭 학장님과 윤석봉 교수님께 감사의 인사를 드렸다. 하지만 공교롭게도 두 분 다 해부학교실 교수님들이었기에, 그 다음날부터 바로 조교 노릇을 해야 했다. 사회 여건으로 볼 때 유례없는 특혜를 입은 몸이니 좋든 싫든 가릴 수 없었다.

　전술한 바 있지만 필자가 해부학교실과 인연을 맺은 계기는 대학 3학년 때 골격 표본을 정리한 때부터로, 조교 일은 이미 4학년 때 1학년을 상대로 구두시험을 할 정도로 별 부담이 없었기 때문에 마치 숙련된 조교처럼 일할 수 있었다. 그러나 그 전보다 한수 위의 실습인, 방부제 처리를 거친 개 표본으로 근육, 장기, 혈관, 신경계를 해부하는 실습은 처음 해보았다. 이때 윤석봉 선생님의 지도로 만들었던 표본은 살아있는 개를 마취한 다음 주사기로 혈액 일부를 뽑아낸 상태에서 포르말린과 알코올을 일정 비율로 혼합한 방부용액을 혈관에 주입시킨 것으로, 이는 해부학 실습 표본의 효시라고 할 것이다.

　조교란 항상 실습에 대비해 실습물을 해부 부도(Atlas)와 비교하며 준비해야 하는 등 가르치고 배우면서 서로 익히는 '교학상장(敎學相長)'의 태도로 임해야만 한다. 학생 10명을 한 팀으로 묶어 교대로 진행하니 하루 실습시간이 5~6시간이나 걸리기 일쑤였다. 어느덧 세월은 흘러 실제 조교 일을 본 지 거의 한 학기가 될 무렵인 1958년 12월 8일, 서울대학교 윤일선(尹日善) 총장으로부터 '무급조교' 발령장을 받았다. 지금의 세태에서 본다면 이해하기 어려운 일이지만, 이는 이름 그대로 일을 해도 보수가 나오지 않는다는 이야기며, 이러한 여건에서 얼마나 참고 견딜 수 있느냐가 조교 자질을 판단하는 척도였다.

그즈음 필자에게 주어진 운명의 궤도가 바뀐 예상치 못한 일이 일어난다. 사연인즉, 1958년 10월 초 우리 집(종로구 신교동 산 5번지) 바로 이웃에 살고 계신 당시 서울시 허정(許政) 시장님에게 인사차 방문한 것이 발단이었다. 허 시장님은 일찍부터 선친과 교우하신 친구로, 필자가 군에 가기 전에도 연초에 세배를 드리거나 심부름을 다닌 적이 있다. 마침 제대도 했고 몇 년 동안 찾아뵙지 못했으니 인사도 드릴 겸 한번 찾아뵈라는 아버님의 당부로 그 집을 방문했다. 그 자리에서 허 시장님은 필자의 근황을 물었고, 어쩔 수 없이 사실대로 자초지종을 여쭈었다.

"그러면 학교에서 보수는 받고 있겠지?"

"당장은 아무 대우도 못 받는 무급 조교로 일하고 있습니다. 그 시기도 막연해, 아마 상당히 오래 걸릴 듯합니다."

"그러면 안 되지. 자네 집 형편이 어려운 것을 잘 아는데, 그냥 지낼 수야 없지. 자네 이력서 한 장 써서 시장실로 보내게. 내가 취직을 주선할 테니. 자네 아버님을 직접 도와드려야 할 처지인데, 그럴 수 없는 형편이니 말일세."

어른의 이 말씀에 그저 고맙고 감사할 뿐이었다.

그러나 이후 필자는 본인의 장래와 당면한 현실 간의 갈등, 조교 요원을 전제로 제대한 특혜와 그에 대한 도리, 모처럼 은혜를 베푸시는 허정 시장님의 각별한 배려 등을 놓고 고민할 수밖에 없었다. 또한 어느 길이 정도(正道)인지 쉽게 판가름도 나지 않아 그저 운명에 맡길 수밖에 없었다. 아무리 시장의 배려가 있어도 그리 쉽게 취직이 될지 반신반의했으나, 일단 어른의 말씀이니 따르는 것이 도리가 아닌가? 마침 겨울방학도 얼마 남지 않아 학교도 비교적 한가하니 우선 아르바이트할 겸 잠시 직업을 갖는 기분으로 서울시장실에 이력서를 냈다. 그러나 한 달이 지나도록 감감무소식이었다. 궁금한 생각에 한번 들르니 김학묵(金學黙: 후에 대한적십자 사무총장 역임) 비서실장께서 직접 인사과장을 호출해 독촉했다. 그러자 그제야 일체의 서류를 구비해오라는 것이었다.

얼마 후 신원조회가 나오는 등 움직임이 보이자 비로소 이력서를 낸 실감이 났다. 그제야 필자 역시 과연 어느 길로 진로를 잡아야 할지 진심으로 고민했다. 사회 선배를 찾기도 하고 주위 친지들과 상의도 했으나 이렇다 할 결론은 내릴 수 없었고, 결국 필자 스스로 결정해야만 했다. 그런 와중에 1958년 12월 22일자로 서울특별시장의 인사발령장이 나왔다. 부서는 산업국 시량과(柴糧課), 직급은 5급(현 8급), 기원으로 농림부 양곡관리특별회계 예산 항목의 특별채용이었다.

인사발령장이 나온 만큼 이제는 결단을 내려야만 했다. 그동안 필자를 수의과대학으로 인도하였음은 물론 줄곧 아끼고 도와줬으며, 군에서 특별 제대를 할 수 있게 추천했고, 조교로 발령을 내기까지 각별히 도와주신 윤석봉 선생님께 이 사실을 말씀드리고 이해를 구하기로 했다. 물론 고의성이 없다 하더라도 인간의 도리를 저버린 배은망덕한 행위임은 틀림없는 일, 그러나 이미 물은 엎질러졌으니 모든 일을 사실대로 고하기로 했다. 자초지종을 들으시고는 형님 같이 참으로 고마운 말씀을 하시니 감읍할 뿐, 그저 먼 훗날을 기약할 수밖에 없었다.

"내가 도움을 줄 수 있다면 적극 말리겠는데, 그렇지 못하니 할 수 없지 않겠나? 자네 형편을 잘 아는 나로서 속수무책일 뿐일세. 몇 달 여유를 줄 테니 신중히 판단해보게. 그때까지 기다릴 것일세!"

환갑을 훌쩍 넘기신 노부모님, 갑자기 온 녹내장으로 앞을 못 보시는 아버님, 뒤늦게 둔 아들 하나……. 이제부터는 필자가 생활을 책임지는 것이 너무나 당연했다. 그래서 앞날을 지나치게 걱정하고 생각할 여유가 없었고, 그럴 처지도 아니었다. 오히려 운명의 다스림에 겸허히 순종하고 따르는 것이 현명하다고 판단했으나 이에 어찌 아쉬움과 미련이 없었겠는가?

그래도 모든 욕심을 버리고 새 출발점에 서기로 마음을 굳히니 몸도 마음도 가벼웠다. 마치 운명의 여신이 인도하는 대로 필자의 인생길이 펼쳐지는 것처럼!!

공직생활 중에도
스스로 나아갈 길을 모색하다

　결과만 놓고 보면 1958년 8월 31일에 군복을 벗은 지 4개월 만인 동년 12월 22일에 다시 공직으로 복귀한 셈이다. 물론 잠시 모교에서 지내기도 했지만, 정식 보수를 받는 직장은 아니었다. 이제부터는 군 시절 장교 봉급 수준의 수입도 보장되고, 남들이 부러워하는 공직자가 됐으니 일단은 한숨을 돌릴 수 있었다. 당시의 사회 여건으로 볼 때 대학을 졸업하고 직장을 갖는 것이 어려웠기에 그 기쁨도 컸다.

　그렇게 발령받은 부서는 시량과(柴糧課)로, 주 업무는 농림부의 양곡관리 특별회계 예산관련 업무 및 서울시 산하 정부관리 양곡의 수급을 관리하는 것이었다. 필자는 사량과의 주무계인 양정계에서 서무보조 업무를 담당한 바, 당시 민경일(閔庚一) 주임은 나에게 '공직자가 익혀야 할 기본업무를 먼저 습득하는 것'이 순서니 그리 알고 열심히 해보라는 당부의 말씀을 하셨고, 일리도 있었다. 필자는 양특회계에서 지출되는 직원의 인건비와 출장비 등의 지급조서 작성 등 일반서무 업무를 위주로 담당하였으며, 간혹 손이 모자라면 양곡 보관창고에 대한 재고조사 또는 훈증소독 일에 차출되기도 했다. (사진 3-3-1)

　세월이 흘러 필자를 특별채용 해주신 허정 시장님은 1959년 6월 11일자로 그만두셨고, 이어 자유당 정권의 막바지 때는 임흥순(任興淳) 시장이 약 1년, 다시 1960년 4·19 학생의거로 민주당 정권이 들어서자 장기영(張基榮) 시장이 2개월, 이어 최초의 민선시장으로 당선된 김상돈(金相敦) 시장이 연말인 1960년 12월 30일자로 취임하는 등, 필자가 공무원으로 활동한 초기 2년은 시장이 네 번 교체되는 혼란기였다. 이와 같이 세상이 바뀌고 있는데 필자도 뭔가 달라져야 하지 않겠나? 당장은 편히 지내는지 모르나 장차 어디로 가는 것이 옳은지 의문이 들었다. 그러나 최소한 자기 전공을 살릴 수 있어야지 그저 월급이나 타 먹는 안이한 자세에 젖어서는 안 된다는 생각에, 젊음 탓인지 모르나 항상 자문자답하며 자신을 일깨우고 재촉하는 나날이 계속되었다.

1961년 초, 고민 끝에 아버님이 잘 아시는 김상돈 시장에게 자식 문제를 부탁하는 편지 한 장을 써주시면, 혹시 필자가 바라는 바를 성사시키는 데 많은 도움이 될 것 같다고 어렵게 여쭈었다. 앞을 못 보시니 직접 찾아뵙고 부

사진 3-3-1
시량과 직원 야유회

탁드릴 수 없었다. 물론 모시고 갈 수도 있으나 자존심이 허락하지 않으니 그저 편지 한 장 정도면 족하지 않은가? 아버님도 모처럼 자식의 장래를 위한 차선의 방법임을 알아주신 듯 편지지를 가지고 오라고 하시며, 직접 쓸 수 없으니 자기가 말하는 대로 받아쓰라고 하셨다. 먼저 간단한 축하 인사를 건네고 대필에 대한 이해를 구한 다음, '내 자식이 서울시청 말단직에서 근무하고 있는데, 가능하면 대학에서 배운 전공을 살리기를 희망하니 선처 바란다'는 간략한 내용이었다. 이 서신을 필자가 직접 시장 비서실에 갖고 들어가 심부름 온 듯 전달했고, 비서도 필자가 시 직원인지 모르고 시장님께 전해드리겠다고 이야기했다.

당시는 김상돈 시장이 '서울시청은 부정부패의 복마전이나 다름없으니 바로잡아야 한다'며 강한 개혁 의지를 내세운 때인 만큼 크게 기대할 수 없었다. 그러나 앞이 창창한 신진 공직자가 자기 전공 분야에 근무케 해달라는 바람은 결코 무리한 요구가 아니며, 인사의 적재적소 원칙에도 부합한 일이었다. 또한 당시 인사과장(정기화 씨로 기억하나 정확하진 않다)으로 가신 분은 바로 얼마 전까지 필자의 직속상관인 시량과 양정계장을 지내다가 김 시장에 의해 발탁된 분으로, 필자의 처지를 잘 알고 계셨다. 평상시에도 자식 같은 필자에게 "왜 수의대를 졸업한 사람이 여기서 일하지? 제자리를 찾아야 하는데……." 하며 걱정해주신 분이었다. 그런 상황에서 김 시장의 말씀이 떨어지니 금상첨화였고, 일사천리로 일이 처리되었다.

드디어 1961년 1월 30일자로 2년 남짓 근무한 시량과에서 농림과로 전보 발령이 났다. 김상돈 시장이 취임한 지 꼭 한 달이 지났을 때로, 평직원에 대한 첫 번째 인사로 평가받을 정도였다. 당시 농림과는 농정계, 산림계, 축산계, 수의계 등으로 업무가 나뉘어 있었다. 그러나 첫 출근에서 과장님은 과의

 잉크가 바랠수록 추억은 빛이 난다

서무 관련 일을 맡길 의향으로 필자를 떠보셨다. 한마디로 기가 찰 노릇이었다. 전공을 찾아 왔는데 이 무슨 뚱딴지같은 소리, 그럴 바에야 도로 가겠다고 배짱을 튕기니 마지못해 수의계 끝자리 책상을 내주었다. 업무도 주지 않는 찬밥 신세의 신참 대우였다. 한참 후 받은 일도 서울시 관내 공수의에게 수당을 지급하는 등의 업무와 정동에 소재한 서울우유처리장에 새벽 일찍 나가 원유검사 업무를 감독하는 일, 간혹 지방에서 남대문시장에 반입되는 돼지 도체 재검사 업무 등 잡다한 일들이었다. 간혹 축산계 일을 도와 서울 주변 양돈장을 찾아다니며 새끼 수퇘지 거세수술을 하는 것이 고작이었다.

물론 처음 부임한 새내기에게 중요한 일을 맡길 수 없었겠지만, 당시 수의계 직원 대부분이 일제강점기 평북 신의주 및 전북 이리농업학교 수의축산과 출신으로 구성되어 있었음을 볼 때, 그들의 눈에는 난데없이 굴러들어온 4년제 대학 출신 필자가 눈엣가시로 보였을 것이다. 그럴수록 아무 불평 없이 때를 기다리는 자세로 묵묵히 대하니 그들도 차차 마음을 여는 듯했으나, 날이 갈수록 앞날에 대한 고심은 오히려 그 도를 더해 갔으며 막막할 뿐이었다.

그때에도 운명의 여신을 대신한 이가 있었으니, 하루는 대학 때부터 아주 가까이 지낸 친구이며 군의학교 동기인 김용제(金容濟) 군이 불쑥 나타나 무슨 상담을 하자고 했다. 용건인즉, 막상 제대하고 보니 어디 취직할 데도 마땅치 않고, 그렇다고 놀고 지내기도 심심해 대학원이라도 갈까 하는데, 자기와 함께 갈 생각이 없느냐는 것이었다.

친구의 대학원 제안은 '아닌 밤중에 홍두깨'인지 모르나 필자가 당면한 현실의 불만을 타개할 방법이었고, 적시안타의 코치였다.

보건대학원을 다니며 자기계발을 하다

'친구 따라 강남 간다'는 말이 있다. 필자도 마찬가지였다. 그 친구의 권유로 서울대학교 보건대학원 제3기 신입생 모집에 지원서를 냈고, 시험도 같이 봤다. '떨어지면 본전이고, 붙으면 그때 가서 판단하면 그만이지 뭐. 그렇게 심각한 일도 아닌데.' 정도로 생각했고, 우선 일을 저질러놓고 보자는 식이었다. 얼마 후 합격자 발표가 났고, 우리 둘 모두 합격했다는 친구의 연락이 왔다. 아직 녹슬지 않은 필자의 실력이 검증된 것 같아서 흐뭇하고 반가웠다. 합격한 곳은 우리나라 최초의 보건대학원이다. 특히 미국의 사례로 볼 때 수의과대학 출신이 많이 간다는 'School of Public Health'가 아닌가? 운명의 장난치고는 지나친 경사였다.

그런데 문제는 1961년 2월에 학교를 등록하면 3월 초부터 수업을 들어야 한다는 것이었다. 이제 기로에 서게 되었다. 직장을 그만둘 것인지 학교를 포기할 것인지, 아니면 두 마리 토끼를 다 잡을 것인지. 우선 엉뚱한 발상인지 모르나 직장과 학교를 동시에 다니는 방법을 시도해보기로 했다. 먼저 가능성을 점쳐보기 위해 직속상관인 농림과장 댁을 방문해 자초지종을 말씀드렸다. 그러자 그분께서 필자에게 물었다.

"자네 지금 몇 살이지?"

"네, 스물일곱입니다."

"대학은 언제 졸업했지?"

"5년 됐습니다."

그러자 그분께서 다시 기특하다는 표정으로 필자를 물끄러미 쳐다보시더니 참으로 고마운 말씀을 하셨다.

"지금 내 아들이 대학생인데, 자네 같은 자세나 행동이 오히려 부럽네. 뭐 공부를 더 하자는 데 무슨 죄가 있겠나, 나는 눈감아줄 테니 자네 소속 계장이나 동료들의 양해나 잘 구해보게."

예상 밖의 반응이라 놀라움을 감출 길이 없었다. 아마도 과장님께서 필자를 자기 자식처럼 여겨 베푸신 아량이 아니었나 생각한다. 그런 연유인지 모르나 상사인 수의계장이나 선배 동료들도 필자를 쉽게 이해해주었으니 참으로 고맙기 그지없었다. 이 모두 그 당시에나 가능했던, 호랑이 담배 먹던 시절의 이야기라 본다.

지금은 더하겠지만, 그때도 서울대학교 보건대학원의 교과과정은 정말 빡빡하게 짜여 있어 거의 매일 아침부터 오후까지 수업을 들어야 했으며, 학기마다 중간과 기말 시험을 치르는 등, 대학 때보다 훨씬 바쁘게 돌아가는 감이 있었다. 처음에는 그럭저럭 지낼 것이라 믿고 들어갔으나, 웬걸! 그것이 아니었다. 그래도 기왕 시작한 면학의 길, 그것도 대학 졸업 후 5년 만에 다시 시작한 것이니 직장을 놓을지언정 학교를 그만둘 수는 없었다. 직장은 또 구하면 되지만 공부는 때가 있는 법, 특히 혼란기에 학교를 다녔기에 제대로 할 수 없었던 공부가 아닌가? 이번에는 제대로 해보기로 마음을 굳히니 직장에 대한 미련은 그 다음이었다.

우선 필자가 맡고 있던 일은 서울우유처리장의 원유검사(당시는 감독기관의 검사 증명이 표시되어야 시판이 가능했음)로, 새벽 일찍 출장을 가야 했지만, 소위 '공무회행' 제도를 활용하니 정상적인 출근을 면제받아 그 시간에 학교에 가서 수업을 받을 수 있었다. 수업이 없는 오후에는 일주일에 한두 번, 그것도 오후 3~4시경 잠시 사무실에 들러 미룬 일을 처리하는 척했으니, 지금 생각해보면 말도 안 되고 어이가 없는 짓이었다. 3~4개월 지내니 여름방학이 시작되었고, 그때는 언제 그랬느냐는 듯 정상근무 체제로 전환했으니 참으로 후안무치의 연속이라 할 수 있다. 그래도 이런 필자를 나무라는 상사가 아무도 없었으니, 참으로 희한한 일이었다. 아마도 상사나 동료들이 필자를 동생이나 아들쯤으로 생각하여 너그러운 마음으로 대해준 덕분이 아닐까 생각한다. 물론 필자가 맡은 업무가 별 볼 일 없는 여타의 일이었기에 가능했으니, 당시에 필자는 그런 여건을 역으로 이용한 셈이다.

당시 시대상은 4·19와 5·16 등 혼란의 연속이었고, 어수선한 분위기로 대학원에 다니는 일 자체가 관심을 끌거나 선망의 대상이 될 수 없었다. 그저 현실 문제에 급급해야 살 수 있는 판에 희망도 없고 기약도 없는 공부를 할 필요도 없었고, 엄두도 낼 수 없는 시대였다. 그래도 학교 분위기는 그러한 여건과 달리 어려움 속에서도 본연의 빛을 잃지 않고 있었다. 특히 보건대학원은 개교한 지 3년째로, 서울대학교는 물론 우리나라 최초의 전문대학원으로 학교 시설도 교수진도 갖춰지지 않았지만, 왠지 모르게 새롭고 역동성이 있었다. 열심히 가르치는 교수님, 새로움을 맛보며 배우는 학생들, 마치 무에서 유를 창조한 듯 힘이 솟고 넘치는 듯했다.

현 종로구 연건동의 서울대 의과대학 본관 건물 2층과 실험동을 오가며 강의를 들었고, 실험실도 공동으로 사용하는 등 더부살이 신세였다. 교수님들도 거의 겸직하거나 강사로 나오신 바, 당시 보건대학원 제2대 원장 김인달(金仁達) 교수님(예방의학)을 비롯해 이규명(李揆明) 교무과장(미생물학), 권이혁(權彝赫) 학생과장(역학 및 전염병관리)등 세 분 전임교수가 있었고, 명주완(明柱完) 초대 원장(신경정신학), 심상황(沈相滉: 위생학), 차철환(車

  잉크가 바랠수록 추억은 빛이 난다

哲煥: 의용곤충학), 남기용(南基鏞: 생리학) 등 의과대학 전임교수님, 그리고 한상태(韓相泰: 위생공학) 보사부 방역과장, 엄장현(嚴章鉉: 보건통계학), 박형종(朴亨鍾: 보건교육학), 허정(許程: 보건행정학) 박사 등이 외래강사였다.

이런 여건이니 자연 의과대학 수준의 교육을 받을 수 있었다. 게다가 미생물학 이규명 박사의 수업은 거의 매주 사지선다형 시험을 거쳐야 했다. 물론 다른 과목들도 2차, 3차 재시험을 보는 것이 보통으로, 어떤 때는 동대문 숭인동에 사는 동기인 홍재창(洪在昌)의 집에서 김영석(金榮錫)과 합숙을 하며 공부해야 겨우 점수를 딸 정도였다. (사진 3-4, 3-5) 새삼 공부하는 맛을 느끼며 지낸 보람찬 대학원 생활의 추억을 되돌아보았다.

사진 3-4
서울의대 정문에서(왼쪽부터 시계 방향으로 이명화, 홍재창, 필자, 김두중, 정훈식, 강남희)

친구의 권유, 직장 상사와 동료들의 배려가 있었기에 서울대학교 보건대학원에서 공부할 수 있었다. 그러한 학교 생활은 필자의 삶에 새로운 자극이 되었으니 고마울 따름이다.

사진 3-5
교문 앞에서(왼쪽부터 필자, 홍재창, 김영석)

국방부 공채에 합격하다

1961년 3월 초 보건대학원에 입학한 후 두 달이 좀 지나 5·16 군사혁명이 일어났다. 그때 겪었던 일화 하나를 소개한다. 1학기 중간시험이 다가오는 6월 초 오전 아홉 시, 1교시를 위해 모인 수강생들이 교실 뒤편 책상에 예리한 칼로 새겨진 듯한 낙서를 발견했다. 당시 국가재건최고회의 의장을 겨냥한 듯 '장도영아 보아라, 제3공화국은 망한다'는 글귀가 새겨져 있었다. 그때까지도 계엄 상태였으니 당국에 신고할 수밖에 없었고, 관할 동대문경찰서 형사가 직접 조사에 들어갔다. 혐의자가 내부자인지 외부자인지 확실치 않아 일단은 학생들을 상대로 조사가 시작됐다. 필적을 감정한답시고 노트를 검사하거나 개별 신문도 했으며, 무슨 혐의인지 모르나 여학생을 포함한 몇몇의 순진파 친구들이 경찰서로 불려가 밤샘 조사를 받았다.

군사혁명으로 인한 계엄 하에서 이런 일이 생기니 학교 측에서도 속수무책일 수밖에……. 그렇다고 모르는 척 할 수 없어서 학생들이 나서 직접 대처하기로 했다. 특히 육군 의무감실에서 파견된 위탁생들 중 위관급(정훈식鄭訓植, 홍재창洪在昌 대위) 및 영관급(신언탁申彦晫 소령) 장교들을 앞세우고, 필자 같은 군 출신 동문들이 나서서 헌병 대위인 동대문경찰서 서장을 찾아가 선처를 요구했다. 그 결과 하룻밤이 지난 다음날 전원이 풀려났다. 학교 당국도 힘을 못 쓰는 일을 학생들이 자율적으로 해낸 셈이다. 그러나 이 사건의 용의자를 끝내 찾을 수 없었고, 얼마 후 박정희 장군이 진짜 최고회의 의장이 되니, 그 낙서 사건은 더 이상 문제가 될 수 없었다.

그렇게 시간이 흘러 어느덧 보건대학원 1, 2학기 과정을 전부 마쳤다. 본업인 시청 농림과 수의계로 원대 복귀하니, 이번에는 수의사 본연의 직무인 도축검사 업무를 맡으라고 했다. 당시 서울시에서는 동대문 숭인동에 있던 재래식 낡은 도축장을 폐쇄하고, 새로 마장동에 현대식 시설을 갖춘 처리장을 건설해 막 문을 연 상태였다. 미국에서 시설 일체를 제공하여 신축한 우리나라 최초의 현대식 도축장이었고, 따라서 검사도 그에 버금갈 필요성이 있었기에 필자가 파견되었던 것이다. 이러한 연유로 미국에서도 시설관리 노하우를 제공하기 위해 도축 전문가를 약 3개월 동안 파견한 바, 업무 수행상 필요한 통역도 필자가 담당해야 했다.

결국 그렇게 1961년 12월 초부터 약 4개월 동안 도축검사 현장에 투입됐으며, 이는 수의사의 본업을 체험하는 좋은 기회였다. 본 검사원인 김장근 (金長根) 수의사가 배치돼 총 지휘를 했고, 필자는 그를 보조하는 처지였다. 그러나 모처럼 최신 설비를 갖춘 도축장이 있음에도, 관리자가 그에 따라가지 못해 본연의 목적인 도축검사 업무는 구태의연할 수밖에 없었으니, 이는 마치 양복 입고 갓 쓴 격이었다. 그래도 해방 후 4년제 대학을 나온 신세대 수의사가 일제강점기 농업학교 출신 수의사의 방식을 그대로 따를 수는 없었다. 무언가 달라야 했다. 거기에 육군 장교 출신다운 기백과 통솔력을 발휘할 절호의 기회가 아닌가? 도축검사 원칙을 지키는 수의사로서 최선을 다하는 것이 당시 필자에게 부여된 임무였다.

우선 새벽 6시부터 시작되는 작업에 맞춰 출근하는 등 모범을 보여야 했다. 도축 업무는 생체 검사와 연령 감별부터 시작하는 것이 순서였다. 당시 축산법 및 축산물가공처리법의 규정은 한우의 번식을 장려하기 위해 3세 미만 암소의 도축을 금지했는데, 소의 앞니 상태를 보고 그 연령을 판별해야 했

다. 다음 도살 처리(전두골 타격)→현수(매어달기)→방혈→박피→복강 절개
→내장 추출→세척→도체 분할→지육 절단 등의 처리 과정을 거치는 바, 단
계마다 필요한 검사가 있었다. 예를 들면 해체 후 검사 항목인 두부의 림프
샘 검사를 비롯해 폐·심장 등 흉강장기 검사, 간 등 복강장기 검사, 지육 검
사 등이 그것이다. 필자는 정상적인 도축검사 업무를 정착시키기 위해 무척
노력했으나, 경험하면서 배우는 식의 새내기 수의사로서 어려움도 많았다.

그러나 운명의 여신은 필자를 그런 고난 속에 그대로 두지 않았다. 1962
년 5월 5·16 군사혁명 후 1년이 경과할 즈음, 정부의 모든 정책 기조가 개
혁의 물살을 타고 있었다. 그 일환으로 국방부는 현역 군인을 가능한 본연의
임무로 원대복귀시키고, 그 자리를 유능한 일반직 공무원으로 충당하는 제
도를 추진했다. 우선 1차로 사무관급(3급을) 행정, 재무, 보건직 모집 공고
가 났다. 마침 보건대학원을 졸업한 직후였다. 미리 대비한 셈이니 절대 놓
칠 수 없었다. 이미 서울시에서도 필자는 1962년 3월 31일자로 농업기사보
(4급)로 승급했으나 그에 안주할 수 없었다. 길이 열렸고 앞이 보이는데 어
찌 주저하겠는가? 그대로 돌진하기로 마음을 굳혔다. 예상대로 국방부 공채
인 보건의무관한보(3급)에 합격했고, 3년 반 동안의 서울시 생활을 접고 동
년 7월 7일자로 병무국 보건체육과로 발령을 받았다.

1962년 2월 26일 보건대학원을 함께 졸업한 동문들 34명 중 12명은 미국
등지로 이민을 떠났지만, 나머지 22명은 국내 보건계를 이끌어가는 리더 역
할을 했다고 자부한다. 학생 대표였던 이명화(李命和) 박사는 보건사회부 보
건국장 및 국립보건원 부원장을 역임했고, 대학 교수는 임재은(任在恩: 모교
보건교육학), 필자인 신광순(申光淳: 서울대 수의대 공중보건학), 배은상(裵
恩相: 고려대 보건대 위생학), 김진원(金振元: 한국교원대), 김두중(金斗重:

 잉크가 바랠수록 추억은 빛이 난다

순천간호대) 등 5명이나 된다. 또한 강남희(姜南熙: 대한의학협회), 송건용(宋建鏞: 보건사회연구원), 이규남(李圭男: 서울시 환경보건연구원), 이양재(李亮載: 대한가족협회), 이정환(李政煥: 산업보건협회), 홍재창(洪在昌: 서울시 보건직) 등이 있고, 병의원 및 약국을 개업한 동문으로는 김관흥(金官興: 치과), 김홍식(金鴻植: 치과), 유무현(柳務鉉: 약국), 윤동식(尹東植: 가축병원)을 들 수 있다. (사진 3-6)

필자와 같이 서울대학교 보건대학원을 졸업한 동기들은 한국 보건학을 이끄는 원동력이 되었다. 노력하고 준비하는 자에게 내려진 신의 은총 덕분이라 생각한다.

사진 3-6
보건대학원 졸업사진(중앙에 앉은 세 분, 왼쪽부터 권이혁, 김인달, 이규명 교수)

제4장

운명을 바꾼 장년기
공직을 접고 대학으로 가다

1964년 공무원 시절 뜻밖에 대학에서 강의를 시작하다

서울보건전문대학 이순애 학장의 열성으로 기틀이 잡히다

교수 임명장 운명의 갈림길에서 고민하다

아버님의 귀한 한마디 교직을 택하는 데 힘이 되다

서울보전 영양과 그 기틀을 잡는 데 올인하다

전문학교 교육 영양사 양성과 취업에 최선을 다하다

조사 연구 및 저술 활동 논문을 발표하고 교재를 발간하다

관련 학회 활동 한국영양학회에 적극 참여하다

박사학위 과정 8년의 어려움 속에서 보람을 일구다

힘들었으나 즐거웠던 시기 오히려 기회로 활용하다

운명처럼 다가온 학문의 길 아내의 뒷받침과 내조 덕분이다

서울대학교 교수 공채 각별한 배려와 지원 덕분이다

뜻밖에 대학에서 강의를 시작하다

필자가 대학 강단에 처음 선 것은 1964년 국립의료원 영양과장 때로, 그 계기는 고려대 보건과학대학의 전신인 우석대학 의학기술초급대학 영양과의 식이요법 강의를 맡은 것이었다.

하루는 평상시 전혀 교류가 없었던 우석대 황우익(黃佑翊: 영양과 주임 및 의과대학 의화학실 교수) 박사가 필자를 찾아와 '식이요법 수업을 담당할 강사를 구하는데 마땅한 사람이 없어 수소문하다 부탁하러 왔으니, 수락해 달라'고 부탁했다. 당시 우석초급대는 개교 초창기로, 우리나라 최초로 영양사 양성학교로 지정(1964년)을 받다 보니 강사를 구하기도 어려웠고, 도움을 받을 만한 사람도 별로 없는 형편이었다. 필자도 마침 국립의료원에서 영양사 연수 프로그램을 운영하면서 연수생들에게 당시 미국에서 식이요법 책의 바이블로 잘 알려진 《Cooper's Nutrition and Diet Therapy》를 참고해 강의하고 있었기 때문에 그 연장선으로 생각하면 불가능한 일도 아니었다.

또한 모처럼의 간청이니 거역할 수도 없어 일단 수락하기로 했다. 그러나 필자도 처음 접하는 분야라 강의 1시간 분을 준비하기 위해 2~3일 정도 공부해야 할 상황이었다. 선뜻 용기가 나지 않았다. 더욱이 대학 강의 경험도 전무한 초년생이니 주저할 수밖에. 그래도 다행인 것은 교재 내용을 훑어보니 필자가 수의과대학에서 배운 생리학과 병리학의 기초지식을 활용하면 그렇게 어렵지도 않을 것 같다는 점이었다. 식이를 이용한 치료방법을 이해하기 위해선 음식물의 소화 흡수 생리와 대사 기전을 알아야 하기 때문이었다.

잉크가 바랠수록 추억은 빛이 난다

이렇게 타의 반 자의 반으로 공부하며 가르치는 식의 '식이요법' 강의가 시작되었다. 1964년 3월부터 영양과 2학년(제1회 입학생)을 대상으로 시작한 강의는 1971년 말까지 8년간 지속되었다. 무슨 인연인지 모르지만, 결국 이런 식의 외부 대학 강의는 1967년 보건사회부 식품위생과로 전출할 때까지 계속되었다. 그 후 잠시 쉬었다가 우석대가 고려대 병설 보건초급대학으로 바뀐 이후인 1978년부터 2년간 또 강의를 계속하였다. (사진 4-1)

이 밖에 필자가 몇몇 초급대학 및 대학에서 외래 강사로서 했던 강의로는, 덕성여대 영양학과(주임 유정열劉貞烈 교수)의 식품구입법(66~70년) (사진 4-2), 수도여사대(현 세종대) 식품영양학과(주임 신효선辛孝善 교수)의 식이요법(66~67년), 서울보건학교 영양과(주임 권혁인權赫仁 교수)의 식이요법(69~72년), 다시 공직을 떠난 후 서울보건전문대학 교수 시절에 출강한 성심여대 대학원의 영양생리(1975년) 및 식이요법(1976년) 등을 들 수 있다.

그리고 식품위생학 강의는 필자가 국립의료원에서 보건사회부 식품위생과로 전출한 1967년부터 시작하였다. 처음에는 특강 형식으로 모교인 서울대 보건대학원 재학생(대부분 국비장학생으로 야간 강의였음)을 대상으로 한 '국제식품규격(CODEX)'을 비롯하여, '우리나라 식품위생 행정' 전반에 관한 내용을 1969년부터 1972년까지 3년간 계속하였다. 이 밖에도 이화여대 식품영양학과(주임 김숙희金淑姬 교수)에서 식품위생법규(78~79년)를, 덕성여대(77~80년) 영양학과 및 신구전문대(79~82년) 위생과에서 식품위생학을 강의했다. 물론 이보다 훨씬 이전인 1960년대에도 건국대 지역사회개발초급대학 식품가공과(65~66년)에서 당시 축산대 윤쾌병(尹快炳) 교수의 대타 강의를 맡은 적도 있고, 서울보건대학 식품가공과(67~69년)에서 식품위생학 강의 경험을 쌓은 바도 있다.

이렇듯 필자는 공무원 생활을 하면서 대학강사 생활을 계속했으며, 결국 공직에서 물러나 대학교수로 전직할 때까지 여러 대학과 10년간(64~73년) 인연을 맺어왔다. 지금은 상상도 못할 일이고, 그 시절이기에 가능한 일이었다. 물론 여름 겨울 방학 3~4개월을 뺀 8~9개월 동안의 일이며, 그것도 1주일에 하루 한나절, 아니면 퇴근 이후 야간 강의였기에 가능했다고 본다. 여하튼 다른 사람이 쉬고 놀 때 필자는 강의 준비를 위해 공부해야만 했고, 이러한 강의 경험의 축적이 나의 생각을 바꾸는 계기가 되었을 것이다. 또 강사 수입은 비자금으로 활용할 수 있어 원래의 봉급은 아내 몫으로 고스란히 갈 수 있었다. 이처럼 대학 강의가 박봉의 공무원 생활에도 큰 보탬이 됐으니, 내게 대학 강의는 공부와 수입을 동시에 가져다 준 격이다.

특히 여기서 강조하고 싶은 것은 경험의 소중함을 들 수 있다. 필자가 공무원 생활을 청산하고 대학교수로 전직하는 데 자신감과 용기를 주고, 결정적인 동기를 준 것은 전술한 10년의 강사 생활 경험이었다. '하늘은 스스로 돕는 자를 돕는다'는 말씀을 되뇌며, 항상 노력하고 꾸준히 준비하면 언젠가 행운이 찾아온다는 진리를 깨닫게 하였다. 필자의 운명을 인도해주신 은혜에 다시 한 번 감사드린다.

다른 누군가에게는 한낱 종이에 불과하지만, 나에겐 강단의 추억이 담겨 있는 레코드와 같다. 오래된 술처럼, 잉크가 바랠수록 추억은 빛이 난다.

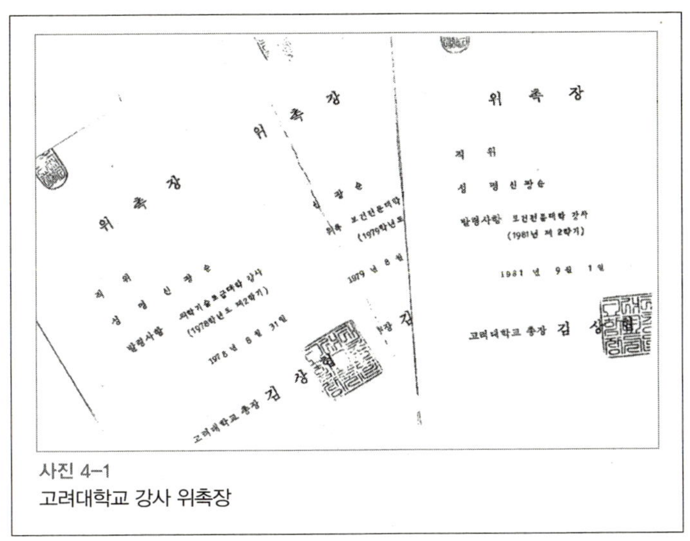

사진 4-1
고려대학교 강사 위촉장

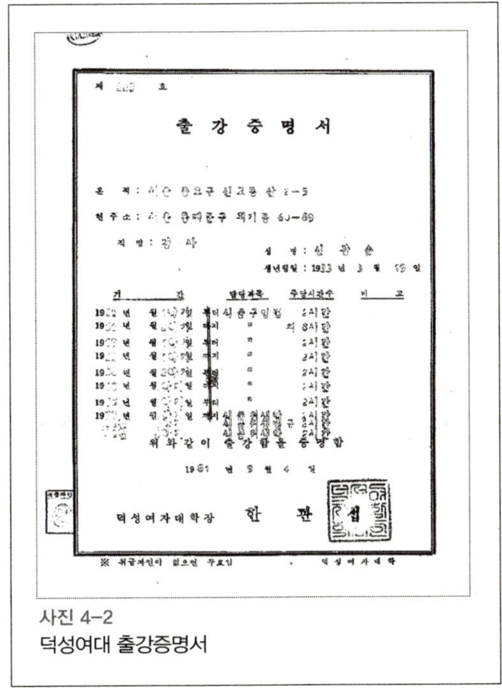

사진 4-2
덕성여대 출강증명서

이순애 학장의 열성으로 기틀이 잡히다

처음 서울보건전문학교(이하 서울보전)을 알게 된 것은 내가 보건사회부 식품위생과에서 영양 관련 업무를 담당한 데서 비롯됐다. 즉 1967년 3월 21일 서울보전의 전신인 서울보건학교의 초급대학 인정 및 동교의 영양과에 대한영양사양성학교 지정 등에 많은 도움을 준 것이 계기였다. 또 다음해인 1968년 9월 25일자 문교부의 초급대학 학력 인정에도 많은 협조를 하다 보니 그 연이 더 깊어진 바, 그때의 기억을 되살려 보기로 한다.

시작에 앞서 우선 서울보전 학장인 이순애(李順愛) 선생을 언급하지 않을 수 없다. 그분은 자유당 시절 국회 부의장을 지내신 이재학(李在鶴) 의원의 누이동생으로, 일찍이 일본 사가미(相模) 여자대학에서 영양학을 공부한 신진 여성 중 한 분이시다. 결혼도 안 하시고 혼자 살면서 오로지 식품영양 및 조리과학의 발전과 식생활 개선에 이바지한 선구자이기도 했다. 당시 서울보전도 그분의 뜻을 살리기 위하여 어렵게 세운 교육기관으로, 그 전신은 이 학장이 1963년 4월 12일부터 운영하던 구림(久林)조리기술학교였다. 이 학교 개교 당시에는 영양과와 식품가공과가 있었고, 주야간 각각 40명씩 총 160명의 학생을 교육시킬 요량으로 출발하였다.

잠시 언급한 바 있지만, 이 학장과의 만남은 필자가 1967년 보사부 식품위생과 식품화학계장으로 영양사양성학교 지정 업무를 담당할 때였다. 당시 몇몇 대학만 지정을 받고 있을 때로서 아직 영양사 지정학교 제도가 활발치 못한 분위기로 주위의 눈치를 봐야 할 지경이었다. 그러나 이 학장의 학교 설

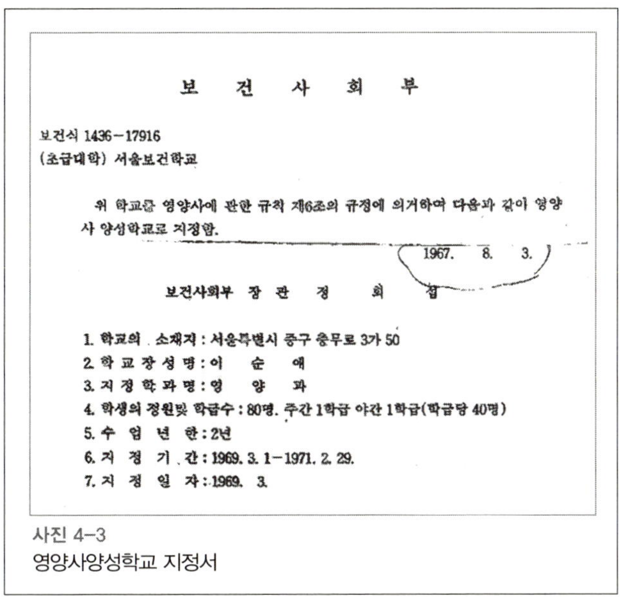

사진 4-3
영양사양성학교 지정서

립 목적과 소신이 워낙 뚜렷하여 필자를 감동시켰고, 비록 시설 등의 여건이 부족한 부분도 있었으나 보완하는 조건으로 1967년 8월 3일자로 서울보전은 보건사회부장관(鄭熙燮)의 영양사양성학교 지정서를 발부받았다. (사진 4-3) 다만 지정 기간(1969. 3. 1~1971. 2. 29)을 한시적으로 정해 그 경과를 지켜보기로 했다. 그만큼 초창기 영양사양성학교 지정 업무에 신중을 다한 셈이다.

또 한 가지는 서울보전이 문교부로부터 학력 인정을 받을 때 일이다. 1968년 6월로 기억하는데, 하루는 이 학장과 교무과장인 최홍민(崔興敏) 교수가 불쑥 나타나 상담을 하고 싶다는 것이다. 내용인즉 그때까지 교육법상 초급대학 과정의 갑종학교[2]에서 한 단계 올려, 초급대학과 동등한 학력인정을 받

---

2) 정규 학교에 과목이 없는 간호 · 미용 · 양재 · 속기 · 타자 · 편물 등에 관한 특수한 내용을 가르치기 위한 학교로, 직업학교 성격이 강한 학교를 말한다.

문 교 부

대 학 1010-1671   72. 9295   68. 9. 25
수 신 학교법인 구림학원 이사장
제 목 학력 인정 지정

　　1. 학구 제52호 (68. 7. 18)에 대한 것입니다.
　　2. 서울보전학교를 "학력인정에 관한 학교지정 규정"에 의하여 초급대학과
동등학력 인정 학교로 지정하니 다음 사항을 엄수하여 학교 운영에 만전을 기
하시기 바랍니다.

다 음

　　1) 교사 312평과 교지 3,326평을 1968. 12. 31일까지 확보하고 관계증빙서류
를 첨부하여 당부에 보고할 것.
　　2) "학력인정에 관한 학교지정 규정" 제3조의 소정사항이 항시 기준 이상으
로 유지되도록 할 것.
　　3) 본 신청 내용에 허위 사실이 발견되거나 위 사항을 이행치 많을 시는 본 학
력 인정 지정을 취소한다.

문 교 부 장 관

사진 4-4
학력인정 지정서

아 단기 고등교육기관으로의 체제를 갖추고 싶다는 것이다. 이때 서울보전
은 영양과 및 식품가공과의 160명에 임상병리과(주야간 각 40명)를 추가하
여, 입학정원이 총 240명일 때이다. 그리고 이들 3개 과가 전부 보건의료의
전문기술 인력을 양성하는 학과다 보니 문교부에서는 학력 인정을 위해 주
무부처인 보건사회부의 추천을 받아올 것을 요구했다. 그러나 당시 우리나
라의 분야별 인력수급 자료가 있을 리 없었고, 보사부조차도 의사 등 의료인
의 수급만 겨우 예측하는 형편이었다. 이런 실정을 생각해보면, 학교에서 장
단기 인력수급을 예측한다는 것은 거의 불가능한 일이었다.

그럼에도 불구하고 그들은 나름대로 자료를 만들어 그것을 필자에게 보이
며, 보사부의 결재를 받아 문교부에 서류를 낼 수 있도록 도와달라는 것이었

　　　　　　　　　　　　　　잉크가 바랠수록 추억은 빛이 난다

다. 대충 훑어보니 근거가 타당치 않아 내용 그대로를 받아드리는 것은 무리였기에, 실무자 입장에서 연구해보자며 그들을 돌려보냈다. 이후 필자는 마치 자신의 일인 것처럼 국내외 자료, 특히 일본의 관련 자료를 인용 분석하였고, 우리나라 영양사, 식품가공기사, 임상병리사의 수급 전망과 교육 및 양성의 필요성을 통계적으로 제시하는 자료를 만들었다. 그것을 기초로 보사부 장관(정희섭)의 추천 공문을 문교부 장관에게 보낼 수 있었고, 1968년 9월 25일자로 서울보전은 학력 인정학교로 지정받게 되었다. (사진 4-4)

사실 학교 측의 예측 자료는 아무 근거가 없으니 불가능한 일이라고 일축하면 그만이었으나, 이 일을 자신의 일처럼 다룬 것은 필자가 서울보전을 영양사양성학교로 지정해준 이상, 훌륭한 영양사 양성의 길을 열어주는 것이 공직자의 도리라고 생각했기 때문이다. 또한 이 학장의 강한 교육열이 젊은 공직자의 순수한 마음을 움직였을 것으로 생각한다.

이순애 학장의 땀과 필자의 노력이 어우러져, 서울보건전문학교가 영양사양성학교 및 초급대학과 동등한 학력을 가진 교육기관으로 성장할 수 있었다.

운명의 갈림길에서 고민하다

1967년부터 시작된 서울보건학교와의 인연은 필자를 그냥 내버려두지 않았다. 학교 측에서도 그동안의 도움에 보답하고, 또 계속적인 협조 관계를 유지하거나 자문을 받기 위해서도 필자가 필요했다. 때마침 수업을 해줄 누군가가 필요했던 참이라, 자연스레 필자를 강사로 초청하였다.

그런 연유로 우선 식품가공과 2부 야간수업의 식품위생학 강의를 맡기로 했다. 퇴근 후 강의할 수 있어 크게 부담되지 않았다. 그야말로 누이 좋고 매부 좋은 격이었다. 이제야 하는 말이지만, 그렇게 시작한 학교와의 관계가 바로 식품가공기사 시험에도 영향을 미쳤다. 공교롭게도 당시 필자는 한국산업인력관리공단에서 위탁해 실시하는 식품가공기사 자격 면접시험 위원으로 위촉되었기 때문에 그 대학 학생들이 더 유리했을 것이다.

그 후 서울보건학교는 1970년 2월 7일부로 '전문학교 설치기준령'에 근거하여 서울보건전문학교로 되었다가, 다시 1979년에는 전문대학으로 개편되었다. 그러나 필자가 강사가 아닌 교수 연을 맺게 된 것은 서울보건전문학교 시절인 1973년으로 거슬러 올라가야 한다. 1월 중순경 어느 날 이 학장이 나에게 면담을 요청했다. 평상시와 같이 퇴근길에 찾으니 하시는 말씀, "학교의 기반이 잡혀가고 있는 이때, 더욱 비약적으로 발전하기 위해서는 훌륭한 교수들을 영입하여 확고한 기틀을 잡아야 합니다. 그 방편으로 필자를 전임 교수로 모실까 하니 수락해주면 좋겠습니다. 이런 결정을 내리기까지 여러모로 심사숙고했으며, 이미 재단 이사장의 내락도 받은 상태입니다" 라고 하는 것이다.

너무나 뜻밖의 제의라 당황한데다, 직장을 옮기는 큰일이다 보니 신중히 결정할 문제였다. 다음날 필자는 깊이 생각했고 고마우신 말씀이나 당장은 불가함을 이 학장님께 전하니 좀 더 시간을 갖고 다시 생각해보라는 회답이었다. 그러나 일단 거절한 일이니 더 이상 신경을 쓰지 않았다.

그렇게 1주일이 지나 다시 연락이 오기를, "내일 이사장실에서 교수 임명장 수여식이 있으니 꼭 참석하기를 바란다"는 전갈이었다. 이 무슨 뚱딴지같은 일인가. 분명히 거절했는데 임명장이라니, 황당한 일이었다. 그러나 이렇게 해서라도 끌어들이지 않으면 순순히 올 것 같지 않기 때문에 저지른 일이라는 것. 자초지종을 들으니 고민은 오히려 필자의 몫이 되었다. 다시 며칠의 고민 끝에, 현시점에서는 그리 할 수 없으며 좀 더 시간을 갖고 결정하겠다고 전했다. 그러자 이 학장은 자신의 체면도 있으니, 왔다 다시 가는 한이 있더라도 일단 임명장을 받으라는 역공세였다. 물론 필자도 그대로 굽힐 수 없는 일이라 이렇다 할 회답 없이 시간을 끌었다.

이런 와중에서 신학기 개강일이 다가왔다. 그러자 이번엔 필자에게 교수 임명장을 받지 않아도 좋으니 기존의 외래 강사 식으로 한 학기만 담당해달라고 부탁했다. 여건이 허락하면 일주일에 2~3일 정도 근무해도 무방하니 일단 학교에 나와서 상의하자는 것이다. 이렇게까지 권유하는 큰누님 같은 학장님의 간청을 계속 거절하는 건 도리가 아니란 생각이 들었다. 또한 당시 필자의 근무처인 국립보건연구원은 이름만 근사할 뿐 별 볼일 없던 터, 한 학기라야 3~4개월이니 그 기간 동안 적당히 할 수 있으면 본 업무에도 크게 지장을 안 줄 것이니 '한번 스릴이나 느껴볼 일이 아닌가?'하는 엉뚱한 생각이 들었고, '그저 직장을 당분간 소홀히 할 뿐, 주위에서도 눈감아 주지 않겠나?

유야무야 보내던 차에 오히려 잘된 일이 아닌가? 밑져야 본전이니 한번 해본 다음 결정해도 되지 않겠나?' 등등 많은 생각이 교차하였다.

이렇게 고민하는 동안에도 이 학장의 권유는 계속되었다. 하루는 학장실에 잠시 인사차 들르니, 기다렸다는 듯 이미 준비해놓은 이사장 장순준 명의의 교수 임명장(1973년 3월 1일자)을 주시면서 영양과 주임교수로 소임을 다해 달라는 것이다. (사진 4-5) 또 받아들인 후에도 본인이 도저히 아니라고 생각되면, 언제든 사표를 수리할 것이니 너무 고민하지 말라는 당부도 덧붙였다. 그리고 이렇게 무리하지 않으면 움직이지 않을 것 같아 취한 조치로 이해를 바란다니 필자도 더 이상 거절할 수 없었다. 그래서 일단 받아들이되, 시간을 갖고 생각해보기로 했다.

이렇게 끌다가 뜻하지 않게 나의 학교생활이 시작되었다. 그리고 본시 성

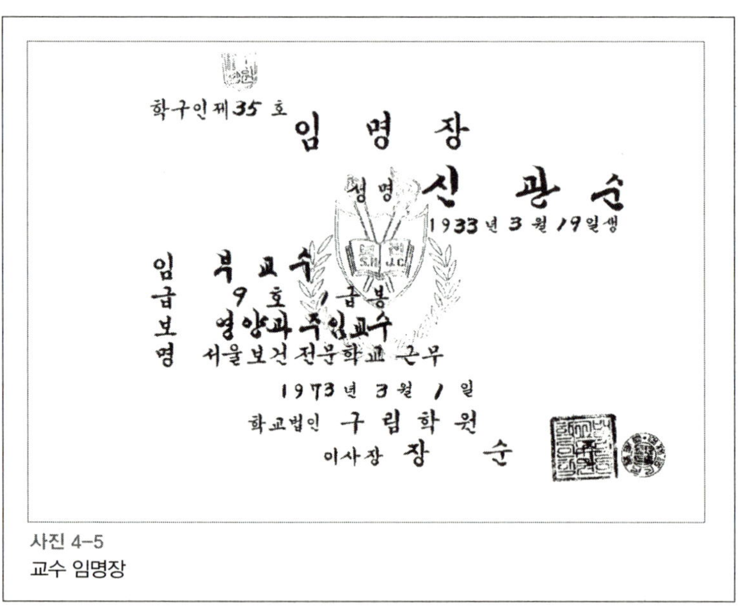

사진 4-5
교수 임명장

잉크가 바랠수록 추억은 빛이 난다

품대로 맡은 소임에 최선을 다하다 보니, 아침부터 저녁 늦게까지 학교에 남아 있는 날이 많아져 갔다. 본래 직장인 보건연구원보다 학교에서 보내는 시간이 더 많아지자, 자연 주위에도 소문이 퍼지게 되었다. 으레 이런 일에는 나쁜 소문이 먼저 나오기 마련, 공무원 신분으로 이중 직장 생활에 대한 부당성을 지적하는 말이 들렸으며, 이는 당연한 지적이었다. 당장 돌아가야 했으나 학교와 학생들 처지를 생각하면 그럴 수도 없는 일이었다.

상황이 이에 이르자 이것도 운명으로 받아드릴 수밖에. 주어진 여건에 순응하며 최선을 다하다 보면 길은 열리게 마련이라는 생각이 들었다.

이순애 학장이 불쑥 내밀었던 교수 임명장, 황당했고 부담스러웠지만 고마웠다. 그때 교차했던 만감이 지금까지도 생생하다.

교직을 택하는 데 힘이 되다

지난 15년간의 공직생활을 접는 것이 그렇게 쉬운 일은 아니었다. 당시 필자는 남들이 선망하는 공무원 신분, 게다가 승승장구했으니 30대 중반에 벌써 중앙부서 과장(서기관)급까지 오른 상태로 보사부 내에서도 자타가 인정하는 엘리트였다. 상사는 물론 주위의 동료들까지도 이런 필자의 행동을 의외로 생각하는 분위기였다.

그래서 하루는 동료인 보건연구원 위생부의 송철(宋哲) 식품과장에게 앞으로 일신상의 문제가 생기면 협조해줄 것을 부탁하였다. 그 얼마 후, 그에게 필자의 뜻을 전하면서 '왠지 직접 사직서를 써서 낼 만한 용기가 안 생기니, 대신 타자를 쳐서 도장을 찍어 제출해줄 수 없느냐'고 부탁하였다. 그러자 그는 정말 괜찮은지 반문하면서, 그래도 사표는 본인이 내는 게 원칙이니 곤란하다는 것이었다. 이에 필자는 '그대가 일단 일을 저질러 주면 모든 것을 운명으로 받아들일 것이니 부담을 갖지 말라'고 다시 간청하였다. 당시 심정은 양손에 떡을 쥔 격으로 판단에 어려움이 컸으며 고민스런 결정이었다.

결국 필자의 뜻을 받아들인 송 과장은 타자로 사직서를 작성하여 내 막도장을 찍고, 노정배(盧晶培) 위생부장을 경유하여 원장에게 올렸다. 이를 접한 허용(許溶) 보건연구원장은 사실 여부를 직접 필자에게 확인하시며 '일시적인 감정으로 장래를 헛되이 할 수 없으니 시간을 갖고 재고해보라'는 고마운 말씀이시다. 그러나 필자가 뜻을 굽히지 않자, 사직서는 다시 보사부로 전달됐으며, 결재 과정에서 홍종관(洪鍾寬) 차관이 이 사실을 알게 되었다. 그

분도 역시 직접 대면한 자리에서 '장래가 촉망되는 공직을 왜 떠나려 하는지 이해할 수 없으니 재고하기 바란다'며, '한번 더 기회를 줄 것이니 신중하게 생각해보라'는 것이다. 평상시 필자를 무척 아껴주셨던 분이었으나, 일단 결정한 일을 뒤엎을 수는 없는 일, 며칠 후 '일단 사표를 받아주시되, 훗날 혹 장관이라도 되시면 특별채용이 가능할 것이니, 그때 다시 인연을 맺을 생각'임을 전하며 양해를 구하였다. 그러자 홍 차관님도 필자의 뜻을 알았는지 사

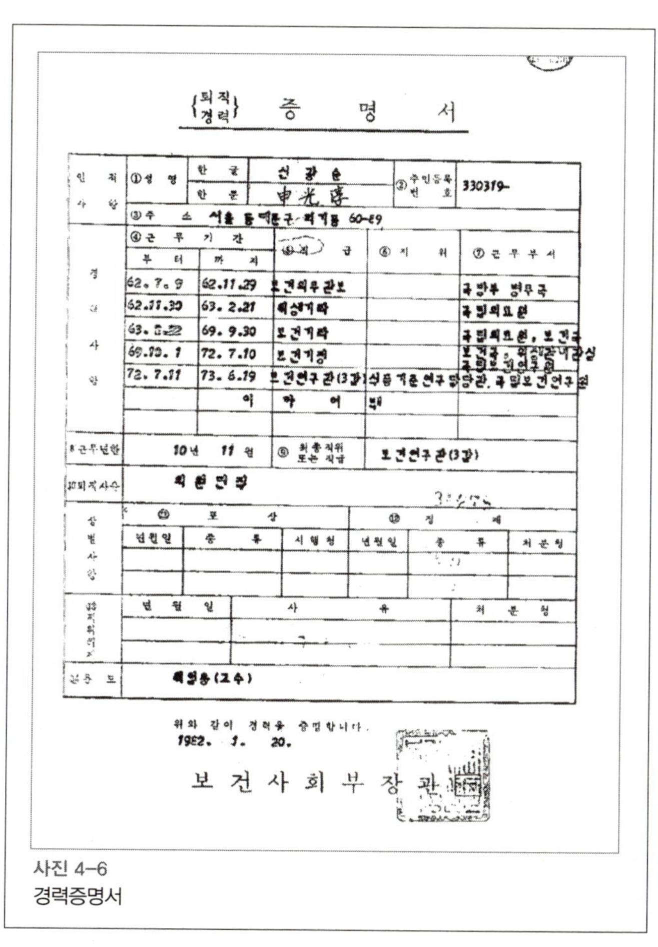

사진 4-6
경력증명서

직서에 도장을 찍으셨고, 이어 이경호(李坰鎬) 장관님의 최종 결재와 총무처의 승인으로 1973년 6월 19일자로 의원 면직되었다. 교수를 겸직한 지 3개월 반이 지난 때였으며, 사직서를 내고도 한 달이 지난 후였다. (사진 4-6)

그러나 필자의 숨은 본심 어딘가에는 이렇게 공직을 그만두고 학교를 택하게 한 또다른 사유가 있었다. 당시 필자는 공무원으로서의 한계를 느끼고 있었고, 더 이상의 발전은 물론 크게 성취할 만한 목표도 없었던 터였다. 또 공직 사회는 행정직 위주의 풍토가 있어 기술직은 한계가 있었고, 배경이 중요하여 실력만으로 출세할 수 없는 곳이었다. 물론 열심히 노력하여 남들이 부러워하는 자리에 오를 수도 있었지만, 화무십일홍(花無十日紅)이었다. 이제 겨우 30대 후반을 넘기는 나이에 과거 15년보다 앞으로 25년의 인생이 더 길었기에, 안주하기보다는 앞으로의 발전을 희구했던 것이다. 아마도 이를 예측하여 마치 교수를 대비한 듯, 이미 건국대학교 대학원 과정을 시작하고 있었다.

또 공직을 놓고 교직을 선택한 데에는 아버님의 말씀이 큰 힘이 되었다. 평상시 별로 말씀도 없으시고, 어쩌면 무관심해 보이지만, 그분의 고귀한 생각을 자식이 어찌 모를 리 있는가? 또 평상시 '자식이 만일 교직으로 간다면 산소에 꽃이 필 일'이라는 말씀을 자주 하신 것을 잘 알고 있다. 이렇듯 아버님의 높은 인격과 자식을 생각하는 마음이 필자를 용기 있는 결단으로 이끌었던 것이 아닐까?

이유야 어떻든 남이 볼 때 이해할 수 없는 이상한 짓을 한 감도 들었으나, 한번 저지른 일은 후회하지 말고 모두 긍정적으로 받아드리는 것이 좋다고 생각했다. 물론 모든 것이 낯선 교직생활, 그것도 주야간을 겸하는 일상이니 짜증과 후회가 없었다면 거짓말이다. 그러나 주어진 여건을 즐기고 인내하

   잉크가 바랠수록 추억은 빛이 난다

는 데 익숙한 터라, 서울보전 시절의 9년간은 필자의 인생항로에 새로운 출발점이 되었음이 틀림없다. 이 시절에 어려운 논문을 준비하고 농학박사 학위를 취득했고, 관련분야 학술 단체인 한국영양학회 임원으로 활동함은 물론, 전공 서적인《식품위생학》도 저술했다. 또 필자의 전공인 보건학과 수의학을 접목시킨 수의공중보건학의 기틀을 잡는 데에도 선도적인 역할을 했으며, 한국수의공중보건학회의 창립과 초대회장 역임, 우리나라 최초로《수의공중보건학》교재를 집필하는 등, 뒤늦게 학문의 길을 가기 위한 기반을 닦는 기회로 활용한 셈이다.

회고하다 보니 이 시기의 일들을 너무 장황하게 기술한 감이 들지 모르지만, 필자의 인생에서 가장 커다란 전환점이었기에 후세들 역시 얻을 점이 많다고 생각한다.

진인사대천명(盡人事待天命)의 자세로 모든 일에 임하면 기회는 주어지기 마련이다.

그 기틀을 잡는 데 올인하다

필자가 서울보전 영양과 주임교수로 정식 임명된 날은 1973년 3월 1일로 40세 때의 일이다. 그 후 만 9년 동안 근무했으니, 장년기 가장 중요한 시기를 보낸 셈이다. 또 교육, 연구, 봉사의 보람을 느끼게 해준 두 번째 인생의 출발점이기도 했다.

당시 서울보전 영양과는 최초 설립 시에 생긴 2개 학과 중 하나로, 1967년 4월 12일 신입생 80명(주야간 1개 학급)으로 시작하였다. 초대 학과장은 당시 교무과장인 최흥민 교수가 겸직하다가 1969년 제2대로 권혁인(영양학) 교수, 이어 1973년 제3대 학과장을 필자가 맡았다. 부임 당시 교수진을 보면 학장인 이순애(조리원리) 및 교무과장인 최흥민(생리학) 교수가 학과목을 직접 담당하였고, 학과 소속으로 유정애(단체급식), 윤은숙(조리실습) 두 분의 여교수와 한양일(공중보건학) 교수뿐이었다. 여기에 필자(식품위생학 및 식이요법)가 합류했으며, 이어 국립농촌진흥청 가축위생연구소 출신의 조종후(생화학) 박사를 영입하여 총 5명의 전임교수 체제를 갖추게 되었다.

덧붙여 그 시절 외래강사를 맡아 수고하여 주신 인사들을 소개하고자 한다. 이는 비록 전문학교 수준이었지만 최상급의 교수님만을 강사로 모셨고, 그것을 기록으로 남기기 위함이다. 먼저 이 학장님의 각별하신 교육 이념에 공감하여 그 뜻을 돕고자 강의를 맡거나 도움을 주신 분을 소개하면, 서울대 가정대학 현기순, 명지대학 강인희 및 이춘숙 교수 등으로 이분들은 우리나라 영양 및 급식관리 분야의 선구자 역할을 하신 원로 선생님들이다.

또한 필자와의 개인적 친분이나 주위의 천거로 특별히 모신 분들을 보면, 서울대 의과대학의 성낙응(고급영양학) 및 자연과학대학의 하영칠(식품미생물학), 고려대학 농과대학의 유태종(식품저장학) 및 의과대학의 황우익(생화학), 중앙대학 농과대학의 김준평(식품학), 성신여대 안명수(조리과학), 단국대학의 김을상(영양학), 명지대의 김송전(식품학) 등 대학교수, 그리고 국립보건연구원의 이인재(생화학), 김기경(영양학), 이주원(모자보건) 연구관, 국립의료원 영양실장인 이영남(식이요법), KAIST의 민태익(식품미생물학) 및 한강성심병원의 전세열(생화학) 박사, 국회사무처(도서관)의 김덕권(급식경영) 선생 등, 전공별로 당대에 명망 있고 널리 알려진 분들로 강사진을 구성하였다. 특히 성낙응 교수의 경우 의과대학 교수가 2년제 전문학교 강사로 출강한 격으로, 이 학장님께서 어떻게 그런 훌륭한 분을 모셨는지 궁금하다며 필자의 능력을 칭찬하고 격려해주셨다.

기타 실험 실습을 담당한 조교로는 중앙대 식품공학과 출신의 남궁석(박사학위 취득 후 교수 임명), 이화여대 출신의 장미경(후에 KAIST 연구원), 오영복(후에 장안전문대 교수), 명지대를 졸업한 정은자(학위 후 교수 임명), 그리고 본교 출신의 조연호(후에 한강성심병원 영양사), 성현정(미국 이민), 김창숙(후에 한국산업인력관리공단 영양사) 등이 필자와 함께 근무하였다. 이들은 주야간의 학생 실습을 도맡다 보니, 매일 12시간 이상을 헌신적으로 수고했으며, 덕택에 학생에게 좋은 수업을 할 수 있었다.

이와 같이 전임교수는 물론 외래강사도 강행군을 할 수밖에 없는 처지였다. 한 과목 강의(90분)를 맡으면 주간 2학급(학급당 40명)과 야간 2학급, 총 합계 4강좌에 360분(6시간)을 수업해야 하는 셈이니 교수 처지에선 과부하가 아닐 수 없었다. 특히 외래교수의 경우, 합반을 해 총 80명을 대상으로 강의하는 경우도 있어서 마이크를 사용해서 강의해야만 했다. 실험 실습의 경우는 더 심각하여 한 학급을 다시 두 개로 나눠 진행하는 경우도 있었다. 특히 2과목을 담당하는 전임교수는 강의를 2배로 할 각오가 있어야 했고, 1주일에 12시간을 담당할 정도로 부담이 컸다.

더욱이 학과 주임교수인 필자는 하루 근무시간이 보통 12시간으로, 아침부터 밤늦게까지 고생하는 신세였기에 고달픔의 연속이었다. 그러나 참고 기다리는 자에게 기회가 온다는 믿음과 끈기로 이겨냈다.

이상의 내용은 필자가 처음 교수생활을 시작한 서울보건전문학교의 여건과 분위기를 소개하면서, 어려움을 함께 한 영양과 교수와 조교 선생들, 그리고 외래강사님들을 회고해본 것이다. 혹 기록이나 기억에서 누락된 분들이 계시더라도 30여 년 전의 일이니 양해를 부탁드린다.

교수를 선택한 것에 대한 후회도 느끼고, 뛰쳐나갈 생각도 들었다. 그러나 이때마다 주어진 운명에 순응하고 인내하면서 현실에 충실함을 배우고, 이 시기를 전화위복의 기회로 삼기로 스스로 다짐했다.

영양사 양성과 취업에 최선을 다하다

본시 교수란 직책은 학생 교육, 학술 연구, 사회 공헌을 위한 활동을 위주로 하는 직업이다. 이는 2년제 대학도 마찬가지며, 특히 전문 기술인력을 양성하는 전문학교의 경우 교수의 능력과 책임이 더 중요하다. 정식 교수가 된 40대 초, 주어진 여건과 환경이 만족스럽지 않았지만, 기왕에 시작한 교직이니 맡은 소임에 최선을 다하기로 다짐했다.

먼저 학생들 교육의 질을 높이기 위해 교수 강의를 나름대로 체크하기로 했다. 강의계획서와 학생들의 반응 및 분위기로 강의의 질을 대강 짐작할 수 있었고, 특히 영양과의 경우 학과장실 바로 입구에 2학년 A, B반 교실이 위치하다 보니 강의의 시작과 끝나는 시간을 알 수 있었다. 심지어 강의하는 목소리도 들릴 정도여서 본의 아니게 강의 내용도 일부 도청할 수 있는 여건이었다. 협소한 시설 여건을 역으로 활용한 셈이다. 또한 강의를 마친 교수들이 내 방에 들러 차를 나누다 보니 강의에 대해 자연스럽게 이야기할 수 있었다. 이러한 방법들은 외래강사를 교체하거나 새로 영입하는 데 많은 도움이 되었다. 그 사례를 들면, 대학 강의 초년생의 모 외래강사는 강의 자료로 국내외 교재를 잔뜩 들고 들어가 이것저것을 소개하는 식이니, 핵심은 물론이거니와 내용조차 이해하기 힘든 횡설수설의 연속이었다. 어려운 과목이라 본인의 부담이 컸겠지만, 그냥 넘길 수 없는 일로 판단하여 다음 학기에 다른 강사로 교체하였다. 반대로 학생들 수준을 무시하고 지나치게 고차원적이며 자기과시적인 강의로 일관하는 강사도 퇴출하는 등 과유불급(過猶不

及)의 잣대로 다루었다.

이와 같이 학생들의 교육을 위하여 서슴없이 용감하게 행동할 수 있었던 가장 큰 이유는 학교의 교훈인 '실천(實踐)·진리(眞理)·성실(誠實)'에도 있었지만, 훌륭한 전문기술인의 양성을 위하여 최선을 다하는 이순애 학장의 교육철학에 공감하였기 때문이다. 또 일을 믿고 맡기면 모든 권한을 부여하는 그분의 지도 이념과 필자의 젊음과 경륜, 그리고 열정이 맞물려 가능한 일이었을 것이다.

다음은 졸업생들의 사회 진출을 위하여 필자가 노력한 일이다. 이름 그대로 전문인의 배출이 목표인 전문학교는 학생들의 현장 경험이 정말로 중요하다. 마침 1970년대는 정부의 경제개발 정책으로 경인지역에 산업단지가 계속 들어섰고, 영양사의 수요도 점차 늘어나기 시작하는 시대로 그런 상황에 맞는 전략이 필요했다. 그동안 인식이 별로 없었던 산업체 급식의 필요성을 강조하기 위해 인천, 부평, 영등포 등의 산업공단 본부를 방문하여 그 중요성을 일깨우는 일부터 시작했다. 우선 여름 및 겨울방학 때 영양과 2학년 학생들을 현장에 실습생으로 받도록 했고, 교수로 하여금 현장을 순회하며 지도와 상담을 하도록 독려하였다. 동시에 현장 담당자에게 급식관리의 중요성과 영양사의 필요성을 심어주는 전략을 세워 실천해나갔다. 그 결과 졸업생 상당수의 취업문이 열렸고, 산업체 급식 영양사의 대부분을 서울보전 출신이 독점하는 현상이 일어났으니, 이는 타 대학의 부러움을 살 정도였다.

또 이런 경우도 있었다. 하루는 당시 을지로 입구에 위치한 (주)선경 본사에서 연락이 왔다. 용건인즉, 회사 대표로 취임한 최종현(崔鍾賢) 사장께서 직원들의 급식 센터를 운영하는 데 전문가의 자문을 받고 싶다는 것이다. 당시 유망한 성장기업의 요청이니 기꺼이 응할 수밖에. 게다가 국립의료원 영

  잉크가 바랠수록 추억은 빛이 난다

양과장 시절, 의료직원과 노무자들을 대상으로 한 급식 관리에서 터득한 이론과 실무 경험으로 이 분야는 누구보다 자신이 있었다. 그렇게 선경의 최 사장을 만나 뵈니 그분도 외국에서 경영학을 배운 분으로 직원들의 급식을 회사경영 차원에서 다루는 선진적 사고를 갖고 있었다. 거기에 관련 교수들의 노하우를 현장에 접목시킨다면 기대 이상의 성과가 예상되었다.

결국 그 회사 관할 공장은 물론 다른 회사에도 파급되어 회사급식의 모범 사례가 됐으며, 어부지리로 서울보전 졸업생들이 대거 채용되는 계기가 되었다. 참고로 그때 선경이 도입한 급식관리 개선사항들을 보면, 전 직원의 급식비 부담으로 복지 증진 효과, 개인별 급식카드 발행으로 직원들의 급식 유도 및 실태 파악, 한 접시(one dish) 또는 한 그릇 식단제(예; 카레·오무라이스, 볶음밥, 비빔밥, 탕반류, 국수류 등)의 실시 및 1주 단위의 메뉴 작성, 뷔페식 셀프서비스로 잔반량 감소, 외부 매식 감소로 식비 및 시간 절약 등 당시로서는 파격적인 내용이었다. 이로 인해 직원 점심 소요시간이 30분 정도로 단축되고, 개인주머니도 절약됐으며, 특히 직원들의 사기 진작은 물론 근로여건 개선의 경영적 효과도 얻을 수 있었다.

이러한 선경의 사례에서 볼 수 있었던 급식시스템의 조기 도입은 1970년대 우리나라 단체급식 관리의 선진화 사례로 평가받을 만한 일이었다.

논문을 발표하고 교재를 발간하다

두 번째는 교수로서 전문 분야의 학술 조사 및 연구 사업에 기울인 노력들 중 당시 필자가 주도한 외부의뢰 연구와 전공교재 저술에 대한 이야기를 소개한다.

1981년 2월에 발간한 서울보건전문대학 논문집 창간호를 보면 '우유 급식이 국민학교 아동들의 성장발육에 미치는 영향'(신광순, 정은자, 장건형) (사진 4-7), '우유의 상온 보존시 세균수, 산도 및 외관상의 경시 변화'(신광순, 조종후, 서정순)에 대한 논문이 실려 있다. 그 중 첫 번째 논문은 성장기 어린이를 대상으로 우유의 영양적 가치와 중요성을 조사한 연구였다. 우유의 영양학적 가치에 대한 선진국의 연구사례는 많이 있으나 국내 자료는 전무했으며, 특히 동물이 아니라 직접 사람을 대상으로 한 데서 그 의의가 있었다.

이 연구는 당시 한국의 우유 공급을 주도한 서울우유협동조합의 지원이 있었기에 가능하였다. 총 연구비 500만 원과 급식우유 무상 제공을 전제로 했으며, 당초 연구계획을 세울 때는 3년간 실시 예정이었으나 조합 측의 이해 부족으로 1년밖에 하지 못했다. 임상실험 기간이 너무 짧아 아쉬웠으나 나름대로 의의는 있었다. 예상한 대로 성장기 아동에 대한 우유 급식 효과를 볼 수 있었고, 특히 영양적으로 부족한 식생활을 하는 경우에는 더 효과적이었다. 그 조사연구 내용을 요약하면 다음과 같다.

* 연구 대상 : 실험군은 서울 성북구의 송촌, 서대문구의 신도국민학교(현

  잉크가 바랠수록 추억은 빛이 난다

초등학교) 3학년 학생 245명(男 130명, 女 115명)이며, 대조군은 강원도 원주의 봉대초등학교 학생을 대상으로 함.

* 연구 방법 : 매 점심시간에 우유 1팩, 180ml을 제공함.

* 연구 기간 : 한 학기에 15주씩 총 30주 180일(일요일 및 여름방학 기간 제외).

* 조사 방법 : 우유급식 전후의 생체 계측(신장, 체중, 흉위) 및 피하지방 체크함.

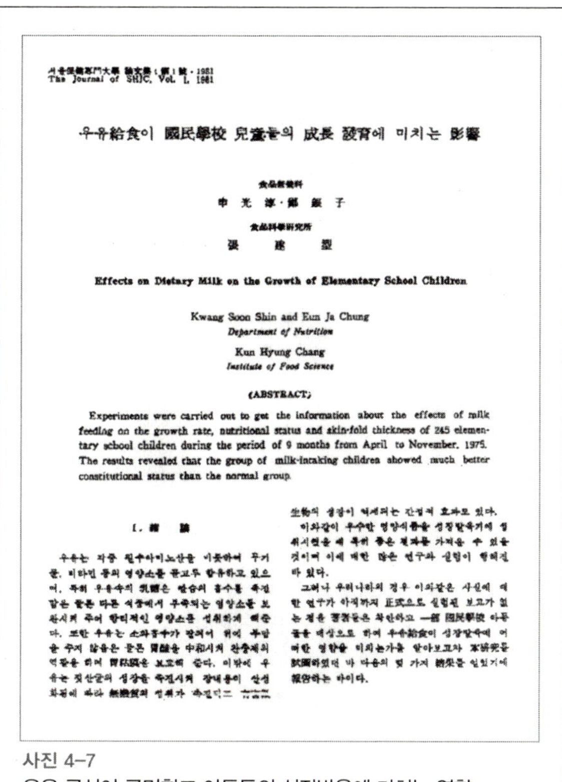

사진 4-7
우유 급식이 국민학교 아동들의 성장발육에 미치는 영향

* 기타 : 일부 조사 대상 아동의 실생활 조사도 병행. 사전에 취지를 설명
하고 일정 양식의 조사서에 3일간의 급식상황을 기입케 하는 문답식 방
법을 사용함.

이 연구는 필자가 총괄하는 연구 사업이었으나 실제로는 학교 전체가 참
여해 범교적으로 진행되었다. 급식조사는 이순애 학장과 식공과 장건형 교
수, 신체검사는 의사며 외래강사인 이주원 보건연구관, 혈액 채취 및 분석은
최흥민 교수와 라동진 선생, 그리고 자료의 정리와 분석은 정은자 선생이 담
당했다. 당시 교내의 연구 풍토로 볼 때 유례가 없는 연구 방식으로 학교에
기여한 바가 크다고 생각한다.

다음은 1975년에 처음 발간한 《최신 식품위생학》(신광출판사)을 저술한
일이다. 그때까지도 대학 강의 교재의 수가 적었고, 전문서적은 더 없었다.
간혹 외서를 번역한 것들이 있었으나 내용이 부실하여 마음에 들지 않았다.
특히 식품위생학 강좌는 일부 식품공학과와 영양학과에 개설되어 있을 뿐,
담당 전임교수도 별로 없던 시대였다. 교재의 수요가 있어야 출판사도 관심
을 갖는데 강의가 워낙 적다 보니 책이 나올 리 없었다. 그러나 담당 교수로
서 자기 전공과목의 교재도 없이 강의에 임하는 것 자체가 문제가 있다고 판
단하여 어떻게든 책을 만들어보기로 결심하였다.

그렇지만 필자 단독으로 교재를 집필하기란 어려운 일, 특히 식품위생학
의 경우 미생물학, 화학 분야로 대별되는 학문으로 여러 전문가들의 참여가
중요하였다. 먼저 집필진의 구성이 선행된 다음 내용을 확정하는 것이 순서
였고, 책을 발간해줄 적당한 출판사도 찾아야 했다. 무슨 일이든 시작이 반
이라고, 우선 행동으로 옮겨야 하기 때문에 필자 자신이 나서야 했다. 그렇

　　　　　　　　　잉크가 바랠수록 추억은 빛이 난다

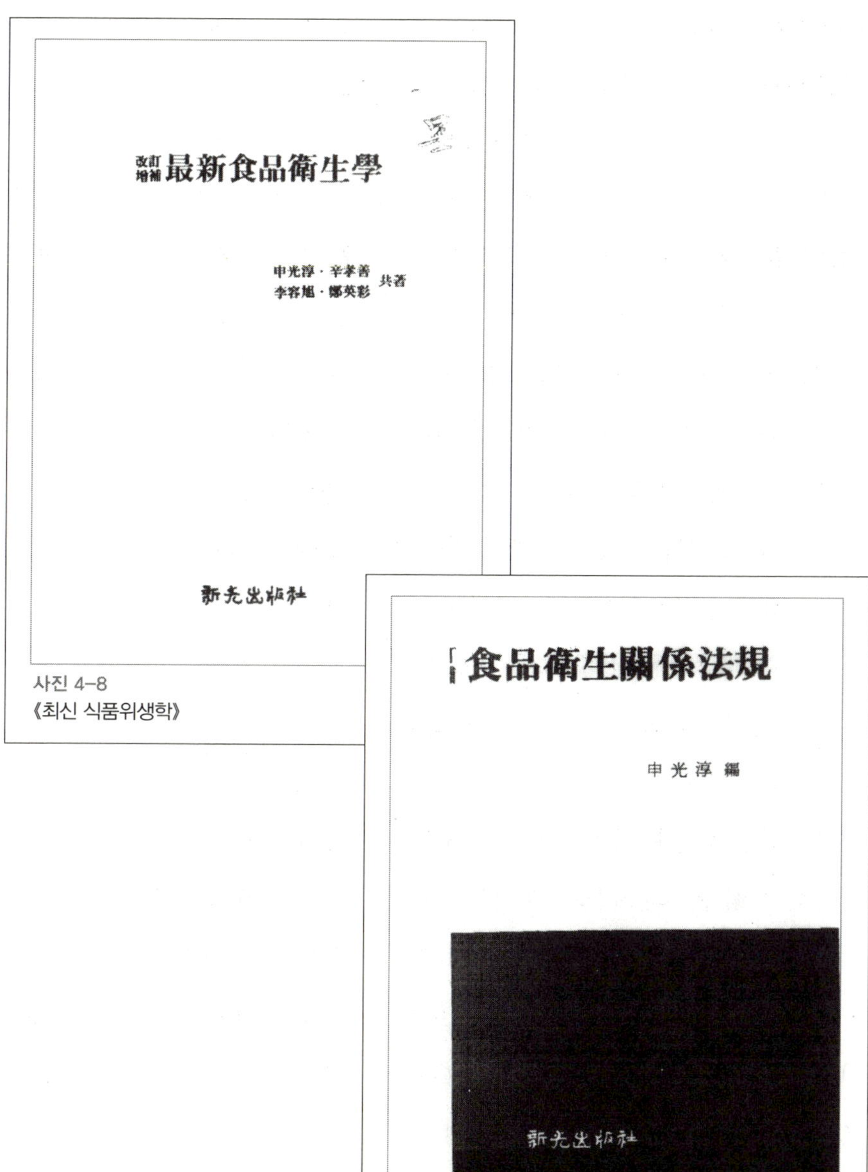

사진 4-8
《최신 식품위생학》

사진 4-9
《식품위생관계법규》

게 1975년 처음 발간된 《최신 식품위생학》(사진 4-8)의 공저자와 저술 분야
는 다음과 같다.

* 필자 : 제1장 식품위생의 개요, 제4장 세균성식중독, 제7장 식품과 전염
  병, 제12장 식품의 유통과 보존, 제14장 식품과 공해(1. 개요 및 2. 공장
  폐수), 부록 식품위생 법규 및 규격 기준.
* 신효선(동국대 식품가공과) : 제5장 독성물질에 의한 식중독, 제6장 식
  품으로 인한 만성 병해, 제11장 식품첨가물, 제12장 용기 및 포장의 위
  생, 제14장 식품과 공해(3. 농약오염), 제16장 식품위생검사.
* 정영채(중앙대 축산과) : 제9장 유육 위생, 제14장 식품과 공해(4. 방사
  능 오염).
* 이용욱(서울대 보건대학원) : 제2장 식품과 미생물, 제3장 식품과 위생
  동물, 제8장 식품과 기생충 질환, 제15장 식품위생에 있어서의 역학조사.

또 '최신'이라는 제목에 걸맞게 초판이 나온 지 10여 년이 지난 1987년 다
시 책을 크게 손질하고 증보하여 개정판을 냈다. 이 교재 역시 신광출판사
(대표 이용하)에서 출판을 맡아주었는데, 그 후 20여 년간 대학교재로서 톱
을 유지한 전문서적으로 평가받고 있다. 참고로 이 시절 필자가 직접 집필하
거나 편집한 책들은 《영양사국가시험문제집》(1976), 《식품위생관계법규》
(1977) (사진 4-9), 《수의공중보건학》(1981, 공저), 《최신영양학》(1982, 공
저) 등을 들 수 있다.

우유의 영양학적 가치를 조사하고, 전공 관련 교재를 편찬해 발간했다.

한국영양학회에 적극 참여하다

다음은 한국영양학회에 참여해 활동한 일이다. 교수의 기본 중 하나가 학술단체 등 전문분야에서 일하는 것이다. 일단 교수생활을 시작한 이상 적극적으로 참여하고, 학회 발전에도 많은 기여를 하고 싶었다. 당시 한국영양학회는 영양학 분야의 유일한 학술단체였고, 필자가 공직에 있을 때인 1969년에 국민영양조사를 이 단체에 위탁한 인연으로 학회 임원진과 친분이 있다 보니 아주 자연스럽게 관여하게 되었다.

한국영양학회는 일찍이 1967년에 창립했으며, 초대 학회장은 허금 경희대 약대 학장으로 그 다음해인 1968년부터 학회지를 연간 4회 발간하는 등 활동이 활발한 학회였다. 그 후 덕성여대 약학과 채례석(1972, 2대), 우석대 의과대학 주진순(1974, 3대), 덕성여대 영양학과 유정렬(1976, 4대), 서울대 농대 축산학과 한인규(1978, 5대), 연세대 식생활학과 이기열(1980, 6대), 서울대 의과대학 성락응(1982, 7~8대), 이화여대 식품영양학과 김숙희(1986, 9대~10대), 서울대 의대 채범석(1990, 11~12대), 연세대 식생활학과 문수재(1994, 13대), 중앙대 식품영양학과 이일하(1996, 14대), 연세대 식생활학과 이양자(1998, 15대) 등 전공 분야별(의학, 약학, 영양학, 농축산학 등)로 학회장을 받았다. (사진 4-10) 특히 필자의 경우 전 현직 경력으로 볼 때 학회에서 중추적 역할과 기여를 하기에 충분했다.

한 가지 사례를 들면, 1980년 말 이기열 교수가 학회장을 하고 필자가 총무담당 상임이사로 활약할 때의 일이다. 당시 농림부는 국가의 양곡 수급 조절을 위해 종전의 분식 위주에서 쌀 소비촉진 정책으로 바꿔, 그에 관한 영양개선 효과를 국민에게 널리 홍보하기 시작할 때였다. 하지만 어제까지 밀가루가 쌀보다 좋다고 하던 농림부가 갑자기 쌀이 더 우수하다고 말하는 꼴이니 정부 처지가 난감할 수밖에 없었다. 또한 식품 영양 전공자들도 지금까지 정부의 정책에 동조하는 상황이었기 때문에 영 체면이 서지 않았다.

당시 필자는 무언가 학회사업을 마련해야 할 책임과 의무감이 있었고, 공직의 경험을 살려 정부의 지원 방법을 찾고 있을 때인 만큼, 농림부의 처지를 이용한 학회사업의 가능성을 타진하기로 하였다. 그래서 농림부 양정국 실무자를 맞나 협의하니, 오히려 나에게 좋은 아이디어를 요청하였다. 옳다

사진 4-10
1978년도 학술심포지움 '유지식품과 영양'에서 만난 학회 임원들(뒷줄 왼쪽부터 시계 방향으로 필자, 성락응, 이기열, 하나 건너 유정렬, 우측 두 번째 한인규, 주진순, 채례석, 이양자, 김숙희, 보건원 김기경, 단국대 김을상)

 잉크가 바랠수록 추억은 빛이 난다

구나! 기회를 놓칠 수 없는 일, 바로 임원들과 상의하여 학회 주관의 연구계획을 만들기로 하였다. 그 주제가 '식량 절약과 영양적으로 균형된 식단 개발 연구'(1980. 11. 25~1981. 1. 25)로 총 1,000여 만 원의 연구비를 농림부에서 받아내는 개가를 올렸다. 특히 농림부에서 연말 잔여예산을 전용하면서까지 이 사업을 성사시킨 정황으로 볼 때, 이 연구가 농림부에서도 특별히 채택된 것임을 알 수 있다. 지금의 잣대로 본다면 별일 아닐지 모르지만 당시에는 대형 프로젝트로, 학회에도 큰 기여를 할 수 있었다. 결국 필자는 1969년 보건사회부에서 위탁하여 실시한 국민영양조사와 이번의 농림부 용역연구를 학회가 주관하는 데 주도적 역할을 한 셈이다.

연구사업에 참여한 연구원들은 다음과 같다. 학회장인 이기열 교수가 연구책임자로 총괄했으며, 식단별로는 '성인 일반식단'에 이순애(서울보전) · 이혜수(서울대) · 정순자(단국대) · 염초애(숙명여대) · 전희정(한양여전), '지역별(농어산촌) 식단'에 전승규 · 강명희(농촌영양개선연구원), '학교급식 식단'에 문수재 · 손경희(연세대), 산업체 및 요식업 식단에 이순애 · 현기순(서울대) · 윤서석(중앙대), 그리고 특정영양소 검토팀으로 이양자(연세대) · 박현서(경희대) 등 중진 교수들을 망라하였다.

총 2개월간의 연구 결과를 마무리하는 발표회는 연세대 생활과학대에서 개최했고, 식단별로 연구한 실물 모델의 전시와 함께 각각의 영양소 함량을 표시하여 설명하고, 참석자의 의견을 듣는 방식으로 진행했다. 주관 부처인 농림부에서 차관, 양정국장 및 관계과장을 비롯하여 전국 대학의 식품영양 교수 및 관련 연구기관에서 다수 참여하여 진지한 토의도 벌어졌다. 또 별도로 마련된 식단을 시식하고 평가서를 받아 분석하였다. 마지막으로 그 결과를 종합하고 추가 보완하여 최종보고서를 농림부에 제출하여 국민에게 널리 보급하도록 건의하였다. 이 연구 자료는 한국인의 식생활 개선을 위한 기본 모델로 활용됨은 물론 소위 표준식단제 실시에 동기가 된 셈이다.

또한 학회의 학술상 기금 50만 원을 삼양식품에서 지원받아 우수논문 발표자에게 시상하였고, 학회의 한국과학기술단체총연합회 가입(1968년 12월 17일)을 촉구하고 주선한 일 등, 1967년 창립 당시부터 1980년 초까지 10여 년간 학회의 발전을 위하여 활동하였다. 이렇게 적극적으로 학회 활동을 하였던 이유는 역대 회장과 몇몇 임원들과의 개인적인 친분 관계, 필자의 영양 분야 공직 경험과 사회적인 지위, 그리고 영양사 양성학교 교수로서의 사명감이 있었기 때문이다.

이 모든 일들을 회고했을 때 흐뭇한 생각이 든다. 당시 주어진 바에 최선을 다한 결과 얻어진 보람이라고 생각한다.

  잉크가 바랠수록 추억은 빛이 난다

8년의 어려움 속에서 보람을 일구다

　1972년 국립보건연구원 위생부 식품기준연구담당관으로 재임 시절에 시작한 박사학위 과정을 1980년 2월 27일 서울보전 교수일 때 마쳤으니, 무려 학위를 취득하는 데 8년이란 세월이 걸렸다. (사진 4-11, 4-12) 남들은 3년이면 끝나는 과정을 8년에 걸쳐 한 이유는 무엇일까?

　우선 박사학위를 시작하게 된 계기도 아이러니하다. 필자가 보건사회부에서 국립보건연구원으로 자리를 옮긴 지 얼마 되지 않은 때였다. 당시 식품기준연구담당관이란 허울뿐인 보직은 있었으나 특정 업무나 직원도 없어 허송

사진 4-11
박사학위 논문

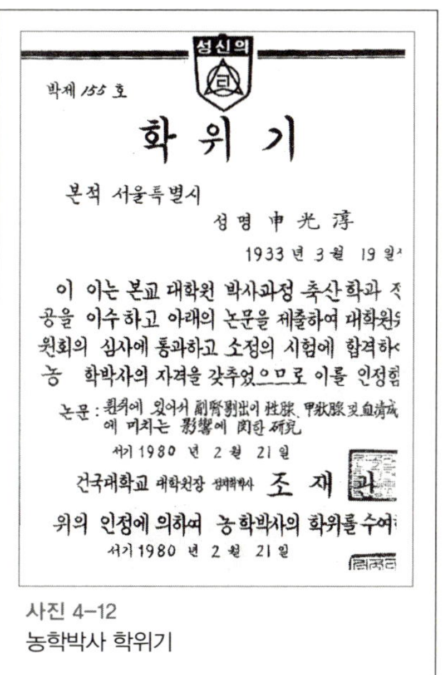

사진 4-12
농학박사 학위기

세월을 하고 있었다. 이럴 바에는 당시 3급(서기관급) 이상 공직자도 입학이 가능한 국방대학원에서 견문을 넓히는 것도 좋을 것 같은 생각도 들었다. 아까운 시간을 무의미하게 보내고 싶지 않았다. 비록 30대 후반의 나이지만, 시작이 반이라고 무엇이든 계기만 부여되면 도전할 용의가 있었고, 그저 유야무야 지내는 것에 스스로 안쓰러울 뿐이었다.

그런데 하루는 중앙대학교 축산학과 교수인 정영채(鄭英彩) 박사가 박사학위를 권유하면서 적극 도와드릴 것이니 생각해보라는 것이다. 그는 수의과대학 4년 후배인 동시에 보건대학원 1년 선배로, 서로 친구와 같이 지내는 사이였다. 또한 매년 초 옛 스승님인 오순섭 학장 댁을 찾을 때마다 동행하다 보니 서로 앞날을 걱정하고 격려하며 지내는 같은 해부학교실 일원이었다. 그 후 정 박사는 1972년 초 필자에게 '건국대학교 대학원 박사학위 입학생 모집'에 응시해볼 것을 종용하면서 원서를 보내주었다. 깊이 생각하고 내린 그의 배려를 가벼이 넘길 수 없었기에 그대로 따르기로 했다. 결국 입시 전형을 거쳐 영어와 전공 시험에 무난히 합격하는 행운을 얻었고, 갑작이 대학원 입학 등록금을 힘겹게 부담하는 학생 신분이 되었다. 만학도로서 수강 신청은 물론, 전공 필수과목의 수강, 그리고 리포트 작성 및 기말시험 등을 거쳐 학점을 취득하기 위해 노력해야만 했다.

마침 필자도 10여 년의 공직을 접고 대학교수로 변신하여 새 출발을 하고 있을 때였다. 그러나 당시 직장인 보건전문대학의 여건이 만족스럽지 못했고, 더욱이 학위논문을 준비할 만한 시설이 구비되어 있지 않았다. 그러나 기왕 시작한 일에 대한 미련을 쉽게 접을 수 없었고, 특히 대학교수의 필수 요건인 박사학위 취득의 절호의 찬스를 놓치는 우를 범하고 싶지 않았다. 결국 학위과정 3년차에 접어든 1975년 초, 마음을 다잡고 논문 작성을 위한 실험

 잉크가 바랠수록 추억은 빛이 난다

을 시작하였다.

우선 지도교수인 건국대 축산대 이기만(李基萬) 박사, 그리고 나를 학위의 길로 인도한 중앙대 정영채 박사와 상의하여 연구의 내용과 방향을 정하기로 하였다. 그 결과 가축내분비학에 대한 연구의 필요성을 공감했으며, 학위논문도 이 분야를 선택하기로 합의했다. 먼저 관련 문헌의 수집과 정리 작업을 위하여 서울대 의학도서관의 의학자료 풀은 물론 관련 자료를 모으는 일부터 시작했다. 한편 논문 작성을 위한 기본설계와 실험 재료 및 방법의 결정에 이어 예비시험을 통한 가능성 검토와 평가, 그리고 부실한 결과에 대한 재시험 등 모든 절차를 거쳐나갔다. 특히 실험동물인 흰쥐를 사용한 연구는 시행착오의 연속이었으며 어려운 도전이었다.

필자의 학위논문 제목은 '흰쥐에 있어서 부신 적출이 성선, 갑상선 및 혈청 성분에 미치는 영향에 관한 연구'다. 연구 내용은 성숙한 흰쥐의 양측 부신을 완전히 적출한 다음, 시간 경과에 따라 체성장의 변화와 성선인 정소, 난소 및 갑상선을 조직학적으로 관찰한 것이다. 동시에 내분비 대사에 미치는 영향을 보기 위하여 혈액을 분석하여 정상 대조군과 비교한 바, 유의한 성적을 얻었기에 그 결과를 보고하였다. 이 논문에서 인용한 외국의 참고문헌만도 무려 148건으로 방대한 내용의 연구였다.

이 연구에 사용한 흰쥐만도 1천여 마리였고, 내용 역시 실험대상 내분비 장기인 부신, 갑상선, 성선의 조직학적 소견 및 혈청 성분의 분석 등 방대했다. 당시의 학교 시설 여건으로 볼 때 거의 불가능한 일을 강행한 셈이다. 그래서 흰쥐는 건물 외벽의 빈 공간을 활용한 엉성한 시설에서 사육했고, 장기 적출 및 혈액의 채취는 학생실습실을 이용해야 했으니 비어있는 저녁이나 야간 시간대를 활용할 수밖에 없었다. 심지어 조직표본의 제작과 혈액 분석은 가까운 카톨릭대 의과대학(당시는 명동 소재)의 시설을 잠시 빌리거나 구걸하는 식이었다. 그렇게 나온 모든 실험 결과를 통계 처리를 거쳐 비교하고 다시 평가하여 수정하는 등 논문 작성에 정성을 기울였다. 지금 생각해보면 측은하고 불쌍할 정도의 여건에서 논문을 만들다 보니 무려 3년이란 세월이 소요되었다.

또 한 가지 어려웠던 고비는 외국어시험이다. 어학시험은 논문심사의 선행조건으로, 박사학위의 중요 관문이다. 특히 나이가 많을수록 두려움도 커지기 마련이고, 실제 낙방을 거듭하는 사례도 많았다. 그러나 다행히 필자는 제2외국어인 독일어시험에 먼저 합격했고, 이어 영어시험도 통과하여 동료들보다 좀더 일찍 학위를 받을 수 있었다. 그 당시 어학시험은 별도로 학원에서 과외를 받아야 겨우 합격할 정도였다. 필자 역시 약 2년 정도 나름대로 틈틈이 공부한 덕분에 합격할 수 있었으며, 특히 독일어는 중학교 때 배운 'Immen See(망망대해)' 정도의 기초실력을 유지하고 있었기에 가능했다. 역시 어학이란 어린 시절에 배워야 함을 보여주는 사례라 할 수 있다

논문을 심사해주신 교수님들은 주심에 고려대 이재근(李在根), 부심은 건국대 이원창(李元暢) 교수며, 심사위원은 중앙대 정영채, 건국대 정길생(鄭吉生) 및 이기만 교수님들이 수고해주셨다. 당시 건국대 총장은 곽종원(郭鍾元) 박사, 축산대학장은 황칠성(黃七星) 교수, 대학원장은 조재권(趙在權) 교수, 교무담당은 윤재인(尹在仁) 교수였다. 특히 지도교수인 이기만 박사의 도움은 말할 것도 없고, 논문의 설계에서 실험까지 모든 단계를 실제로 지도해준 정영채 박사의 도움이 정말로 컸다. 또한 실험동물의 사육은 물론 체중 측정, 부신·난소·갑상선 등의 장기 적출 및 혈액 채취 등 모든 과정의 실험을 도와준 남궁석(南宮錫) 조교의 도움도 이루 말할 수 없다. 30여 년 전

 잉크가 바랠수록 추억은 빛이 난다

의 일을 회고해보니 새삼 감회가 새롭다. (사진 4-13, 14, 15, 16)

박사학위를 취득하기 위해서는 많은 역경을 이겨내야 했다. 영어시험, 동물
실험, 논문 작성 및 심사, 어느 하나 쉬운 것이 없었다.

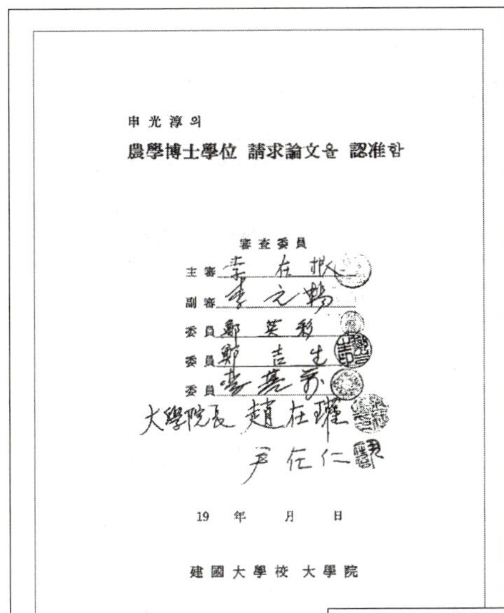

사진 4-13
박사학위 논문 심사 표지

사진 4-14
박사학위 기념사진(우측부터 남궁석, 필자, 조종후, 윤은숙 교수)

사진 4-15
박사학위 기념사진(우측부터 남궁석, 구성회, 최흥민 교수, 이순애 학장, 필자, 아내, 김창숙 조교)

사진 4-16
박사학위 기념사진 (우측부터 필자, 형님 신경철, 아들 신동립, 아내 차인자)

잉크가 바랠수록 추억은 빛이 난다

오히려 기회로 활용하다

당시 서울보건전문학교는 한 사람의 주임교수가 주야간 수업을 모두 담당했기에, 하루 10~12시간 정도 근무할 만큼 부담이 많았다. 매일 학교에 매달려 있어야 하니 생활의 고달픔이 컸고, 운동 부족으로 건강을 염려할 정도였다. 그러니 지치고 짜증이 날 수밖에. 학교의 위치도 서울 도심 한가운데인 충무로 3가라 매연과 먼지 투성이었다.

1970년대는 볼링이 유행한 시절로, 주로 오후 시간대에 틈틈이 시간을 내서 운동하는 모임으로 OB볼링회가 있었다. 40대 중반 이상의 연령층으로, 주로 학과 주임교수들을 중심으로 이루어졌다. 그 면면을 보면 교학처장인 최흥민(崔興敏: 후에 신구대학 학장), 식품가공과의 이상건(李尙建: 육군병식연구소 및 농어촌개발공사) 및 장건형(張建型: 육군병식연구소장), 임상병리과의 이명화(李命和: 보사부 보건국장 및 보건연구원 부원장) 및 윤기은(尹基殷: 서울대병원 중앙검사소), 위생과의 구성회(具聖會: 후에 학장 역임) 및 오석흔(吳錫欣: 후에 원광대 교수) 교수, 영양과의 필자 등 7~8명이 주 멤버였다. 학교에서 가까운 '오성종합체육클럽'에 모였고, 다들 초보자지만 나름대로 열심히 했고, 이따금씩 시합을 하여 트로피도 수여하였다. 지금도 필자의 집 서가에는 제3회 정기볼링대회(1973.9.14) 때 받은 조그마한 우승 트로피가 있다. 그것을 보면 즐거웠던 추억들이 떠올라 절로 미소 짓는다.

또 한 가지는 외래강사도 함께 어울린 고스톱 모임이다. 물론 고스톱이 건전하다고 할 수는 없지만, 잠깐 머리도 식히고 스트레스도 해소할 수 있었다.

이 모임의 주선자는 당시 국립보건원에서 출강한 이주원(李柱源) 박사였고, 교련교관이며 학생과장인 박수만(朴洙萬) 선생도 합류하였다. 어떤 때는 두 패로 나눠 치기도 했고, 일과 후 동료들끼리 저녁을 먹으며 소주 한잔 기울이는 친목 모임으로 많은 일화와 추억들을 남겼다.

다음은 필자가 1982년 초 서울보전을 떠나기 2~3년 전에 겪은 일이다. 서울보전이 '서울보건전문학교'에서 '서울보건전문대학'으로 개편된 것이 1979년 1월 1일이니, 실로 9년 만의 경사였다. 그러나 이때 문교부의 조건이 있었는데, 1983년까지 전문대학 설치기준에 부합되도록 학교를 이전하는 것이었다. 그래서 재단은 예정지로 이미 확보해두었던 경기도 성남시 은행동 212번지 소재, 약 1만 2천 평의 야산을 활용하기로 계획했다. 그러나 1980년 4월부터 5월까지 총학생회의 구성을 계기로 시작된 학교이전 반대 운동과 학생 소요 사태가 벌어졌다. 결국 학교는 문교부의 특별감사를 받게 되었으며, 결국 학교이전 중단 명령이 떨어졌다. 이로 인해 성남 교사 신축공사의 중지는 물론, 구립학원의 모든 이사진을 퇴임시키고 동년 9월 22일자로 관선의 임시이사회가 구성되었다. 또 이순애 학장이 자리에서 물러났고, 직무대행을 최흥민 부학장이 맡게 되었다. 그 후 1981년 4월에는 다시 2대 관선 이사회를 구성하고 학장에 단국대 교수인 김성기(金成器) 박사가 취임하는 등, 1983년 초까지 약 3년간 혼란기가

사진 4-17
이상건, 구성회 교수, 앉은 이가 필자

    잉크가 바랠수록 추억은 빛이 난다

이어졌다.

이러한 사태를 지켜보면서 사립학교 운영시스템에 많은 회의를 느꼈고, 개인적인 거취에도 고민이 생겼다. 또 오랫동안 공직생활을 해왔던 터라, 이 일련의 사태의 전개와 그 해법을 볼 때 이해하기 어려운 부분이 많았다. 학교에 대한 미련을 떨치고 뛰쳐나가 깨달은 바를 행동으로 옮김이 내가 갈 길이었다. 생각이 이에 미치자 일단 마음을 굳히고 지성으로 노력하고 기다리기로 하였다. 마침 박사학위 논문에 필요한 동물실험도 끝났고, 문헌정리 및 통계처리를 거쳐 논문 작성만 남은 상태이니, 어수선한 때가 오히려 기회라고 생각했다.

이성복 시인은 '시가 써지지 않을 때는 써지지 않더라도 써야 한다'고 했다. 이와 마찬가지로 학문에 집중할 수 없을 때에 더욱 학문에 힘써야 하는 것이 학자의 본분이다.

아내의 뒷받침과 내조 덕분이다

필자가 박사학위를 취득한 것은 장년기를 넘은 47세 때의 일이었으니 뒤늦게 시작하여 늦깎이로 얻은 행운이었다. 무슨 뚜렷한 목적이나 기대를 전제로 하거나 야심찬 미래를 설계하기 위한 것도 아니었다. 그저 현실에 안주하기 싫어, 구태여 고난의 길을 스스로 택한 셈이다. 생각해보면 필자의 과거 경력이나 주위의 여건으로 볼 때, 이런 결단 자체가 이해할 수 없었다. 그래도 젊은 열정이 남아있고 미래를 향하여 돌진하는 용기가 있었기에 가능했을 것이다. 먼저 일을 저질러놓고 관망하다가 철이 들어서야 마무리 짓는 격이었다.

그리고 이제 솔직히 고백한다면, 그때 내가 박사의 길로 들어서는 데는 아버님의 영향이 컸다고 생각한다. 평상시 말씀이 적으시고 자식 일에 관여하는 경우가 거의 없으셨지만, 그분의 고매한 품성으로 볼 때 나의 공직생활을 못 마땅히 여긴 것은 사실이다. 나 또한 그분의 뜻을 모를 리 없고, 은연중에 영향을 받았으니, 이런 부자간의 무언의 소통이 나를 학업의 길로 인도한 동기였다고 본다.

다음은 학문과의 인연을 되찾기 위한 스스로의 노력과 행동, 그리고 주위의 보살핌과 운명의 파노라마를 들 수 있다. 필자 자신도 학문의 길을 흠모했으며, 부단히 애쓴 것도 사실이다. 대학 4학년 때, 학생 신분으로 시작한 해부학교실의 조교 경력, 대학 졸업 후 2년간의 수의장교 최단기 복무, 그리고 파격적인 제대 조치, 다시 무급조교 발령 등등은 모두 운명의 여신이 나를 도와준 덕분이다. 앞서 말했듯이 당시 대부분의 대학은 6·25 동란 후의 어려운 여건에서 교육을 계속해야 했다. 그 중에서도 의과학 계열(의학, 치의학, 수의학, 약학)은 실험 실습에 절대적으로 필요한 조교 부족이 큰 문제였다. 그래서 당시 문교부의 요청과 국방부의 합의로 의과계열 대학이었던 서울대 의대, 치대, 수의대, 약대와 세브란스 의대(연세대 의대 전신) 및 성균관대 약대에서 필요한 총 20명의 조교 요원을 군대에서 조달받는 조치가 내려졌다. 그래서 필자도 뜻밖의 혜택을 받은 바, 서울대학교 수의과대학 윤석봉(尹錫鳳) 교수의 추천으로 해부학교실 무급 조교로 발령을 받는 특전을 누린다. 그 후 이어진 서울시 공무원 생활 때는 보건대학원 석사과정을 이수하고 졸업했으며, 다시 10여 년 동안 계속한 대학강사 활동 등을 살펴보면, 필자의 학문 지향적 단면을 엿볼 수 있다.

또 다른 운명의 여신은 누가 뭐래도 필자를 위하여 일생을 내조한 아내, 차인자(車仁子) 님을 거론하지 않을 수 없다. 아내는 필자와 결혼하기 전부터 교사 생활을 시작하여 정년 때까지 무려 40여 년을 중학교에서 교편을 잡았다. 선생님을 자신의 천직으로 삼으면서 가정은 물론 필자를 도와 일생을 헌신하였다. 또한 연로하신 부모님을 극진히 모신 며느리였고, 1남 3녀를 훌륭하게 키워낸 어머니이기도 했다. 또 밤낮으로 공부하는 나를 도와주었으며, 옆에서 열심히 내조하고 고무해주는 등, 내게는 천생의 동반자이자 운명의 반려자였다. 누구든 아내의 도움은 당연한 일이라 생각할지 모르나, 나의 경우는 결코 그렇지 않다. 그만큼 성심과 지성으로 보살펴주고 남편의 가는 길을 열어준 은인 중의 은인이다. (사진 4-18)

필자의 소중한 가족들이다. 특히 아내에게 이제야 말로 다할 수 없는 필자

의 심정을 조금 표현한 것에 대해 용서해주기를 바란다. 내가 알고 있는 것은
당신도 알며, 하늘까지도 알고 계실 거란 믿음에서 그랬으리라.

사진 4-18
국민훈장 수상 기념 가족사진

 잉크가 바랠수록 추억은 빛이 난다

각별한 배려와 지원 덕분이다

필자가 박사학위를 취득한 지 1년 정도 경과한 1981년 초의 일이다. 하루는 서울대 수의과대학 학장이셨던 이장락(李長洛) 교수로부터 만나자는 전갈이 왔다. 필자의 대학 대선배로서 재학 시 강의를 받은 바 있지만, 별로 교류 없이 지낸 사이였다. 유난히 원칙을 고수하고 소신대로 사는 독특한 품성을 가지신 분이기에 만남의 이유가 더 궁금하였다.

토요일 오후에 서울 회현동 댁에서 가까운 거리에 있는 충무로의 서울보전 근처에서 뵙기로 하고, 조용한 호텔 커피숍에서 자리를 같이 했다. 보통 사람과 달리 그런 곳을 별로 선호하지 않는데다가, 다방 출입도 꺼리는 분이기에 각별히 신경을 써야 했다. 그렇게 뵙고 이야기를 나누니 그분의 성품대로 용건은 간단하고 명료했다. 당시 수의과대학의 개설 교과목인 '수의공중보건학'의 담당교수를 추가로 보충할 계획인데, 한번 응모해보는 것이 어떠냐는 말씀이었다. 뜻밖의 제안이니 당황할 수밖에 없었으며, 가능성은 있는 것인지 두루 생각이 엇갈렸다. 더욱이 내 나이 40대 중반을 넘었으며, 교수 경력도 거의 없는데 이 무슨 고마운 말씀, 기분이 좋기보다는 두려움이 앞섰으며, 다시 진로에 대해 고민해야만 했다. 그러나 매사를 운명으로 받아드리고 최선을 다하는 평소의 철학에 따르는 것이 현명했다.

본시 그 과목은 대학 2년 후배인 정길택(鄭吉澤) 교수가 담당하였다. 그런데 그가 갑자기 미국으로 이민을 떠나는 바람에 일본 도쿄대학에서 박사학위를 한 이영순(李榮純) 교수를 채용한 상태였다. 그런데 그분의 전공으로 보나 수의공중보건학의 학문적 다양성으로 볼 때 한 교수에게 모든 과목을 전담시킬 수 없는 일이라 추가로 교수 T/O를 확보하니, 이번에 새로 영입할 교수는 과목의 성격상 이론보다 실무 경험이 풍부한 자를 선발키로 한 듯했다.

흔히 교수의 학문적 평가는 관련 학회의 참여도, 연구논문의 발표 빈도 및 질적 기여도 등, 관련 학술활동을 총체적으로 다루는 것이 일반적이다. 당시 우리나라 수의공중보건학의 관련 학회는 1975년에 발족한 한국수의공중보건학회가 유일한 학술단체였다. 학회 창립 시의 임원을 보면, 회장인 필자를 비롯하여 부회장에 서울대 정길택, 건국대 이원창, 중앙대 정영채 교수, 그리고 이사에 서울대 보건대학원 이용욱(李容旭), 경북대 탁연빈(卓鍊斌) 교수 등 관련 분야 중진들이 망라되어 있었다. 특히 필자는 이들과 함께 학회 설립의 주역을 담당했으며, 초대 학회장으로서 기틀을 잡기 위한 학술활동은 물론 《수의공중보건학》 교재를 최초로 발간하는 등 무에서 유를 만드는 황무지 개척의 주된 역할을 하고 있을 때였다.

이러한 상황을 잘 알고 계신 이장락 학장의 판단은 수의공중보건학 전공 교수의 적격자로 필자를 생각하신 것 같다. 여기에 전직인 보건사회부에서 쌓은 경륜, 특히 수의공중보건 활동 중 가장 중요한 식품위생 분야의 실무 책임자 역할, 그리고 10여 년 동안 계속한 대학 강의 경험이 인정되었을 것이다. 덧붙여 교수의 필수요건인 박사학위의 취득도 주효했을 것이라고 본다. 여하튼 서울대학교 교수에 도전하도록 동기가 부여됐으니, 그 수용 여부에 대한 고민은 본인의 몫이었다. 과연 이 시점에서 모교로 가는 것이 현명한 처사인지, 아니면 그대로 현 직장을 유지하는 편이 더 좋은지 쉽게 판단할 수 없었다. 물론 서울대 교수란 명예를 얻을 수 있고, 사회적 예우도 높아지겠지만 그만큼 책임과 부담이 생김은 뻔한 일이었다. 서울대 교수가 뭐 그리 대

    잉크가 바랠수록 추억은 빛이 난다

단하다고 지금의 대학을 버리고 굳이 갈 필요가 있겠는가?

더욱이 서울대학교의 교수 공채 제도로 볼 때 누구나 요건을 갖추면 응모가 가능하며 나보다 우수한 후배들도 있기 마련이므로, 아무도 교수 채용을 보증할 수 없었다. 그렇다고 모처럼의 기회를 그대로 저버릴 수 없지 않은가? 모든 것을 운명에 맡기고 최선을 다해보기로 마음을 굳혔다. 이런 결단은 나의 인생 갈림길에서 여러 번 경험한 평범한 교훈에서 나온 것이기에 손쉽게 받아들일 수 있었다. 굳이 지성이면 감천이란 거룩한 말을 인용할 일은 아니나, 결국 공채에 응모하여 경쟁자도 없이 채용되는 행운을 얻는다. (사진 4-19)

때는 1982년 2월 17일, 서울대학교 수의과대학 부교수로 정식 임명장을 받고 새로운 출발을 하였다. (사진 4-20, 21) 이 영광은 필자 자신의 공덕이기보다 주위의 보살핌 덕분이었으며, 이는 결코 겸손의 표현이 아니다. 그동안 필자를 인도하고 나침판 역할을 해주신 많은 분들의 도움이 컸다. 특히 보건대학원 재학 때부터 스승님으로 모셨던 권이혁(權彛赫) 총장님의 각별하신 보살핌이 계셨기에 가능했다. 또한 당시 서울대 공채 제도에서 필요한 타대학 관련 분야 교수의 추천서를 기꺼이 써주신 보건대학원의 허정(許程; 보건행정학) 박사와 서울대 약대의 심길순(沈吉淳; 위생화학) 교수의 능동적 지원이 크게 주효했다. 더욱이 수의과대학 이장락 학장님의 적극적인 협조와 정창국(鄭昌國), 전윤성(全允成) 박사 등 여러 선배 교수님들의 배려가 있었음은 물론이다. 내 생애에서 지울 수 없는 고마우신 어른들로 영원히 기억할 것이다.

맡은 일에 최선을 다하는 자에게 하늘은 기회를 준다. 많은 분들의 도움 덕분에 모교인 수의과대학의 교수가 될 수 있었다.

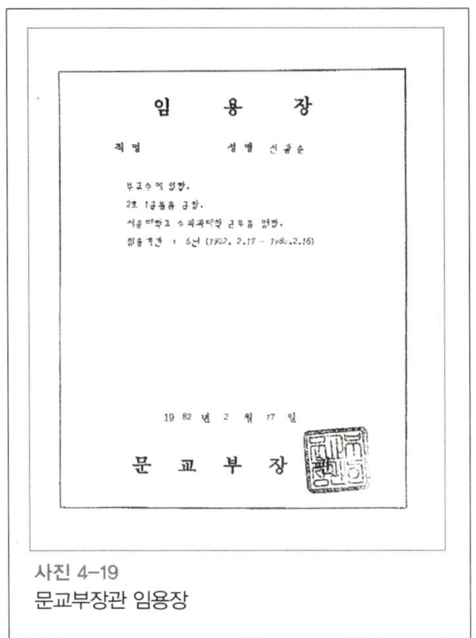

사진 4-19
문교부장관 임용장

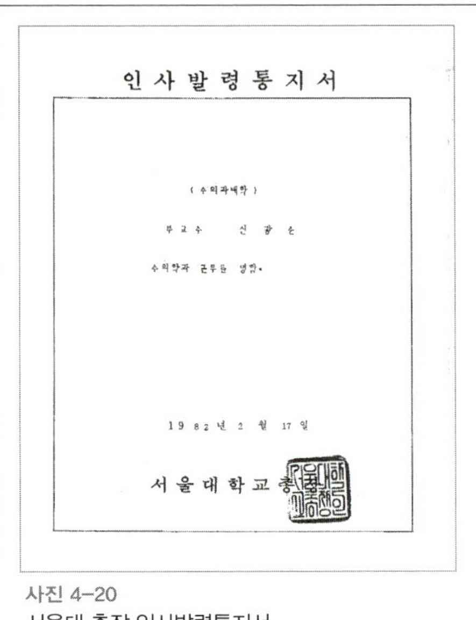

사진 4-20
서울대 총장 인사발령통지서

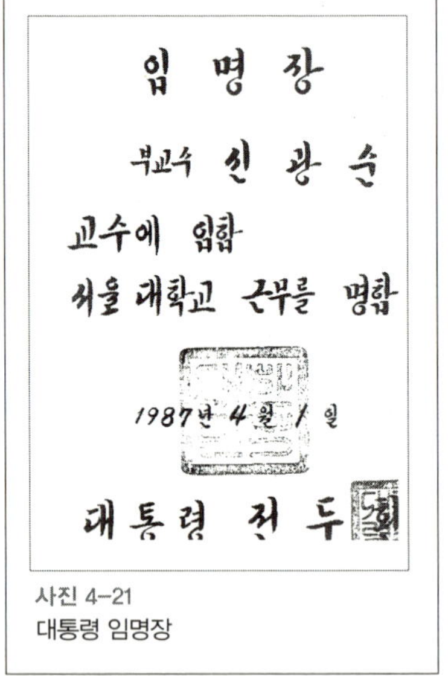

사진 4-21
대통령 임명장

잉크가 바랠수록 추억은 빛이 난다

제5장

수의과대학 시절의 발자취

교육, 연구, 봉사를 실현하다

수의공중보건학 학문의 체계를 세우고 교육에 힘쓰다

수의공중보건학 개념을 재정립하고 중요성을 강조하다

한국 수의정책의 장기발전 방안을 최초로 연구 발표하다

수의학 교육 및 수의사 권익 신장을 위한 장기비전을 제시하다

서울대 수의과학연구소 초창기 기틀을 잡기 위해 노력하다

축산분뇨 등 당면 과제 강좌를 신설하고 세미나를 개최하다

40년간의 대내외 활동 전문분야 발전에 기여하다

서울대 교수생활 16년 학생들의 눈으로 돌아보다

서울대 교수생활 16년 많은 연구와 훌륭한 제자를 남기다

1998년 9월 정년퇴임 후 또 다른 인생의 출발점에 서다

정년기념 저서 헌정식 축하해주신 분들에게 감사드리다

학문의 체계를 세우고 교육에 힘쓰다

필자가 서울대 수의과대학 교수로 임명된 후 수의공중보건학 강의를 시작한 것은 1982년 1학기부터다. 마침 미리 준비한 듯 전해인 1981년에《수의공중보건학》(사진 5-1)의 집필을 직접 주관했기 때문에 그 내용은 익히 알고 있었으나, 실제 학생을 대상으로 강의한 것은 처음이었다.

한편 그때까지도 수의과대학 내에서 수의공중보건학의 학문 체계가 확립되기 전이었고 전공교실의 위상도 빈약하였다. 실제로 수의공중보건학이 석박사 과정의 전공 교과목으로 정식 채택된 것도 1975년이며, 교과목의 명칭도 처음에는 '수의공중위생학'으로 개설하였다가 1981년부터 '수의공중보건학'으로 변경되는 등, 교육 내용이나 범위가 아직 확실히 정립되지 못한 상태였다. 따라서 담당 전임교수도 없는 상태에서 수의미생물학 또는 수의병리학 등 관련 학문의 전공자들이 강의하는 실정이었으니, 서울대는 그래도 좀 나은 편이었으나 그렇다고 예외는 아니었다.

원래 수의학에서 차지하는 수의공중보건학의 학문적 배경은 수의학에 근간을 둔 공중보건학의 접근

사진 5-1
《수의공중보건학》

에 있다. 그러나 당시까지만 해도 일제강점기부터 전래된 가축위생학 또는 도축 및 축산물 검사의 범주를 크게 벗어나지 못하고 있었다. 인수공통전염병의 예방 차원에서 식육과 우유 위생관리를 다루는 정도였다. 물론 그 시절 우리나라 사회적 여건이나 배경으로 볼 때 그 이상의 학문적 기대와 요구를 바라기 어려웠다. 수의학에서조차 수의공중보건학에 대한 이해가 부족하였으니 학문적 개념 역시 정립될 리 만무했다. 따라서 수의학에서 차지하는 수의공중보건학의 비중도 과거 일제강점기 교육시스템에서 크게 벗어날 수 없었다.

그러나 시대는 변하고 있었고, 미국 등의 서구 선진국의 공중보건학에서 차지하는 수의학의 비중이 절대적인 만큼 우리나라 역시 그러한 시대의 흐름에 예외가 아니었다. 특히 가축이나 축산물의 위생관리 범주에서 나아가 인간의 보건과 건강 증진 차원에서 수의공중보건학을 학문적으로 접근하려는 시도는 너무나 당연한 시대적 요구였다. 이러한 전환기에 대처하여 필자는 대학교수의 양심과 사명감이 있었고, 학생 교육에 임하는 자세와 각오를 다잡아야 했다. 특히나 서울대에서 훌륭한 제자를 가르치는 입장이니 미래지향적 인물을 사회에 배출할 의무와 책임도 큼을 절감하였다.

다행히 필자는 대학에서 수의학을 먼저 이수하고 다시 대학원에서 보건학 석사과정을 공부한 덕분에 수의공중보건학의 학문적 개념과 범주를 나름대로 일찍 터득하고 있었다. 또한 대학 졸업 후 바로 육군 중위로 임관되는 특전, 즉 미국 군대시스템을 그대로 본받아 수의사에 한하여 자격을 부여함에 따라 필자는 2년간 급식 검사관을 경험했으며, 이어 계속된 서울특별시 공직에서의 도축 및 우유검사원 생활, 특히 보건사회부 식품위생과장 시절에 터득한 행정업무 관리능력 등은 학생 교육에 중요한 경륜이 되었다. 특히 이론보다 실무적 관리가 중요한 과목의 성격상 필자의 경험이 학생들의 교육에 크게 도움을 주었다.

그러나 대학에서 수의공중보건학을 강의한 경험이 전혀 없었던 필자로서는 많은 사전 준비가 필요했다. 총론은 물론 식품위생학 개론, 식중독 및 식품의 안전성, 우유 위생, 환경위생 편을 분담하여 강의하였는데, 사전에 강의계획서를 학생들에게 배포하여 교육의 내용과 진도를 누구나 확인할 수 있게 한 학교 제도에 따라 필자도 강의 내용을 발췌한 노트를 영문으로 작성해 주고 강의에 임하였다. 그만큼 사전 부담이 컸지만 학생들은 훌륭한 자료로 쉽게 공부할 수 있었을 것이다.

강의에 참고한 도서는 전술한 한국수의공중보건학회에서 발간한 《獸醫公衆保健學》(문운당, 1981) 및 필자 등이 저술한 《최신식품위생학》(신광출판사, 1977)을 위주로 하였다. 외국 저서는 수의공중보건학의 창시자 격인 미국의 수의학자 슈바베(Schwabe) 교수가 저술한 《Veterinary Medicine and Human Health》를 많이 참고했다. 이 책은 미국에서 처음 간행된 이래 수십 년 동안 수의공중보건학의 바이블로 여길 정도로 널리 알려진 도서였다. 이밖에 인간 중심의 공중보건학 및 예방의학 책으로 맥시-로즈너우-라스트(Maxcy-Rosenau-Last)가 공저한 《Public Health & Preventive Medicine》(사진 5-2)와 브라이언(Bryans)의 《Food-borne Infections and Intoxications》 및 그래함 (Graham)의 《The Safety of Foods》, 일본의 수의공중위생학 교육연수협의회가 편찬한 《獸醫公衆衛生學》(사진 5-3), 사카자기(坂埼利一) 교수가 대표 저자인 《食水系 感染症과 細菌性 食中毒》, WHO의 《Milk Hygiene》 등의 책을 참고하였다.

특히 수의공중보건학과 같이 분야별로 다양성이 있는 교과목은 적어도 2

인 이상의 교수가 각자의 전문성을 충분히 발휘할 때 만족스러운 강의가 가능하였다. 그래서 수의공중보건학의 기타 내용인 역학 및 인수공통전염병, 식육 및 어패류 위생 등은 같은 교실의 이영순(李榮純) 교수가 담당하여 학생들에게 전문적인 강의를 제공하도록 노력하였다. 여기 지난 세월을 되돌아보며 나름대로 느낀 바 있기에 잠시 소개해보았다.

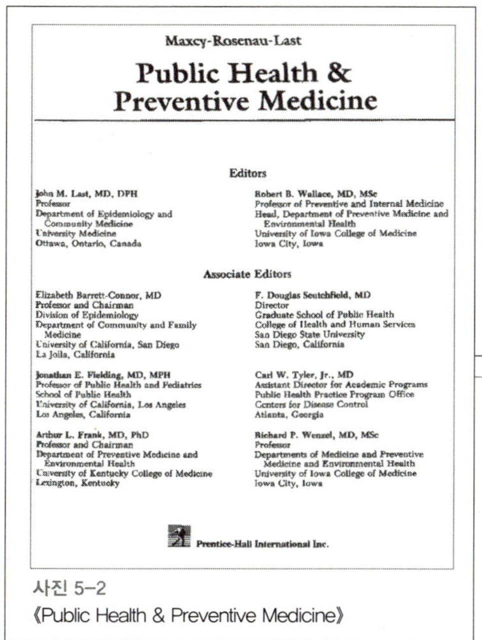

사진 5-2
《Public Health & Preventive Medicine》

사진 5-3
《수의공중위생학》

개념을 재정립하고 중요성을 강조하다

전술한 바 있지만, 수의공중보건학은 필자가 대학에서 강의를 시작한 1980년대 초반까지 학문적 개념이 정립되어 있지 않았다. 심지어 수의학계에서도 일제강점기의 영향으로 수의공중보건학을 가축 및 축산물 위생관리의 범주로 생각하는 경향이 있었기 때문에 학문의 특성과 중요성에 대한 이해를 구하는 것이 선행되어야 했다. 수의공중보건학 교수의 길로 접어든 이상, 필자에게는 학문에 대한 나름대로의 철학을 가지고 학생들 강의에 임하는 것이 의무이자 책임이었기 때문이다.

먼저 학생들은 물론 모든 수의계 인사들에게 수의공중보건학에 대한 인식을 바꾸는 일부터 시작하였다. 종전 같이 동물 대상인 가축위생학의 범주가 아니라 인류 건강에 초점을 맞춘 공중보건학의 활용으로 그 비중과 안목을 넓힐 필요가 있었다. 이러한 이미지 개선의 궁극적 목표는 수의공중보건학을 동물을 치료함으로써 질병을 예방하는 수단에 국한된 인식을 바꿔, 인류의 건강 증진과 생명 연장에 기여하는 학문적 이미지를 심어주는 데 있었다. 그리고 이러한 시도는 당시에 참고했던 자료 중 FAO/WHO의 수의공중전문위원회에서 1976년에 작성한 보고서 <공중보건활동에 있어서 수의학의 역할 -The Veterinary Contribution to Public Health Practice>에서 찾아볼 수 있다. (사진 5-4) 이 보고서에 따르면 수의공중보건학은 다음과 같은 영역에서 활용될 수 있다.

 잉크가 바랠수록 추억은 빛이 난다

동물 관련 직무인 인수공통전염병 예방

과거에 많은 문제를 일으켰던 인수공통질병인 광견병, 브루셀라병의 재발 가능성부터 근래 전 세계적인 문제로 대두되고 있는 광우병(BSE : 소해면상뇌증)과 인간광우병(vCJD : Creutzfeldt-Jakob Disease) 및 조류인플루엔자(AI : Avian Influenza)까지, 현대사회에서 동물과 인간과의 관련성이 높아짐에 따라 수의공중보건학의 필요성이 점차 대두되고 있다.

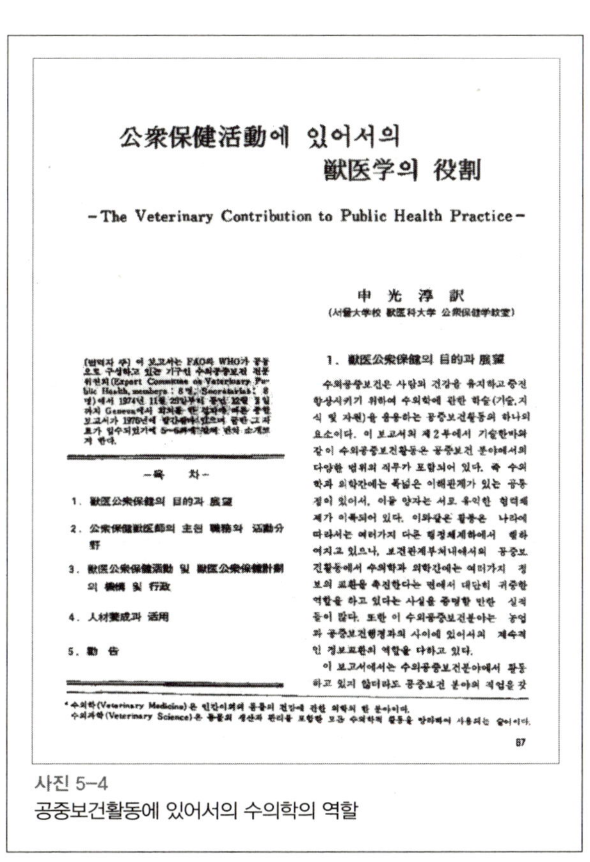

사진 5-4
공중보건활동에 있어서의 수의학의 역할

수의사의 직무 중 하나인 식품위생 및 안전성 관리

축수산식품 등 동물성식품은 물론 모든 식품의 위생관리는 수의공중보건학적 관리가 전제될 때 가능한 것이다. 서구 선진국 등 육류 소비가 증가하는 나라일수록 축수산식품의 위생관리가 중요하며 그 비중 역시 커질 수밖에 없다. 식품매개성 미생물인 출혈성병원대장균(E. coli O157:H7), 리스테리아균(L. monocytogenes), 캠피로박터(Campylobacter jejuni/coli.), 살모넬라균(Salmonella spp.) 등으로 인한 신종 식중독의 발생, 기타 축수산식품에 잔류하는 항생제로 인한 내성균 생성과 슈퍼박테리아의 출현 문제 등 수의사의 전문성이 절대적으로 필요하기 때문이다.

생명과학(Biomedicine) 분야에서의 적극적 활용

실험동물을 이용한 생물화학적 물질의 안전성 평가도 수의사가 다루는 분야다. 즉 각종 화학물질 및 생물학 제제인 의약품, 농약, 식품첨가물, 사료첨가제, 동물약품, 기타 물질을 대상으로 한 일반독성 및 특수독성 시험은 동물의 해부, 생리, 약리, 병리, 미생물 및 임상학의 지식을 바탕으로 하고 있다. 미국 등 선진국의 식품의약품관리청(FDA)이나 환경보호청(EPA)은 물론 OECD 등에서는 안전성 평가 및 독성시험에 사용하는 실험동물 관리의 법적 책임을 수의사에게 부여하고 있다.

기타 환경오염 물질 및 각종 질병에 대한 지표 동물의 이용

일본의 수은중독 사건으로 유명한 '미나마타병'이 발병되었을 때, 지역 동물병원 수의사가 원인을 규명하는 데 결정적인 역할을 한 바, 물고기를 좋아하는 고양이의 신경성 발작 증세를 관찰한 수의사의 의문 제기로 단서를 잡

잉크가 바랠수록 추억은 빛이 난다

을 수 있었다. 또 대기오염 사례로 유명한 '런던 스모그'도 해당 지역 소의 심폐질환 발생 사례, 도시의 대기오염원인 자동차 배가가스의 지표로 도로변 개의 폐 조직 검사 결과에서 얻은 힌트가 결정적인 역할을 하였다. 이 밖에도 가축 사료 및 첨가물의 안전성, 반려동물로 인해 발생될 수 있는 인수공통질병, 또한 최근에는 동물에 의한 교상 피해 등도 공중보건상의 문제로 대두되고 있다.

이상의 내용으로 볼 때 수의공중보건학은 수의학을 기저로 사람의 공중보건학을 활용한 실용적 학문인 것이다. 이러한 개념을 살리면서 현실에 입각한 강의를 하기 위해 필자는 항상 고민하는 자세로 임했으며, 학생들에게도 미래지향적 사고를 갖도록 독려하였다.

지금도 그렇지만 20여 년 전인 그때 학생들도 졸업 후 대부분은 돈벌이가 되는 임상 수의사, 그것도 도시의 동물병원을 많이 선호하는 경향이었다. 물론 개업하여 동물을 치료하는 일은 수의사 본연의 일임에 틀림없다. 그러나 필자는 자신의 전공에서 얻을 수 있는 학문적 지혜를 인류 건강 증진에 기여해야 함을 강조하였다. 때문에 마땅히 수의공중보건학 담당 교수로서 국가와 사회에 공헌할 수 있는 차원 높은 직업인을 양성하는 데 나름대로 최선을 다했다고 생각한다.

수의공중보건학의 새로운 가능성을 보여준 논문 및 보고서들은 초창기 우리나라 학문 도입의 실마리를 풀어주는 길잡이였다.

장기발전 방안을 최초로 연구 발표하다

1989년 가을, 우리나라 농업분야 24개 학회의 연합체 격인 한국농업과학협회(회장 오봉국吳鳳國 서울대 농대학장)가 주관하는 심포지엄이 농촌진흥청에서 성대히 개최되었다. 행사 주제는 '한국 농업과 농정의 장기발전 전략'이란 타이틀로 총 11개 분야별 연재를 발표하였다. 심포지엄은 당시 한국정신문화연구원 원장이자 전 국무총리인 이현재(李賢宰) 박사의 주제발표인 '한국의 농업 문제에 대한 인식'으로 시작되었다.

필자는 대한수의학회 회장인 이창업(李昌業) 서울대 수의대 교수의 추천으로 수의계를 대표하는 입장이었기에 많은 부담감을 느꼈고, 나름대로 열심히 준비하였다. 발표 주제는 '한국 수의정책의 장기발전 방안'(6p, 총 16쪽)으로 그 전문은 한국농업과학협회 논문 모음집(제10권; 1989)에 수록되어 있다. (사진 5-5, 5-6)

이 발표의 서론 부분은 수의학의 역사와 미래를 예측하는 것으로 시작된다.

서론 : 한국 수의학의 과거, 현재, 미래

▷우리나라에서 수의학의 역할과 수의사의 활동은 가축위생 및 공중보건 분야를 중심으로 폭넓게 이뤄지고 있으며, 그 결과 축산의 안정적 발전과 축산물의 위생적 공급에 크게 공헌하고 있다.

▷나아가 현대 수의학은 다양한 사회적 요구 증대로, 본래의 가축 진료 및 축산물 위생관리 기능에서 벗어나 생명과학에 접근하는 학문으로 그 범

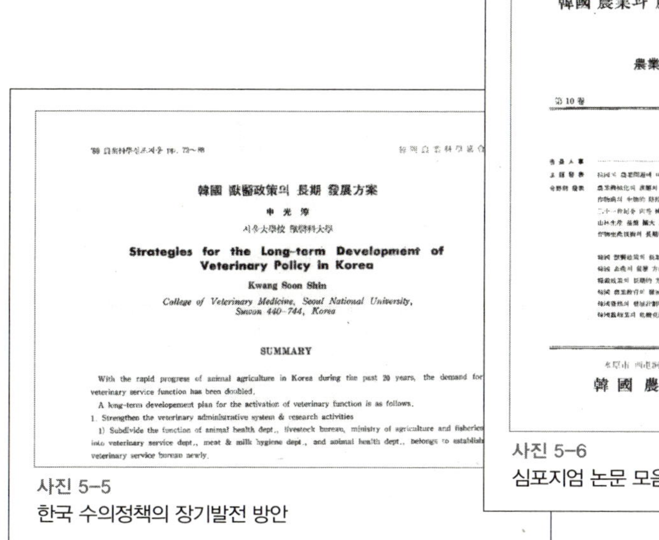

사진 5-5
한국 수의정책의 장기발전 방안

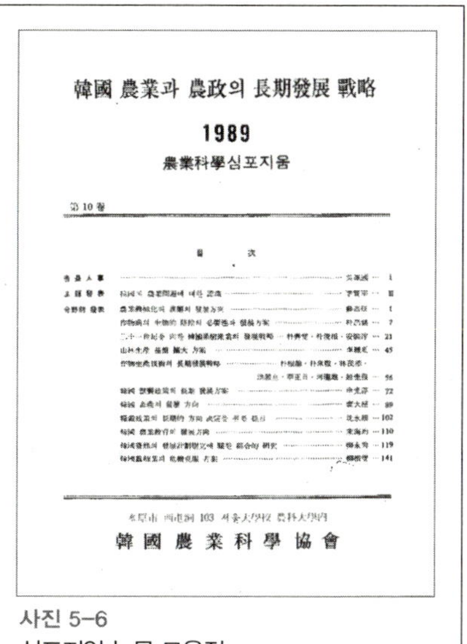

사진 5-6
심포지엄 논문 모음집

위가 확대되고 있다.

▷이를 보여주듯 현재 가축의 인공수정, 수정란 이식과 분할 등의 연구가 활발히 진행되고 있다. 실제로 신약, 농약, 식품 및 사료첨가물의 안전성 평가, 환경오염 물질의 동물모니터링 등에도 많은 공헌을 하고 있다.

▷앞으로 임상기술의 전문화와 분화가 심화될 것이며, 국제교역의 증대는 외래가축전염병의 유입과 인수공통질환의 전파 기회의 확대 등에 대비한 연구 필요성이 증가할 것이다.

▷이와 같이 수의학은 생명공학뿐 아니라 의학, 농학, 생물학과도 깊은 연관이 있다.

본론 : 현황과 문제점 및 개선방안 분석

▷가축전염병 등 질병 발생, 동물검역 및 수입축산물 검사, 축산물 및 수

산물 위생관리, 수의 인력 수급, 그리고 수의 행정기구 및 기능 등 전반적 사항에 대한 국내외 자료를 수집하여 분석 평가하고 문제점을 도출하였다.

▷가축 방역정책의 강화 : 발생 우려 가축전염병의 사전 예방, 발생 억제, 재발 방지 및 근절 정책을 전제로 한 10가지 원칙을 구체적으로 제시했다.

▷이 밖에도 축산물 위생관리 제도의 개선, 수의 인력 수급과 수의학 교육 제도의 개선, 수의 행정기구 및 기능의 강화 등 과제별로 구체적으로 제안하였다.

결론 : 끝으로 결론 부분을 그대로 인용하니 참고하기 바란다.

▷수의 서비스의 양적, 질적 수요 증대에 대비한 중앙 및 지방정부의 수의 행정기구의 확대 및 강화 필요성 증대

−현 농수산부 축산국의 가축위생과의 업무를 기능적으로 분류하여 수의과, 위생과, 방역과로 나누고, 그 위에 수외국을 신설한다.

▷수의연구 시험기관의 기능 강화 방안으로 농촌진흥청 가축위생연구소를 확대 개편

−질병연구부, 병리독성부, 안전성평가부, 검정부 및 훈련부를 두되, 농수산부 산하의 국립수의연구원으로 승격시킨다. 이 경우 전항의 지방행정기구는 물론 시도 가축위생시험소 및 지소도 중앙에 준하여 강화한다.

▷축산물의 유해물질 잔류 억제책으로 관련법규 제정

−동물약품의 안전적 사용과 사료첨가물의 적정한 규제를 위한 약사법 등 관련법규의 개정과 사료안전법의 제정을 추진함으로써 보건위생상의 위해 요인을 사전에 예방한다.

　　　　　　　　　잉크가 바랠수록 추억은 빛이 난다

▷축산물의 위생관리 및 수출입 검사업무 담당 부서를 일원화하여 책임행
　정을 구현
－현재 담당 부서가 보건사회부와 농수산부로 이원화되어 그 업무 소관에
　혼돈이 빚어짐을 개선한다.
▷가축전염병 예방과 검역 관리를 위한 혁신적인 정책 전환
－이와 관련된 손실액이 축산 총생산의 20% 정도임을 감안하여 보다 과감
　한 정부예산의 투자가 필요하다.
▷교육 연한의 연장 및 학생 정원의 동결
－수의사의 자질 향상과 사회적 수요를 위하여 수의학 교육 연한을 현 4년
　에서 6년으로 연장할 것이며, 수의과대학도 현 10개로 제한하고 학생 정
　원도 현 수준으로 동결한다.
▷수의 기능의 직역 확대 및 정책 지원
－실험동물, 야생동물 및 어류질병의 관리와 수정란 이식 등의 기술개발은
　물론 첨단과학을 응용한 가축예방약 및 진단약 개발, 기타 수의과학의
　선진화를 위한 정책적 지원책을 강구한다.

이상의 내용은 필자가 대학교수 시절에 나름대로 연구하여 발표한 정책적
제언이었다. 교수란 항상 미래 지향적 사고로 신세대를 이끌고 가르치며, 연
구해야 함은 물론 자기 직역 확대를 위한 노력과 봉사하는 자세로 임하는 것
이 본래의 사명임을 다시 한 번 강조하면서 이 글을 맺는다.

필자가 보고서를 통해 주장한 내용들의 대다수가 실제 정책으로 수용되고
있음을 볼 때 큰 자부심을 느낀다.

권익 신장을 위한 장기비전을 제시하다

필자는 교수의 본분인 교육, 연구, 봉사의 의무와 책임을 다하기 위하여 나름대로 노력하고 실천했다고 스스로 자부한다. 지금 와서 새삼 과거 일들을 회고하는 자체가 부질없는 일일지 모르나 지난 세월의 많은 흔적 중 정년 후의 사례 두 가지만 소개한다.

2000년 9월 28일 대한수의사회가 주최한 '제4회 수의정책개발심포지엄'에서 발표한 '수의학 교육 및 수의사 국가고시 제도 개선방안'(대한수의사회지 36-10, 2000) 및 2003년 5월 24일에 개최한 '수의사 및 동물의료에 관한 법률 제정을 위한 공청회'에서 발표한 '수의료법 제정의 필요성과 방향'(대한수의사회지, 38-11, 2002)이 그것이며, 여기에 논문의 내용을 요약 정리한다.

1) 수의학 교육 및 국가고시 제도 개선 방안 (사진 5-7)

연구의 배경은 당시 교육법시행령 개정(1996. 8. 23.)으로 수의학 교육의 수업이 4년에서 6년으로 연장됨에 따른 대비와 방향을 모색하기 위한 것이었다. 먼저 미래지향적 수의사의 역할과 과제를 제기한 다음, 수의학 교육의 발전 방향과 문제점 및 단계별 실천 방안을 제시했다. 또한 선진국에서 추진하는 수의학 교육 및 수의사 국가고시 제도의 사례(미국, EU, 일본)를 한국과 비교하고, 앞으로의 대책을 도출하는 식이었다. 이 연구에서 제기한 개선 방안을 요약하면;

▷수의학 교육을 의학 교육 수준으로 격상할 것

▷수의과대학을 통합 정비하여 교육 자원과 시설 여건을 강화할 것

▷수의과대학 국제인증제 도입에 대비한 교육의 규격화를 시도할 것

▷임상수의사의 자질 향상을 위한 평생교육 프로그램 및 전문수의사 제도
　를 도입할 것

▷수의사 국가고시 관리를 정부 주도에서 민간(대한수의사회)으로 이관
　할 것 등이었다.

2) 수의료법 제정의 필요성과 방향 (사진 5-8)

먼저 그 필요성을 부각시킨 바,

▷수의사 직능과 관련된 사회적 시대적 여건의 변화, 즉 질병예방, 가축방
　역, 진료기술의 확대, 인간과 동물간의 교류 증진, 식품·의약품의 안전
　성과 생명과학 기술의 발달 등을 예시하였고,

사진 5-7
수의학 교육 및 국가고시 제도 개선 방안

사진 5-8
수의료법 제정의 필요성과 방향

▷수의사 역할 증대에 따른 제도 정비의 필요성을 강조하였다. 그리고 현
행 ‘수의사법(獸醫師法)’을 ‘수의사법(獸醫事法)’과 ‘수의료법(獸醫療
法)’으로 분리할 것을 전제로 한 바, 국내의 유사 법률인 약사법(藥事法),
의료법, 또는 일본과 미국의 사례를 참고한 방안이었다. 이어 현행 수의
사법의 내용을 분석한 다음 개선 방안을 제시하였다. 특히 수의사의 권
리와 의무 조항인 동물병원의 개설(제17조) 및 관리의무(제17조의 2항),
그리고 진료 행위 관련 조항 등 수의사에 대한 의무규정을 중점적으로
다뤘다. 덧붙여 현행 수의사법은 수의사의 권리와 권익을 위한 규정은
별로 없고, 의무규정만 있는 모순을 지적하였다.

참고로 이 연구에서 제시한 수의료법의 제정 방향을 요약하면,

▷수의사 국가시험 기관의 지정 및 관리제도 개선 방안으로, 현 관계전문
행정기관에서 직접 다루는 시스템에서 선진국 또는 국내 의료인의 경우
와 같이 별도 설립하는 비영리법인에서 주관토록 하되, 가능한 현 대한
수의사회에 위탁하는 방안도 모색할 것.

▷면허 시 조건을 부여하는 규정을 신설하여 수의료 취약지 및 공공업무
수행을 위한 공익수의사 제도의 시행 상 필요한 규제가 가능케 할 것.

▷수의료 기술 등에 대한 보호규정을 보완하여 수의료 행위에 대한 간섭
이나 방해로부터의 보호는 물론, 약품, 시설, 기자재 등의 우선 공급 및
압류 불가 규정을 신설할 것.

▷1999년 3월 정부의 규제완화 시책으로 없어진 수의사 신고제도의 부활
로 수의사 실태의 파악이 가능케 할 것. 유사 법률인 의료법, 약사법의
경우 국민건강 보호 차원에서 종전대로 신고제도가 존치하고 있는 것에
반하기 때문이다.

 잉크가 바랠수록 추억은 빛이 난다

▷또한 수의사 단체에 대한 규정을 보완할 것. 즉 중앙회 및 지부의 설립 근거, 회원의 의무 가입 및 협조 규정, 공제사업 규정의 신설 또는 보완, 감독 조항의 복원 등을 들 수 있다.

▷기타 전문수의사 제도, 진료과목 표방 및 표시제도의 도입, 과대광고 등 수의료 행위의 제한 및 금지, 연수교육 제도의 보완, 그리고 수의료 제공 체제 정비를 위한 국가 또는 지방정부의 기본방침 수립 근거, 농축산 관련 기금 활용 및 지원 근거, 업무의 위탁 위임 등의 근거 규정의 신설 등 폭 넓은 내용을 담도록 한다.

이와 같은 견해는 유사 직종인 의사, 치과의사, 한의사 관련 법규인 의료법에 준하여 수의사의 의료행위 및 권리 의무도 다루는 것이 법의 형평성 유지상 당연한 일이기 때문이다.

이상 소개한 두 건의 내용은 필자 개인의 단편적인 견해라기보다는 한국 수의계가 당면하고 있는 정책적 과제임을 부인할 수 없다. 비록 단편적이고 외국의 사례를 모방한 연구로 평가할지 모르나, 필자 나름대로의 경륜에서 얻어진 산물임을 강조한다. 앞날을 걱정하는 원로 수의사의 부질없는 생각일지 모르나 수의학 교육 및 국가고시 제도의 선진화와 수의사의 권익 신장을 위한 수의료법의 제정 등 정책적 과제들을 과감히 추진할 것을 다시 한번 촉구한다.

우리 수의계의 해결해야 할 과제들을 이미 오래전에 이 연구에서 제시하였다. 그러나 10여 년이 지난 지금도 말만 무성했지 별로 실천이 되지 않는 현실이 안타깝기만 하다.

초창기 기틀을 잡기 위해 노력하다

　필자가 서울대학교 부설 수의과학연구소와 인연을 맺은 것은 1982년 대학 교수로 부임한 직후의 일이다. 당시 수의과대학에는 교수들의 전공별 교실은 있었으나, 산학협동 차원의 연구사업을 추진하기 위해 활동하는 연구소는 없었다. 그러나 같은 의과학 계열인 의과대학은 암연구소(1963), 인구의학연구소(1964), 보건대학원은 보건환경연구소(1966), 약학대학은 약학연구소(1967) 등이 이미 오래전부터 있었다. 아주 늦은 감이 있지만 수의과대학도 연구소의 필요성과 당위성이 제기되었다. 많은 교수들이 올린 건의는 아니었지만, 당시 이장락(李長洛) 학장은 일부 교수의 뜻을 받아들여 1981년부터 연구소 설립 준비를 서둘렀으며, 1982년 11월 17일 서울대학교 규칙 제588호에 의거 대학 부설의 수의과학연구소가 탄생하였다.

　당시의 설립 목적은 동물의료 기술의 확대에 대비한 수의과학의 발달, 식품·의약품의 안전성 및 신물질 개발 요구의 증대, 실험동물 및 반려동물에 대한 관심 고조 등 사회적 여건 변화에 걸맞은 학문적 연구와 산학협동을 추구하는 데 있었다. 그런 취지를 살리고 초창기 연구소의 기틀을 잡기 위해서는 그에 걸맞은 교수들을 영입할 필요가 있었다. 그때 선임된 임원을 보면 연구소장에 외부 용역 경험이 많은 미생물학(면역학) 교수인 전윤성(全允成) 박사, 기획부장은 공중보건학 교수인 필자, 연구부장은 내과학 교수이며 유방염 전문가인 한홍률(韓弘律) 교수가 위촉되었다. 특히 필자의 경우 대외활동을 통한 연구사업의 활성화를 기대한 임용이었다고 생각한다. 그 인연으로 4년간 기획부장(1982~1986), 이어 2년간(1990~1992) 연구소장(제5

대)에 재임하면서 나름대로 추진한 일들을 여기 소개한다.

전국 수의사 보수교육 실시

먼저 연구소의 첫 번째 사업인 전국 수의사 보수교육(제5회)을 대한수의사회의 위탁으로 실시한 일이다. 1983년 7월 18일에서 8월 19일까지, 한 달간 수의과대학 강당에서 '가축질병 진단의 실질적 임상기술'을 주제로 공개업 수의사를 대상으로 보수교육을 하였다. 본시 이 교육은 축협중앙회에서 주로 소와 닭 등 농가에서 사육하는 산업동물의 질병을 담당하는 임상수의사들의 기술 향상을 위해 마련한 것으로 1회 40명, 5일간 5회의 교육 일정으로 총 200명을 대상으로 하였다. 대학 임상교수들의 현장 경험을 수의사들에 맞게 짜다 보니, 무려 18개 강좌에 17인의 강사가 참여하였다. 이 프로그램은 1984년에도 8월 7일부터 9월 22일까지 6회에 걸쳐 대동물 및 소동물반을 분리하여 교육하였다. 그 결과 2년간 전국 개업 수의사의 절반인 400명의 연수를 맡을 수 있었다. 당시 필자는 이 사업을 주관하는 대한수의사회 부회장으로, 행사를 연구소가 맡아 추진할 수 있도록 계획 단계부터 관여하여 연구소의 실적을 올리는 데 큰 기여를 했다고 할 수 있다.

서울대학교 개교 40주년 기념 학술심포지엄

다음은 1986년 11월 19일에 실시한 '연구소 설립 4주년 및 서울대학교 개교 40주년 기념 학술심포지엄'에서 필자가 발표한 '수의학 연구 40년의 회고와 전망'에 대한 이야기다. 원래 이 내용은 동년 10월 15일 서울대학교 개교 40주년 기념 학술행사를 할 때 필자가 발표한 것을 그대로 활용하였다.

큰 타이틀은 '서울대학교 의과학 연구 −40년의 회고와 전망'으로 소제와 발표자를 보면; ▷기초의학-의과대학 이순형(李純炯), ▷임상의학-이홍규(李弘揆), ▷치학-김명국(金明國), ▷수의학-신광순(申光淳), ▷약학-김병각(金炳珏)이 각각 연구하여 발표하였다. 이는 서울대학교 개교 40주년을 기하여 학문적 발자취를 분야별로 회고한 것이며 필자의 자료는《서울대학교 학문연구 40년(Ⅰ) ─총괄편 : Ⅴ. 수의학연구, 129~134쪽》(1987. 7.)에 그 전문이 실려 있다. (사진 5-9, 5-10)

그 내용은 우리나라 수의학 연구 전반에 걸친 분석으로 '수의학의 개념, 교육 및 학회 현황, 연구 현황 및 전망' 등을 정리한 것이다. 서론에서 수의학은 동물의 건강과 질병관리는 물론 인간의 보건 향상에 기여하는 의과학의 한 분야임을 강조하였다. 다음 1947년 서울대학교에서 수의학 교육이 태동한 이래 1974년 전국 8개 대학 수의학과의 통합으로 6년제 실시, 불과 2년 후 다시 4년제 개편 및 기존 수의학과의 부활 등의 경위를 회고하였다.

학회 현황으로 대한수의학회(1956), 한국수의공중보건학회(1975), 한국임상수의학회(1984), 한국실험동물학회(1985), 한국수정란이식연구회(1985)의 학술활동 내용을 분석하여 소개하였다.

수의학 연구 인력의 배출 현황으로 1986년 8월 현재 석사 338명, 박사 191명 총 529명에 대한 학위별, 전공 분야별, 대학별, 연대별 통계를 최초로 정리하였다. 또한 11개 전공분야의 논문 발표 상황을 연대별로 분석함으로써 분야별 학문 발달의 추세를 알아보았다. 끝으로 수의학 연구의 학문적 전망을 내린 바; ▷유전자기법을 활용한 질병 진단과 치료, 백신의 개발, 수정란이식 등의 연구, ▷대사성 또는 생산성 질환의 치료법 개발연구, ▷병원미생물 및 화학물질 등 위해물질의 저감화 연구, ▷인수공통감염증, 식품 잔류 유해약물(항생항균제, 사료첨가물 등)의 감소 연구, ▷기타 가축질병 관리체계

　　　　　　잉크가 바랠수록 추억은 빛이 난다

구축을 위한 기초연구 등을 나름대로 제시하였다.

20여 년의 세월이 지난 현시점에서 수의과학연구소를 만들고 바삐 지냈던 과거를 회고하니 남다른 감회를 느껴지는 것이 비단 필자만의 심경일까 싶다.

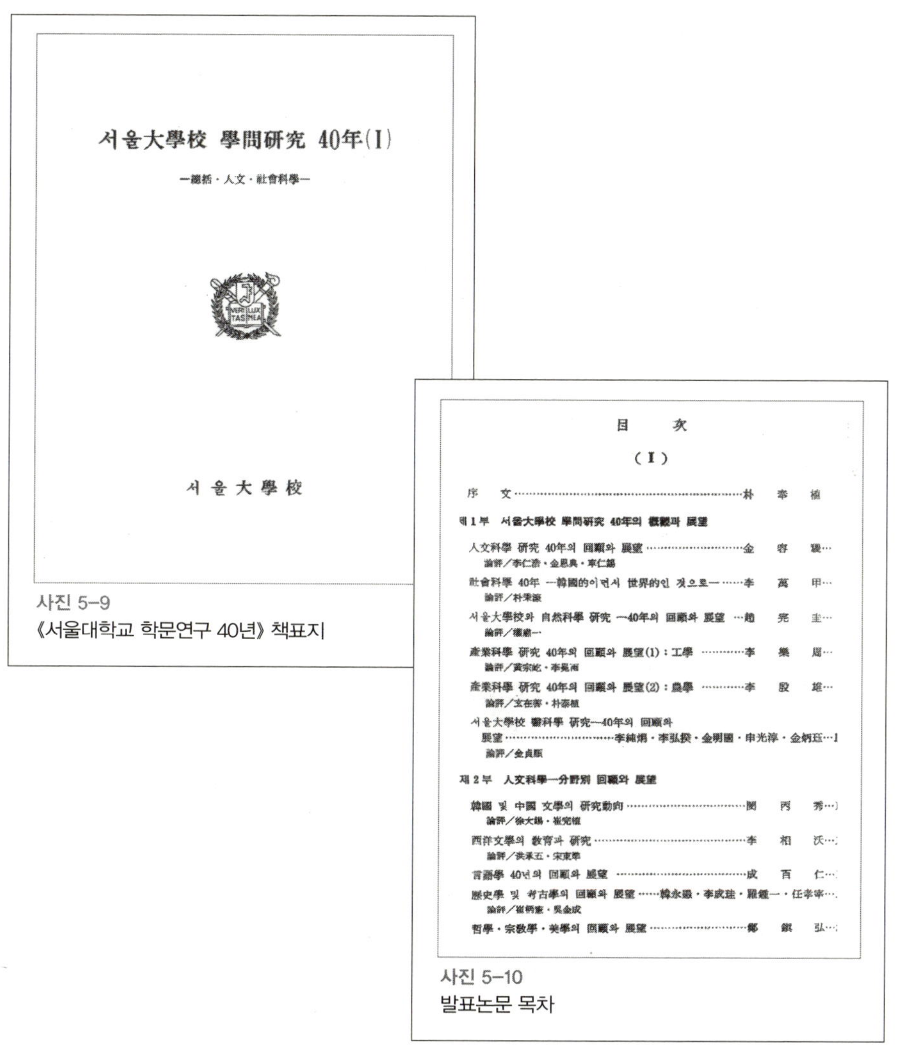

사진 5-9
《서울대학교 학문연구 40년》 책표지

사진 5-10
발표논문 목차

강좌를 신설하고 세미나를 개최하다

다음은 필자가 1990년 11월 26일 수의과학연구소 제5대 소장으로 임명된 다음해인 1991년 6월 22일 개최한 행사에 대해 이야기할까 한다. 당시 필자는 맡은 바 책임과 역할을 다하기 위한 방법을 찾고 있었다. 그즈음 낙동강 폐수사건 등 환경오염 문제가 사회적 관심사로 대두되고 있었으며, 특히 상수의 수질오염원으로 공장폐수는 물론 생활하수와 축산폐수의 비중이 커지고 있을 때였다. 이에 대처하여 환경처는 1981년 수질환경보전법에서 대규모 축산시설에 대한 방류수 허용기준을 설정했으며, 1987년부터는 환경보전법 및 폐기물관리법을 개정하여 일정 규모 이상의 축산시설에 축산분뇨 처리시설을 의무화한 바 있다.

대학원 과정의 축산공해론 신설

이런 시대적 변화를 교육에 반영하기 위해 1991년 수의과대학 대학원 교과과정 개정을 계기로 공중보건학 전공에 축산공해론을 신설하였고, 그 과목을 필자가 직접 담당하였다. 필자의 전문 분야는 아니나 당시 축산폐기물의 처리기술을 따로 공부한 전공자도 없는 상황이니 부득이하게 맡을 수밖에 없었다. 특히 학부과정의 수의공중보건학 내용에서 환경오염 및 축산폐수를 다룬 경험이 있었고, 또한 일찍이 서울대 보건대학원과 일본 공중위생연구원에서 환경위생학을 공부한 덕분에 가능했을 것이다.

이 강좌의 수강생들 대부분은 농업생명과학대학(농과대학) 축산학과 대학원생이었는데, 수의과대학의 대학원 과목에서 볼 수 없는 학제 간의 교류가 특징이었다. 그만큼 축산분야가 당면한 현실 문제인 가축분뇨 등 축산폐기물에 대한 관심이 컸기 때문이다.

양돈분뇨의 실용적 처리방안 세미나 개최

이와 같은 상황을 잘 아는 필자는 연구소의 첫 번째 사업으로 새로운 분야에 대한 도전을 시도하였다. 1991년 6월 22일(토) 축산업협동조합중앙회 강당에서 '양돈분뇨의 실용적 처리방안'을 주제로 산학협동 세미나를 개최한 것이다. (사진 5-11, 5-12) 수의과학연구소가 주최하고 대한양돈협회(회장 全東龍)의 협찬과 환경처, 축협중앙회(회장 明宜植), 그리고 미사료곡물협회가 공동으로 후원하는 범축산계의 행사였다. 이들 후원단체의 찬조와 지

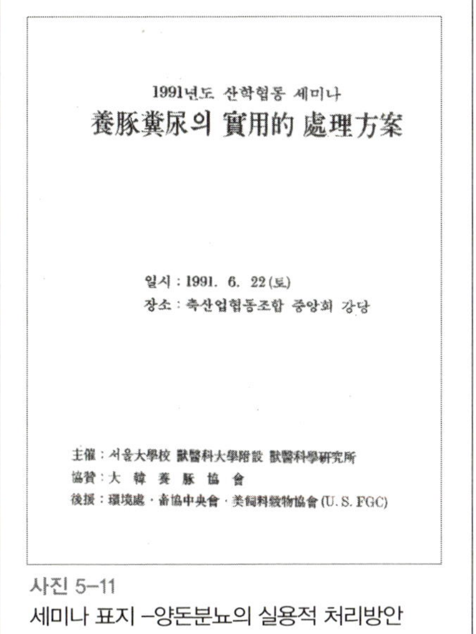

사진 5-11
세미나 표지 -양돈분뇨의 실용적 처리방안

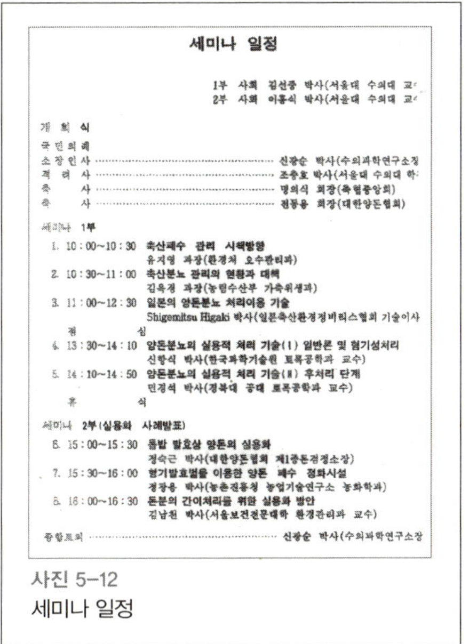

사진 5-12
세미나 일정

원으로 행사 비용이 충당되었고, 쓰고 남은 약 500만 원을 연구소 기금으로 남길 수 있었다. 특히 미사료곡물협회 박영인(朴永寅) 회장께서 일본 측 발표 연자의 주선과 초청 비용 일체를 부담해주었다. 축산계의 심각한 당면 문제를 수의학계, 그것도 본 연구소가 앞서 고민하고 대책을 강구하는 데 큰 역할을 한 셈이다. 이 일은 필자가 소장으로 있을 때 남긴 업적 중 하나였다.

세미나에서 발표한 연재와 연자를 보면 다음과 같다.

1부 프로그램

▷축산폐수 관리 시책 방향 – 환경처 오수관리과 유지영 과장

▷축산분뇨 관리의 현황과 대책 – 농림수산부 가축위생과 김창섭 담당관

▷일본의 양돈분뇨 처리 이용기술 – 일본 축산환경정비리스협회 기술이사 시게미쓰 하카기(檜坦繁支))

▷양돈분뇨의 실용적 처리기술 Ⅰ : 일반론 및 혐기성 처리 -한국과학기술연구원 토목공학과 신항식 교수

▷양돈분뇨의 실용적 처리기술 Ⅱ : 후처리 단계 -경북대학교 공과대 토목공학과 민경석 교수

2부 프로그램 (실용화를 위한 사례 발표)

▷톱밥 발효상 양돈의 실용화 -대한양돈협회 제1종돈검정소장 정숙근 박사

▷혐기 발효법을 이용한 양돈폐수 정화시설 -농촌진흥청 농업기술연구소 농화학과 정광용 박사

▷돈분의 간이처리를 위한 실용화 방안 -서울보건전문대학 환경관리과 김남천 박사

 잉크가 바랠수록 추억은 빛이 난다

필자가 좌장으로 종합토론을 진행한 바, 큰 관심을 갖고 참여한 약 200명 중 주로 양돈농장 경영자들의 질의와 발표자들의 답변 및 의견을 교환하는 시간을 갖도록 배려했다. 끝으로 '이러한 세미나를 주최한 입장에서 축산 발전과 환경오염이란 서로 상반된 당면 과제를 슬기롭게 해결할 수 있는 방안을 마련하고, 동기가 되기 바란다'는 인사로 모든 일정을 마쳤다.

이상으로 필자가 수의과학연구소에 관여하면서 이룩한 사례 중 일부를 소개하였다. 이 밖에도 노력은 했으나 사정상 성사시키지 못한 일들도 많이 있다. 그 중에서도 매년 1,000두 내외가 계속 발생하던 돈콜레라(돼지열병)가 백신사고로 1982년에 무려 9,801두, 이어 1983년에 3,436두로 급격히 증가하던 때의 일이다. 하루는 당시 농수산부 가축위생과 김범래(金範來) 과장이 필자에게 연락을 했다. 용건인즉, 당면한 가축질병 중에서 고질화된 돈콜레라 박멸을 위한 종합연구 프로젝트를 추진하는 데 수의과학연구소가 주관해달라는 요지였다. 마침 초창기 연구소 기획부장 입장에서 이러한 정부 용역사업을 찾고 있던 차에 생긴 일이니 기대가 컸다. 더욱이 김 과장은 필자와 대학동문으로 서로 말이 통하는 사이여서 일을 쉽게 성사시킬 수 있는 분위기였다. 그러나 연구소장인 전윤성 박사에 대한 축산국장(손창원)의 이해부족으로 다 된 밥에 찬물을 뿌린 셈으로 끝내 성사시킬 수 없었다. 30년이 지난 일이지만 그때를 생각하면 아쉬움을 지울 수 없다.

연구도 시기와 유행을 탄다. 환경오염 문제가 사회적으로 대두되던 시기와 맞물렸기에 세미나도 성공적으로 치러질 수 있었다.

전문분야 발전에 기여하다

이번에는 대학 교수 시절은 물론 정년 후에도 계속하고 있는 대내외 활동들을 정리해본다. 교수 본연의 학술활동인 전공분야 학회(한국수의공중보건학회, 한국식품위생안전성학회, 한국HACCP연구회 등)와 관련된 이야기는 이미 기술한 바 있다. 기타 관련 분야인 대학, 정부기관, 학회, 협회 및 민간단체에 기여한 활동 등을 추가로 정리하면 다음과 같다.

먼저 대학 재직 시의 대내활동을 요약해본다.

서울대학교 환경안전연구소 운연위원회 위원(1986~1998)

서울대 환경안전연구소는 1986년에 주로 이공계 및 의학계 대학이 주된 발생원인 실험실습실 폐수의 발생 억제와 수거처리 등 자율적 관리를 위해 설립했다. 또한 대학 내 환경문제에 대한 협의, 조정은 물론 대책의 수립과 시행을 위한 운영위원회가 발족할 때 참여했으며, 그 후 정년 시까지 10년여간 활약했다. 위원회는 유해폐수의 주 발생원인 의대, 치대, 수의대, 약대, 공대, 자연대, 농대 교수들로 구성되어 있으며, 연구소 운영 전반에 대한 자문으로 참여했다.

서울대학교 교수평의원회 위원(1988~1990)

당시 대학 민주화 기풍 조성의 시대적 추세에 발맞추기 위해, 서울대학교 학칙 개정으로 신설된 교수평의원회에 수의과대학을 대표하여 참여했다. 물

론 제도적으로 단과대학 교수회의 추천 절차를 거쳐 위촉됐으며, 서울대학
교 학사관리의 중요 사항인 예산, 결산에 대한 사전 심의는 물론 총장에 대
한 정책 건의 등을 다뤘다. 평의원회의 구성은 본부에서 부총장 및 교무, 기
획, 사무처의 당연직 위원과 각 단과대학에서 추천한 교수 등 20여명으로 구
성되었으며, 위원장은 호선에 의하여 부총장이 맡았다. 하지만 당시 평의원
회 설립 초기 단계였고, 심의 의결에 대한 권한의 한계 등 그 기능이 지금처
럼 활발하지는 않았다.

다음은 정부기관에 관여한 활동을 보면,

보건사회부 식품위생심의위원회 위원 등(1978~2004)

대외활동 중 최장기인 25년 동안 참여했다. 그동안 식품, 첨가물 및
HACCP분과위원장의 역할을 거쳐 정년 이후인 2002년부터 2년간 전체 위
원장을 끝으로 마감했다. 이 밖에 제7차 경제사회개발 5개년계획 수립 보건
의료부문 위원(1990) (사진 5-13), 보건사회부 식품진흥기금 운영심의위원
회 위원(1992~1996), 보건의료기술 정책심의위원회 위원(1996~1998), 환경
부 중앙환경분쟁조정위원회 위원(1994~1997), 국립보건원 병원성대장균 O-
157특별대책위원회 위원(1997~1998), 그리고 정년퇴직 후에도 식품의약품
안전청 식품기술자문관(1998~2004)으로 위촉되는 등 꾸준히 여러 활동에
관여하였다.

농수산부 가축방역대책위원회 위원 등(1980~1996)

농수산부 가축방역대책 및 동물약품심의위원회 위원(1980~1990), 정책

자문위원회 위원(1982) (사진 5-14), 축산발전심의위원회 위원(1994~1996)
을 비롯하여, 농촌진흥청 중앙농업 산학협동심의위원회 전문위원 등으로 위
촉되어 주로 가축방역 및 축산물 위생관리 등, 수의 축산분야의 자문활동을
했다.

학술 및 민간 공익단체에 기여한 활동을 보면,

대한수의사회 이사 및 부회장 등(1973~2009)

학술분야 활동으로는 한국영양학회 이사(1973~1989), 대한수의사회 이사
및 부회장(1973~2004), 대한수의학회 평의원(1973~1998), 한국수의공중보
건학회 회장(1975~1983), 대한보건협회 부회장 및 감사(1975~1981), 한국

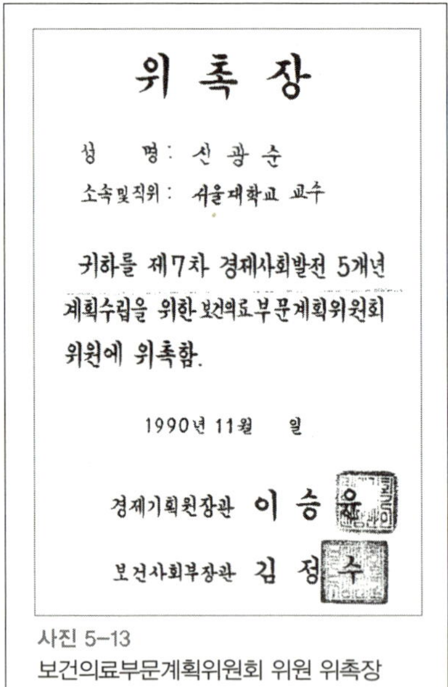

사진 5-13
보건의료부문계획위원회 위원 위촉장

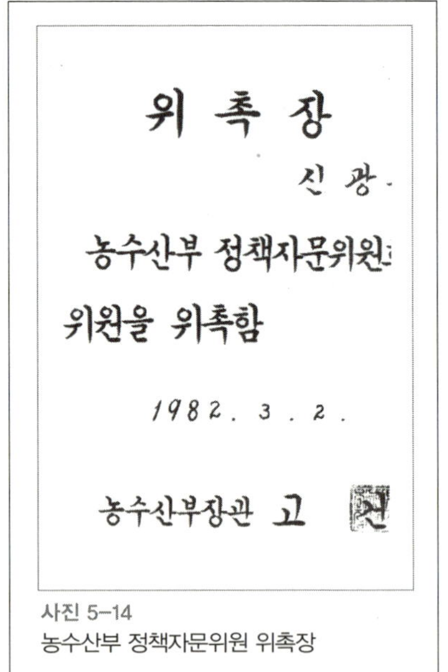

사진 5-14
농수산부 정책자문위원 위촉장

잉크가 바랠수록 추억은 빛이 난다

식품위생안전성학회 부회장 및 회장(1986~1994), 한국환경위생학회 이사 (1986~1998), 한국과학기술한림원 정회원(1994~1999), 한국HACCP연구회 회장(1996~2002), 한국급식외식위생관리학회 고문(2001~2011), 한국식품 안전협회 회장(2003~2009), 한국과학기술정보연구원 전문연구위원 (2005~2008) 등으로 활약한 바 있다.

한국식품공업협회 관련 자문위원 등(1969~2009)

1969년 한국식품공업협회가 발족할 때부터 당시 보건사회부 식품위생과 장 신분으로 직접 영향을 미친 바 있으며, 그 후에도 지원과 자문 역할을 계 속하였다. 또 한국식품공업협회 부설 식품연구소에서 시작하여 식품위생법 에 의해 설립한 한국식품위생연구원의 이사 및 자문위원(1990~1998)으로 활동하였다. 그 후 1999년 1월 한국 식품위생연구원과 한국보건의료연 구원을 통합한 한국보건산업진흥원 발족 시 설립위원회 위원장으로 신 설 기관의 탄생을 성사시켰고, 그로 인해 동원의 초대 이사(1999~2002) 로 선임되어 기틀을 잡는 데 기여했 다. 그 후에도 한국식품공업협회와 인연이 계속되었고, 정년 후인 2000 년부터 2009년까지 자문위원 및 식 품광고 사전심의위원회 위원장 역 할을 하였다.

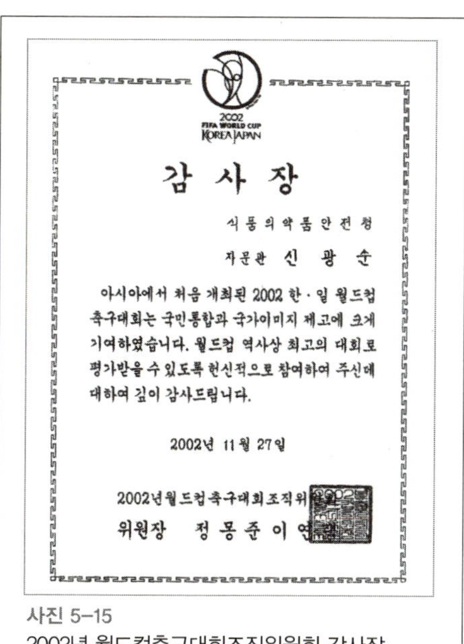

사진 5-15
2002년 월드컵축구대회조직위원회 감사장

기타 사회활동

기타 사회활동은 2002년 FIFA 한일 월드컵축구대회 급식심의위원회 위원장 (사진 5-15), 그 무렵에 시작한 BBB 월드컵 봉사활동(중앙일보, KBS, 한국 방문의 해 추진위원회 공동행사인 휴대폰을 통한 언어문화 봉사)을 들 수 있다. 그리고 1970년대부터 지금까지 30년 간 대한영양사협회 고문으로 계속 활동하고 있다. 또 이러한 식품영양 분야와의 인연으로 손미숙(孫美淑) 의원(2008년 가톨릭대학 식품영양학과 교수로서 대한영양사협회 회장으로 재임하다가 제18대 한나라당 전국구 국회의원으로 당선) 후원회 회장이란 직분도 맡고 있다.

이 중에서도 특히 필자의 직능분야 단체인 대한수의사회에 깊이 참여하고 봉사한 일들, 그리고 대학 정년 후 그 동안의 경륜을 다시 사회에 환원시킬 목적으로 2003년 7월에 설립한 사단법인 한국식품안전협회 회장으로 남긴 활약상 등에 대하여는 별도 장에서 상세히 다룰 것이다.

다양한 사회활동을 통해, 필자의 경륜을 사회에 환원하여 봉사하였다.

 잉크가 바랠수록 추억은 빛이 난다

서울대 교수생활 16년
학생들의 눈으로 돌아보다

다음은 필자가 수의과대학에서 교수생활을 시작한 1982년부터 1998년 정년 때까지, 16년 동안 학생들을 교육하고 지도한 일들을 간추려보기로 한다.

일생을 교수로 지낸 경우와 달리 비교적 짧은 세월이었기에 이렇다 할 업적도 없는 것이 솔직한 고백이다. 그러나 나름대로 열심히 학생들을 교육했으며, 주어진 여건에서 연구 활동에 최선을 다한 것만은 사실이다. 스스로를 평가하는 돈키호테의 바보스러움을 면하기 위해 학생들이 솔직하게 느낀 대로 표현한 글로 대신할까 한다. 바로 정년을 한 학기 앞둔 때인 1997년 12월 학생들이 운영하는 학보사에서 발간한 〈백린〉 잡지 70호 17~18쪽, 만남의 터 '路' 인터뷰 기사(96 김혜련 기자)의 내용을 그대로 옮기면 다음과 같다.

'Korean water kimchi(물김치)에서 열심히 자손을 퍼뜨린 호염성의 Vibrio, 소풍가서 rice ball(주먹밥)과 김밥을 먹었는데, 돌아오는 버스 안에서 구토를 했다. 원인균은 포도구균, 잠복기가 짧은만큼 솔직한 세균이다.'

이제 이 같이 간간이 노익장의 지혜 어린 충고가 가득 찬 신광순 교수님의 재미있는 수의공중보건학과 환경위생학 강의를 2학기부터는 더 이상 들을 수 없게 된다. 신광순 교수님이 1982년 3월부터 서울대학교 수의과대학에서 강의를 시작하신 이후, 올해 정년퇴임으로 정든 교정을 떠나시게 되기 때문이다. 52학번으로 입학해서 1956년에 졸업하고 다시 모교에 공중보건학 교수로 부임하시기까지 26년이라는 긴 시간 동안의 교수님의 자취를 더듬어본다.

—-(중략)—-

　이러한 다양한 행적과 함께 교수님은 공중보건 분야에서 꾸준히 봉사해온 것을 알 수 있다. 교수님은 외국에서 공중보건학은 수의학의 기초학문을 모두 마친 후에 배우는 실질적인 응용학문이라고 하시면서, 개인적으로는 수의학이 공중보건의 밑거름이 되며 수의학의 꽃이 공중보건학인만큼, 학문의 매력을 살리면 우리에게 상당히 유리한 분야라고 피력하셨다. 하지만 공중보건 분야는 의과학에 종사하는 많은 사람들과 함께 하는 분야이고, 아직까지 수의공중보건 분야에서 선구자들이 많지 않기 때문에 수의사로서 제대로 활약을 하려면 그들과의 경쟁을 각오해야 한다고 하셨다. 그런 의미에서 후임 교수는 학생과 사회와의 교량 역할을 해줄 수 있기를 기대한다고 말씀하셨다.

　퇴임 후의 계획이 어떠하냐는 질문에 교수님은 웃으면서 지금과 다를 것이 별로 없을 거라고 하셨다. 다만 이제부터는 번역 활동이라든지 일반인을 위한 공중보건 교육을 위한 저술 활동 등 사회에 봉사하는 자세로 지내겠다고 하셨다. 그리고 자서전을 내기 위한 준비도 하고 있다고 하셨다. 연세에 비해 상당한 체력과 정력을 유지하고 계신데, 2년 연속으로 수학여행 지도 교수님으로 학생들에게 인기를 독차지하면서 이를 여실히 증명하셨다.

　교수님 삶의 철학을 여쭤보자 '匹夫不可奪志(필부불가탈지)'란 글귀를 적어주며 교수님만의 해석을 해주셨다. '아무리 평범한 사람일지라도 그만의 뜻을 굽히지 않는 자세로 살아야 한다. 또한 나의 뜻이 중요한만큼 다른 이들의 의지도 충분히 존중해줄 수 있는 여유로운 사람이 되어야 한다.' 덧붙여 자연적인 흐름을 거슬러 무엇인가를 얻으려는 아등바등한 삶을 살기보다는 겸허한 자세로 자신의 환경을 받아들이며 무엇보다 묵묵히 자신의 할일

　　　　　　　　　　잉크가 바랠수록 추억은 빛이 난다

을 하는 성실한 노력이 중요하다고 하셨다. 강의 시간에 가끔씩 보여주는 유머 실력은 이러한 신광순 교수님만의 느긋함에서 나오는 것이 아닐까 한다. 2학기부터는 교수님의 경륜 쌓인 여유로운 강의를 들을 수 없는 것을 우리는 아쉬워 할 것이다.

교수님 그동안의 많은 가르침에 감사드리며 퇴임 후에도 건강하시고 하시고자 하는 일들이 모두 잘 이뤄지기를 기원합니다.

이상의 글은 학생 기자가 정년퇴임을 앞둔 필자를 인터뷰하여 쓴 기사로, 학생의 처지에서 평상시 교수의 강의를 받고 느낀 소감, 제자에 대한 교수의 기대와 바람, 자기 전공 분야에 대한 긍지와 장래성, 그리고 교수의 인품이 학생들에 미치는 영향 등을 함축하고 있는 내용이었다. 그 동안 1,000여 명의 제자를 가르치며 학문의 이치와 삶의 철학을 깨닫게 하고, 인간의 도리를 다하도록 교육했는지 자문자답 해본다. 특히 80년대 군사정권에 대항하는 학생데모 시절 어려움을 겪었던 학생들을 선도하는 데 노력했던 일, 지금은 어엿한 사회인으로 성장해 각계각층에서 나름대로 맡은 바 역할을 다하는 여러 제자들을 볼 때 교육자의 길을 택한 보람을 느낌은 나만의 위안이며 감상일까? 새삼 지난 시절을 돌아보며 삶의 가치를 스스로 평가해보았다.

새삼 16년간의 내 교수생활의 단면을 보는 듯, 순수하고 객관성 있는 단편적인 표현의 글이라 생각한다.

많은 연구와 훌륭한 제자를 남기다

다음은 내가 교수로 재직하면서 겪은 일 중 학생들에 관한 몇 가지 기억들을 회고해본다.

먼저 학생데모가 극심했던 시절인 82학번 입학생들이 3학년일 당시, 필자가 직접 지도교수 역할을 할 때의 일이다. 그때는 교수 1인당 학생 5~6명씩을 분담해 특별지도를 하면서 개개인의 신상 지도는 물론 수시로 만나 이야기를 나누며 상담하는 등 근황을 파악하는 식이었다. 때로는 그룹 지도와 친목을 겸해 야외로 등산을 가기도 했고, 저녁에는 소주 파티를 갖고 서로 마음을 열 수 있는 분위기를 조성하기도 했다. 그러다 보니 사제지간의 정도 깊어지고 피차 허물없는 사이가 됐으며, 졸업 후에도 직장을 알선해주는 등 지금까지도 그 시절의 제자들을 기억하고 있다.

이미 40대 후반에 접어든 그들의 현황을 소개한다. 82학번의 신동진은 재학 시 ROTC 24기를 마치고 1986년 3월 4일 육군 소위로 임관한 후 나의 주례로 결혼도 했고, 식품검사관으로 장기 복무하면서 중령까지 승진해 식품검사대장으로 복무하고 있다. 신용주와 신재열은 제일제당(주)에 입사해 사료 및 냉동 마케팅 팀에서 열심히 뛰고 있다. 또한 신창섭은 동물약품 회사인 바이엘코리아 상무, 신형철은 한국동물약품협회 전무로 활약하는 등 중견의 지위를 유지하며 잘 지내고 있다. 이 밖에도 84학번이며 학생회장 출신의 김용상과 강대진은 농림수산식품부, 정상희와 이은섭은 국립수의과학검역원, 이종권과 정자영은 식품의약품안전청에서 과장급 공직자로서 그 역할

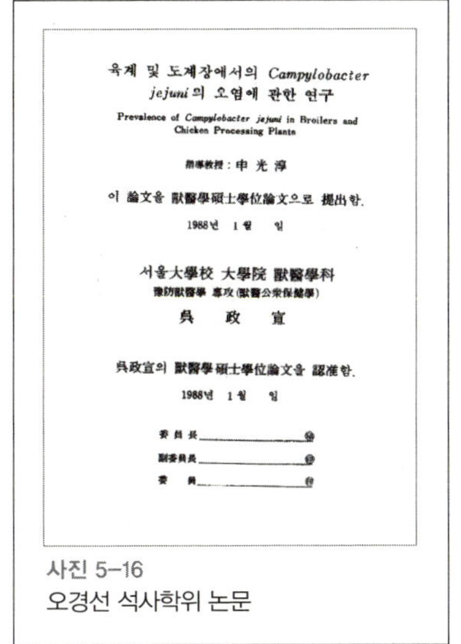

사진 5-16
오경선 석사학위 논문

사진 5-17
신동진 석사학위 논문

과 실력을 충실히 발휘하고 있다.

다음은 필자가 주임교수로 대학원 석박사 과정을 지도한 제자들의 이름과 논문을 간추린다. 먼저 석사 과정은 ▷조동인(1984, 논문 : 계란에 오염된 살모넬라균 및 대장균의 분리 동정), ▷최홍근(1985, 논문 : 우유 포장용기에 따른 저장온도별 세균 수 변화에 관한 조사), ▷박태균(1985, 논문 : 요오드제가 닭의 성장과 혈액성분에 미치는 영향에 관한 연구), ▷오경선(1988, 논문 : 육계 및 도계장에서의 Campylobacter jejuni의 오염에 관한 연구) (사진 5-16), ▷안병옥(1988, 논문 : Butylated Hydroxytoluene이 Paraquat에 의해서 유발되는 래트 폐장병변에 미치는 영향), ▷신동진(1993, 논문 : 랫드에서 Fusarium moniliforme MRC 826 배양물질의 독성 및 발암성에 관한 연구) (사진 5-17), 그리고 박사과정으로 ▷박태균(1995, 논문 : 환경오염 평가를 위한 bioindicator로서 물고기 cytochrome P450 효소계 이용에 관한 연구) 등이 있다. 이들 석사 6명과 박사 1명의 논문 지도를 끝으로 1998 년 정년을 맞았다. 특히 마지막 지도학생인 박태균 박사는 전문직종이 아닌 언론계를 택한 특별한 케이스로, 처음에는 〈과학동아〉에서 편집기자로 잠시 있다가 학위 취득 후 현재는 중앙일보에서 식품의약품담당 전문기자로 명성을 날리고 있다. 다양성과 전문성이 요구되는 언론의 속성으로 볼 때 그의 역할에 기대가 크다.

또한 필자가 직접 논문을 지도하지 않았으나 석박사 학위논문의 심사위원으로 참여한 많은 사례 중, 특히 박사학위 지도교수와 취득자를 거명해본다. 경북대 수의대 공중보건학 탁연빈 교수 지도의 김기석 박사(현 경북대 교수), 경상대 수의대 공중보건학 강호조 교수 지도의 송원근 박사(현 경상대 교수), 전북대 의화학 조종후 교수 지도의 김경호 박사(현 인천광역시 보건환경연구원)를 비롯하여, 서울대 수의대 생리학 권종국 교수 지도의 박전홍 박사(1986)(현 제주대 교수), 동 독성학 이창업 교수 지도의 윤효인(1986)(현 충남대 교수) 및 조준형 박사(1990), 동 기생충학 장두환 교수 지도의 전계식(1986)(현 용인대 교수) 및 윤희정 박사(1992)(현 서울대 교수), 미생물학 마점술 교수 지도의 김용환 박사(1988)(현 경상대 교수), 동 의화학 한수남 교수 지도의 박종명 박사(1988)(국립수의과학연구원장 역임) 등의 논문을 심사한 것으로 기억하고 있다.

이 밖에 필자가 교수 시절 외부기관의 의뢰로 연구를 수행한 논문 내용을 간추려본다 ▷농진청 산학협동연구(다수계 신품종 쌀의 영양효과 규명을 위한 동물실험 비교연구, 수의대 논문집9-2, 1984.), ②문교부 학술조성연구(요오드제가 닭의 성장과 혈액성분에 미치는 영향에 관한 연구, 수의대 논문집10-1, 1985.), ③학술진흥재단(건조향신 조미식품의 품질보증을 위한 효

과적인 살균방법에 관한 비교연구, 식품위생학회지4-2, 1989.), ④학술진흥
재단(동물사료의 위생적 관리를 위한 효과적인 살균방법에 관한 비교연구,
한국수의공중보건학회지14-1, 1990.), ⑤학술진흥재단(방사선 조사 실험동
물 사료의 안전성 확인을 위한 실험적 연구, 한국수의공중보건학회지15-1,
1991.), ⑥학술진흥재단(한국의 동물 유래 미생물 및 기생충성 인수공통감
염증 발생 상황, 한국미생물학회지31-3, 1996.), ⑦한국야쿠르트(주) 중앙연
구소(토끼에서 유산발효유제품 급여에 의한 E. coli 0157:H7 및 Salmonella
typhimurium의 증균 억제효과, 한국식품위생안전성학회지12-3, 1997.) (사
진 5-18) 등의 논문들을 들 수 있다.

오래 전에 겪었던 교수 시절의 일들을 기억을 더듬고 자료를 찾아가며 되살
려보았다. 누락되거나 정확하지 않은 내용도 있을 것이나 그대로 잊히기보다
는 기록하고 정리하는 쪽으로 무게를 둬야 한다. 그런 신념이 있기에 지난 추
억을 되새기는 어려움을 스스로 감내하고 있다.

J. Fd Hyg. Safety 12(3), 188 – 194(1997)

**토끼에서 유산 발효유제품 급여에 의한 *Escherichia coli* O157:H7 및
*Salmonella typhimurium*의 증균억제효과**

신광순[*1] · 김용환 · 손원근 · 석주명 · 김상현
*서울대학교 수의과대학, 경상대학교 수의과대학

**Growth Inhibiton Effect of *Escherichia coli* O157:H7 and
Salmonella typhimurium by Lactic Fermented Milk Products
Administrated Orally in Rabbit**

Kwang-Soon Shin[*1], Yong-Hwan Kim, Won-Guen Son, Ju-Myeong Seok and Sang-Hyun Kim
*College of Veterinary Medicine, Seoul National University, Suwon 441-744, KOREA
College of Veterinary Medicine, Gyeongsang National University, Chinju 660-701, KOREA

사진 5-18
한국야쿠르트(주) 중앙연구소 의뢰 연구논문

1998년 9월 정년퇴임 후
또 다른 인생의 출발점에 서다

필자는 1998년 8월 31일에 정년퇴임을 했으니 벌써 15년의 세월이 흘렀다. 교수로서 크게 한 일도 없는데 분에 넘치는 축하와 환대를 받았다. 그 고마움에 감사드리는 마음에서 그때의 일들을 회고해볼까 한다.

먼저 필자가 16년 동안 몸담았던 수의과대학 교수님들의 퇴임 축하행사였다. 마침 1학기가 끝나고 방학을 맞은 어느 날, 저녁 수원 시내 브라운 호텔에서 전체 교수들이 참석해 필자의 정년을 축하해주었다. 그때까지 주로 전공교실 위주의 퇴임행사를 했는데, 이 행사는 대학이 주관했다는 데 의의가 컸다. 당시 김선중(金善中) 학장의 각별한 배려 덕분이었으며, 특히 여러 후배 교수님들의 훈훈한 정표에 감사의 마음을 전한다. 그 자리에서 기념으로 받은 공로패에는 그 동안의 행적이 함축돼 있었으며, 내용은 다음과 같다.

선생님께서는 서울대학교 수의과대학에 재직하시는 동안 교육과 연구는 물론 수의공중보건학 분야의 사회봉사 활동에 혼신의 노력을 바쳐 오셨습니다.

이에 저희 교수들은 선생님의 정년퇴임을 축하드리며, 그 동안의 헌신적인 노고에 대한 감사의 뜻을 이 패에 담아 드립니다.

1998. 8. 31

서울대학교 수의과대학 교수 일동

잉크가 바랠수록 추억은 빛이 난다

정식 퇴임식은 서울대학교 본부 주최로 1998년 8월 31일 관악캠퍼스 문화관 소강당에서 오전 11시에 개최되었다. 선우중호 총장님의 주관으로 총 21명의 퇴임 교수가 단상에 모셔진 가운데 치러진 뜻있는 행사였다. 또한 그동안 내조의 공이 큰 교수 부인들에게 따로 좌석을 마련해주었다. 수의대에서는 김선중 학장을 비롯해 2년 전에 정년퇴임을 한 대학 동기인 최희인 교수, 그리고 현직 후배로 남치주·한홍률·이문한 교수가 참석해 필자의 정년을 빛내주었다. (사진 5-19) 식순에 따라 퇴임교수 전원에 대한 약력 소개, 정부의 훈포장 및 표창장 전수, 공로패 및 기념품 수여, 교수협의회 기념품 증정, 그리고 총장님의 송별사 및 퇴임교수 대표의 퇴임사 순으로 진행하는 공식적인 행사였다.

당시 필자와 함께 퇴임한 교수님들은 인문대학 이병한(중어중문)·이병건(영어영문)·김철자·박환덕(독어독문)·차인석(철학), 사회과학대학 강명균(경제)·서봉연(심리), 자연과학대학 최병두(물리)·이시우(천문), 간호대학 홍여신, 공과대학 박중현(지구환경), 미술대학 민철홍(산업디자인), 법과대학 김철수, 수의과대학 신광순(필자), 의과대학 김진복·서경필·성호경·윤덕로·윤종구·함의근, 행정대학원 강신택 등 21명이다.

다음은 1998년 9월 8일 오후 6시 30분, 서울대학교 호암교수회관 삼성컨벤션센터 대강당에서 열린 〈賢度 申光淳 敎授 停年記念 著書 獻呈式〉 행사에 관한 일이다. 필자가 대학 교수 시절

사진 5-19
서울대 정년퇴임 기념식 때 오신 교수님들 (우측부터 이문한, 한홍율, 김선중, 필자, 최희인, 남치주 교수)

주로 관여한 학술단체가 공동으로 주최하는 정년 기념행사였다. 대내적인 공식행사를 마친 다음 별도로 가진 행사로서, 필자가 직접 학회를 창립하여 회장을 지낸 바 있는 한국수의공중보건학회(1975), 한국식품위생안전성학회(1986), 한국HACCP연구회(1996) 등 세 단체가 합동으로 주최한 뜻있는 행사였다. 특히 퇴임을 앞둔 3년 전부터 심혈을 기울여 준비한 《HACCP — 理論과 實踐모델- 乳ㆍ乳製品 및 食肉製品》의 저서 헌정식을 겸하고 있었다. (사진 5-20, 5-21)

흔히 교수들의 정년기념 행사는 그동안의 논문을 정리해 봉정하는 것이 관례처럼 내려왔으나, 필자는 이런 형식적이고 별로 도움도 안 되는 논문집을 두껍게 만들어 책장에 꽂아 두는 것이 마땅치 않았다. 기왕에 기념집을 낼 바에는 무언가 사회 현장에 도움이 되는 실용적인 책을 만드는 것이 활용 가치가 있으며, 특히 재임 기간에 이루었던 마지막 봉사와 연결시킬 수 있다고 판단했다.

역사는 기록이 남아야 이룩된다는 신념으로 그날 행사 내용의 이모저모를 정리하고자 한다. 먼저 총괄적인 행사 진행은 후배 교수로 필자와 돈독히 지냈던 이문한(李文漢) 수의대 교수가 사회를 맡았다. 100여 명의 아주 가까운 친지들만이 참석한 그날의 행사는 식순에 따라 한국식품위생안전성학회 이용욱(李容旭) 회장의 경과 보고, 한국수의공중보건학회 강인구(姜寅求) 회장의 약력 소개, 사회자의 가족 소개, 한국HACCP연구회 장동석(張東錫) 부회장의 저서 헌정이 있었다.

이어 축사 순서에서는 서울대학교 총장 및 문교부ㆍ보건사회부ㆍ환경부 장관을 지내신 권이혁(權彝赫) 박사님, 중앙대학교 부총장을 역임한 정영채(鄭英彩) 교수님, 그리고 1998년 4월에 발족한 식품의약품안전청 초대 청장이신 박종세(朴鍾世) 박사가 해주셨다. 그리고 꽃다발 및 기념품 증정에서는 주최 측인 3개 학회 회원들의 정표는 물론 과거 직장이었던 서울보건대학 및 수의대 제자들로부터 행운의 열쇠 등 귀한 선물을 받았다.

끝으로 본인의 감동 어린 답사가 이어진 바, 축하의 자리를 마련해준 세 학회에 대한 감사, 귀하고 고마우신 축사의 말씀, 참석해주신 선후배 여러분에 대한 감사, 그리고 정년의 뜻을 되새기는 마음을 진솔하게 담은 내용이었다. 특히 지난 경륜을 사회에 환원하고 봉사하는 자세로 여생을 살아 갈 것을 다짐하기도 했다. 거의 2시간 동안의 헌정식에 이어 준비한 만찬은 화기애애한 분위기에서 시장기를 덜어주었으며, 기념촬영을 끝으로 밤 10시경에 모두 마친 뜻 있는 하루였다.

15년 전의 추억들을 되새기니 감개가 무량하며, 이 자리를 빌어 당시 필자의 정년을 축하해주신 여러분에게 거듭 감사를 드린다.

사진 5-20
정년을 기념하여 저술한 책

사진 5-21
학회에서 공동 주최한 퇴임 축하행사 안내

축하해주신 분들에게 감사드리다

이어 본인의 정년 기념 저서 헌정식에서 축사를 해주신 분들에 대한 이야기를 할까 한다. 먼저 권이혁 박사님과의 인연은 1961년 필자가 보건대학원에 입학하면서 시작되었다. 그 후 선생님이 1975년 대한보건협회 회장, 1976년 보건대학원장, 1980년 서울대학교 총장으로 이어지는 동안 줄곧 필자를 도와주신 은사이며 후견자 역할을 해주셨다. 특히 필자가 1982년 수의과대학 교수로 부임할 때는 크게 도움을 주셨고 그 은혜로 교수생활을 무사히 마칠 수 있었다. 정년이란 제2의 출발점임을 강조하시는 선생님의 말씀을 길이 명심하면서, 필자의 생명이 다할 때까지 감사하며 살아갈 것이다.

또한 정영채 박사와는 필자가 수의과대학 4학년, 1학년 해부학 실습을 맡을 때부터 시작해 거의 40년 동안 도움을 주고받으며 지내고 있다. 그날의 축사에서도 필자의 뒤를 따르는 후배로서 정년까지도 먼저 시켜드리는 입장임을 강조하여, 우리 둘 사이의 남다른 관계를 엿볼 수 있었다. 그때도 모든 행사를 기획하고 준비하는 데 크게 도움을 주었음은 물론이다. 항상 고맙고 감사할 뿐이다.

이어 예정에 없던 박종세 식품의약품안전청장의 축사가 있었다. 그는 필자의 오랜 경륜을 현장에 접목시키기 위한 수단으로 식약청 자문관으로 모실 생각이라는 즉석 발언을 했다. 사전에 한마디 의논한 일도 없는 뜻밖의 제안이었다. 그는 약속한 대로 1998년 11월 식약청 식품기술자문관으로 필자를 정식 위촉했으며, 2003년 2월까지 4년여 동안 나름대로 역할을 수행할 수 있었다. 아마도 미국 FDA 등 선진국의 시스템을 본받기 위한 실천의지가 있었기에 가능했다고 본다. 그러나 현실은 그의 바람이나 계획과 달라 불과 몇 달 후 자신이 식약청을 떠날 수밖에 없는 운명에 이르니 아쉬울 뿐이었다.

다음은 필자의 정년을 축하하기 위해 참석해주신 분들을 소개한다. (사진 5-22)메인테이블에는 권이혁 박사와 박종세 식약청장을 비롯, 보건대학원의 정문식 전임원장, 정문호 교수, 박성배 서울시 보건환경연구원장, 김대규 대한결핵협회 사무국장, 구성회 서울보건대학 학장, 백덕우 전 보건연구원 위생부장, 신석우 전 보건사회부 약정국장이 함께 했다. 또한 식품의약품안전청의 김영만 서울청장, 김길생 평가관, 신동균 식품국장, 송인상 식품평가부장, 이철원 식품첨가물부장, 박선희 연구관, 국립독성연구원의 장동덕 과장 및 김대중·정자영·이종권 연구관, 국립보건연구원 김호훈 미생물부장, 남명진 연구관, 그리고 농수산부 가축위생과 배상호 전임과장 및 어중원 사무

사진 5-22
정년퇴임 기념 저서 헌정식 때 오신 분들(우측부터 구성회 학장, 김대규 국장, 박성배 원장, 정문식 교수, 권이혁 박사, 필자, 정문호, 정영채, 이용욱 교수, 강인구 회장)

관, 이주호 과장 및 김용상 주무관, 수의과학검역원 박근식 전 원장 및 박종명·이홍길 부장, 서울시 보건환경연구원 김성원·이강문·박석기 과장, 국립과학수사연구소 박유신·유영찬 연구관 등이 자리를 같이 했다.

대학교수로는 서울대 수의과대학의 정창국 전 학장을 비롯해 이창업·한수남·권종국 명예교수, 김선중 학장, 남치주·한홍률·이인세·양일석·이문한·황우석·박용호·조명행·류판동·이항 교수, 그리고 보건대학원 이용욱 원장, 이시백·이승욱 교수, 라승식·김혜진·석지연 조교, 서울대 농대 이홍석 교수, 동 약대 문창규 학장 및 정진호 교수, 부경대 장동석 대학원장, 건국대 수의대 윤화중 학장, 동 축산대 정충일 교수, 전북대 조종후 교수, 중앙대 의대 최철순 교수, 축산학과 김창근·윤영호 교수, 이화여대 이서래 명예교수, 동국대 식공과 신효선 교수, 고려대 보건과학대 임국환 교수, 한양대 가정대 고영수 학장, 한경대학 한기영 총장, 경희대 이영남, 명지대 김송전 교수, 용인대 김판기 교수, 계명대 김영철 교수, 순복음대학원 신명식 교수 등이 와주셨다.

식품 및 수의업계는 한국야쿠르트 이은선 사장 및 김순무 부사장, 유한양행 연만희 사장, 식품위생연구원 이홍윤 원장 및 홍연탁 실장, 노우섭 부장, 유가공협회 이흥구 전무, 동물약품협회 이오직 전 회장, 김동훈 전무 및 신형철 부장, 대한수의사회 김병성 전 사무국장, 이원철 상무 및 우연철 부장, 서울시수의사회 조휴익 및 홍영선 회장, 제일화학 서정범, (주)동방 이각모, 중랑가축약품 차종상 사장, 미육류수출협회 유보희 과장, 또한 전문지 관계자로는 축산신문 윤봉준 사장, 식음료신문 이군호 사장이 참석해주셨다. 그리고 대학동기 동창들로는 동물검역소 김범래 소장 및 이성우·최윤석·최영일·임관철·강유곤 친구들도 함께 했다. 또 전 직장인 서울보건전문대 영

  잉크가 바랠수록 추억은 빛이 난다

양과 출신 제자들인 서정숙, 정은자, 이원묘, 조사순, 황순녀, 김창숙 등 옛날 제자들도 참석해주었다. 그리고 기념저서를 간행한 신광출판사 이용하 사장 등 총 110명이 방명록에 올라 있다.

이 밖에 가족으로는 아내 차인자 여사, 장남 신동립, 이효숙 내외와 손녀 신규섭, 장녀 신동귀, 강주안 내외와 외손 강신찬, 2녀 신동희, 신종각 내외와 외손 신원하, 3녀 신동선, 방성진 내외, 처조카인 임미라, 마성일 내외와 딸 마지하도 함께 했다. (사진 5-23)

당일 축하화환, 화분, 꽃다발을 별도로 보내주신 분들은 서울대학교 수의과대학장 김선중, 대한수의사회장 국회의원 이우재, 한국동물약품협회장 서정범, 그리고 한국야쿠르트(주) 이은선 사장, 유한양행 연만희 사장, 서울보건대 영양과 졸업생 일동, 멀리 경상북도 구미시에서 외과병원을 하고 있는 권덕수 원장(사촌누님인 신문경 여사의 장남) 등 많은 분들이 필자의 퇴임을 축하해주셨다.

이 밖에도 정년 기념으로 몇 점의 서예작품이 들어온 바, 수의대 및 보건대학원 출신 모임인 수보회(獸保會: 회장 정영채) 명의의 행초서체 병풍(恒山 金裕赫: 선생이 필자의 정년을 칭송하는 글을 짓고 쓴 작품), 부산검역소장을 역임한 조경종(曹慶鍾) 박사가 보내준 녹죽인청풍(綠竹引淸風) 작품(旺山 朴潤五) 등 분에 넘치는 귀한 선물을 받았다.

다음은 필자가 정년 후 식품의약품안전청 식품기술자문관으로 위촉받은 사실을 알려 드리고, 그동안 베풀어주신 은혜에 감사드리는 인사장을 보낸 바, 그 내용을 그대로 옮겨보겠다.

정년의 인사를 드립니다

여러모로 어려움이 많았던 이 해도 저물어 가는 입동지절에 두루 강녕하실 줄 믿습니다. 저는 지난 8월 말에 40년간의 공직과 대학생활을 무사히 마치고 정년을 하였습니다. 그동안 물심양면으로 베풀어주신 여러분의 많은 보살핌과 성원에 진심으로 감사드립니다.

돌이켜 보건데 제가 대학을 졸업한 후 육군 수의장교로서 군 급식의 식품검사관 생활을 시작으로 서울특별시, 보건복지부 등의 공직생활을 거쳐 모교인 서울대학교 수의과대학의 수의공중보건학 담당 교수로 정년을 맞을 때까지 식품위생 분야의 실무와 연구생활의 연속이었습니다. 아마도 오늘이 있기까지 저의 인생을 살게 한 큰 동기는 수의학과 보건학이 그 기틀이 되지 않았나 스스로 평가해 봅니다. 새삼 지나온 과거에 후회 없는 보람을 느끼며, 그동안 오늘의 제가 있게 많은 도움을 주신 주위의 모든 분들에게 고마움을 전하고 싶습니다.

이제 저의 지난날을 거울삼아 앞으로의 주어진 여생도 나름대로 뜻있게 지내고저 합니다. 물론 한계가 있는 연륜이기에 그 능력에 유한성이 있는 것도 잘 알고 있습니다. 그러나 이제부터 제2의 인생은 그동안의 경험을 되살리는 역할이 있지 않을까 기대해 봅니다. 아무쪼록 예나 다름없는 우의를 베풀어주신다면 작으나마 사회에 일조할 수 있는 일이 저에게 주어질 것입니다.

하늘도 저에게는 쉬지 않게 하시나 봅니다. 정년 후 몇 달 동안에도 대한수의사회 50주년 행사의 일환인 《한국수의 50년사》 편집 책무를

 잉크가 바랠수록 추억은 빛이 난다

주시더니 또 다시 저에게 새로운 역할이 기다리고 있습니다. 즉 뜻하지
않게도 지난 11월 28일자로 금년 3월에 새 정부의 출범으로 승격된 정
부기관인 '식품의약품안전청'으로부터 식품분야 기술자문관으로 위촉
받았습니다.

앞으로도 변함없는 관심과 우려를 함께 베풀어주시기 진심으로 바라
며, 저 또한 사회에 봉사하는 마음과 경륜을 살려 지난 인생의 빚을 갚
는 자세로 임할 것입니다. 다시 한 번 여러분의 충정 어린 격려가 계속
되기를 바라며, 다가오는 새해에는 더욱 건강하시고 귀 가정의 행복과
뜻하시는 모든 일이 순탄하시기 기원합니다.

1998년 12월 1일
신 광 순 올림

사진 5-23
정년퇴임 기념 저서 헌정식 때 가족사진

제도 개선 관련 연구

문제점을 지적하고
개선 방안을 제시하다

약사법 개정에 올인하다

이번에는 필자가 수의사 직능단체인 대한수의사회와 인연을 맺은 30여 년 동안에 겪었던 일들을 회고한다. 그 중에서도 수의사의 권익과 관련한 약사법 개정에 필자가 직접 관여하여 추진한 내용과 그 경위를 간추린다.

1차 약사법 개정 내용

1991년 12월 31일 개정한 약사법(법률 제4486호)에 제72조 6항(동물의약품 등에 대한 특례)을 신설한 일이다.

▷동조 제1항의 '보건사회부 소관 의약품 중 동물용의약품은 농림수산부 장관 소관 사항으로 하며',

▷제2항의 '동물용의약품으로서 동물 체내에 잔류하여 사람의 건강에 위해를 가할 우려가 있다고 지정하는 것은 사용기준(대상동물, 용법, 용량 및 사용금지 기간 등)을 정할 수 있으며',

▷제3항의 '사용기준을 정한 동물용의약품을 사용코자 하는 자는 그 사용기준을 준수해야 한다. 다만 수의사의 진료 또는 처방에 의하여 사용하는 경우에는 그러하지 아니하다'는 조항을 부칙에 신설하였다.

원래 이 조항과 관련된 조항은 1971년 1월 13일 개정한 약사법(법률 제2279호) 부칙 제2조(동물용 의약품)에 규정했던 내용을 근본적으로 개정한 것이다. 즉

▷제1항 '이 법의 규정에 의한 보건사회부장관 소관사항 중 동물용으로 전용할 것을 목적으로 하는 의약품, 의료용구 또는 위생용품에 관하여는 이를 농림부장관 소관으로 한다.' ▷제2항 '전항의 시행 및 사료첨가제에 관하여 필요한 사항은 농림부령으로 정한다'는 규정을 삭제하고 새로 보칙, 제72조 6항으로 신설한 것이다.

법률 체제상 부칙에 규정할 수 없는 조항임을 지적하였고, 동시에 제72조 6항(당시에는 제72조 5항)에 동물의약품의 특례조항을 새로 규정함으로써 체계적인 동물약품 관리의 물꼬를 튼 셈이다.

주된 개정 내용을 풀이하면;

▷약사법에서 규정하고 있는 보건사회부 장관의 모든 규제사항을 농림수산부 장관에게도 동일하게 적용할 수 있도록 했으며,

▷특히 동물약품의 체내 잔류로 올 수 있는 문제를 사전 예방하기 위한 법적 근거조항을 신설했다. 소위 요주의동물약품(항생항균제, 호르몬제, 사료첨가제 등)에 대한 사용기준을 정할 수 있는 근거 규정을 새로 만들었다.

▷또한 사용기준을 정한 동물용의약품은 그 기준의 준수 의무를 두도록 하되, 수의사의 진료 또는 처방에 의하여 사용하는 경우에는 예외로 했다.

이와 같이 동물용의약품에 대한 특례규정을 둠으로써 수의사의 전문성 발휘는 물론 국민보건에 기여하는 역할을 할 수 있는 근거를 제도적으로 확립한 것이다.

2차 약사법 개정 내용

1994년 1월 7일 2차로 개정한 약사법(법률 제4731호)의 요점은 1차 개정

시 반영하지 못한 수의사의 동물약품 판매 자격을 부여하기 위한 조항을 추가한 것이다. 즉 제72조 6항(동물의약품 등에 대한 특례)에 제4항을 추가하여 '수의사법에 의한 동물병원의 개설자는 약사법 제35조(의약품판매업의 허가)의 규정에 불구하고 동물 사육자에게 동물용의약품을 판매할 수 있다'는 조항을 신설하였다. 즉 약사법 제35조에 따라 약사만이 동물용의약품을 판매할 수 있었던 당초의 규정에 추가하여 동물병원을 개설한 수의사에게도 동물용의약품을 판매하는 권한을 부여한 획기적인 개정이었다.

또한 동 일자로 개정한 약사법(법률 제4731호) 부칙 제3조(한의사, 수의사의 조제에 관한 경과조치)에서 종전까지 약사에 국한시켰던 의약품의 조제권을 수의사(한의사)에게도 부여하는 조항'을 신설하였다. 즉 '수의사가 자신이 치료용으로 사용하는 동물용의약품을 자신이 직접 조제하는 경우에는 약사법 제21조(의약품의 조제) 제1 및 제2항의 규정에 불구하고 이를 조제할 수 있다'는 규정을 둠으로써 개업 수의사들의 의약품 조제 판매의 길이 열리도록 한 것이다.

다음은 전술한 1, 2차 약사법 개정의 경위와 당시 대한수의사회 임원들이 기울인 노력과 활동사항을 요약 소개한다. (사진 6-1, 6-2, 6-3)

원래 1차 약사법 개정의 본격적인 시작은 1989년 5월 22일 '동물약품 취급에 관한 약사법 개정 법률안'이 국회 보건사회위원회에 상정됨으로써 시동이 걸렸다. 물론 그 이전에 국회의 법률 개정 절차에 따라 당시 농림수산위원회 소속 국회의원 25인 중 정일영(鄭一永) 의원 등 23인의 발의로 1989년 3월 3일자로 약사법 개정안을 제출한 바 있다. 그 후 소관 상임위원회인 보건사회위원회에 상정되었고, 그 자리에서 발의자를 대표한 정일영 의원(천

잉크가 바랠수록 추억은 빛이 난다

안을구, 서울대 농대 축산학과 졸업)의 제안이유 설명이 있었다. 그 전문은 무려 6쪽 분량으로 필자가 직접 작성해준 것이며, 내용 중 소주제만 발췌하면 다음과 같다.

약사법 개정 요지

약사법 제16조 제1항의 약사만의 약국 개설 조항 및 제27조 제3항의 의약품 도매상의 경우 약사를 두도록 의무화한 조항을 개정하여 '동물약품의 취급과 관리의 경우 약사만이 아니라 수의사도 가능토록 개정하여 동물병원에서도 동물약품을 판매할 수 있도록 한다'는 것이다.

개정 이유로 제시한 내용

▷ 양축농가의 가축질병 피해를 감소시키고 경제적 손실과 축산물의 생산성을 배가할 수 있다.

▷가축은 사람과 달리 경제적인 산업동물로써 그 질병관리도 집단관리의 특성을 갖고 있다.

▷가축의 질병 예방, 방역 및 치료 행위는 수의사의 지도감독으로 성과를 올릴 수 있다.

▷병이 들어도 말 못하는 가축을 사람과 똑같이 취급하는 것은 잘못이다.

▷축산식품의 항균성 물질 등 유해약물의 잔류 문제는 생산 단계인 농가에서 해결해야 한다.

약사법 개정을 통해 수의사의 권한을 확대시키고, 효율적인 축산물 관리가 가능토록 하였다.

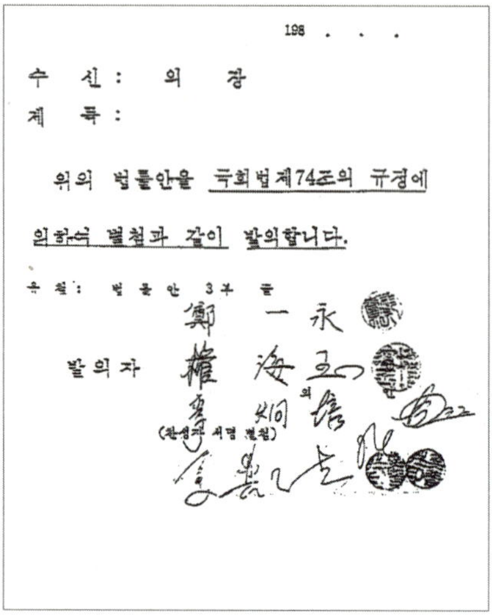

사진 6-1
약사법 개정 발의자 명단

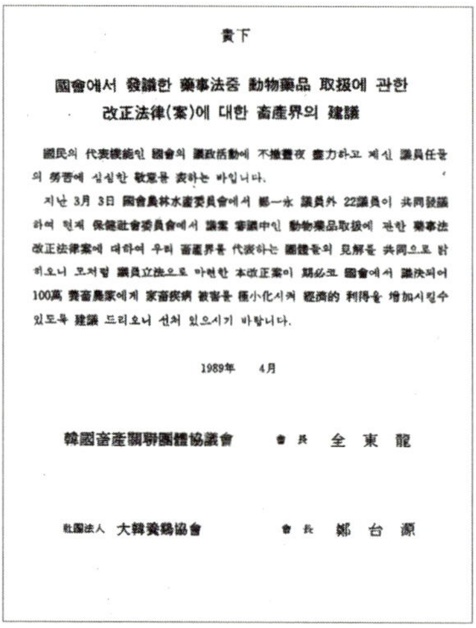
貴下

國會에서 發議한 藥事法중 動物藥品 取扱에 관한 改正法律(案)에 대한 畜産界의 建議

國民의 代表機能인 國會의 議政活動에 不撤晝夜 盡力하고 계신 議員任들의 勞苦에 심심한 敬意를 表하는 바입니다.

지난 3月 3日 國會農林水畜委員會에서 鄭一永 議員外 22議員이 共同發議하여 현재 保健社會委員會에서 議案 審議中인 動物藥品取扱에 관한 藥事法改正法律案에 대하여 우리 畜産界를 代表하는 團體들의 見解를 共同으로 밝히오니 모처럼 議員立法으로 마련한 本改正案이 期必코 國會에서 議決되어 100萬 養畜農家에게 家畜疾病 被害를 極小化시켜 經濟的 利得을 增加시킬수 있도록 建議 드리오니 선처 있으시기 바랍니다.

1989年 4月

韓國畜産關聯團體協議會 會長 全 東 龍

社團法人 大韓養鷄協會 會長 鄭 台 源

사진 6-2
약사법 개정에 대한 축산단체 건의서

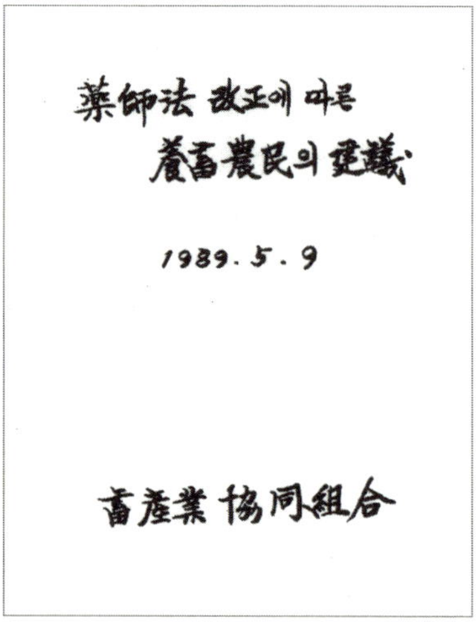

사진 6-3
약사법 개정에 따른 양축농민 건의서

어려운 싸움으로 보람을 얻다

다음은 당초 약사법 개정안이 제13대 국회 제146회 임시국회 보건사회위원회에 상정(1989. 5. 22.)되기 전후의 추진 경위와 활동 내용을 간추린다.

먼저 법률 심의 절차에 따라 소위원회를 김문기(金文起) 의원(강릉) 외 6인으로 구성하였다. 그러나 논의 결과, 당시 대한약사회장이며 보사위 민정당 간사인 김명섭(金明燮) 의원(영등포을구)은 반대하는 입장이었고, 민주당의 석준규(石準規) 의원(전국구)은 찬성하는 등 합의가 원만히 이루어지지 않아 유보될 수밖에 없었다. 그런데 얼마 후 약사의 한약 취급 문제가 사회적 이슈로 제기됨에 따라 당시 보건사회부에서는 정기국회(147, 148회)에 약사법 개정 정부안을 제출하였으나, 동물약품 문제는 반영되지 않은 채 시간만 흘렀다. 그 와중에서 약사와 한의사의 한약 논쟁은 더욱 가열되었고, 거기에 수의사의 동물약품 취급 문제가 가세하다 보니 약사법 개정안에 대한 분쟁은 이해집단 간의 밥그릇 싸움처럼 비춰졌다.

그러나 이런 분위기를 잘 활용하면 오히려 어부지리를 얻을 수 있으니, 그 틈새를 공략하기로 하였다. 그 결과 1차 약사법 개정(1991. 12. 31.)에서 누락된 수의사의 동물약품 판매 및 조제를 허용하는 2차 약사법 개정(1994. 1. 7.)을 쉽게 성사시킬 수 있었다.

이상과 같이 1, 2차에 걸친 약사법 개정에는 약 3년의 기간이 소요되었지만, 실제 준비 작업은 그 이전부터 진행된 셈이다. 1987년 2월 대한수의사회 정기총회에서 정창국(鄭昌國) 회장(15~16대)이 선출되고, 이어 동년 5월 필자가 법제담당 실행이사에 위촉된 이후 본격적으로 수의계의 현안인 수의사의 동물약품 취급 문제를 해결하는 방안을 강구하기 시작하였다. 이후 대한수의사회 실행이사를 중심으로 약사법 개정 추진위원회를 정식으로 구성하고, 동물약계 및 동물병원장 대표를 참여시켜 본격적인 활동에 들어갔다. 그 결과 1989년 5월 22일 〈동물약품 취급에 관한 약사법 개정 법률안〉이 국회 보건사회위원회에 상정되었으나 당초 목표인 수의사의 동물약품 취급 문제를 해결하는 데는 역부족이었고, 1992년 4월 제13대 국회 임기가 종료됨에 따라 자동 폐기되는 운명을 맞았다.

그러나 제14대 국회에서 다시 약사법 개정을 추진하기 위한 활동을 재개하였고, 특히 1993년에는 수의사 출신 국회의원(광주북 을구)인 이길재(李吉載) 의원이 대한수의사회 제17대 회장으로 선출되면서 본격적인 추진이 가능하였다. 그럼에도 불구하고 약사법 개정은 쉽지 않은 일이었다. 원래 약사법은 보건사회부 소관이나 동물약품의 관리는 약사법에서 농수산부로 위임한 사항이었기 때문에, 동물약품 관련 조항을 개정하기란 남의 집안일에 간섭하는 격이었다. 더욱이 약사법을 직접 심의하는 보건사회위원회 소속 국회의원들을 이해시키는 일은 마치 생면부지의 사람을 처음 다루듯 힘이 들었다. 물론 약사법 개정안을 발의한 국회 농수산위원들의 동조를 얻는 일도 쉽지는 않았다. 이들 관련 국회의원들을 사무실로 집으로 찾아다니며 도움을 청해야 했고, 어떤 때는 밤늦게 귀가할 때까지 몇 시간을 기다려 만나는 경우도 있었다.

필자는 법제위원장 입장에서 약사법 개정안을 성안하여 제시함은 물론, 반대 입장인 대한약사회 의견에 대한 반론 제기, 보사부의 약사법 개정에 대한 의견 제시 등의 실무적인 업무는 물론 세계 각국의 동물약품 취급과 판매 제

　　　　　잉크가 바랠수록 추억은 빛이 난다

도 등 국내외 자료를 수집 분석하여 제공하는 등, 관련 법 제정에 관한 객관적인 이론 정립에 최선을 다했다. (사진 6-4, 6-5)

사진 6-4
세계 각국의 동물용의약품 취급과 판매제도 관련 논문
(대만 수의사회지)

사진 6-5
동물용의약품 취급 관련 신문기사(축산신문)

1차 약사법 개정 시(1991. 12. 31.) 함께 고생하고 솔선수범한 추진위원인 동물약계의 (주)동방 이각모(李角模) 사장과 제일화학 서정범(徐廷範) 사장 및 동물병원의 최찬영(崔燦英) 원장과 윤신근(尹信根) 원장은 재정적 지원은 물론 열성으로 도움을 줬다.

또한 계속 이어진 2차 약사법 개정(1994. 1. 7.)에 적극 참여한 추진위원 활동 사항을 요약하면, 이길재 대한수의사회 회장은 국회의원이란 신분을 활용하여 약사법 개정의 당위성을 내세우며 정략을 펴는 데 절대적인 역할을 하였고, 최병인(崔炳仁) 부회장은 실무책임자로서 모든 활동을 주도하고 지원하는 참모 역할을 했다. 필자는 약사법 개정안은 물론 관련 자료의 제시와 이론적 논리 제공, 보사부 약정국장 및 국회의원 설득 활동 등을 했다. 이각모 사장은 재무담당이사로 동물약품 업계의 협조, 대국회 로비와 경실련 서경석 사무총장 접촉 등의 활동을 했고, 조휴익(趙休翼) 부회장은 서울시수의사회장으로 대한약사회 권경곤 회장 설득 및 국회 장영달 의원 로비를 맞는 등 각자의 능력과 친분을 활용하여 적절히 대처하였다.

이상과 같이 두 번에 걸친 약사법 개정을 통하여 첫째, 동물용의약품 중 항생항균제, 호르몬제 등의 사용으로 인한 축산물 내 잔류를 방지하기 위한 요주의 동물약품의 규제 근거를 확실히 했고, 둘째, 동물용의약품의 취급과 판매 행위를 약사와 수의사가 함께 수행함으로써 가축질병의 예방과 치료를 효율적으로 대처할 수 있도록 하는 데 주도적인 역할을 했다.

이들 활동을 통해 축산식품의 위생적 안전성을 확보함은 물론 수의사의 권익 신장을 위한 대한수의사회 활동에 크게 일조했다고 자부한다.

   잉크가 바랠수록 추억은 빛이 난다

정책적, 시사성 제언들 (Ⅰ)

다음은 필자가 만 16년간 서울대 수의과대학 교수로 재직하는 동안 수행한 일 중 식품위생 및 수의학 분야의 제도 개선을 위한 연구와 외부에 발표하거나 정책 대안으로 제시한 내용들을 주제별로 소개하기로 한다. 다만 사안별로 연계성을 유지하기 위해서 과거의 공직생활 때는 물론 1998년 정년퇴임한 이후 지금까지의 것은 분야별에서 생략한다. 즉 교수의 주요 임무 중 하나인 사회봉사의 일환으로 수행한 일들, 특히 필자의 전문분야인 식품 및 축산물의 위생과 안전성 관리의 제도적 중요성과 개선을 위한 정책적 연구 내용을 위주로 하였다. 또한 수의학과 수의사의 사회적 위상을 높이기 위한 활동 등 시대성을 살리고 독자의 이해를 돕고자 대상별로 구분해 기술한다.

먼저 관련 학술단체에서 발간하는 학회지 및 세미나 등에서 발표하거나 연구한 내용 및 제목을 총정리 했다. 다만 100여 편의 학술 연구논문은 여기 소개할 성질이 아니기 때문에 제외시켰다.

▷ 관련 학회지에 발표한 논문 및 종설의 주제 ◁

** 한국수의공중보건학회지

① 축산식품 위생관리 제도의 고찰, 제10권 1호(이하 10-1로 표시), 1986.

② 축산물 위생관리 관계법규에 대한 고찰, 11-1, 1987.

③ 동물사료의 위생적 관리를 위한 효과적인 살균방법에 관한 비교연구, 문교부 학술진흥재단 연구비, 14-1, 1990.

④ 방사선 조사 실험동물 사료의 안전성 확인을 위한 실험적 연구, 문교부 학술진흥재단 연구비, 15-1, 1991.

⑤ 식육위생 관리 및 검사제도의 현황과 개선방안, 17-2, 1993.

**** 한국식품위생안전성학회지**

① 식품의 미생물 규격 기준의 국제적 동향, 1-1, 1986.

② 식품위생 행정제도의 문제점과 개선책, 3-3, 1988.

③ 건조향신 조미식품의 품질 보존을 위한 효과적인 살균방법에 관한 비교연구, 문교부 학술진흥재단 연구비, 4-2, 1989.

④ 동물성식품에 대한 안전성 확보의 문제점과 대책, 5-3, 1990.

⑤ 양식어류의 질병과 수산동물용 의약품의 잔류 방지 대책, 7-2~3, 1992.

**** 대한수의사회지**

① 식품위생과 수의사, 12-3, 1976.

② 식품위생 관리의 문제점과 그 대책, 20-9, 1977.

③ WHO 수의공중보건협의회의 권고, 15-6, 1979/ (사진 6-6)

④ 세계 여러 나라의 가축전염병 발생 현황, 18-7, 1982.

⑤ 공중보건활동에 있어서의 수의사의 역할, 19-5~9, 1983.

⑥ 식품위생 관리의 현황과 대책, 20-12, 1984.

⑦ 공중보건수의사의 역할과 그 중요성에 관한 고찰, 12-7, 1985.

⑧ 수의학 연구 40년의 회고와 전망, 23-3, 1987.

⑨ 축산물 중의 항균성물질 잔류 문제에 대한 고찰, 25-3~4, 1989.

⑩ 축산식품의 안전성 확보와 국민보건 : 제1회 수의정책개발 심포지엄,

31-7, 1995.

⑪ 한국의 사료안전성 확보 방안 : 제3회 수의정책개발 심포지엄, 35-7, 1999.

⑫ 수의학 교육 및 국가고시제도 개선 방안 : 제4회 수의정책개발 심포지엄, 36-10, 2000.

** 기타 관련 잡지

1960~1980년대

① 서울시민의 보건 지식에 관한 연구, 보건대학원 석사학위 논문, 1962.

② 한국의 식중독 발생에 대한 조사연구, 국립보건원보 제6권, 1969.

③ 식품에 있어서의 유독성 농약의 잔류량 측정 연구(제6보), 공동 수행, 국립보건연구원보 제10권, 1973.

④ 식품위생 관리의 문제점과 그 대책, 대한의학협회지 11(2), 1977.

⑤ 식품위생 행정-도시를 중심으로-대한지방행정공제회 발행 < 도시문제> 1983년 8월호.

⑥ 한국 수의정책의 장기발전 방안, 한국농업과학협회지 10, 1989.

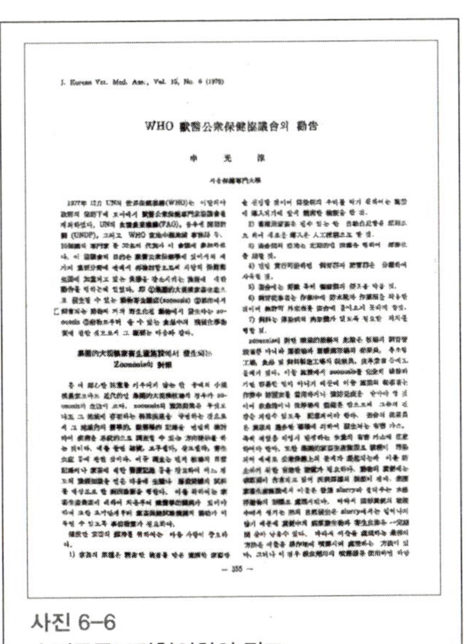

사진 6-6
수의공중보건협의회의 권고

1990년대

① 가공식품의 문제점, 대한의학협회지 33-1, 1990.

② 수입식품 위생관리 제도의 현황과 개선 방안, 중앙대 식량자원연구소 논문집 2-2, 1991.

③ 사료의 안전성 확인을 위한 관리제도 개선 방안, 한국축산환경안전성 학회지 1-1, 1994.

④ 식품의 안전성 확보를 위한 식품위생 정책 방향, 〈식품과학과 산업〉 29-1, 1996.

⑤ 식품의 안전성 평가와 위생관리 행정, 식품과 산업 2-28, 1996.

⑥ 한국의 동물 유래 미생물기인성 인수공통감염증, 한국미생물학회지 31-3, 1996.

⑦ 체제 정비 서두르는 한국의 HACCP 승인제도(인터뷰기사), 일본 〈월간HACCP〉 10월호, 1999. (사진 6-7)

2000년대

① 한국의 식육(계육)위생 관리와 HACCP, 일본 〈월간HACCP〉 7-10 (사진 6-8), 〈월간 養豚情報〉10월 호 및 〈鷄肉卵情報〉 9-25, 2001.

② 일본의 보건기능식품 표시(안) 등의 보고자료(Ⅰ∼Ⅱ), 〈식품공업〉 3, 5, 2001.

③ 제6회 ifia Japan 2001 참석 견문기, 〈식품공업〉 11, 2001.

④ HACCP 확대 적용을 위한 법적 제도적 개선 방안, 보건복지포럼 10, 2002.

⑤ 한국의 신흥, 재흥 인수공통감염증, 일본 BMSA(Bio-Medical Science Association)회지 13-4, 2002.

⑥ 한국식품안전성학회 20년의 발자취, (사)한국식품안전성학회 창립 20

주년 기념집, 2006. 11.

⑦ 식품안전 국가정책 방향과 개선 방안, 한국인증원 발행 〈인증포커스〉 제11권(가을호), 2008.

⑧ 세계 주요 국가의 GM식품 표시제도, (사)한국식품위생안전성학회 발행 〈Safe food〉 (4-1), 2009. 3.

일본 잡지에 실린 HACCP 관련 보고서들은 한국의 제도와 실정은 물론, 특히 수출 축산물의 안전성 확보 차원에서 크게 도움을 주기 위한 시도였다.

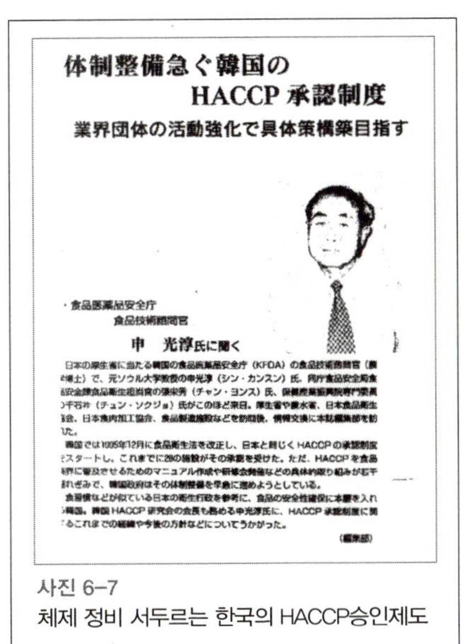

사진 6-7
체제 정비 서두르는 한국의 HACCP승인제도

사진 6-8
한국의 식육(계육)위생 관리와 HACCP

정책적, 시사성 제언들 (Ⅱ)

다음은 필자가 그동안 수행한 연구용역 사업과 저술 활동을 소개한다.

▷ **연구용역 보고서 및 저술서** ◁

**** 연구보고서**

1980년대

① 다수계 신품종 쌀의 영양효과 규명을 위한 동물실험 비교연구, 농진청 농촌생활 개선연구소, 서울대 수의대 논문집9-2, 1984.

② 요오드제가 닭의 성장 및 혈액 성분에 미치는 영향에 관한 연구, 문교부, 서울대 수의대 논문집10-1, 1985.

③ 식품의 위생적 관리를 위한 행정제도 개선에 관한 연구, 문교부 학술연구보고서; 1987. (사진 6-9)

1990년대

① 사료첨가제(동물약품) 관리제도의 현황과 개선 방안에 관한 연구, 한국동물약품협회, 서울대 수의대 수의과학연구소, 1992.

② 토끼에서 유산발효유 제품 급여에 의한 대장균(E. coli O157:H7) 및 살모넬라균의 증균 억제 효과(공동), 한국야쿠르트 중앙연구소, 한국식품위생안전성학회지12-3, 1997.

③ 식육처리장(도축장 및 도계장)과 유통과정에서의 축산식품에 대한 위

생적 안전성 관리대책 수립을 위한 종합적 조사연구(공동), 농림부, 1997.

④ 식품관리 업무의 평가와 방향 설정을 위한 기초연구, 식약청, 1999.

2000년대

① HACCP 일반위생 관리기준 관련 적용업소 시설모델 개발(공동), 식약청, 2001.

② HACCP의 확대 적용을 위한 중장기 발전계획 수립 및 전략적 접근 방안 연구(공동), 한국보건사회연구원, 식약청, 2002.

③ 선진국의 식중독 관리시스템 조사(공동), 한국식품안전협회, 식약청,

사진 6-9
식품의 위생적 관리를 위한 행정제도 개선에 관한 연구

2004.

④ 즉석식품 제조가공 업소의 위생교육 매뉴얼 개발(공동), 한국식품안전

협회, 식약청, 2004.

⑤ HACCP 개념을 적용한 중소 식품 제조가공 업소의 자율적 위생관리 방

안 마련(공동), 중앙대학교, 식약청, 2008.

이 밖에 대학교재용 또는 일반인 대상으로 저술한 전공서적을 보면 다음

과 같다.

** 교재 및 저서

①《최신 식품위생학》(4인 공저), 신광출판사, 1975.

②《수의공중보건학》(16인 공저), 문운당, 1981.

③《미국FDA의 제도와 기능》, 신하출판사, 1996.

④《HACCP-원리와 실천모델》, 신광출판사, 1998.

⑤《알기 쉽게 문답으로 풀어본 HACCP》, 신광출판사, 2001.

⑥《HACCP 시스템의 개념》, 신광출판사, 2003.

⑦《이물과 식품안전》, 한국식품안전협회, 2004. 3.

⑧《알기 쉽게 풀이한 세균성식중독》, 한국식품안전협회, 2004. 5.

⑨《식품기업의 자주관리 매뉴얼》, 한국식품안전협회, 2005. 5.

⑩《미생물 관리 Q&A-식품생산 현장 실무용》, 한국식품안전협회, 2007. 4.

⑪《보건학과 나 -51인, 대한민국 보건학을 말한다!》(권이혁 외 공저), (주)

신원문화사, 2008. 5.

⑫《과거를 보고 미래를 연다 : 우리나라 식품위생 정책의 역사》, 지상사,

  잉크가 바랠수록 추억은 빛이 난다

2011. 4.

⑬ 《그 세월의 뒷모습 : 한국 환경 야사》(환경 원로의 회고문집), 홍문관, 2011. 10. 등이 있다.

기타 각종 학술 연구단체의 행사에서 주제를 발표하거나 정부기관 및 민간단체에서 교육한 내용을 정리하면 다음과 같다.

▷ **학술단체 및 전문가 포럼의 발표 주제** ◁

1970~1980년대

① 보건관계 법법행위 근절 방안, 주제1; 부정식품, 정책연구세미나, 중앙공무원교육원(1970. 5. 25~30.)

② 주정, 식품 및 의약품의 안전성에 관한 세미나, 주제3; 식품에 있어서의 안전성 관리, 한국과학기술단체총연합회, 무역회관 중강당(1975. 9. 5.)

③ 식품관리사업 발전 모색-식품관리사업의 발전 방향과 대책, 국가 식품관리체계 발전 세미나, 보건사회부, 서울팔래스호텔(1982. 11. 18~20.)

④ 미생물 규격기준의 국제적 동향, 한국식품위생학회 제1회 학술심포지엄, 국립보건원(1986. 7. 11.)

⑤ 식품위생 행정제도의 문제점과 개선책, 한국식품위생학회 제3회 학술심포지엄, 대한상공회의소(1988. 7. 7.)

1990년대

① 축산물 안전성 향상 방안, 축산물 안전성 확보 및 가축방역 세미나, 한국축산학회, 1995.

② 선진국형 식품의약품 관리 전담행정기구(FDA)의 필요성, 민자당 정책
토론회, 1995.

③ 식품위생 정책의 개선 방안(한국 보건복지 정책의 주요과제), 민자당
보건복지분과위원회, 1995.

④ 식품의 안전성 확보를 위한 식품위생 정책 방향, 21세기 식품위생 정책
방향 세미나, 한국식품위생연구원, 1995.

⑤ 식품위생 관리의 강화 : 안전생활을 위한 실천과제 시민 대토론회, 안
식연 안전문화추진본부, 1996.

⑥ 축산물의 안전성 확보를 위한 축산식품의 생산 방안, 축산업협동조합,
1996.

⑦ 한국의 식육위생과 HACCP 현황, 미국육류수출협회, 1996.

⑧ 식품의 안전성 관리와 HACCP 제도, 중앙대 의약식품관리대학원,
1996.

⑨ 언론매체의 식품관련 보도의 중요성과 개선 방안, 한국식품위생연구원,
1996.

⑩ HACCP 제도의 개념 및 학교급식 단계별 적용, 학교급식 관계자 연수
자료, 서울시교육청, 1998.

⑪ 한국에서의 HACCP 실시 현황, 제20회 일본식품미생물학회 학술총회
초청강연 (모리오카), 1999.

2000년대

① 선진국의 식품안전성 관리와 HACCP 제도의 활용, 한국HACCP연구회,
2000.

     잉크가 바랠수록 추억은 빛이 난다

② 한국의 김치공업의 동향(영문) : 제6회 ifia Japan 2001.

③ 국가 식품안전성 확보와 HACCP의 역할과 전망, 한국보건산업진흥원 제15회 포럼, 2001.

④ HACCP 제도의 당면 과제와 발전 방안, 한국농어민신문 주최 정책세미나, 2001.

⑤ HACCP의 개념과 필요성 : 대한수의사회 주최 축산물 HACCP교육 기본과정, 2001.

⑥ 식품위생의 개념과 HACCP : 한국급식관리협회 주최 경기도 급식담당자 교육(연세대), 2002.

⑦ HACCP 확대 적용을 위한 법적 제도적 개선 방안 −식품안전기본법(안)을 중심으로, 한국보건사회연구원 주최 보건복지포럼, 2002.

⑧ 우리나라 HACCP 제도 및 인프라 현황과 문제점, HACCP 전문가 포럼, 한국보건사회연구원, 2002.

⑨ HACCP의 성공적 정착을 위한 정책 방향, 한국HACCP연구회, 2002.

⑩ 농산물의 안전성 확보를 위한 위생관리 현황과 대응 방안, 농촌생활연구소, 2003.

⑪ 수의료법 제정의 필요성과 방향, 〈수의사 및 동물의료에 관한 법률〉 제정(안) 공청회, 대한수의사회, 2003.

식품 안전을 위한 행정 개선을 촉구한 연구보고서들은 관련 부처에서 정책을 세우는 데 길잡이 역할을 했다고 자부한다. 그만큼 실무에서 닦은 경륜이 있었기에 가능한 일이었다.

정책적, 시사성 제언들 (Ⅲ)

이 밖에 관련단체 등의 위탁으로 만든 교육 및 홍보용 자료와 책자들을 정리하면 다음과 같다.

▷ **교육 및 홍보용 책자** ◁

① 신종 식중독균에 관하여 −0157을 중심으로, 한국육가공협회 97 〈육가공지〉 별책부록, 1997. (사진 6-10)

② 안전한 식생활 −식중독, 알면 문제없어요, 미국육류수출협회, 1997. (사진 6-11)

③ 식육의 안전성 관리 핸드북(U.S. Meat Safety Hand Book), 1997.

사진 6-10
식중독 관련 홍보 책자

사진 6-11
안전한 식생활

④ 매장에서 필요한 식육위생과 관리, 1997.

⑤ 세계 각국의 HACCP 제도와 규정, 한국HACCP연구회, 1997.

⑥ 미국 및 일본의 축수산식품의 HACCP관련 법규, 1997.

⑦ 미국의 HACCP 워크숍 매뉴얼(Ⅰ, Ⅱ), 1997. 기타

⑧ HACCP의 개념과 적용 원칙 : 학교급식 위생전문 교육과정, 서울대학
   교 보건대학원 주최, 1999.

⑨ 단체급식의 식품위생 관리 −2002 FIFA월드컵 공급업체 교육 교재, 월
   드컵축구대회 조직위원회 발행, 2002.

⑩ HACCP 시스템의 평가, 한국 HACCP연구회 심포지엄 첨부자료(2003. 7).

▷ **일간지 및 전문잡지 등에 실린 내역** ◁

이 밖에도 일간지 및 전문지에 투고한 시론, 대담, 코멘트 기사 등 헤아리기 어려울 정도로 많다. 필자가 대학교수를 하기 전, 보건사회부의 공직생활 때의 일들은 이전 책에서 이미 기술한 바 있기에 제외한다. 그러나 해당 분야에서 누락되거나 미처 다루지 않았던 내용 중 중요한 것만 골라, 자료를 보관하고 있거나 기억나는 내용을 간추려 시기별로 정리하면 다음과 같다.

1970~1980년대

먼저 국립보건연구원 식품기준연구담당관 시절인 1972년(일자미상)에 연재한 기사를 들 수 있다. 이 기사는 당시 시민신문에 5회에 걸쳐 연재되었으며 담당은 김이순 기자였다.

▷〈부정식품-不正食品〉의 내용은 ①식품위생의 개념, ②식중독이란?, ③식품위생 법규, ④식품첨가물이란?, ⑤식품첨가물의 규제와 지정, ⑥식품첨가물의 올바른 사용법, ⑦우리나라 식품공업의 추이 등이다.

다음은 보건사회부 식품위생담당관으로 재임 시 한국식품공업협회에서 발간하는 식품공업 잡지에 실린 것들이다.

▷우수식품 지정규정이란?, 1971(1호)

▷1971년도 식품위생 행정의 방향, 1971(2호)

이어 전기한 식품기준연구담당관 시절의 기사로

▷가공식품과 식품위생, 1972(7호~9호) 및 1973(12호)에 4회 연재

또 서울보건전문대학 교수 시절의 기사로

▷식품의 안전성 관리, 1977(36호)

▷식품위생 관리의 문제점과 대책, 1979(48호)

서울대 수의대 교수 시절의 기사;

▷우리나라 초창기 식품위생 문제들 -1960년대의 발자취, 1982(65호~67호, 3회 연재)

▷식품관리 사업의 발전 방향과 대책, 1982(67호) 등이 있다.

1990년대

▷"돼지기름 파동과 알 권리", 서울경제신문 시론(1996. 2. 9.)

▷"보건복지부의 FDA와 농림수산부의 FSIS", 대한수의사회지 132:4(1996. 4.)

▷특별기고 – 분유파동을 보고, "식품검사 결과 발표 신중해야 (분유에서 검출된 프탈레이트 잔류 문제에 대한 견해)", 서울신문(1996. 9. 20.)

▷"세균 감염 치명적 위험 드물어(수입식품 오염파동 인터뷰 기사)", 박태균 식품의약전문기자, 중앙일보(1997. 10. 6.)

▷인터뷰 형식의 "체제 정비 서두르는 한국의 HACCP 승인 제도", 일본의

〈월간HACCP〉; 1999년 10월호 등이다.

또한 투고한 곳이나 일자가 정확하지 않으나 게재한 사실이 있는 것들을 소개하면;

▷"식품의약품안전본부(KFDA)에 바란다", 식약본부 발간 잡지 제1호, 1996.

▷"IMF시대의 식품위생 관리", 1997.

▷"축산식품 안전성의 중요성", 1997. 축산신문

▷"선진국의 HACCP 제도 도입 현황과 전망"

▷"식품안전성을 전제로 한 식량전략과 HACCP"

▷"수의계의 역사를 기록으로 남기자", 대한수의사회지

▷"급할수록 느긋함을 갖는 지혜", 서울수의 등이다.

2000년대

▷"머리 쓸 일 많으니 치매는 남 이야기죠 -퇴임 후 더 바빠진 신광순 박사", 동아일보 A21(2000. 6. 23.) (사진 6-12)

▷"인물파일2000-신광순씨-한국HACCP연구회장", 농수축산신문사(2000. 11. 27.)

▷"한국 전통식품 김치" 국제식품소재첨가물전 세미나 발표 내용(일본 지바현 빅사이트에서 16~18일 개최), 식품음료신문(2001. 5. 21.)

▷"내일을 준비하며 살아

사진 6-12
우리는 G세대 취재 대상으로 선정된 필자

가자", 서울수의(2001. 9. 1.)

▷HACCP제도의 빠른 정착을 위한 정책세미나 발제 강연, "수준 미달 도축장 정리부터", 한국농어민신문(2001. 9. 3.)

▷日 유수 잡지에 "한국 축산물 안전하다" 기고, "신광순 교수, 돈육 수출 재개 발판 마련", 축산신문(2001. 11. 6.)

▷"국민건강 보호는 국가적 책임" 기고, 축산신문(2003. 2. 10.)

▷일본식품위생학회 제86차 학술강연회(이와테현 모리오까시), "한국의 식의 안전에 대한 대응", 식품환경신문(2003. 11. 10.)

▷"식약청, 업계와 동반자 역할 할 터", 식품의약저널(2003. 11. 24.)

▷초대석 / (사)한국식품안전협회 신광순 회장, "식품위생안전 전문단체", 환경시대신문 (2003. 12. 5.)

▷"식품안전성", 헤럴드경제(2004. 1. 26.)

▷"가축(동물)의 질병과 사람의 건강", 건강소식 권두칼럼(2004. 2. 1.), 동일 내용의 기사 축산신문에 특별기고(동년 1. 27.)

▷"식품안전기본법 시안 소비자 입장 일방적 반영", 중앙일보(2004. 8. 31.)

▷"식품위생관리 민간 몫 아니다", 매일경제 분석과 전망(2004. 10. 16.)

▷"식품안전기본법 시안 소비자 입장 일방적 반영", 중앙일보 오피니언 (2005. 8. 3.)

▷"식품안전관리처 만들자", 조선일보 독자칼럼(2005. 12. 22.) 등이 있다.

식품 안전에 대한 홍보, 교육 책자 및 필자의 기사는 정년퇴직 후에 오히려 증가했으며, 특히 한국식품안전협회 회장 입장에서 그 활동이 두드려졌음을 알 수 있다.

  잉크가 바랠수록 추억은 빛이 난다

정책적, 시사성 제언들 (Ⅳ)

** 정책 관련 제언 및 투고 기사

이 밖에 식품안전을 위한 정책적 제언 기사는 다음과 같다;

▷"새 정부에 바라는 식품안전 관리정책"(2003. 2. 10.), 노무현 대통령 당선자 인수위에 제출, 식품신문

▷"식중독 관리, '제도개선' 시급", 뉴시스 통신(2006. 11. 9.)

▷"식품안전처 신설, 다음 정권으로 가나?", 뉴시스 통신(2006. 12. 14.)

▷"이명박 대통령 당선자에 바란다 −국민건강과 직결되는 식품안전정책은 국가에 책임이 있다", 인수위, 뉴시스 통신(2008. 1. 11.)

** 전문지에 투고한 시사성 제언

기타 식품관련 전문지에 투고한 코멘트 기사는 일일이 헤아릴 수 없으나 최근 5년간(2004~2008)의 것만 간추리면 식품신문 3회, 식품의약신문 8회, 식품환경신문 8회, 식품외식경제16회, 환경시대신문에 4회 투고하였다.

그 중 대표적인 것은,

▷"식품안전기본법 제정 때 생산자 입장도 고려해야", 식품음료신문(2004. 8. 16.)

▷"식품안전기본법, 식품업체 입장 고려해야", 식품환경신문(2004. 8. 16.)

▷"식품안전기본법에 대한 소고", 식품환경신문(2004. 8. 30.)

▷"신임 식약청장에게 바란다 −홀로 서기보다 관련부처와 협조해

야”(2004. 9. 6.)

▷“식품안전은 굿 비즈니스“, 보건신문(2004. 11. 15)

▷“식품 위해정보 전달·교류 중요”(2005. 9. 19.) 등이다.

특히 투고 횟수가 많은 〈식품외식경제〉의 오피니언 란의 연재기사를 보면,

▷“수입식품 안전관리와 정보 교류의 중요성”(2005. 10. 17.)

▷“기생충 김치가 남긴 교훈”(2005. 11. 14.)

▷“식품업계 자구책이 필요하다”(2005. 12. 12.)

▷“식품안전 안심의식 보급운동의 필요성”(2006. 1. 16.)

▷“Tokyo도 식품위생 자주관리 인증제도”(2006. 2. 20)

▷“식품안전처 신설에 거는 기대”(2006. 3. 13.)

▷“언론매체 식품 위해정보 전달의 중요성”(2006. 4. 3.)

▷“식품 위해정보 관리의 필요성”(2006. 6. 5.)

▷“우리를 슬프게 하는 식중독 사건”(2006. 7. 3.)

▷“건전한 식생활 증진사업의 필요성”(2006. 8. 7.)

▷“식중독 관리의 제도적 개선을 촉구한다”(2006. 9. 11.)

▷“국정감사는 정책을 위주로 해야 한다”(2006. 10. 16.)

▷“식품안전 행정의 정착을 기원한다”(2006. 10. 20.)

▷“소리만 요란한 식품안전처”(2006. 12. 18.)

▷“2007년도 식품안전 관리정책을 논함”(2007. 1. 22.) 등을 들 수 있다.

**** 기타 교육 홍보성 자료**

그리고 (사)한국식품안전협회에서 발행하는 〈식품안전 News〉지에 게

        잉크가 바랠수록 추억은 빛이 난다

재하거나 필자의 실명은 아니나 실제로 작성한 것 중에서 골라 보면,

▷ "한국, 일본, 미국의 식중독 현황 분석"(2004/7 제1호) (사진 6-13)

▷ "식품안전과 Risk Communication"(2004/9 제2호)

▷ "식품위생 관리는 민간 몫이 아니다"(2004/11 제3호),

▷ "일본의 식품안전을 위한 법적 제도 개선의 개요"(2005/1 제4호)

▷ "식품안전성 확보는 스스로 실천하는 데 있다", "식품안전기본법의 바람직한 제정 방향", "식품과 생물테러"(2005/5 제6호)

▷ "우리나라 식중독 관리시스템 개선 방안", "식품 알레르기의 문제점과 대응"(2005/7 제7호)

▷ "식품 위해정보 전달 및 교류의 중요성", "식품과 미생물"(2005/9 제8호)

▷ "HACCP 개념을 도입한 자주적 위생관리 시스템의 필요성", "조류와 사람의 인플루엔자"(2006/4 제9호) 등이다.

**** 기타 관련 자료**

기타 자료는 필자가 수의학계 원로의 자격으로, 비교적 근래에 관여한 것들을 보면,

▷ 1998년에 발간한 《한국수의 50년사》의 편찬(위원장) 경험을 살려 2008년에도 대한수의사회 창립 60주년 기념사업인 《한국수의 60년사》 편집고문으로 참여한 바, 그 중에서 제1편 수의역사, 제2편 수의사회의 발자취, 제6편 수의공중

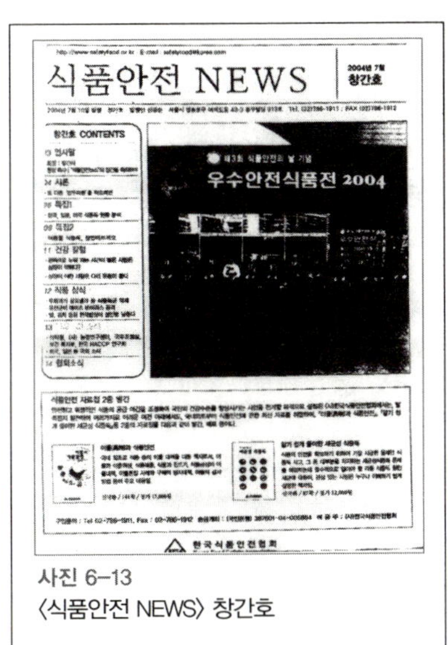

사진 6-13
〈식품안전 NEWS〉 창간호

보건; 제1장 식품안전 분야를 집필하였다. (사진 6-14)

　▷2009년 간행한 《서울대학교 수의과대학 60년사》 편찬에도 관여한 바(사진 6-15), 제1장 우리나라 수의학 교육의 태동(1908~1946), 제2장 국립 서울대학교 수의학부 설립(1947~1952) 부분의 집필, 그리고 동창회의 발자취 및 동문회고 란에 3편을 투고하는 등 수의학 분야의 역사를 기록으로 남기는 일에 솔선한 바 있다.

　▷이 책의 시초가 된 '식품위생과 함께 한 신광순 박사의 회고록 —남기고 싶은 이야기'를 '식품외식경제'지에 2007년 2월 12일부터 게재하기 시작하여 2010년 12월 27일 까지 총 172회분을 연재하였다. 큰 주제는 제1부 초창기 식품위생 행정의 숨은 이야기(12회), 제2부 우리나라 식품위생 관리의 법적 제도적 발자취(18회), 제3부 식품위생 관리제도 개선에 기울인 노력과 보람(17회), 제4부 나의 전공분야 사회활동과 기여한 일들(23회), 제5부 나의

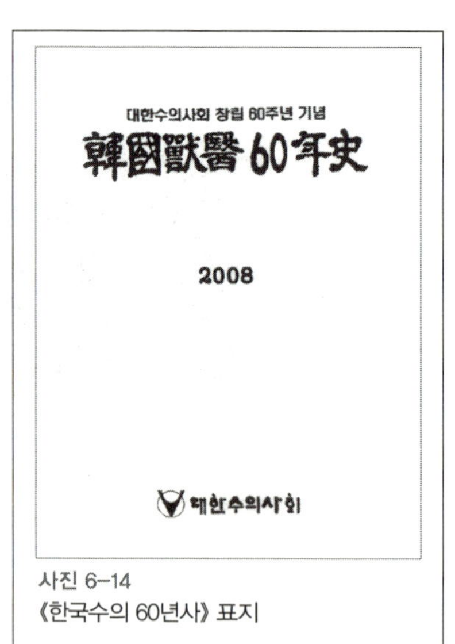

사진 6-14
《한국수의 60년사》 표지

사진 6-15
《서울대학교 수의과대학 60년사》 표지

　　　　　　　잉크가 바랠수록 추억은 빛이 난다

인생항로를 인도한 보건, 영양과의 만남(18회), 제6부 공무원에서 대학교수로 전직한 운명적 이야기들(12회), 제7부 교육 · 연구 · 봉사로 이어지는 서울대 교수시절(30회), 제8부 생활을 리모델링하고 삶의 활력을 찾기 위한 노력(16회), 제9부 성장기의 추억과 사회 초년생 시절의 이야기들(24회)을 집필하였다.

이렇듯 필자는 대학교수로 재임했을 때뿐 아니라, 정년 이후 현재까지도 내 자신의 경륜을 사회에 환원하기 위해 노력하고 있다. 오히려 교수 신분을 떠나 자연인 입장에서 과거의 경험을 바탕으로 주어진 여건을 십분 활용한다고 본다. 특히 여기 제시한 내용은 필자가 1998년 퇴직한 후 10년 동안 식품의약품안전청의 식품기술자문관을 거쳐 식품안전성협회 회장직을 수행하면서 남긴 행적에서 그 일부를 간추린 것이다. 비록 나만의 보람일지 모르나, 이 세상을 살다간 흔적으로 영원히 남겨지기 바람은 한 인간의 소박한 소망이기에 여기 기록으로 남겨본다.

한국식품안전협회에서 발행한 식품안전 뉴스를 통해 식품 안전을 교육 · 홍보했으며, 역사집에서는 편집고문으로서 한국 수의학의 과거를 재조명하였다.

축산식품 위생관리 제도
고찰하여 개선 방안을 제시하다

필자는 1982년 교수생활을 시작한 이래로 전공분야인 수의공중보건학의 발전을 위해 많은 연구를 하였다. 본장에서는 그 중에서도 대표적인 연구 사례만을 간추려 소개한다.

** 축산식품 위생관리 제도의 고찰

이 논문은 한국수의공중보건학회지 제10권 1호(1986)에 게재되어 있다. (사진 6-16) 당시의 시대 상황을 보면, 1985년 7월 1일을 기하여 축산 및 수산가공 식품에 대한 관리업무가 농수산부와 수산청에서 보관사회부 관장으로 이관된 지 1년 정도 지난 시기였다. 과거 축산물가공 식품의 위생관리 업무 중 도축 및 도계 업무와 우유의 집유 업무만을 종전대로 취급하도록 축산물 위생처리법을 개정하여 시행할 때에 발표한 것이다.

①'서론'에서는 부처 간 업무 이관의 동기와 경위를 6개 항목으로 분석했으며, 다음 ②'역사적 고찰'

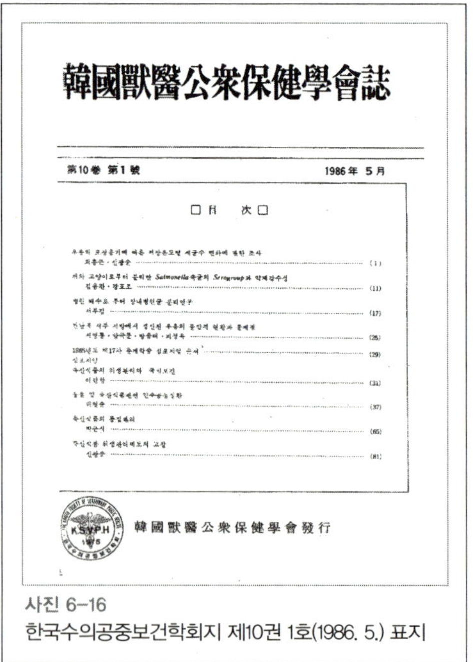

사진 6-16
한국수의공중보건학회지 제10권 1호(1986. 5.) 표지

에서는 축산식품 위생관리 제도에 대한 지난 발자취를 살펴보았다. 그 내용은 ▷한일합방 이전과 조선충독부 시대(1895~ 1945), ▷8 · 15 해방(1945) 이후 현재까지 주요 변천의 역사를 시기별로 제시한 바, 이 내용은 과거의 자료를 분석하여 정리한 최초의 것이라 할 수 있다.

③'관리제도의 고찰' 항에서는 ▷식품위생 행정기구 및 관련 법규의 현황으로 한국, 일본, 미국을 대상으로 분석했다. 또한 수의학이 축산식품의 위생 관리에 많은 관련이 있음을 밝히기 위하여 당시 서울대학교 수의과대학의 교과 내용을 중심으로 소개하였다.

④'제기되는 문제들'을 나름대로 제시한 바, 항목을 나열하면, ▷식품위생에 대한 의식이 새로워져야 한다 ▷행정기관에서의 책임행정이 구현되어야 한다 ▷과학적이고 능률적인 식품위생 관리와 감시 업무가 수행되어야 한다 ▷축수산식품의 위생관리는 수의사에 의하여 전담되어야 한다는 내용을 기술하였다.

⑤'결론'에서는 식품위생 행정 및 식품관리 사업을 발전 강화시키는 방안으로 다음 몇 가지 대책을 제시한 바, 그 내용을 요약한다.

행정기능 및 제도의 개선

두 가지 시안을 제안하였다.

1안 : '현 행정기구를 기능적으로 전문화하고 관리능력을 강화할 것;

현 보사부 위생국 기구 조직을 보완하는 것으로 그 내용은 다음과 같다. ▷기획 및 평가 업무를 총괄하는 위생제도과, ▷일반식품 및 축수산식품을 따로 전담하는 식품위생과 및 우육위생과, ▷식품첨가물 및 유해화학물질 관리를 담당하는 식품화학과를 설치해 각각 분담하며, 현 위생감시과의 지도 단속 업무는 점진적으로 지방행정 부서로 이관토록 한다. 또한 ▷국립보건원 미생물부에서 다루고 있는 식품오염 미생물 조사연구 업무를 위생부의 식품위생 부서로 통합한다.

2안 : '1안의 시행이 어려우면 보건사회부 외청으로 식품(위생)관리청을 신설할 것;

이 제안의 내용은 다음과 같다. 식품위생 행정관리의 특성은 도시와 지방 권역의 차이점을 고려한 전문성이 요구된다. 즉 일반행정 위주의 일률적인 조직 및 행정 기능, 그리고 보사부와 내무부의 이원화 체제에서 탈피하여 능률 위주의 행정을 이룩해야 한다. 이 경우 행정조직은 물론 인력, 예산 등의 조절과 전문화로 보다 기능적 관리가 가능해진다 (당시의 환경청 사례 참조).

법규의 정비

식품위생법을 비롯하여 축산물위생처리법, 농산물검사법, 수산물검사법 등을 개정, 통합하여 식품의 원료 생산, 제조가공 및 유통을 거쳐 소비 단계를 일괄적으로 관리하는 식품위생 법규를 제정해야 한다.

일선 행정기능의 활성화

식품위생 행정의 일선 조직을 강화하기 위하여 중앙집권이 아닌 지방행정 단위의 관리체제로 전환해야 한다. 각 시도에 식품위생 전담과를 설치하고, 시군구 또는 보건소에도 전담과를 두어 일선 행정을 활성화해야 한다. 여기에 애로가 있다면 내무부 소관에서 분리하여 전술한 식품관리청을 신설하되, 산하 지역단위(대도시 중심 권역) 조직인 지방청에서 전담토록 한다.

잉크가 바랠수록 추억은 빛이 난다

시험연구 기능의 강화

과학적인 식품관리를 위한 중앙 및 지방 단위의 연구 시험검사 기관을 설치하는 방안(예시 : 국립보건원 및 시도 보건연구소), 아니면 미국의 FDA와 같이 행정과 기술 업무를 상호 보완하면서 집행하는 단일조직을 고려해야 한다.

이 밖에 전문요원의 확보와 활용을 위한 제도의 확립과 신분보장 대책이 선행되어야 하며, 업계의 발전과 품질보장을 위한 자율적이고 자주적 관리 방안의 모색과 지원 대책을 강구해야 한다. 기타 대국민 홍보와 소비자 보호로 국민의 인식 향상과 자구 대책 등을 강구할 필요가 있다.

이상의 내용은 필자의 실무 경험을 살리고 선진국의 사례와 나름대로 조사 연구한 자료를 토대로 작성한 결과물로 높이 평가받았다.

그 10년 후인 1996년에 발족한 식품의약품안전본부(현 식약청 전신)가 창립될 때, 이 논문의 상당 부분이 반영되었음은 물론이다.

축산물 위생관리 관계법규
문제점을 지적하고 개선 방안을 제시하다

**** 축산물 위생관리 관계법규에 대한 고찰**

이 내용 역시 한국수의공중보건학회지 제11권 1호(1987)에 발표한 것으로 그 줄거리를 요약 소개한다. (사진 6-17) 이때 다룬 관계법규는 축산물가공처리법(1984. 12. 26. 개정)과 식품위생법(1986. 5. 10. 개정)을 위주로 고찰하였다. 이 밖에 일본의 법규인 식품위생법, 도축장법, 우유 및 유제품의 성분규격에 관한 성령, 식조처리 가공지도 요령, 그리고 미국 법규인 연방식품약품 및 화장품법, 연방식육검사법, 가금산물 검사법, 난산물 검사법 등 관련법규 및 시행규정들을 참고하였다.

이 논문은 우리나라 법규에서 문제점을 도출한 다음 축산물 위생관리 개선을 위한 시안을 만드는 형식으로 구성하였다. 원래 식품 및 축산물의 위생관리 관련법규는 5.16혁명 이후 정부가 추진한 구법정리 시책의 일환으로 만들어졌다. 이는 일제강점기 또는 8.15해방 후 미

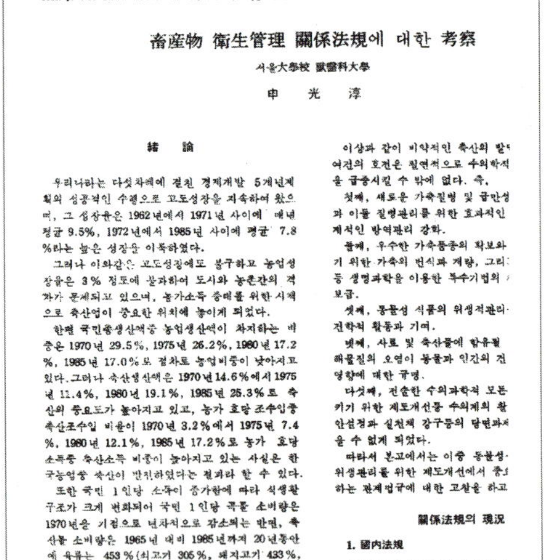
韓國獸醫公衆保健學會誌：第11卷 第1號 附錄 1987
Kor. J. Vet. Publ. Hlth., Vol. 11, No. 1, Suppl. 1987

畜産物 衛生管理 關係法規에 대한 考察

서울大學校 獸醫科大學

申 光 淳

緖 論

우리나라는 다섯차례에 걸친 경제개발 5개년계획의 성공적인 수행으로 고도성장을 지속하여 왔으며, 그 성장율은 1962년에서 1971년 사이에 매년 평균 9.5%, 1972년에서 1985년 사이에 평균 7.8%라는 높은 성장을 이룩하였다.

그러나 이와같은 고도성장에도 불구하고 농업성장율은 3% 정도에 불과하여 도시와 농촌간의 격차가 문제되고 있으며, 농가소득 증대를 위한 시책으로 축산업이 중요한 위치에 놓이게 되었다.

한편 국민총생산액중 농업생산액이 차지하는 비중은 1970년 29.5%, 1975년 26.2%, 1980년 17.2%, 1985년 17.0%로 점차로 농업비중이 낮아지고 있다. 그러나 축산생산액은 1970년 14.6%에서 1975년 11.4%, 1980년 19.1%, 1985년 25.3%로 축산의 중요도가 높아지고 있고, 농가 호당 조수입중 축산조수입 비율이 1970년 3.2%에서 1975년 7.4%, 1980년 12.1%, 1985년 17.2%로 농가 호당 소득중 축산소득 비중이 높아지고 있는 사실은 한국농업중 축산이 발전하였다는 결과라 할 수 있다.

또한 국민 1인당 소득이 증가함에 따라 식생활 구조가 크게 변화되어 국민 1인당 곡물 소비량은 1970년을 기점으로 년차적으로 감소되는 반면, 축산물 소비량은 1965년 대비 1985년까지 20년동안에 육류는 453%(쇠고기 305%, 돼지고기 433%, 닭고기 620%), 계란은 436%, 우유는 6,472%까지 소비가 크게 증가하였다.

더욱이 2,000년대를 향한 국민 1인당 축산물수요 장기계획안에 의하면 1981년을 기준으로 하여

이상과 같이 비약적인 축산의 발
여건의 호전은 필연적으로 수의학적
을 급증시킬 수 밖에 없다. 즉,

첫째, 새로운 가축질병 및 급만성
과 이들 질병관리를 위한 효과적인
제적인 방역관리 강화.

둘째, 우수한 가축품종의 확보와
기 위한 가축의 번식과 개량, 그리
등 생명과학을 이용한 특수기법의
보급.

셋째, 동물성 식품의 위생적관리
전학적 활동과 기여.

넷째, 사료 및 축산물에 함유될
해물질의 오염이 동물과 인간의 건
영향에 대한 규명.

다섯째, 전술한 수의과학적 모든
키기 위한 제도개선등 수의계의 활
안설정과 실천책 강구등의 당면과제
을 수 없게 되었다.

따라서 본고에서는 이중 동물성
위생관리를 위한 제도개선에서 중
하는 관계법규에 대한 고찰을 하고

關係法規의 現況

1. 國內法規

우리나라의 축산물 위생관리를
면 농축수산식품등 식품전반에 걸
부는 保健社會部 소관의 食品衛生
개정공포)을 비롯하여, 우유와 식
단계인 생산 및 도축, 집유등의

사진 6-17
축산물 위생관리 관계법규에 대한 고찰 논문

국 군정 시에 시행하였던 9종의 법규들을 종합한 것으로, 부처 간의 이견과 당시의 여건상 부득이 식품위생법과 축산물가공처리법으로 이원화시켜 1962년 1월 20일자로 동시에 공포하였다. 물론 그 이전부터 양 부처에서는 나름대로 입법안을 마련하여 추진하였으나 계속 유보 상태로 있다가 이때 비로소 최고회의를 통과하여 공포된 것이다. 이와 같이 축산물 및 식품관련 법규들은 입법 당시부터 많은 우여곡절을 거쳐 탄생하였기 때문에 여러 문제점이 계속해서 발생될 수밖에 없었다.

여기서는 이 논문의 결론 부분인 '앞으로의 대책을 위한 시안' 부분만을 요약한다.

축산식품 위생관리의 일원화

① 현 축산물위생처리법 상, 축산물의 대상을 수육(獸肉; 짐승고기)과 원유로 국한시키고 있는 바, 1984년 12월 31일자로 개정되기 이전의 축산물가공처리법으로 환원하여, 식육, 우유, 난가공품까지 다루도록 일원화해야 한다. 이유는 가축의 도축과 식육의 가공처리는 일관된 작업 공정인데 이를 인위적으로 나누어 각기 다른 법률로 규제함으로써 위생관리의 혼선과 차질을 일으키기 때문이다.

② 원유의 경우도 집유 단계까지는 축산물위생처리법에서, 그 후의 가공처리는 식품위생법으로 다루는 모순이 있기 때문에 한 법규로 묶어 같은 부처에서 다루도록 일원화해야 한다.

축산물위생관리인 제도의 도입

축산물위생처리법의 축산물자체검사원 제도를 식품위생법의 식품위생관리인 제도를 준용하여 단순히 검사 업무에 국한시키지 말고 작업공정, 시설 및 기계기구와 종업원의 위생 등 모든 현장관리의 책임자 역할과 직무를 부여해야 한다. 동시에 그 일을 수행함에 장애 요인을 배제시키는 데 필요한 영업주와의 관계를 분명히 하기 위한 권리와 의무, 기타 필요한 시험검사 시설의 설치 의무를 둠으로써 과학적인 업무 수행이 가능하도록 관계 조항을 신설한다.

자체검사원의 공영관리와 직역 확대

민법에 의한 사단법인 또는 이 법에 의한 축산물위생처리협회 등 민간단체로 하여금 자체검사원의 자주적 관리가 가능토록 해야 한다. 검사원의 임명, 배치, 감독 등 모든 관리의 공영화가 가능하며, 주무 부처인 농수산부는 그 단체에 대한 승인과 감독 업무를 할 수 있도록 제도화한다. 이 경우 그 활용 범위를 확대하여 현행의 원유와 도계에서 소, 돼지의 도축에도 적용하는 방안을 전제로 한다. 만일 이런 제도 개선이 어려우면 현행의 자체검사원 제도를 폐지하고, 그 대신 모든 축산물 검사 업무는 공직검사원이 전적으로 담당하되, 기타 품질관리 업무는 전 항의 축산물위생관리인 제도로 전환하여 시행함이 효율적이라 생각한다.

축산물 위생관리 기금의 설치

축산식품의 위생적 관리와 시설의 현대화를 위한 기금의 설치와 그 확보 및 활용 방안을 강구한다.

① 기금의 확보는 검사수수료 징수금의 일부, 축산진흥기금(축협)의 보조, 업계의 출연금(자조금제 실시), 행정처분의 과징금, 기타 수익 및 국고

 잉크가 바랠수록 추억은 빛이 난다

보조금의 확보

② 기금의 활용은 자체검사원의 관리, 시설 개선 융자, 교육훈련 홍보, 조사 평가 및 연구, 경영지도 및 후생복지, 기타 정부 위탁 및 공익에 필요한 사업 등에 활용

축산물위생처리법의 보완

현행 법규의 보완 사항 중 주요한 것만 언급하면 다음과 같다.

▷법의 목적과 범위의 확대

▷검사원, 자체검사원 규정 반영

▷작업장 설치 허가 요건에 공중보건 및 위해 요인 추가

▷작업장의 위생관리 의무화 및 영업자, 관리자에 대한 필요조치 사항 규제

▷작업장 설치허가 취소 요건 강화

▷도축 및 원유의 검사, 필요한 조치 내용의 모법 반영

▷중요 하위법 규제사항을 상위법으로 격상(예; 가금 등 의뢰검사규칙, 축산물위생관리업무처리규정 등)

▷기타 별표 등의 규제 내용의 근거 조항을 시행령, 시행규칙에 규제(예; 수축 및 축산물의 검사기준 등)

▷필요 사항의 추가 보완으로 법체제 정비(예; 도계처리, 검사 및 품질관리 방법의 등급화와 생도체육, 부분육, 가공육 등의 구분 및 포장단위, 냉장냉동육 유통 제도 등)

당시 축산물 위생 관리법규에 많은 문제가 있었으며, 이를 수정하여 개선시키기 위해 많은 연구를 하였다

현황을 조사하고 해결책을 강구하다

** 축산물 중의 항균성 물질 잔류문제에 대한 고찰

이 논문은 대한수의사회지 제25권 3호 및 4호(1989)에 연재하였다. (사진 6-18, 6-19) 축산물에 잔류하는 유해물질은 근래에도 종종 논란이 되지만, 20여 년 전인 1989년에도 사회문제로 제기된 바 있다. 특히 1988년 10월 17일에서 11월 28일 사이에 일본으로 수출한 우리나라 돼지고기 830톤 중 약 10%에 해당하는 90톤의 냉돈육이 일본 측의 수입검사 결과, 항균성 물질인 '설파메타진'의 기준치 0.01ppm을 초과하여 불합격 처리되어 반송 조치된 사건이 있었다. 또 다른 사례로 당시 유럽공동체(EC) 국가들은 그들 자체의

사진 6-18
축산물 중의 항균성 물질 잔류 문제에 대한 고찰(상)

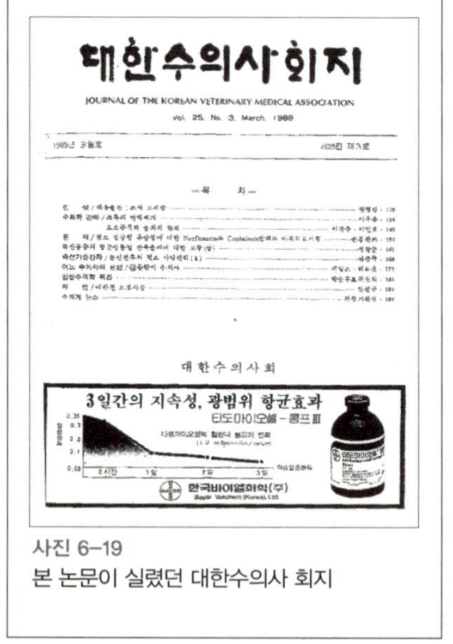

사진 6-19
본 논문이 실렸던 대한수의사 회지

잉크가 바랠수록 추억은 빛이 난다

협의기구의 결정에 따라 1989년 2월 1일부터 모든 외국산 수입 쇠고기에 대하여 비육기간 중 성장촉진호르몬제를 사용한 것은 그 유무해를 불구하고 일체 수입을 금지하는 조치를 취했다. 물론 EC 국가들도 이미 1988년 1월 1일부터 자국산 비육우에 사용을 금지시킨 후의 일이다.

이상과 같이 축산물 중의 유해약물의 잔류 문제가 국내외를 막론하고 논의의 대상으로 부상하고 있으며, 축산물 위생 문제의 전문가인 수의사의 관심사로 대두되고 있었다. 당시 필자는 수의공중보건학 교수 입장에서 문제점을 파헤치고 앞으로의 대안을 도출하기 위하여 항균성 물질의 잔류 원인과 규제 현황, 그리고 개선 대책을 제시하였기 그 내용을 요약한다.

먼저 축산물에 화학물질이 잔류하는 원인을 보면,

◆ 가축 질병을 치료하기 위하여 사용한 것이 잔류될 수 있다

– 예를 들면 유방염 치료용 항생물질, 합성항균제 등의 약물이 충분히 체외로 배설되지 않은 경우, 우유나 식육류에서 검출될 수 있다.

◆ 특수질병의 예방 또는 성장촉진 목적으로 장기간 투여함으로써 잔류될 수 있다

– 원래 동물용 의약품을 발육촉진이나 질병 예방의 수단으로 사료 등에 첨가하여 계속 섭취하는 경우를 말한다.

◆ 아주 드문 사례나 환경오염 물질이 축산물에 잔류될 수 있다

– 농약 사용에 의한 가축사료의 오염, 공장·광산 등에서 배출되는 중금속, 기타 유해물질로 인한 토양오염이 사료를 통하여 축산물에 잔류될 수 있다.

다음은 각종 항균성 물질의 규제 현황을 국내외 자료를 중심으로 분석하

고 문제점을 도출하였다. 그 결과 우리나라는 '항균성 물질이 축산물을 포함한 모든 식품에 함유되어서는 아니 된다(식품 등의 규격 및 기준)'는 원칙적인 규제가 있으나, 축산물의 생산 단계의 규제나 잔류 허용기준이 미비함을 알 수 있다. 즉 동물용의약품의 사용 규제(대상 약제 및 축종, 용법 및 용량, 휴약 기간 등)는 물론, 축산물에 대한 잔류 허용기준도 설정하지 않고 있었다. 다만 사료첨가제에 대하여는 동물약품 등 취급 규칙(제17조)에서 그 사용기준을 정하고 있으며, 사료관리법에도 유해사료의 범위 및 기준(시행령 별표에 비소, 납, 수은, 불소, 크롬, 아플라톡신 등)은 있으나 정작 위반 시의 처벌규정이 없어 현실적인 제재가 불가능하였다. 그래서 이들 유해물질에 대한 기준을 준수하기 위한 규정이 실용적이기보다는 다분히 형식적이고 선언적 성격이었던 것이다.

따라서 이 논문에서는 축산업의 여건이 우리와 유사한 일본의 사례를 조사 분석하여 제시하였고, 이를 타산지석으로 삼아 축산물에 대한 항균성 물질 등 유해 화학물질의 규제와 관리가 이룩되는 계기가 되었다고 생각한다.

참고로 항균성 물질 관리의 경우 한국과 일본의 제도상 차이점을 요약하면;

▷한국은 약사법 및 동물약품 등 취급규칙에 의한 단일 관리체제인 반면, 일본은 약사법과 사료안전법(사료의 안전성 확보 및 품질 개선에 관한 법률)에서 동물용 의약품과 사료첨가물을 별도로 관리하는 시스템이다.

▷그 분류 방법도 한국은 동물약품 및 사료첨가제(약사법)로, 일본은 동물용의약품 및 사료첨가제(약사법)와 사료첨가물(사료안전법)로 구분하여 그 한계를 분명히 하고 있다.

▷그 사용 목적도 사료첨가제(동물용의약품)는 질병의 치료와 예방(단기

          잉크가 바랠수록 추억은 빛이 난다

간 다량투여)과 동물의 구조 및 기능에 영향을 미칠 목적임에 비하여, 사료
첨가물은 성장기 가축의 발육촉진(장기간 미량 투여)과 사료의 품질 지하 방
지, 영양성분의 보급과 유효 이용의 촉진에 두고 있었다.

이 연구의 결론에서 앞으로 개선해야 할 몇 가지 대안을 제시한 바, 그 내
용을 간추리면 다음과 같다.

◆ 배합사료 제조용 동물약품첨가 사용기준의 철저한 준수
◆ 특히 비육기의 사료와 출하기의 동물약품 사용기준 준수
◆ 양축농가 및 사료 제조업체에 대한 생산 지도와 교육계몽 및 감시감독
◆ 농림수산부 등 관리기관의 행정조직 및 제도의 개선으로 선진국 수준
의 관리 능력 부여
◆ 수출입 축산물의 안전성 확보를 위한 검사 기능의 강화 및 사전 정보시
스템 구축

이상은 필자가 1989년에 보고한 내용을 요약한 것이지만, 지금의 제도도
당시의 여건과 크게 달라지지 않은 것 같다. 그때를 회상하니 자못 씁쓸한 생
각이 드는 건 필자만의 생각일까?

축수산물의 유해물질 잔류는 국민의 건강에 관계된 중대한 문제며, 국가 경
쟁력과도 깊은 관계가 있다. 그러나 당시 그에 관한 법규와 실용성이 미비하
였고, 많은 연구와 제도 개선을 통해 이를 올바르게 바로잡을 필요가 있었다.

식육 위생관리 및 검사제도
현황과 개선 방안을 제시하다

**** 식육위생관리 및 검사제도의 현황과 개선방안**

한국수의공중보건학회지 제17권 2호(1993)에 발표한 논문이다. (사진 6-20, 6-21) 필자는 이 논문을 통해 우리나라 식육위생 관리의 시대적 개념의 변화와 수의사의 역할을 재정립할 필요성을 강조하면서, 국내외 현황의 분석과 개선 방안을 제시한 바, 여기 그 내용을 요약한다.

오늘날의 식육위생 관리는 과거의 인수공통전염병의 예방과 병원미생물로 인한 위해를 방지하기 위한 협의적인 개념을 넘어, 식육으로 인한 모든 위생 문제를 다루는 개념으로 그 범위를 넓힐 필요가 있다. 때문에 이 논문에서 수의사는 단순히 도축검사원의 역할뿐 아니라 식육위생 전반의 관리책임자로서 그 책무를 수행해야 함을 강조하였다. 다음은 한국, 일본, 미국의 현

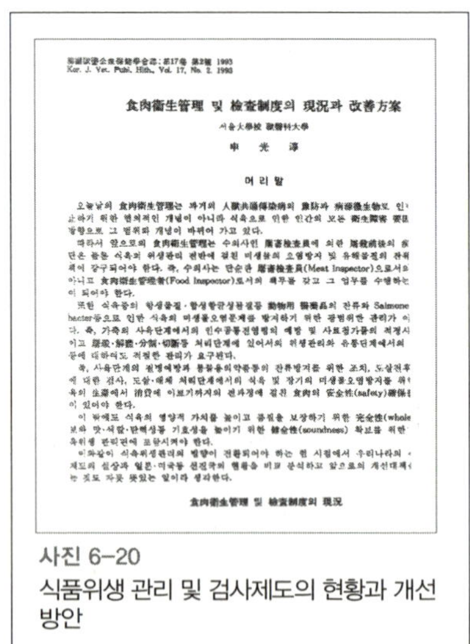

사진 6-20
식품위생 관리 및 검사제도의 현황과 개선 방안

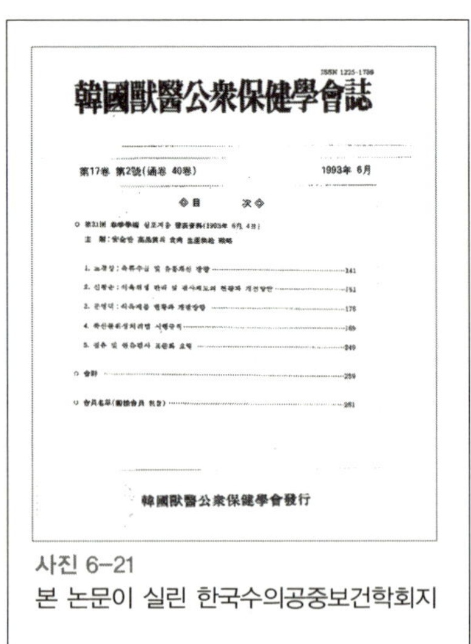

사진 6-21
본 논문이 실린 한국수의공중보건학회지

　　　　　　　　잉크가 바랠수록 추억은 빛이 난다

황을 상세히 분석하고 비교 평가한 바, 그 내용의 골자만을 간추린다.

각국의 도축검사 현황 분석

먼저 그 배경이 비슷한 한국과 일본을 비교하였다.

▷도축검사원의 1인당 1일 평균 검사 수(소, 돼지 합계)가 한국 66두, 일본 25두로 한국 검사원이 일본에 비해 2~3배의 검사 부담을 안고 있으며,

▷도축검사 결과 도살 금지 및 전부 폐기처분 비율을 분석했을 때, 소의 경우 일본 및 미국은 각 0.53%, 한국은 0.08%이며, 돼지는 일본 0.11%, 미국 0.22%인데, 한국은 불합격되는 경우가 거의 없었다. 그 원인으로 도축장당 평균 검사원 수가 한국은 2명, 일본은 6명 꼴로 정상적인 도축검사 업무를 수행할 수 없는 상황을 핑계로 들 수 있었다.

식육위생 관리현황 분석

다음은 관리조직의 기능 및 제도 등의 현황을 비교 분석하였다.

▷한국은 시도 가축위생시험소(본소-15, 지소-34개) 소속 도축검사원의 산하 도축장 파견 근무 형태로 업무수행에 관한 통제가 어려운 한편, 일본은 대규모 도축장별로 식육위생검사소(82개)를 설치 운영하는 체제이며, 미국은 중앙정부인 농림성 산하 식품안전검사청(FSIS)의 전국 지방조직(5개 권역, 26개 지역, 188개 검사관실) 시스템으로 통제관리가 가능하다.

▷관리 상태의 경우 한국과 일본은 도축장, 도계장을 별도로 분리하고 있으나, 미국은 한곳에서 작업공정만 달리하였고, 부분육 절단, 포장 등 가공도 일괄 처리한다. 또한 검사원의 자격도 한국은 도축장-수의직 도축검사원, 도계장·집유장-자체검사원(수의사)인 데 비하여, 일본은 도계장의 경

우 연간 30만 수 이상은 공직 검사원, 그 이하는 자율감시원 제도를 도입하고 있다. 미국은 수의직검사원과 별도로 식품검사원을 두어 수의사를 보조하는 업무를 담당하여 감독과 실무를 분담하여 관리한다.

▷법의 규제 방법을 보면 한국은 식육, 우유, 난류 등을 축산물위생처리법 하나의 법규로 묶다 보니 체제나 내용이 산만하고, 기본적인 내용만을 규정할 수밖에 없다. 그러나 일본이나 미국은 별도의 법인 도축장법(Meat Inspection Act), 식조처리가공법(Poultry Products Inspection Act), 식품위생법(FD&C Act)과 시행 규정들을 두고 있다.

▷검사시설 및 방법의 차이도 커서 한국은 도축도계 위주의 시설인 반면 미국은 검사 위주로 공정이 설계되어 있다.

▷검사원의 교육제도도 한국과 일본은 공식적인 과정이 없이 사후 보수교육을 받는 정도지만, 미국은 텍사스 A&M대학에 위탁하여 신규 검사원을 양성하고 기존 검사원의 보수교육까지 의무화하고 있다.

끝으로 이러한 우리나라 식육위생 검사 및 관리제도의 개선 방안을 다음과 같이 제시하였다.

◆ 현 축산물위생처리법과 시행 규정의 보완을 전제로 하되, 도축 및 도계 검사 규정 및 검사 매뉴얼을 별도로 정하고 공정별로 세분화해야 한다.

─사전 및 사후검사, 병리학적 · 미생물학적 · 이화학적 정밀검사 항목을 정하고, 시험 분석방법을 구체화한다. 식육과 원유의 위생관리를 가능한 별도의 법으로 정한다.

◆ 시설의 정비 및 현대화를 위하여 1982년부터 시행하는 전국 도축장의 권역화 사업의 지속적 추진과 기존 도축장을 과감히 개선해야 한다.

　　　　　　　　잉크가 바랠수록 추억은 빛이 난다

-특히 작업공정을 개선하고, 일관된 작업 설계로 검사시설은 물론 채광, 조명, 환기 등 환경위생과 바닥, 벽, 천정의 사용 자재(세척 가능 소재 사용), 변소, 탈의실 등 모든 시설 설비의 개선이 필요하다.

◆ 규모가 큰 시설을 지정하여 식육검사소를 연차적으로 설치해야 한다.

-우선 시도 단위로 1개소씩 설치하여 시범적으로 운영하되, 검사기능을 집중하여 여타 중소 도축장과 연계하는 시스템을 강구한다.

◆ 검사방법의 개선을 위하여 전두수 검사체제로 전환해야 한다.

-사전 사후 검사와 병행한 병리진단 및 미생물 오염, 잔류물질 검사의 실시로 안전성을 확보해야 한다.

◆ 도축 두수에 적합한 검사원의 확보를 위해 현 인원(374명)의 2배 이상인 800~1,000명 선으로 증원해야 한다.

-그래야 선진국 수준의 도축검사 체제를 갖출 수 있다. 동시에 도계 및 원유의 자체검사원 제도의 공영화와 도축검사보조원 제도의 도입을 서둘러야 한다.

◆ 검사원의 자질 향상을 위하여 신규 채용 시는 물론 기존의 검사원에게도 연수교육을 정기적으로 실시해야 한다.

-교육기간, 내용, 횟수 등을 정하고 교육기관도 지정하여 전문적인 교육을 한다.

◆ 기타 도축장에서 일하는 도부 등 종사자의 교육도 의무화하고, 이들의 별도 양성과 자격 부여 방안도 검토해야 한다.

당시 우리나라는 미국과 일본에 비해 도축과 관련된 법규가 미비했고, 전문요원 또한 부족한 상태로 각별한 노력이 필요한 시점이었다.

식육처리장과 유통 과정의
안전성을 고찰하고 관리 대책을 수립하다

**** 식육처리장(도축장 및 도계장)과 유통 과정에서의 축산식품에 대한 위생적 안전성 관리대책 수립을 위한 종합적 조사연구** (사진 6-22, 6-23)

이 연구는 필자가 정년퇴임 직전인 1997년 말, 농림부에 제출한 용역사업으로 교수생활의 마지막 작품이라 할 수 있다. 더욱이 1994년 후반기에 착수한 후 3년 동안 5명의 연구원이 참여한 연구로, 그 결과는 우리나라 축산식품의 위생적 안전성 관리대책의 수립과 집행에 크게 기여하였다고 생각한다.

때마침 축산식품의 위생관리 법률이 '축산물위생처리법'에서 '축산물가공

사진 6-22
종합보고서 표지

사진 6-23
연구보고서 제출문

처리법'으로 개정되고(1997. 11. 18.), 보건복지부에서 농림부로 다시 권한이 환원되어 1998년 7월부터 그 시행을 앞둔 시점이었기 연구의 뜻이 더 컸다. 덧붙여 UR 협정에 따라 1997년 7월부터 고품질의 냉장 식육류가 수입될 경우, 국내산의 품질과 안정성이 수입산과의 경쟁에서 문제가 될 것이라고 생각되던 시기였다. 때문에 도축, 도계 및 가공장의 작업공정에서 발생하는 미생물 오염의 원인을 규명하고, 그 방지를 위한 최신 기법인 HACCP 제도 도입에 관한 기초자료가 필요하였다. 이 밖에도 근래 축산물의 수출입 검사에서 문제가 되는 유해화학물질의 잔류 분석을 위한 신속하고 간단한 검사법인 생체검사법을 개발하는 등 다양한 목적이 있다.

본 연구는 크게 세 분야로 분담하였고, 연구 내용과 연구원의 구성을 보면 다음과 같다.

① 축산물 작업장의 위생관리를 위한 제도적 조사(서울대 신광순 교수)

② HACCP개념에 입각한 미생물 위해 요인 분석평가(강원대 홍종해 교수, 국립동물검역소 김옥경 소장)

③ 축산식품의 유해물질 잔류 조사 및 방지 대책(서울대 이문한 교수, 수의과학검역원 박종명 박사)

이상의 연구에서 주로 필자가 수행한 내용을 중심으로 도출된 연구 결과 및 앞으로 활용을 위한 건의사항을 요약하기로 한다.

1) 축산물처리장의 위생관리를 위한 제도적 조사연구 (사진 6-24)

① 축산물 작업장 실태조사 : 전국 도축장 109개소, 도계장 58개소의 실태

파악을 위한 설문조사를 실시했으며, 이와 병행하여 국내 대표적인 대 · 중 · 소 도축장 11개소, 식육가공처리장 8개소, 도계장 5개소의 현장 방문조사를 한 결과 대부분의 작업장이 시설 기준에 미달하였고, 위생관리에 문제점이 있었다.

② 도축장의 시설 및 설비에 관한 기준(표준화 방안) 작성 : 선진국인 미국, 캐나다, 뉴질랜드, EU, 일본의 관련 법규 및 매뉴얼을 비롯하여 이들 나라의 HACCP 제도 관련 규정 등을 참고하여 '도축장 및 식육처리장의 시설설비 기준(안)'을 성안했으며, 현장에서 적용할 수 있는 '도축장, 가공장의 위생관리 총괄표(HACCP Check List)'도 작성하였다. 또한 기계의 배치, 구조 및 재질의 기준까지 포함시키는 등 선진국 수준에 달하는 상세한 내용의 규정이 되도록 노력하였다.

③ 기타 외국 실태 방문조사 : 일본의 대표적 도축장 4개소, 도계장 2개소, 가공장 4개소, 덴마크의 도축장 및 관련기관 9개소의 실태를 조사하여, 새로 도입할 HACCP 제도를 반영한 도축장, 도계장의 시설설비 기준, 도축검사 매뉴얼 및 축산물검사원 위생교육 교재를 개발하는 데 참고하였다.

④ 국내외 전문가 초청과 그들의 현황을 파악하기 위하여 〈동물성식품의 안전성 확보를 위

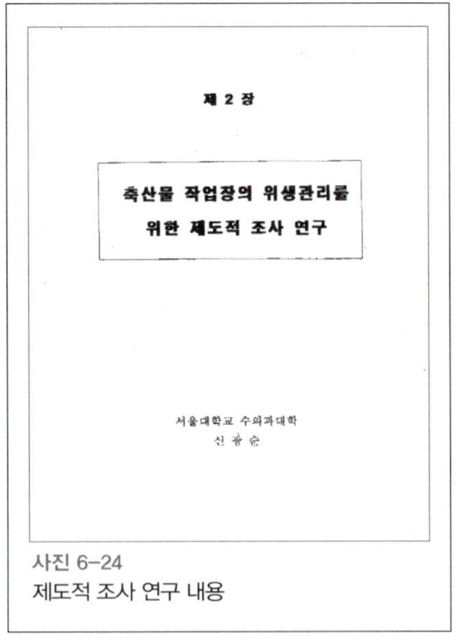

사진 6-24
제도적 조사 연구 내용

잉크가 바랠수록 추억은 빛이 난다

한 한·일 국제 심포지엄〉 (일본 측 5명, 한국 측 4명)을 개최하여 폭
넓은 정보를 얻었다.

2) 연구개발 결과 및 활용을 위한 건의사항

모든 연구 결과를 종합하여 개선안을 다음과 같이 건의하였다.

① 제도적 개선사항 : 현행 축산물위생처리법 및 시행세칙의 내용을 전면
   재검토하여 선진국 수준의 규제와 현장 적용 매뉴얼을 마련할 것.

② 처리공정 및 작업방법의 표준화 방안 : 먼저 시범사업장을 지정 운영할
   것.

③ 축산물 위생관리의 선진화 방안 : HACCP 시스템 도입과 정착을 위한
   관련법규의 개정과 여건을 조성할 것.

④ 미생물의 오염 방지와 식중독세균의 예방 : 안전축산물 생산으로 수입
   축산물과의 선의의 경쟁을 유도할 것.

⑤ 축산물의 잔류 유해물질 억제 : 조사분석팀을 시도 단위로 설치 운영할 것.

⑥ 도축 검사원의 자질 향상 : 교육용 교재의 개발 및 위탁 교육기관의 지
   정과 활용을 제도화할 것.

현 시점에서 보면 그때 수행한 연구가 발판이 되어, 현 농림수산식품부의
축산식품 위생관리 제도의 수준을 높이고 축산물의 HACCP 시스템을 정착
시키는 데 크게 기여했다고 본다. 특히 이 연구를 계기로 축산물가공처리법
제9조 〈축산물 위해 요소 중점관리 기준〉의 신설은 우리나라의 HACCP시
스템 도입의 계기가 되었다는 사실에 긍지와 보람을 느낀다. 또한 필자가 평
상시 기회있을 때마다 관계 당국에 그 필요성을 강조한 과제였기에 더욱 뜻

이 깊었다.

끝으로 이 연구는 당시 대한수의사회 회장이며 국회 농림수산분과 위원인 이길재 국회의원의 각별한 인식과 배려 덕분으로 성사되었음을 밝히며, 그의 숨은 공로에 새삼 감사드린다.

필자의 보고서가 계기가 되어 축산물가공처리법에 HACCP 시스템과 관련된 법규가 신설되었다는 것은 대단한 수확이었다.

잉크가 바랠수록 추억은 빛이 난다

사료첨가물(동물약품) 관리제도
개선 방안을 연구 발표하다

다음은 축산물 안전성 확보의 첫 단계라 할 수 있는 가축사료 관리제도 개선을 위하여 기울인 노력과 발표한 연구과제 중 대표적인 것을 소개한다.

이 연구는 1992년 3월에 보고한 연구과제로 당시 한국동물약품협회에서 서울대학교 수의과대학 부설 수의과학연구소에 용역을 의뢰한 사업이다. (사진 6-25, 6-26) 마침 연구소장을 맞고 있을 때로서 과제의 성격상 필자가 직접 수행했다.

내용을 요약하면,

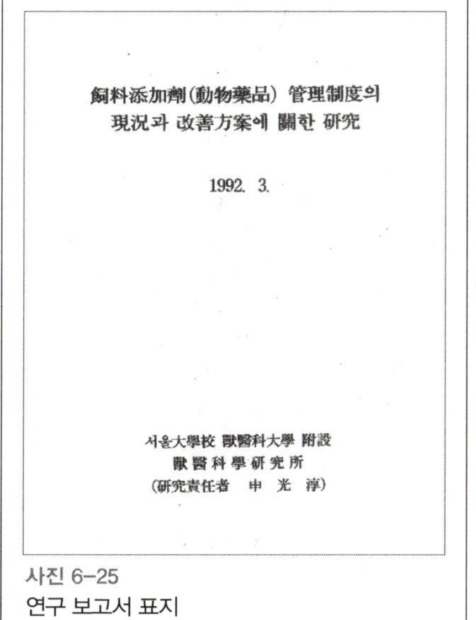

사진 6-25
연구 보고서 표지

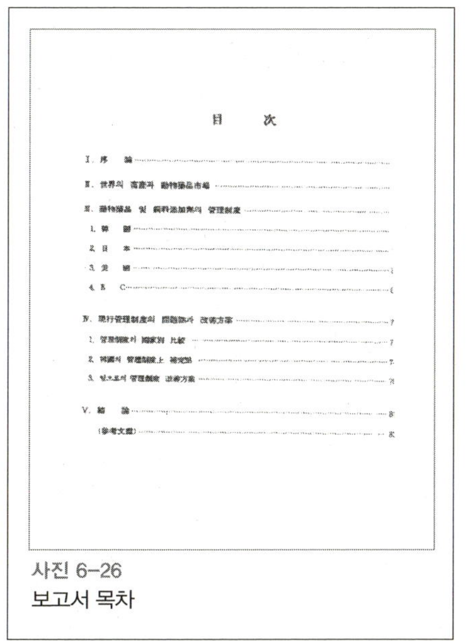

사진 6-26
보고서 목차

① 동물약품 및 사료첨가물 관리제도에 대한 국가별(한국, 일본, 미국, EC)

　자료를 비교 분석했으며,

② 우리나라의 문제점을 도출하고 개선을 위한 방안을 제시하는 연구였다.

◆ 동물약품 관리제도의 국가별 비교

국가별	한국	일본	미국	EC
관련법규	약사법 (사료관리법)	약사법 사료안전법 (사료수급조절법)	FD&C Act 식품 약품 화장품법	동물약사법
시행규칙	*동물약품 등 취급규칙 *배합사료제조용 동물약품 첨가사용기준 (고시)	*동물용의약품 등 취급규칙 *동물용의약품 사용 규제에 관한 성령 *사료 및 사료첨가 물의 성분규격에 관한 성령	*CFR 규정 (미연방정부 규정) *AAFCO규정 (미사료협회 규정)	*동물약사 지령
소관부서	농수산부 축산국 가축위생과 약무계	농림수산성 축산국 위생과 약사실 및 유통사 료과 첨가물계	FDA산하 수의약품관리소	동물약품 위원회
분류방법	동물약품 및 사료첨가제	동물용의약품 사료첨가제 사료첨가물	Category Ⅰ, Ⅱ Type A, B, C	Annex Ⅰ, Ⅱ, Ⅲ
인허가 제도	동물약품 등 제조업 및 품목허가 지침 (농수산부령)	동물용의약품의 제조 및 품목허가 에 관한 규정	NADA(신약) 규정 MFA(첨가제) 규정	동물약사 규정 사료첨가제 규정
제조관리자 자격	약사	약사(의약품) 수의사 (사료) 등	없음	없음
요주의약품의 규제 (수의사처방)	없음	항생항균제 호르몬제	수의사처방약품 비처방약품 (OTC)	처방약품 (POM) 비처방약품 (PMC)

　　　　　　　　　　　　잉크가 바랠수록 추억은 빛이 난다

◈ 동물약품 관리제도 개선 방안

현행 제도를 보완하는 방법과 근원적인 개선을 하는 두 가지 방안을 제시한 바, 그 요점을 정리하면 다음과 같다.

① 현행 관리제도를 보완하는 방안

−현 약사법 및 동물약품 등 취급 규칙을 보완하여 선진국 수준의 동물약사 관리가 가능토록 한다. 치료 및 예방용 동물약품과 사료첨가용 동물약품을 구분하여 관리하도록 한다. 즉 일본의 사료안전법, 미국 및 EC의 사료첨가물 관리제도 수준으로 강화시켜 사료의 안전성 확보와 품질 개선에 주안점을 두도록 만드는 것이다.

② 동물약품관리법(사료첨가제 포함)을 새로 제정하여 시행하는 방안

−현 약사법의 규제 사항 중 동물약품 및 사료첨가제에 관한 것을 따로 분리하여 별도의 법률을 제정한다. 우리나라 약사법의 경우 의약품의 수급 조절과 품질관리는 물론, 약사에 대한 인적 관리까지 포함되어 있어 이로 인해 발생되는 문제점을 개선하여 독자적인 동물약품 관리제도를 마련한다.

③ 기타 사료안전법을 제정하는 방안

−현 사료관리법은 사료의 수급 조절과 유통관리 위주의 법률이다. 때문에 이와 별도로 사료의 안전성 확보와 품질 개선을 위한 사료안전법을 제정한다. 일본의 사료수급조절법과 사료안전법을 모델로 할 필요가 있다.

끝으로 이 연구의 결론 부분을 간추리면 다음과 같다.

"한국의 사료첨가물의 관리제도는 약사법에 근거한 '동물약품 등 취급규칙'과 '배합사료제조용 동물약품 첨가 사용기준'에 근거하여 관리하는 정도로 눈 가리고 아웅하는 식이다. 그러나 선진국의 경우 사료의 안전성 확보는 물론 축산물의 유해 잔류물질 관리에 초점을 둔 보다 근원적인 제도를 도입하고 있다. 특히 근래 소비자인 국민의 의식이 높아짐에 따라 사료첨가제의 사용과 잔류허용량의 규제를 강화할 필요가 있다.

그러나 우리나라는 이와 역행하여 '동물약품 등 취급규칙'에서 다루어 왔던 사료첨가제 중 일부 품목(아미노산제, 비타민제, 효소제, 미량광물질 등)을 사료관리법으로 이관하여 '첨가물사료'의 범위로 규제하고자 하는데, 이 취지를 이해하기 힘들다. 특히 수의축산 법규는 축산물의 생산성 향상과 소비자가 바라는 안전한 공급에 기여하도록 그 관리제도를 개선하는 것이 원칙이며 도리임을 강조한다."

사료의 안전성과 유해물질의 잔류를 예방하기 위해서 사료첨가물 관리가 절실히 필요한 시점이었으나, 그에 관한 관리제도가 많이 미흡한 실정이었다. 필자는 우리나라 현황을 다른 나라와 비교분석하여 여러 개선 방안을 제시하였다.

제7장

국제회의 참석 일지
한국을 대표해 활동하다

그동안 참석한 국제회의 일지를 총정리하다

타이완성 축목수의학회 초청연사로 참가하다

아시아수의사회(FAVA) 총회 및 학술대회에 참가하다

서울특별시와 도쿄도수의사회 자매결연을 맺다

세계수의사회 총회(WVA) 및 학술대회 가입 후 처음 참가하다

국제생명과학회(ILSI) 세미나에 참여해 활동하다

BMSA 국제포럼 동물과 인간의 공생을 꾀하다

국제회의 일지를 총정리하다

1960년대 이후 현재까지 필자가 참석한 각종 국제회의와 활동한 사항을
연대별로 정리하면 다음과 같다.

1960~1970년대

▷WHO 주최 지역 세미나 참석, 인도 뉴델리 WHO 지역센터, 주제; "Food-
borne disease and intoxication", '한국의 식중독 발생 현황' 발표
(1967. 10. 23~28.).

▷자유중국 타이완성 축목(畜牧)수의학회, 타이중(臺中)시 국립쭝싱(中
興)대학, '한국의 수의업무 현황 및 교육제도' 발표(1979. 12. 8~11.).

1980년대

▷제2차 아시아수의사연맹총회(FAVA), 일본 도쿄 신주쿠 일본청년회관,
'한국의 수의사회 현황 및 활동 상황' 발표, 집행위원회에서 차기회의 한
국 개최 유치(1980. 5. 31.~6. 3.).

▷제3차 아시아수의사연맹총회(FAVA), 한국 서울시 여의도 전경련회관
국제회의장, 조직위원회 부위원장으로 활동(1982. 6. 15~18.).

▷일본 도쿄도수의사회 총회 참석(서울특별시수의사회 김영정 부회장 및
조준행 이사 동행), 서울시-도쿄도수의사회 자매결연 및 "한국의 수의
학 교육과 수의사의 활동 상황" 발표(1983. 5. 21~24.).

▷제22차 세계수의학대회(WVA), 호주 퍼스(Perth)시 엔터테이먼트센터, 한국 대표단장으로 활동(1983. 8. 21~26.).

▷제4차 아시아수의사연맹총회(FAVA), 타이완 타이페이시, 하워드프라자 호텔, 한국 대표 및 학술발표 좌장(1984. 11. 5~27.).

▷제74차 국제우유식품환경위생학회(IAMFES; 현 IAFP : International Association of Food Protection의 전신) 연차대회, 미국 캘리포니아주 애너하임시 컨벤션센터, 국내 최초로 필자가 참석(1987. 8. 2~5.).

▷제23차 세계수의학대회(WVA), 캐나다 몬트리올시, 컨벤션센터, 한국 대표(정창국), 논문(포스타) 발표자(신광순, 정영채, 임정택, 한홍률 교수), (1987. 8. 16~21.).

1990년대

▷국제생명과학회(ILSI; International Life Science Institute), 일본 도쿄, 제1회 '영양과 Aging' 국제회의, 한국대표로 백덕우(국립보건원 위생부장), 채범석(서울대 의대교수), 주진순(고려대 의대교수), 필자(서울대 수의대 교수) 등 참석(1991. 10. 28~30.).

▷제8차 아시아수의사연맹총회(FAVA), 필리핀 마닐라, 한국대표 다수 참석, 별도로 WHO 서태평양지역사무소 방문 한상태 박사와 회동(1991. 11. 21~25.).

▷일본 생명의과학협회(BMSA; Bio-Medical Science Association) 국제포럼에 한국대표로 참석, 일본 도쿄도 시나가와 구민회관, 주제 '지구환경에서 인간의 건강과 동물의 공생을 생각하는 국제포럼', '한국의 인수공통감염병 현황'을 중앙대 최철순(崔哲淳) 교수와 공동 발표(1994. 1.

21. ~ 2. 2.).

▷일본의 대표적 도축장 4개소(센다이, 시와, 아키다, 군마 식육위생검사소), 도계장(이와데현) 쥬몬지 식조처리 및 가공장) 등 동북지역 도축 도계시설 조사(농림부 연구사업인 '식육처리장과 유통과정에서의 축산식품에 대한 위생적 안전성 관리대책 수립을 위한 종합적 조사연구' 과제), 동북식품위생연구회 행사 참석 (강원대 수의학과 홍종해 교수 동행), (1995. 8. 28.~9. 1.).

▷제25차 세계수의학대회(WVA), 일본 요코하마시 국제평화회의장(Pacifico Yokohama), 학술발표 좌장(수의공중분과 식품위생학Ⅱ).

▷미국사료회사 IAMS 주최 국제영양 심포지엄, 미국 프로리다주 보카라톤시, 한국 참석자(대한수의사회 조휴익 이사, 조영웅 사무국장 등 동행), (1995. 9. 3~9.).

▷제2회 환태평양수의학대회(호주-뉴질랜드수의사회 주관) 및 제19차 FAVA이사회, 뉴질랜드 크라이스트처치시, 파크로얄호텔, 한국대표로 참석(1996. 6. 22~28.).

▷덴마크 농수산부 초청, 정부 및 민간기구인 식품농수산부, 농업위원회, 수의식품청, 농업연구소, 도축 도계장, 유가공장, 중앙검사소, 축종별 목장 등 시찰, 대표단은 농림부, 식약청, 동물검역소, 식품개발연구원, 소비자보호원, HACCP연구회 등 총 9명 참석(1998. 6. 21~28.).

▷일본의 HACCP 실시 현황 조사, 식약청 의뢰로 담당관 및 한국보건산업진흥원 천석조(千石祚) 박사 동행(1999. 8. 14~19.).

▷제20회 일본식품미생물학회 학술총회, 일본 이와테현 모리오카시 시민문화회관, "한국의 HACCP실시 현황" 발표(1999. 10. 6~10.). (사진 7-1)

2000년대

▷일본 도쿄빅사이트 전시장 및 국제회의장, 제5회 국제 식품소재 및 첨가물 전람회(ifiaJAPAN2000) 및 일본식품미생물학회 주최 '21세기 식품안전 및 HACCP 국제세미나'에 한국 HACCP연구회장 자격으로 참석(2000. 5. 16~17.).

▷일본 도쿄빅사이트 전시장 및 국제회의장, 제6회 국제 식품소재 및 첨가물 전람회(ifiaJAPAN2001)에 한국식품공업협회 박승복 회장과 함께 참석, 부대행사인 국제심포지엄(4)에서 '한국의 김치공업 동향 —한국의 전통식품 : 김치' 발표(2001. 5. 15~18.). (사진 7-2)

▷일본 도쿄도 시나가와(品川) 구민회관, 제23회 일본식품미생물학회 학술총회 참석 및 '일본의 HACCP 실시 현황' 조사, 식약청 연구과제인 'HACCP의 확대 적용을 위한 중장기 발전계획 수립 및 전략적 접근 방안 연구' 사업의 일환으로 연구책임자 정기혜(鄭基惠) 박사(한국보건사

トピックス　2

韓国におけるＨＡＣＣＰ実施の現況

○申　光淳
（韓国ＨＡＣＣＰ研究会 会長、　食品医薬品安全庁 技術顧問官）

韓国でのＨＡＣＣＰ制度導入は、1995年 12 月食品衛生法第 32 条の 2 (危害要素重点管理基準)規程を法律的に新設したのが始まりである。

韓国では、ＨＡＣＣＰの運営を効果的に実施するため、各食品業種を順次指定して、それらの中で希望する施設を対象に所定の様式（一定期間示範事業を実施し、その結果を監査して承認する）に従って、政府が指定するシステムになっている。この制度により、1996 年 12 月 "食品危害要素重点

また 1997 年 11 月には、ＨＡＣＣＰ教育・訓練と技術支援機関として韓国食品衛生研究所（現韓国保健産業振興院 食品事業団）を指定し、各食品業界の従事者および食品衛生担当者(公務員)に対し、教育と技術支援などの管理体制を担当できるよう配慮している。

次に、ＨＡＣＣＰ適用拡大事業(政府の 100 大事業)とその対策に対して、説明する。
1）教育・訓練広報事業
食品衛生担当者(公務員)、食品営業者(主)

사진 7-1
한국의 HACCP 실시 현황

회연구원)와 동행(2002. 9. 23~27.).

▷일본 식품위생학회 제86회 학술강연회 참석, 모리오카 시민문회회관, '한국의 식품안전 관리제도 및 현황' 발표(2003. 10. 29.~11. 1.). (사진 7-3)

▷일본 센다이시 및 미야기현의 위생관리 현황 조사, 식약청 연구과제인 '선진국의 식중독 관리 시스템 조사' 과제로 현(도)청, 시청, 시오가마 보건소, 마쓰시마 양식굴처리장 등 현장 방문 및 실태 조사(2004. 10. 12~17.).

다양한 국가를 돌아다니며, 한국을 대표하여 많은 발표와 연구를 수행하였다. 이렇게 그 내역을 정리하니 감회가 새롭다.

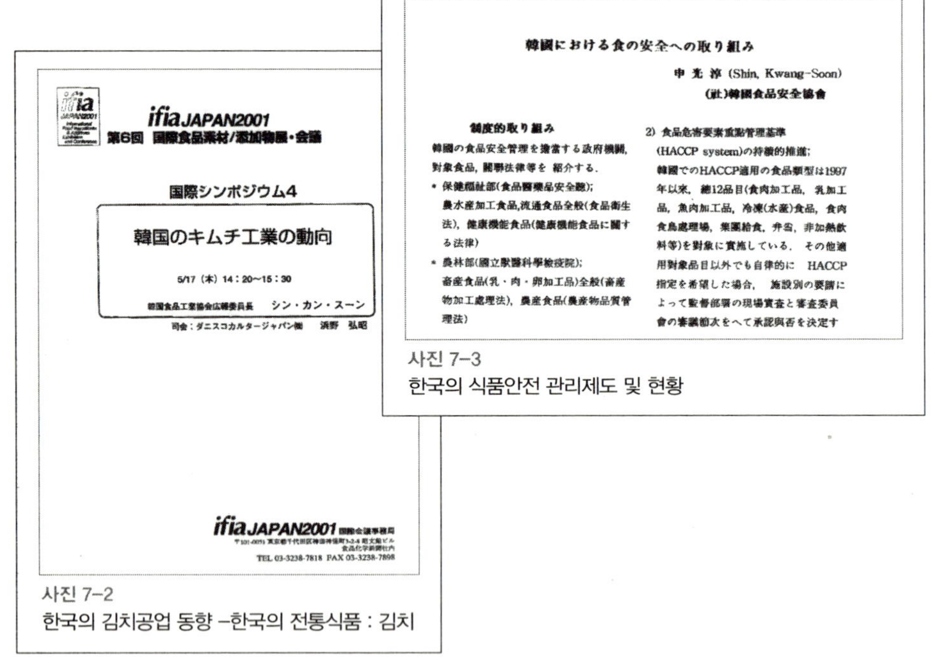

사진 7-2
한국의 김치공업 동향 ―한국의 전통식품 : 김치

사진 7-3
한국의 식품안전 관리제도 및 현황

잉크가 바랠수록 추억은 빛이 난다

초청연사로 참가하다

필자가 수의사 직능단체인 대한수의사회와 처음 인연을 맺은 것은 1973년, 당시 심재열(沈在悅) 회장으로부터 이사 위촉장을 받은 것이 계기였다. 이사회의 구성은 수의사의 활동 영역을 고려하여 각 직능별로 고루 영입하는 원칙에 따라 공중보건 분야 이사 몫으로 위촉된 셈이다. 그리고 1975년 12월 15일에는 윤쾌병(尹快炳) 회장으로부터 학술홍보위원으로 위촉되었으며, 이어 1978년 3월 정기총회에서 부회장으로 선출된 후 1984년까지 6년 동안 활동했다. 또한 비슷한 시기인 1981년 이후 3년 동안 서울특별시 수의사회 회장도 역임했으며, 그 후에도 계속 학술 홍보와 기획 및 법제 담당 실행이사로 관여했다. 그러다가 1996년 국회의원인 이길재(李吉載) 회장이 선임될 때 부회장이 되었고, 이어 1999년에도 국회의원인 이우재(李佑宰) 회장 때 수석부회장으로 추대되는 등 거의 반평생의 세월을 대한수의사회와 함께한 셈이다. 그런 필자에 대한 예우인지 모르나 대한수의사회는 2002년부터 지금까지 국가수의자문회의 위원장이란 허울 좋은 직함을 주고 있었고, 지난 2011년 6월부터는 그런 저런 관계도 없이 지내고 있다.

이와 같이 40년의 긴 세월 동안 대한수의사회에 참여한 사람으로, 나름대로 기여한 일들을 정리하여 기록으로 남기는 것도 뜻이 있다고 본다. 먼저 수의 관련 국제회의에서 한국대표로 활동한 내용 중 몇 가지 사례를 들어 본다.

** 타이완성 축목(畜牧)수의학회 학술대회

필자가 첫 번째 참석한 수의분야 국제회의는 당시 중화민국(자유중국)으로 호칭한 타이완의 타이중(臺中)시에 있는 국립쭝싱(中興)대학에서 1979년 12월 9~10일 양일간 개최한 타이완성 축목(畜牧)수의학회 행사였다. 당시 함께 초청받은 나라는 일본, 필리핀, 한국 3개국이었으며, 필자는 대한수의사회 학술이사 자격으로 '한국의 수의업무 현황 및 교육제도'란 주제를 발표했다. 일본수의사회 회장인 츠바키 세이이치(椿精一) 박사와 필리핀수의사회 회장이며 아시아수의사연맹 사무국장인 토파시오(Topacio, 필리핀대학 교수) 박사도 각각 자기나라 현황에 대한 발표가 있었다.

필자는 미리 준비한 영문 발표 자료를 청중에게 배포한 후 구두로 설명하면 옆에서 통역을 해주었는데, 이때 국립타이완대학 수의내과학 교수인 허쟈오치엔(何昭堅) 박사님이 수고해주셨다. 그가 통역하는 동안 필자는 칠판에 주된 키워드를 한자로 표기하니 '와' 하는 환성이 일어났다. 주로 젊은 층의 대학생들이 청중으로, 발표자가 그들이 잘 아는 한자를 쓰니 반갑기도 하고 신기한 감이 있었는지 발표를 마치자 갈채가 터져 나왔다. 아마도 한국은 한자를 쓰지 않는 나라로 알고 있는 데서 나온 반응이었을 것이다.

본디 타이완 측에서 세 나라를 초청한 배경은 불과 6개월 후인 1980년 6월 초 예정인 제2차 아시아수의사연맹(FAVA) 총회에 대비한 측면도 있었다. 즉 총회 의장인 일본수의사회 회장, 부의장인 한국수의사회 윤쾌병(尹快炳) 회장을 대리하여 참석한 필자, 그리고 제1차 FAVA총회 의장을 맡아 창립에 기여한 공로로 사무국장을 맡고 있는 필리핀 대표를 초청한 것만 보아도 짐작이 갔다. 즉 주최 측인 타이완성 축목수의학회 이사장이며 행정원 농업발전위원회 주임인 린짜이춘(林再春) 박사의 만찬 때의 일이다.

     잉크가 바랠수록 추억은 빛이 난다

그 자리에는 중화민국 행정원 국가과학위원회 위원장(주임위원)이며, 일찍이 미국 명문 코넬대학에서 수의학 박사학위를 받은 타이완 수의계 거물인 리충따오(李崇道; Robert T. C. Lee) 박사, 그리고 타이완성 정부에서 수의사의 최고위직인 농림처(부) 수쩐지에(蘇振杰) 부처장이 함께 하였다. 특히 리충따오 박사의 친형은 물리학 노벨상 수상자로 중국에서 미국으로 이민 간 명문가 출신이었다. 그 또한 후에 국립쭝싱대학 총장 및 국제수역(獸疫)사무국(OIE) 상임대표로 활약하는 타이완 수의계의 지도자들이었다. 예상한 대로 그들은 만찬 분위기가 무르익자 우리들에게 차기 FAVA총회 개최국으로 타이완을 적극 지원해주도록 협조를 당부하였다.

1979년 당시 타이완은 미국과 외교적으로 단절된 상태였다. 또한 중국이 국제기구 UN에 가입한 것에 대한 정치적 반발로 그곳을 탈퇴한 직후였다. 그러나 민간 차원의 국제적 교류는 적극적인 자세로 대처하여 모든 국제회의 유치를 국가 지상과제로 삼고, 정부 차원에서 적극적인 로비활동을 벌이고 있었다. 그 일환으로 수의직 최고위 공직자인 농림성 수(蘇) 국장은 우리 세 사람에게 그들의 방식인 깐뻬이(乾杯)를 계속 권하며 타이완의 어려운 입장을 호소하면서 협조를 당부하였다. 이는 한국 개최 가능성을 예상한 행동으로, 그동안의 한국과 타이완간 형제지국의 우의를 내세우며, 꼭 성사시켜줄 것을 약속해달라고 간청했다. 필자는 그저 노력해보겠다고 적당히 얼버무릴 수밖에 없었고, 국제사회에서 고립되지 않기 위한 그들의 행동에 측은한 동정심마저 느꼈다.

그 이후 타이완 수의계 인물들과의 교류가 시작된 바, 그들의 면면을 보면; 국립타이완대학 수의학계(대학) 원로인 류롱뱌오(劉榮標) 박사를 비롯, 리용지(李永基; 대동물질병진단센타 주임), 선용샤오(沈永紹; 어류질병학), 라

이슈수이(賴秀穗) 교수, 국립쫑싱(中興)대학 수의학과 왕지더(王吉德), 왕준슈(王俊秀) 교수, 타이완성 가축위생시험소장인 천쭈후이(傳祖慧), 이 밖에도 양돈산업계의 거물인 중화민국 양돈협회 이사장인 왕궈언(王國恩) 동영(東盈)실업 사장, 임상수의사의 대부인 타이페이시 수의사회 이사장(회장)이며 중미(中美)가축의원 천바이쑹(陳伯松) 원장, 한국에서 경상대 수의대를 졸업하고 수의사 면허를 취득한 후 타이페이시에서 네이후(內湖)동물의원을 운영하는 허슈링(賀淑玲) 원장 등 많은 지인들이 있다. (사진 7-4, 7-5)

수의학은 필자의 전공이었기에 대한수의사회에서 누구보다 활발히 활동하였다. 그중 타이완성 축목(畜牧)수의학회 학술대회는 필자가 처음으로 참여한 수의관련 국제회의였다.

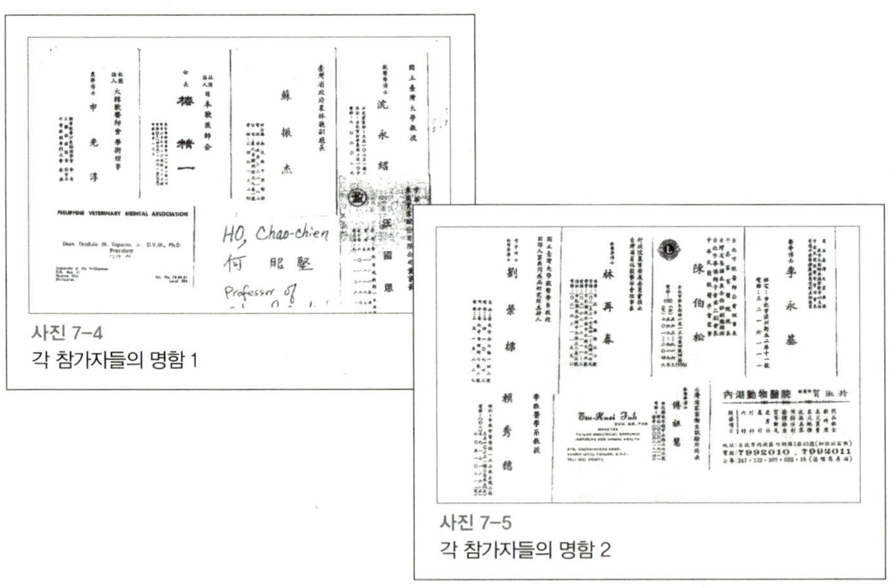

사진 7-4
각 참가자들의 명함 1

사진 7-5
각 참가자들의 명함 2

     잉크가 바랠수록 추억은 빛이 난다

총회 및 학술대회에 참가하다

** 제2차 아시아수의사연맹(FAVA) 총회 및 학술대회 (도쿄)

제1차 총회는 2년 전인 1978년 2월 21~23일 필리핀 마닐라에서 개최되었으며, 아시아 지역 6개국(일본, 한국, 타이완, 필리핀, 인도네시아, 말레이시아)이 모여 수의사회 연합체(The Federation of Asian Veterinary Association; FAVA)가 창립되었다. 이번 제2차 총회는 1980년 5월 31일~6월 3일 일본 도쿄 신쥬쿠에 있는 일본청년회관(YMCA)에서 개최되었다. 한국 측 참석자는 윤쾌병(尹快炳) 대한수의사회장 등 총 14인이 참석한 바, 경기도수의사회 회장인 이병도(李炳都) 박사가 대표단장을 맡았고, 본인은 대한수의사회 학술이사로 실무를 총괄하였다. (사진 7-6) 대학교수로는 이원창(건국대), 정영채(중앙대), 정순동(경희대), 임정택(전남대), 그리고 윤지병 사장(중앙가축전염병연구소), 김재겸 원장(안양동물병원장), 최종해 부장(수의사회) 등이 참석했다.

먼저 총회 하루 전에 개최한 집행위원회에서 차기 개최국으로 한국을 결정하는 데 필자 나름대로 역할을 했다고 본다. 이번 총회 대회장인 일본수의사회 회장이 병환으로 참석이 불가하여, 부회장인 스기야마 후미오

사진 7-6
제2차 FAVA에서 잠시 담소하는 장면(좌측부터 임봉택 교수, 윤쾌병 회장, 이병도 박사, 이원창 교수, 필자)

(杉山文勇) 도쿄도수의사회 회장이 회의를 진행했다. 순서에 따라 경과 및 감사 보고, 예산 결산 승인 등 일반 안건에 이어 차기 개최국을 결정하는 안건이 상정되었으며, 예상대로 한국과 타이완이 각각 의사를 밝히자 의장은 두 나라의 절충을 위해 잠시 휴회를 선포하였다. 이미 전술한 바 있지만 필자가 타이완에 초청을 받았을 때 그들은 강력한 의지를 표했으며 이번에도 무려 23명이란 가장 많은 대표단이 참여했고, 특히 정부의 최고 수의직인 수 쩐지에 부처장(중화민국 농림성은 한국의 농림부에 해당함)이 직접 참석하여 독려하고 있었다.

그러나 FAVA 가입 국가 중 수의사 수로 볼 때, 일본에 이어 두 번째로 많은 한국이 개최지로 적당하다고 생각하는 분위기였다. 또한 대한민국의 국력으로 보나 대한수의사회 윤쾌병 회장의 능력으로 볼 때 충분히 행사를 감당할 수 있을 것이라는 기대도 컸다. 결국 일본 측의 중재로 타이완은 양보할 수밖에 없었고, 차기인 1982년 개최국은 우리 한국으로 결정되었다. 이미 일본 측 츠바키 회장은 타이완에서 필자와 교우했을 때 한국에서 개최하는 것이 순서상 먼저라는 견해였다. 아시아권에서는 그래도 한국이 일본 다음이 아니냐는 그들의 생각이 크게 작용했으며, 특히 윤 회장과의 개인적 친분은 물론 일본야쿠르트의 기술제휴로 도입한 한국야쿠르트 사장이라는 위치 등 두 나라의 평상시 관계가 크게 영향을 주었을 것이다.

결국 타이완도 중과부적인 듯 더 이상 자기들 입장을 주장할 여건이 아님을 깨달았으니, 집행위원회 감사 자격으로 참석하여 타이완 개최를 정식으로 제안한 류롱뱌오 박사도 대세를 꺾을 힘이 없었다. 그러자 정부에서 유치 성사 임무를 맡고 온 농림성 수 부처장도 필자를 붙잡고 눈물까지 흘리니 개인적으로 참 미안할 정도였다. 특히 그는 이번에는 불가항력이지만 한국 다

  잉크가 바랠수록 추억은 빛이 난다

음에는 꼭 타이완이 개최할 수 있도록 약속해달라고 간청했으며, 필자 또한 최선을 다할 것을 그에게 다짐하였다. 물론 필자가 좌지우지할 입장은 아니나, 연세도 높은 수 부처장과의 약속을 지키기 위해 노력하여, 결과적으로 1984년 제4차 개최지로 타이완이 선정되는 데 필자가 많은 기여를 하였다.

본 행사는 대회 첫날인 5월 31일(토) 오전 9시 국제회의실에서 제2차 FAVA 총회 개회식을 거행했으며, 이어 열린 총회에서 차기 제3차 대회 개최국을 한국으로 한다는 집행위원회의 결의를 그대로 받기로 했다. 그때 임원진도 선임한 바, 회장에는 개최국인 한국의 윤쾌병 회장, 부회장은 일본수의사회 부회장이며 도쿄도수의사회 회장인 스기야마 및 말레이시아 수의사회 케링 (M. Noordin Keling) 회장, 사무국장은 한국의 이창구(李昌九) 가축위생연구소장으로 구성하였다. 이어 진행된 각국의 현황 보고 순서에서 필자는 '한국의 수의사회 현황 및 활동'에 대하여 보고했다. 이 보고는 원래 각국 회장이 직접 하는 것이 상례이지만, 당시 윤 회장의 허리디스크 증세가 심해져 부득이 직접 원고(영문)를 준비한 필자가 발표하게 되었다.

대회 2일째 행사인 학술발표는 2개 회의실에서 총 34편의 논문 발표가 진행된 바, 한국 측에서는 이원창, 정영채, 임정택 교수가 각 1편씩 발표하여 체면을 세울 수 있었다. 특히 이와 정, 두 분의 교수는 모두 좌장으로도 활약하는 등 한국의 위상을 세우는 데 크게 기여하였다. 이어 3일째는 관련기관 견학으로 백신 생산시설인 교리츠(共立)상사 중앙연구소(대표 타카이 유리코), 농림성 가축위생시험장, 중앙경마회 미우라(美浦)트레이닝센터 등을 둘러 봤으며, 저녁에는 관광지인 이바라키현 쓰치우라시의 게이세이(京成) 호텔에서 본 대회 폐회 행사인 '사요나라(안녕히 가시오)' 파티가 있었다. 그 자리에서 차기 개최국을 대표하여 이병도 박사의 초청 인사와 대회기 전달이 있었고, 한국 참석자 전원이 무대에 올라 '아리랑과 도라지' 민요의 합창을 했으며, 조희택(趙喜澤) 경상남도 가축위생시험소장의 더덩실 춤으로 끝을 냈는데, 이는 만장의 박수를 불렀고, 한국의 멋을 돋보이게 하는 이벤트였다. (사진 7-7)

이 행사의 보다 상세한 참석보고는 대한수의사회지(1980년 판 279~280쪽, 1982년 판 33~35쪽)에 게재한 바, 그 기록을 참고하여 이 글을 정리하였음을 첨언한다.

차기 개최지로 한국이 선정됨을 볼 때, 역시 국력이 힘임을 절감하였고, 새삼 아시아에서 한국 수의학의 위상을 알 수 있었다.

사진 7-7
제2차 FAVA회의 리셉션장에서(좌측부터 필리핀 토파시오 회장, 필자, 일본 스기야마 회장, 정영채 교수)

　　　　　　　잉크가 바랠수록 추억은 빛이 난다

서울특별시와 도쿄도수의사회
자매결연을 맺다

** 서울특별시-도쿄도수의사회 자매결연

1983년 당시 필자는 대한수의사회 부회장(1978~1983)이면서 서울특별시 수의사회 회장(1981~1983)을 겸임하고 있었다. 서울시수의사회와의 인연은 1976년 3월 정기총회 임원선거에서 회장에 서울대 수의과대학의 이영소(李榮韶) 학장, 부회장에 필자 및 이효춘(李孝春), 김창윤(金昌潤)이 선임됨으로써 시작되었다.

여기서 서울특별시수의사회와 일본의 도쿄도수의사회가 자매결연을 한 연유를 알아본다. 각 수의사회는 각 나라 수도의 수의사회로 대한민국과 일본을 대표하는 입장이며, 동시에 대한수의사회 부회장인 필자와 도쿄도수의사회장이며 일본수의사회 부회장인 스기야마 후미오(杉山文勇)와의 개인적 친분이 있었기 때문이다. 두 지역 회장 간의 교류는 이미 1980년 도쿄 및 1982년 서울에서 개최한 FAVA(아시아수의사연맹) 총회 때부터 시작되었다. 특히 1982년 서울총회에 많은 수의사가 참여한 도쿄도수의사회 회원에 대한 각별한 환대 등은 자매결연을 성사시키는 밑거름이 되었을 것이다.

그 후 양측은 자매결연 절차를 걸쳐, 1983년 도쿄도수의사회 총회장에서 정식 조인하기로 합의했으며, 우리 측에서는 회장인 필자를 대표로 김영정(金永政) 부회장(수색가축병원 원장)과 조준행(趙俊行) 학술이사(청운동물병원 원장)가 동행했다. 드디어 1983년 5월 21일 오후 4시, 도쿄도수의사회 정기총회 마지막 순서에서 자매결연 공식행사가 열렸다. 양측 회장이 나란히 앉고 임원들이 배석한 가운데 결연서에 서명한 다음 인사말과 기념품 교환을 했다. 우리 측에서는 서예가 정암 박종익(亭岩 朴鍾益)선생 작, '예상왕래(禮尙往來; 예절은 서로 왕래하고 교제함을 귀히 여김)'란 사자성어 액자를, 일본 측은 도쿄도수의사회 심벌마크를 수놓은 액자를 서로 교환하였다. (사진 7-8, 7-9)

다음 기념 강연으로 "한국의 수의학 교육과 수의사의 활동"에 대한 필자의 발표가 있었다. 이어 진행한 파티에는 도쿄도 국회의원인 중의원 의원 코스기 타카시(小杉隆) 및 참의원 의원 우츠노미야(宇都宮德馬)와 도쿄도의회 의원 니시이(石井光義) 신자유클럽 도쿄도연합 간사장과 가와마타(川俣光勝) 의원 등 지역 출신 정치인이 참석하여 인사말을 하는 등 수의사회의 위상과 관심을 느낄 수 있었다. 그중 한 의원은 자기 지역구의 가축병원 원장을 사무장으로 위촉함으로써 지역주민의 여론을 수렴하는 데 도움을 받는다

사진 7-8
서울시와 도쿄도수의사회 자매결연 조인 장면

사진 7-9
도쿄도수의사회 회장과 필자

잉크가 바랠수록 추억은 빛이 난다

는 것이다. 그 사례로 아베(阿部勝人) 도쿄도수의사회 부회장의 경우 한 자리에서 20여 년 개업하다 보니 평상시에 주민과 허물없이 지내는 사이였고, 정치인들도 이 점을 선거에 활용하는 수단으로 높이 평가하면서 수의사란 직종의 특성을 강조할 정도였다. 이런 연유인지 아베 부회장은 물론 도쿄도수의사회 임원들은 전부 도쿄도수의사회 정치연맹 회장 및 부회장이란 직함으로 수의사의 권익과 위상을 높이는 데 일조하고 있었다. 우리나라 정치인들도 참고할 만한 아이디어가 아닌가 싶다.

다음 날(5월 22일)은 마침 일요일 휴무인데도 아베 부회장이 직접 우리 일행을 여러 곳에 안내해주었다. 먼저 도쿄 우에노(上野)동물원을 방문, 중국에서 기증한 판다곰 전시장을 비롯하여 야생동물진료소를 찾았다. 그곳에서 당시 매스컴 단골 출현으로 인기 절정의 여성 수의사 마츠다(增田光子)로부터 설명을 들었다. 오후에는 도쿄대학 농학부와 수의축산학과, 그리고 대학촌으로 유명한 홍고(本鄕)의 산세이토(三省堂)와 의료기구점, 골동품 가게 등을 들렀다. 이어 서무담당 이사인 구라바야시(倉林惠太郎) 원장의 안내로 주일 한국대사관 부근에 있는 젊은 부부 수의사 다케우치(武內) 원장의 아자부(麻布)동물병원을 방문, 의욕적으로 운영하는 신진 수의사의 패기를 엿볼 수 있었다.

3일째인 월요일(5월 23일)에는 별도 초청 스케줄에 따라 일본수의사회 츠바키 세이이치(椿精一) 회장이 이사장으로 있는 키타사토(北里)연구소를 방문해 그곳에 위치한 대학, 부속병원, 제약회사, 동양의학연구소, 기념관 등을 둘러보았다. 이 연구소는 1914년 근대 일본 예방의학의 선구자인 기타사토 시바사부로(北里柴三郎)가 설립한 유명한 곳이다. 그는 1886년 일본인으로 처음 독일에 유학, 결핵균을 발견한 로베르트 코흐(Robert Koch)를 6년간 사사하였으며, 귀국 후 1894년에는 홍콩에 페스트(흑사병) 유행 시 일본 정부 파견관으로 활동하며 페스트균을 발견하는 업적을 올리는 등 병원미생물 분야의 대가였다. 따라서 키타사토연구소는 일본(동양)의 파스퇴르연구소라 불릴 정도였으며, 특히 백신 생산의 메카로 널리 알려진 곳이었다. 오후에는 동물백신 생산현장 견학을 위해 도쿄에서 동북쪽으로 약 1시간 거리의 지바현 가시와에 있는 부속 수의학연구소의 백신시설 등을 돌아봤다. 저

사진 7-10
쯔바키 일본수의사회 회장과 기념품 교환

사진 7-10-1
일본수의사회 방문 기념(왼쪽부터 조준행 원장, 쯔바키 회장, 필자, 총무부장, 김영정 원장)

잉크가 바랠수록 추억은 빛이 난다

녁에는 츠바키 회장의 초대로 일본 전통식 다다미방에서 하오리(일본 옷)를 입은 기생들의 전통 일본식 연회에서 한일 간의 우의와 교류를 더욱 돈독히 하였다. (사진 7-10)

4일째인 화요일(5월 24일)에는 일본소동물수의사회 부회장인 고쿠레 노리오(小暮規夫) 원장의 안내로 이케부크로(池袋)에 있는 사이토(佐藤)애견병원과 규야마(久山)수의과병원을 찾았다. 두 곳 모두 시설이 좋았고, 풍부한 경험을 가진 고참 수의사들이 오전(9~12시), 오후(3~7시) 예약 진료하는 등 여유가 있었다. 그들은 우리 일행을 친절히 맞았으며, 특히 규야마 원장은 직접 저술한 《고양이병》을 기념으로 주는 등 일본 수의사들의 수준을 엿볼 수 있었다.

이 밖에 당시 교류한 도쿄도수의사회 임원들을 보면, 부회장인 우치다(內田和夫) 일본수의축산대학 교수, 총무이사 기무라(木村喜光) 원장, 그리고 일본수의사회 시바타(紫田眞) 사무국장 등이다. 그때 받은 명함철을 뒤적이며 기억나는 분들을 소개했다.

우리는 '예상왕래(禮尙往來; 예절은 서로 왕래하고 교제함을 귀히 여김)'란 사자성어 액자를, 일본 측은 도쿄도수의사회 심벌마크를 수놓은 액자를 서로 교환하였다

가입 후 처음 참가하다

제22차 세계수의사 총회(WVA) 및 학술대회(호주 퍼스)

1982년 5월 29일 파리에서 개최한 제30차 상임이사회의 승인으로, 대한수의사회가 세계수의사회(WVA : World Veterinary Association)에 처음 가입하게 되었고, 1983년에는 회비($1,260)를 납부함으로써 정식 회원이 되었다. 제22차 세계수의사총회 및 학술대회는 호주 서남부에 위치한 퍼스(Perth)시의 엔터테인먼트센터에서 1983년 9월 21일에서 27일까지 총 1주일간 열렸다. 우리나라는 대한수의사회 부회장인 필자를 대표단장으로 하여 가입 후 최초로 총 9명이 참가했다. (사진 7-11)

1863년 제1차 대회 이래 120년의 역사를 갖고 있는 WVA총회는 그 당시 62개국의 수의사회와 14개의 분야별 학회가 참여하고 있는, 세계 수의사들의 UN총회와 같은 행사였다. 그런 행사인 만큼 대표단장으로서 어깨가 무거울 수밖에 없었지만, 필자도 처음 참여하는 터라 회의 성격이나 내용에 대한 사전 정보를 전혀 알 수가 없었다. 그러나 본 행사는 필자의 국제회의에 대한 안목과 자질을 높이는 데 크게 도

사진 7-11
세계수의학회의 참석 보고

움이 되었기에 그 주요 내용을 여기 간추린다.

먼저 제22차 WVA총회 및 학술대회는 8월 21일(일) 저녁 6시부터 약 2,500여 명이 참여한 개회식으로 시작하였다. 호주정부 총독 및 퍼스 시장의 환영사, 호주수의사회 회장의 개회사가 있었다. 그들은 그동안 유럽지역 위주의 전통을 깨고 지구 남반부인 오세아니아(대양주)에서 개최하는 이번 행사를 주관함을 영광으로 생각한다며 참석자들에게 인사하며 환영의 뜻을 표하였다. 이어 실내악단의 은은한 연주를 들으며 80여 개 회사가 출품한 전시장을 둘러보았다.

2일째인 22일(월) 오전에는 특별강연 순서로 총 8개의 주제를 발표한 바, 식량 부족, 소비자 보호, 인간과 동물의 교류 등 당면 과제를 해결하는 차원에서 수의학과 수의사의 역할의 중요성을 강조하는 내용들이었으며, 축산물 생산 및 가축질병 관리의 궁극적 목표는 인간의 복지향상에 있다고 강조하였다. 오후에는 분과학회별 학술발표를 26일까지 계속했으며, 필자는 수의공중보건, 수의학 교육 및 역사 등 관심 있는 분야를 찾아다니며 열심히 들었다. 아쉬웠던 것은 아시아권의 회원국가 중 일본이 10여 편, 타이완도 4편의 논문을 발표했는데 한국은 처음 참석하다 보니 한 편도 발표할 수 없었다.

또한 참석자 수도 일본이 총 114명(대학교수 37, 개업수의사 31, 동반부인 22, 단체 17, 제약회사 7)이며, 타이완은 총 8명(교수 6, 개업수의사 2)인데, 한국은 총 9명 중 교수는 필자뿐이고 개업수의사 5명 (김영찬, 심영조, 김재성, 권병근, 류성방 원장), 약계 3명(윤지병 가축전염병연구소, 이각모 (주) 동방 사장, 최병순 삼우화학 상무)뿐으로, 회의 참석보다는 여행 등 사적인 용무가 주목적이었다. 그러나 다행인 것은 미국에서 온 미네소타대학 주한수 박사(서울대 출신)가 교포 한국인으로 돼지질병 분야의 권위자로 알려진

사진 7-12
세계수의학회의장 앞에서(WVA회장, 필자 및 타이완 대표 일동)

사진 7-13
세계수의학회의장 앞에서(WVA회장, 필자 및 타이완 대표)

잉크가 바랠수록 추억은 빛이 난다

바, 그 분야에서 좌장을 맡는 것을 보면서 많은 자부심을 느꼈다.

특히 26일(금) 오후에 열린 이사회에서는 차기 제23차 WVA 회장단 및 개최 장소(캐나다 몬트리올)를 결정하는 데 한국은 무려 3표의 투표권을 행사할 수 있었고, 이에 국가의 위상과 자부심을 느끼게 하였다. 당시 국가별 투표 수는 각 나라 수의사 등록 수와 회비 납부액에 따라 다르게 규정된 바, 미국·소련(러시아)·일본 5표, 브라질·캐나다·프랑스·독일·이탈리아·스페인·유고 4표, 기타 국가는 그 이하이고, 아시아권에서는 일본(5표), 한국(3표), 타이완(2표), 기타 국가(1표) 순이었다. (사진 7-12, 7-13)

8월 24일(수) 미리 신청한 머독(Murdoch)대학 수의과대학 견학을 위하여 2대의 버스에 분승하니, 대부분 대학이나 연구소 관련 수의사들이 일행으로 분위기도 좋고 많은 것을 보고 배울 수 있는 기회였다. 이 대학은 호주에서 퀸즈랜드 브리즈번(Queensland Brisbane), 시드니(Sydney), 멜버른(Melbourne)대학에 이어 네 번째로 생긴 5년제 수의과대학(1975년)으로 250명의 학생, 40명의 교수, 6만 평의 목장을 갖고 있는 축산대국다운 규모의 수의과대학이었다. 특히 대학 부속병원은 연간 약 1,000마리의 말, 약 1,500마리의 가축을 치료 관리하는 등 한국과는 비교가 되지 않는 대형 규모였다.

이 밖에 주최 측에서 계획한 관광 스케줄에도 참여한 바, 사우스코스트(South Coast), 달링 레인지(Darling Ranges)와 야생백조 탐사(Swan Drive), 프리멘틀(Frementle)을 돌아보는 8시간 일정의 1일 투어였다. 남서부 해변과 방목지대에 펼쳐지는 푸른 숲과 원시림, 광활한 초원, 들판의 소와 양떼 무리 등, 자연의 천국 호주의 풍경을 만끽할 수 있었다. 또한 야생백조 탐사(Swan Drive)와 20여 킬로 서북방에 위치한 옛 도시 프리멘틀(Frementle), 호주에 처음 상륙한 캡틴 쿡(Captain Cook)이 타고 온 돛단배를 복원한 모형, 역사박물관, 중국 죄수들의 강제노역을 위하여 성처럼 높은 위치에 설치한 강제수용소 등, 200년 전 호주 역사의 흔적을 엿볼 수 있었다. 또한 8월 23일(화) 저녁 스케줄인 외국 참가자 6~7명을 한 팀으로 호주 수의사 빈센트 리(Vincent Lee, 말레이지아에서 이민 온 중국계) 가정에서 저녁 대접을 받는 친교 프로그램에도 참여해 일본, 핀란드, 네덜란드의 수의사들과 우의를 다지기도 하였다.

8월 26일(금) 폐회식을 끝으로 공식일정을 전부 마친 필자는 2일간의 일정으로 윤지병(尹志炳) 사장과 둘이서 퀸즈랜드주 브리즈번 행 국내선 안세트(Ansett) 항공기에 올랐다. 일찍이 호주에서 박사학위를 받고 잠시 서울시립대학 교수로 재직하다 다시 호주로 이민가 주정부에서 공무원으로 일하는 정영석(鄭榮錫) 박사를 만나러 간 것이다. 그의 안내로 세계적 휴양 명소로 유명한 골드 코스트(Gold Coast) 해변 일대를 일주했으며, 저녁을 대접받는 등 선후배 간의 우정 어린 시간을 보냈다. 보다 상세한 내용은 대한수의사회지 제19권 제10~11호(1983년)에 게재한 바 있으니 참고하기 바란다.

이 국제회의에 한국인 최초로 참석한 필자는 한국의 공식대표로 활동할 수밖에 없었고, 덕분에 국제감각을 익히고 안목을 넓히는 데 많은 도움이 되었다.

세미나에 참여해 활동하다

1991년 10월 28일에서 30일까지 3일간 일본 도쿄 신주쿠 케이오(京王)프라자호텔에서 국제생명과학회(ILSI; International Life Sciences Institute)가 개최되었다. 일본지부인 ILSI Japan이 주최한 창립 10주년 기념행사인 제1회 '영양과 에이징(Aging)' 국제회의에 국내외에서 약 500여 명이 참여한 바, 한국대표로 백덕우(국립보건원 위생부장), 채범석(서울대 의대교수), 주진순(고려대 의대교수), 필자와 당시 한국코카콜라의 성 전무 등이 참석했다. (사진 7-14) 이 국제회의가 일본에서 열린 까닭은 일본국민의 장수와 영양과의 관련성을 알아보는 데 있었다. 과거에는 영양 상태도 불량하였고, 단명했던 일본인들이 세계 최장수 국가로 탈바꿈한 원인을 그들의 식습관 등 생활태도로 보았기 때문이다. 그래서 관련 주제를 연구하는 데 일본은 적절한 모델이었다.

원래 ILSI는 건강, 영양 및 식품안전성에 관한 문제를 해결하기 위하여 정부기관, 학술단체, 산업계의 국제협력을 통한 과학적인 조사연구를 추진할 목적으

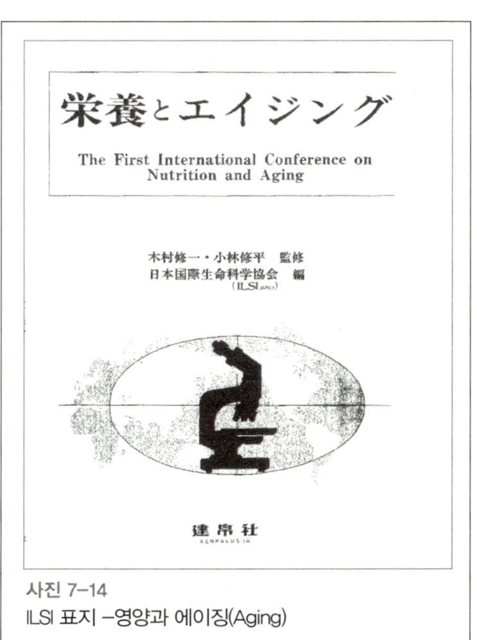

사진 7-14
ILSI 표지 -영양과 에이징(Aging)

로 설립하였고, 비영리 단체로 활동하고 있다. 또한 UN 산하의 준회원 기구로 인정받은 바 있으며, 세계적 식품기업인 코카콜라사가 특별 출연한 기금으로 설립한 단체로 알려져 있다. 그런 연유인지 이 행사에는 WHO를 비롯하여 미국의 국립당뇨병소화관신장질환연구소, 국립노화연구소 및 국립영양연구소, 그리고 일본의 정부 관련 부처와 학회들이 후원단체로 참여하는 성대한 국제행사였다.

발표 내용을 간추리면 다음과 같다.

①서론 ▷노화(에이징 −Aging; 加齡−나이가 든다는 일본식 표현)의 개념, ▷고령자의 영양, ②일본인 장수의 과학적 근거, ③에이징(Aging) 과정에서의 면역계와 영양, ④에이징 과정에서의 소화관과 영양, ⑤골격조직과 영양, ⑥심장혈관계와 영양, ⑦중추신경계와 영양, ⑧에이징과 식생활, ⑨에이징과 영양소요량, ⑩식품관련 산업의 역할 등의 논제들을 외국과 일본에서 각 20명 씩 참여하여 발표했다. 그때 발표한 '영양과 에이징'의 주제별 내용은 1년 후 1992년 12월 ILSI 미국지부에서 발행하는 영양학계의 세계적 권위 잡지인 〈Nutrition Reviews〉 특별호(50주년 기념호)로 발표되었으며, 1993년 7월에는 일본어 번역판을 ILSI Japan에서 단행본으로 발행했다.

필자가 그때 ILSI Japan회의에 참석한 것은 국립보건원 백덕우(白德禹) 위생부장의 추천 덕분이었다. 영양학 분야는 채범석(蔡範錫) 서울대 의대 교수(의화학)가, 식품 및 안전성 분야는 마침 한국식품위생학회 회장인 필자가 대표로 참석하였다. (사진 7-15) 당시 국내는 물론 이런 주제의 국제회의에 참석했던 경험들이 거의 없었던 시절이라 새로운 지식을 얻고 배우는 입장이었다. 특히 인간의 수명이 길어진다는 것은 단순히 연령만이 아니라, 건강을 유지하면서 장수하는 데 목표를 두는 것이 중요하다는 것을 깨닫게 되었

   잉크가 바랠수록 추억은 빛이 난다

다. '에이징'이란 용어는 단순히 연령이 쌓인다는 진행형의 표현으로 늙어간다는 뜻의 노화(老化)와 구별하고 있었다. 또한 식생활과 영양의 문제, 생체의 면역기능 및 관련 생리기능과 영양과의 관계 등 식습관 패턴이 우리와 유사한 일본을 비롯한 선진국 연구자들의 흥미 있는 발표를 접하는 좋은 기회였다.

또한 ILSI를 처음 접하였고, 이 회의 참석으로 인해 당시 ILSI 회장인 미국의 알렉스 맬러스피나(Alex Malaspina) 박사를 한국으로 초청하는 계기를 만들었다. 물론 사전에 주선한 바 있지만, 마침 필자가 회장으로 있는 한국식품위생학회 제6차 학술대회 및 국제심포지엄에 그를 초청하는 일석이조의 성과도 있었다. 그는 일본에서 행사를 끝낸 다음날 귀국길에 한국을 경유하여, 동년 11월 1일 롯데호텔에서 개최한 '식품원료 및 첨가물의 안전성' 국제심포지엄의 연자로 활약하였다. 1986년 학회 창립 후 최초의 국제행사에

사진 7-15
한국 참석자들(우측부터 필자, ILSI Alex Malaspina 회장, 채범석 교수, 백덕우 부장)

ILSI 회장을 초대한 것은 대단히 의미가 있는 일이었다. 그의 발표 연제는 'Risk assessment and communication'으로 식품의 위생관리에서 HACCP 의 도입 필요성을 강조하는 내용이었다. 또한 맬러스피나 박사는 마무리 행사인 리셉션에서 ILSI에 대한 소개 시간을 갖고 한국에도 ILSI 지부를 두도록 권고하는 발언을 하는 등 적극적인 태도를 보였다.

이와 같이 시작된 ILSI와의 관계는 그 후에도 계속된 바, 특히 ILSI 한국지부 설치에 도움을 주기 위한 일본 ILSI사무국 이케바다(池畑) 국장의 내한, 중국 베이징에서 개최하는 1993년도 ILSI China 주최 행사 초청 등으로 이어졌다. 필자는 한국식품위생학회 회장 입장에서 개인적으로 많은 관심을 보였고, 기회와 여건을 만들기 위한 노력도 기울였다. 그러나 우리나라 식품기업들의 참여의식과 태도가 아직 ILSI 지부를 한국에 설치할 만큼 성숙하지 못함을 느꼈고, 당분간 미룰 수밖에 없었다. 얼마 후 동국대 신효선(辛孝善) 교수가 뜻을 갖고 한국지부를 설립했으나 활발한 활동을 보여주지는 못하였다.

2006년 고려대 이철호 교수의 노력으로 ILSI코리아는 재발족하여 나름대로 활력을 찾고 있는 바, 앞으로도 많은 활동을 통해 그 시절의 아쉬움을 씻어줄 수 있다면 더 바랄 것이 없겠다.

   잉크가 바랠수록 추억은 빛이 난다

동물과 인간의 공생을 꾀하다

1994년 2월 1~2일, 이틀간 도쿄 시나가와(品川) 구민회관에서 개최한 "지구환경에서의 인간의 건강과 동물과의 공생을 생각하는 국제포럼 -인간과 동물의 공통질병 예방 및 치료 대책(International Forum on Zoonosis Control)" 회의에 중앙대 의대 최철순 교수와 함께 참석한 내용을 간추린다. (사진 7-16)

이 행사는 일본의 '바이오메디칼사이언스연구회(BMSA; Biomedical Science Academy)'가 주최하고, (재)에이즈예방재단 및 (재)국제과학진흥재단이 공동 참여한 국제포럼이었다. 외국에서는 한국, 중국, 태국, 타이완, 인도네시아 등 아시아 5개국 대표가 초청받았다.

첫날 개회식 인사에서 BMSA 회장이며 본 국제포럼 회장인 오타니(大谷明; 국립예방위생연구소장 출신) 박사는 이 행사의 의의를 다음과 같이 밝혔다.

"개, 고양이와 같이 인간과 더불어 살아온 동물은 물론 쥐, 여우,

사진 7-16
BMSA국제포럼 표지

토끼, 사슴, 너구리, 곰, 원숭이, 조류 등도 우리와 오랫동안 공생하다 보니 동물의 질병이 사람에 전파되는 '인수공통전염병'의 발생 가능성이 많다. 즉 유럽의 여우나 미국의 스컹크에 의한 광견병, 한국 등 동아시아 들쥐로 인한 한타바이러스(신증후성출혈열) 감염 등의 사례를 들 수 있다. 〈중략〉 따라서 건강하고 풍요로운 생활을 영위하기 위해서는 이들 야생동물을 포함한 지구환경을 보전하는 데 최선을 다해야 한다. 특히 의학, 수의학, 생물학을 연구하는 우리들은 앞으로 야생동물과 어떻게 공생할 것인지를 진지하게 생각해야 한다. 이번 행사가 자연과 인간의 조화를 이룩하는 데 뜻있는 논의의 장이 된다면 더 없는 보람이라 본다."

이틀에 걸친 포럼에서 총 29편의 연제를 발표한 바, 일본이 24연제로 대부분이었고, 나머지는 외국에서 1편씩 5연제였다. 이들 중 특히 관심을 끈 인수공통질병은 진드기에 물려 매개되는 개라이무병(Lyme Borreliosis), 가축 및 야생동물(주로 초식, 잡식동물)에 감염되는 낭충증(cysticercosis) 및 다포충증(echinococcosis), 선모충증(trichinellosis), 톡소프라즈마증(toxoplasmasis) 등이었다. 한국은 중앙대 의대 최철순(崔哲淳) 교수가 '한국의 인수공통감염병 현황(Current bacterial, rickettsial and viral zoonotic infection in Korea)'을 발표했다.

당시 필자 등이 초대된 것은 영남대학교 축산학과 이학철(李學喆) 교수의 추천이 있었기에 가능했다. 이 교수는 일찍이 1940년대에 일본 동북부에 소재하는 이와데(岩手)농과대학을 졸업한 분으로 평소 학문적 교류를 많이 하다 보니 이 행사의 기획담당자인 기하라(木原光城) 박사로부터 한국 측 발표자의 의뢰를 받았다. 당초에는 이학철 교수 자신을 초청하기 위한 것이었으

　　　　　　　잉크가 바랠수록 추억은 빛이 난다

나, 스스로 사양하시면서 대신 필자를 추천해주었다. 새삼 선배 교수님의 학자다운 인품을 높이 존경하며 감사의 마음을 지울 수 없다. 그때의 인연으로 국립예방위생연구소 출신인 기하라 박사와 필자는 지금까지도 교우의 관계를 유지하면서 상호 정보를 교환하며 지내고 있다.

그 한 사례를 들면 2002년 그의 주선으로 BMSA회지 제13권 4호, BMSA의 창-국내외 정보란(10~17면)에 "韓國에서의 新興, 再興 人獸共通感染症"(崔哲淳, 申光淳)이란 일본어로 쓴 논문을 게재할 수 있었다. (사진 7-17) 이 논문에 총 13종의 질병을 소개한 바, 특히 일본에서 흥미를 갖는 광견병, 신증후성출혈열(한국형출혈열), 일본뇌염을 비롯하여 오제스키(Aujeszky's) 병, 특히 2000년 3월 24일부터 4월 16일까지 24일간에 걸쳐 한국 서부 연안과 경기도 파주에서 발생한 구제역(FMD; foot-and-mouth disease)으로 총 81두의 소(한우 62두, 젖소 19두)의 감염사례도 포함시켰다. 아마도 우리나라 인수공통감염병 현황을 일본 잡지에 보고한 최초의 사례였다고 본다.

이상 BMSA 국제포럼의 발표를 계기로 국내에서도 1996년 한국 미생물학회지 제31권 3호(235~271면)에 'Zoonotic Infections Caused by Microorganisms to be Originated from Animals or their Ectoparasites in Korea -한

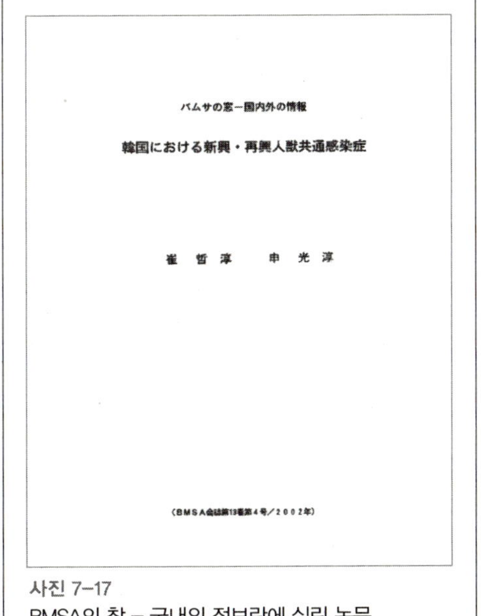

사진 7-17
BMSA의 창 – 국내외 정보란에 실린 논문

국에서 동물 유래 미생물 및 기생충 기인성 인수공통전염병'이란 논문을 발표하는 데 도움이 되었다. 특히 최철순 교수는 정년퇴임을 맞아 모든 관련 재료를 총 정리하여 《인수공통전염병학》이란 단행본(총 303쪽, 서흥출판사)을 2002년 간행하는 업적을 남길 수 있었다. 이 역시 한국의 인수공통질병을 집대성한 역저로 높이 평가받을 만하며, 참고자료로 활용 가치가 크다고 생각한다. 이 자료가 현재는 물론 앞으로 계속 활용될 수 있다면 더없는 보람이라 생각한다. "호랑이는 가죽을 남기며, 사람은 이름을 남기듯이."

'비록 작은 씨앗이지만 움이 트고 잘 자라게 가꾸면 풍성한 열매를 맺을 수 있다'는 말씀을 되새기며 지난 일을 회고해보았다.

 잉크가 바랠수록 추억은 빛이 난다

제8장

정년퇴임 후 활동
삶의 활력을 되찾기 위해 노력하다

식품의약품안전청 식품기술자문관에 위촉되다
식품기술자문관 해촉 믿는 도끼에 발등 찍힌 꼴이 되다
한국식품안전협회 설립부터 사단법인 허가까지
태동기의 한국식품안전협회 십시일반으로 도와주다
협회의 기틀을 잡고 사업을 전개하는 데 올인하다 (Ⅰ)
협회의 기틀을 잡고 사업을 전개하는 데 올인하다 (Ⅱ)
컴퓨터, 골프, 서예 배움을 행동으로 실천하다
환경보전 지도요원 등산하며 쓰레기 줍기를 자처하다
양우산회(養友山會), 어산회(於山會) 등산으로 건강을 지키다
식품안전기본법, 식품위생법 개정안에 대한 의견을 내다
"식품안전처 만들자" 전문가의 견해를 피력하다
식품안전정책은 국가 책임 정부에 호소하고 강조하다
식품안전·안심의식 보급운동 그 필요성을 일깨우다
韓國獸醫 50년사 역사의 발자취를 처음 엮어내다
韓國獸醫 60년사 10년을 추가하고 보완하다
서울대학교 수의과대학 60년사 지난 역사를 기록으로 남기다
'남기고 싶은 이야기' 연재물 일부를 책으로 엮어내다
平山 申氏 千年史 고달픔 속에서도 보람을 느끼다
조상의 뿌리 찾기 선조의 행적을 정리해 후손에 전하다
가계전승 생활습관 건강도 장수도 대물림이다

식품기술자문관에 위촉되다

1998년 8월, 필자가 대학에서 정년 한 후 3개월이 지난 동년 11월 28일자로 식품의약품안전청 식품기술자문관으로 정식 위촉되었다. (사진 8-1) 그 경위는 이미 기술한 바 있다(5장 '정년 기념 저서 헌정식 축하해주신 분들에게 감사드리다' 참고). 또한 그때 이룩한 식품위생 관리제도 개선에 기울인 노력과 보람에 대해서도 다뤘다. 때문에 이 장에서는 그런 공식적인 성격이 아니고 개인적으로 수행한 일에 대한 이야기를 추가한다. 필자가 실제 자문관으로 활동한 2003년 2월까지 4년 2개월 동안, 즉 제1대 박종세(1998. 3. 9.~1999. 1. 28.), 제2대 허근(1999. 1. 29.~2000. 8. 10.), 제3대 양규환 (2000. 8. 11.~2002. 3. 19.) 청장 때에 자문을 한 대표적인 일들을 들어 본다.

사진 8-1
식약청장의 위촉장 수여(우측부터 박종세 청장, 김희선 차장, 필자)

잉크가 바랠수록 추억은 빛이 난다

내가 처음 자문관으로 위촉될 수 있었던 것은 제1대 청장인 박종세 박사의 각별한 배려 덕분이었다. 마침 정년퇴임을 기념하여 준비한 책인 《HACCP-이론과 실천모델》의 헌정행사 때, 박 청장이 축사에서 필자를 식약청 자문관으로 모실 예정이라는 돌출 발언을 한 것이 발단이 되었다. 사전에 내 의사를 타진한 일도 없었으니 당시에는 그의 참뜻을 알 수 없었다. 그러나 미국 존스홉킨스대학에서 석, 박사를 하고 나름대로 미국 FDA에서 경험을 쌓아 그곳 시스템을 잘 아는 박종세 청장의 평소 생각의 반영이었으며, 필자의 과거 경력이 새로 발족한 식약청에 도움을 줄 수 있을 것으로 기대한 듯하다. 그러나 불행히도 필자가 자문관으로 위촉된 지 3개월도 안 돼 뜻밖에 청장 자리에서 떠나야 했으니 기대한 만큼 아쉬움도 컸다.

당시 식약청은 원래 1996년 4월에 설립한 식품의약품안전본부를 이어받은 지 1년도 되지 않은 시점으로 기능을 제대로 발휘하지 못할 때였고, 그만큼 식약청의 미래지향적 설계와 과제 확립이 급선무였다. 그동안 식약청의 필요성을 연구하고 역설한 바 있는 필자 입장에서, 더욱이 자문관으로 위촉된 입장에서 무언가 도움을 주는 것이 도리였다. 그런 상황을 간과한 식약청 신동균(申東均) 식품국장은 필자에게 '식품관리 업무의 평가와 방향 설정을 위한 기초연구 -식품의약품안전청의 기능을 중심으로-' 란 연구 과제를 행하도록 배려해 주었다.

그때 수행한 연구 내용을 다시 요약하면, 우선 식품의약품안전청 기구의 대폭적인 조정을 전제로 한 개선안이었다. 즉 ▷국립식품의약품연구원의 신설을 비롯해, ▷전국 6개 광역 지역단위의 식품의약품안전청 설치, ▷그 산하에 대도시 및 중소도시 중심 구역으로 구분한 14개 지청 및 32개 지소의 설치를 제안하였다. 이와 같은 혁신적인 개편안은 당시 중앙과 지방 시도에서 분리하여 담당하고 있는 식품의약품 관리업무를 총괄하고, 체계적으로 관리할 수 있는 정부기구의 필요성을 전제로 한 것이었다.

다음은 제2대 허근 청장 때의 일이다. 그분은 영남대 약학대학에서 계속 교수생활을 하다 식약청장으로 발탁된 학자 출신으로, 행정 경험은 없으나 세심하고 강직한 분이셨다. 원래 약리독성을 전공하신 독성학의 대가였기에 업무에 대한 이해가 깊었다. 그래서 당시 유전자조작(GM) 수입농산물에 대한 문제가 이슈로 등장할 때, 필자의 자문활동에 거는 기대가 컸다. 그 한 사례로 농림부서인 농촌진흥청 농업과학연구소와의 업무제휴를 위한 노력을 들 수 있다.

마침 GM 농산물에 대한 안전성 논의가 국내외적으로 대두되고 있었고, 국내산 농산물에 대한 유전자조작 연구도 관심의 대상이었다. 차제에 부처와의 공동연구는 물론 상호 협력의 필요성도 느낀 필자는 농촌진흥청과 식품의약품안전청 간의 제휴 차원에서 우선 양 청장 간의 만남을 주선하기로 했다. 그 일환으로 필자는 허근 청장과 함께 수원의 농진청을 방문했으며, 그곳에서 브리핑을 받고 시설을 시찰하는 등의 환대를 받았다. 그 후 실무적인 교류는 물론 상호 정보를 교환하는 등 계속적인 협조가 이어졌음은 물론이다. 필자가 1992년부터 농진청 중앙농업산학협동심의회 전문위원으로 활동한 덕분에 양 부처의 가교 역할을 할 수 있었던 것이다.

이어 제3대 양규환(梁奎煥) 청장 때의 일이다. 양 청장은 과학기술부 산하 연구기관인 생명공학연구소장 출신으로 식약청 연구사업비를 본격적으로 도입하는 데 기여한 분이다. 당시 필자는 2000년 및 2001년도에 식약청장의 추천으로 과학기술부에서 주관하는 '국가연구개발사업 사전조정 심의위원회' 위원(농수산, 보건, 건설 및 환경분야 분과위원장)으로 위촉받아 활동한 것

     잉크가 바랠수록 추억은 빛이 난다

이 크게 도움이 되었다. (사진 8-2) 정부 각 부처 소관의 모든 연구사업을 사전에 심의하면서 타 부처에 비해 보건분야 연구기관인 국립보건원이나 식약청의 연구비가 상대적으로 미미함을 느꼈다. 이는 관련부처가 연구사업의 필요성과 문제를 도출하는 요령이 부족했기 때문이다.

또한 2000년 11월 28일자로 식품기술자문관으로 연임된 필자는 식약청에 무엇인가 도움이 되어야 한다는 의무감마저 느끼고 있을 때였다. 그래서 하루는 양 청장에게 식품의약품안전청의 기능 중 연구사업이 매우 중요하다고 강조하는 동시에 2002년도 예산에 연구사업비가 대폭 증액되도록 노력하는 것이 청장의 의무며 책임임을 강조했다. 양 청장 역시 오랫동안 연구기관을 이끌어 온 경험에서 필자의 의견에 전적인 동감을 표함은 물론, 바로 행동으로 옮기고 열심히 노력하였다. 그 결과 불과 30억 원 정도의 연구비를 10배 이상 늘려 무려 400억 원의 용역연구비를 확보하는 개가를 올렸다. 필자도 새로운 연구사업인 '건강기능식품 관리의 장기발전 방안 연구'란 10개년 연구사업계획서(총 300억 원 소요 예산)를 만들기 위해 당시 방옥균(方玉均) 식품국장을 독려하는 등 뒤에서 주도적인 역할을 했음은 물론이다.

오늘날 식약청 연구사업이 본격적으로 궤도에 올라올 수 있었던 것은 양 청장의 노력이 있었기 때문이다. 새삼 그 시절의 아련한 기억들을 되새기며 감회에 젖어보았다.

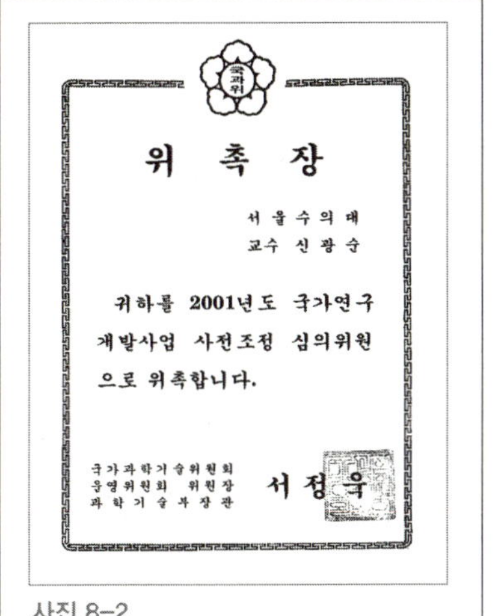

사진 8-2
국가연구개발사업 사전조정 심의위원
위촉장

믿는 도끼에 발등 찍힌 꼴이 되다

이어 제4대 이영순(李榮純) 청장 때의 이야기를 할까 한다. 이 청장과의 인연은 1982년 필자가 서울대학교 수의과대학 교수로 부임할 때부터 시작한다. 당시 수의공중보건학 교실에서 이영순 교수와는 대학원생실을 사이에 둔 옆방에서 16년을 함께 지냈다. 그렇다 보니 그가 식약청장으로 발령받기 10여 일 전에 필자에게 전화를 걸어, 내정 소식을 알림과 동시에 나의 생각을 타진할 정도였다. 그때 필자의 답변은 "수의학을 전공한 교수가 식약청장을 맡을 수 있는 기회가 그리 흔치 않으니 반드시 성사시켜야 하며, 나도 뒤에서 힘껏 도울 수 있는 계기가 되었으면 좋겠다"고 격려하였다.

예상대로 김대중 대통령은 이영순 교수를 제4대 식품의약품안전청장(2002. 3. 20.~2003. 3. 2.)으로 발탁했다. 수의사 출신 최초의 청장이기에 모두들 그에 대한 기대가 컸고, 수의계 유지들이 마련한 축하모임이 열릴 정도였다. 필자 또한 가까이에서 그에게 의견을 자문할 수 있는 입장이지만, 그 역할에 신중을 기해야 했기에 늘 조심할 수밖에 없었다. 그래서 가까우면서도 멀리할 수밖에 없었다. 사실 겉으로는 그렇게 지내는 편이 더 좋았다.

그리고 그 무렵인 2002년 11월 13일 나 또한 보건복지부장관으로부터 식품위생심의위원회 위원으로 위촉됐으며, 호선에 의하여 위원장에 선출되었다. (사진 8-3) 1978년부터 무려 20여 년 동안 심의위원으로 활동한 결과 얻은 명예스런 일이었다. 따라서 2002년은 수의사 출신의 청장과 위원장이 동시에 나온 수의계 경사의 해였다. 그런 연유인지 모르나 필자는 세 번째로 식약청 자문관으로 연임되었다(2002. 11. 28.~2004. 11. 27). (사진 8-4) 같은 값이면 다홍치마라고, 어려운 자리를 모처럼 차지한 수의사 출신 식품의약품안전청장을 필자가 돕지 않으면 누가 도울 것인가? 같은 대학, 같은 교실 출신 선배로서, 그리고 그가 위촉한 식품기술자문관으로 도리를 다하는 것이 인간지사가 아닌가? 그렇게 생각하고 행동하는 것이 너무나 당연했기에 최선을 다하리라, 스스로도 그렇게 다짐하였다.

그러나 호사다마(好事多魔)라고, 위촉된 지 3개월도 안된 2003년 2월 중순 어느 날 뜻밖에 희한한 일이 생길 줄 누가 알았으랴? 본인의 의사와는 관계없이 정년 후 4년 넘게 지낸 식약청 자문관 생활을 접어야 했다. 그 이유를 밝히기조차 쑥스러워 그냥 접고 넘겼지만, 주위에서조차도 이해가 되지 않는다고 할 정도였다. 불과 두 달 전에 청장 자신이 결재하고 위촉할 때는 언제고, 이렇다 할 사유도 없이 무조건 그만두게 하는 처사는 무엇인지 도저히 이해할 수 없었다. 필자를 찾아 어렵게 전하는 당시 임기섭 식품과장조차

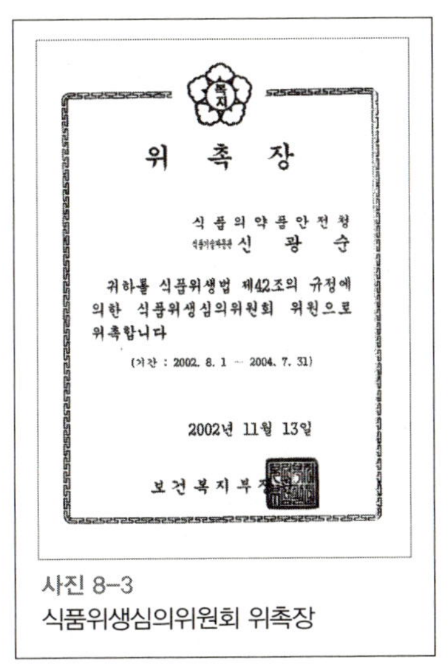

사진 8-3
식품위생심의위원회 위촉장

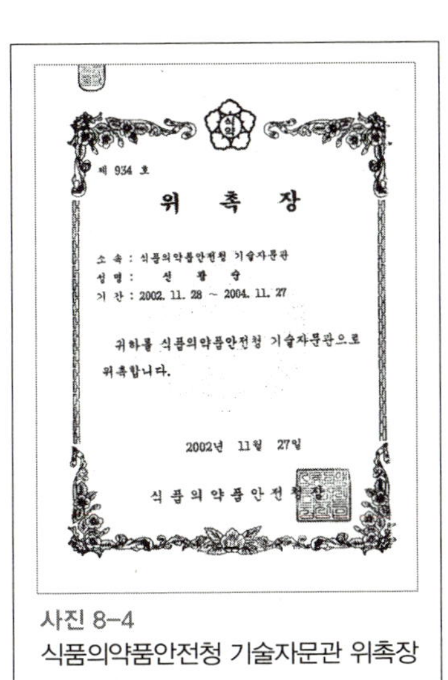

사진 8-4
식품의약품안전청 기술자문관 위촉장

도 영문을 말하지 못할 정도였으니, 정상적인 공직사회에서 찾아보기 힘든 이상한 처사였다.

특히 2년간의 자문관 위촉 기간이 겨우 시작 단계인데 스스로가 위촉한 사람을 그만두게 종용했던 것, 그것도 정식 서면 절차도 없이 일방적으로 해촉이 가능하다는 것 자체가 상식에 벗어났다. 물론 수용하지 않고 버틸 수도 있었고, 행정소송을 제기할 수도 있는 사안이었다. 그러나 '똥이 더러워 피하는 것이지 무서워 피하지 않듯' 같은 부류의 인간이 될 수는 없지 않은가? 뭐 그리 대단한 자리라고? 보수를 받는 것도 아닌데? 용서와 아량으로 스스로를 다스리는 편이 어른다운 처신이 아닌지? 생각이 여기에 미치자 마음과 몸이 편하고 집에서도 반기었다.

그때 필자가 식품의약품안전청 식품기술자문관 직에서 정식 해촉된 것은 2003년 2월 15일로 알고 있다. 그것도 문서상으로 해촉장을 받은 것이 아니라 필자가 직접 인사 담당자에게 물으니 결재 날짜가 그날이라는 것이다. 그 후 꼭 1개월 남짓해 이영순 청장 자신도 예측한 일이었지만, 그 역시 본인의 의사와 관계없이 노무현 정부 출범으로 불과 1년의 단명 청장으로 기록되는 신세가 된다. 이에 '벼슬은 짧고 인생은 길다'는 히포크라테스의 인생무상을 표현한 구절을 빌어 필자의 심경(心境)을 대신 구하고 싶다.

하지만 호사마다 후엔 전화위복(轉禍爲福)이 있기 마련, 몇 달 후 우연히 제5대 심창구(沈昌九) 청장(2003. 3. 3.~2004. 9. 3.)을 만날 기회가 있었다. 서울대 약대 교수 출신인 그는 전임 자문관이며 선배 격인 필자를 반갑게 대해 주니 이런 저런 대화가 오갈 수밖에. 그리고 필자에게 계속 식약청에 애정을 갖고 도와주기 바란다는 겸손의 말씀까지 하면서, "그대로 쉬지 마시고 계속 일을 할 수 있는 길을 찾아보심이 어떨지"하며 필자에게 활동을 종용하

　잉크가 바랠수록 추억은 빛이 난다

는 것이었다.

이어 그는 식약청 입장에서 보니 식품과학회, 식품영양학회 등 식품관련 학회는 많으나 정작 식품안전을 연구하고 발전시키기 위한 학술단체는 필자가 만든 한국식품위생안전성학회 하나뿐이며, 더욱이 관련협회도 업계단체인 한국식품공업협회뿐, 위생 및 안전성 관리를 전담하는 민간기구는 전무한 상태라 지적하였다. 약(업)계의 실정을 잘 아는 약대 교수 출신인 심 청장은 안전을 경하게 여기는 현 식품분야 실태를 이상히 여기고 있었다. 약사회, 제약협회 등 다양한 단체가 활동하고 있는 약품 분야와 그렇지 않은 식품 분야를 비교할 때 당연히 그렇게 느꼈을 것이다. 이어 그는 필자의 경륜을 살려 한번 주관해서 시도해주기 바란다는 당부까지 하는 것이 아닌가?

그러나 이미 정년도 했고 사회활동도 할 만큼 한 필자 입장에서 심 청장의 당부를 선뜻 받아들일 용기가 나지 않았다. 그러나 필자 역시 오래전부터 그런 생각을 해왔고, 언젠가 누군가에 의해 성사되기를 바라던 입장에서 그저 가볍게 넘길 일이 아니었다. 마침 식약청을 떠난 지 수개월이 지났고, 그저 허송세월을 하기에는 생리가 맞지 않을 때이니 마음이 동할 수밖에. 심 청장의 권유도 권유지만, 항상 무엇을 찾고 갈구하며 잠시도 쉬지 못하는 필자의 평상시 기질로 볼 때 그대로 넘길 수 없는 일이었다. 또 이런 분위기에서 나 몰라라 하는 것도 어른답지 못하다는 생각마저 들었다. 그렇게 해서 한국식품안전협회 태동의 시동이 걸린 셈이다.

필자와 식약청의 인연은 질기고 길었다. 식품기술자문관의 위촉에서 한국식품안전협회 설립까지 참으로 많은 활동을 하였고, 이를 통해 필자의 경륜을 사회에 환원할 수 있었다.

설립부터 사단법인 허가까지

마음을 굳혔으면 실천에 옮기는 필자의 오랜 생활신조가 그때도 어김없이 발동한 것 같다. 먼저 혼자 생각하고 고민해보고, 여러 사람에게 물어 상의하고, 다시 냉정히 분석하고 평가한 다음 신중하고 소신 있게 실천에 옮기는 나의 생활철학을 믿어 보기로 하였다. '유지자사경성(有志者事竟成)—뜻이 있는 자는 무엇이든 이룰 수 있다'는 고사성어를 실천에 옮길 일만이 남았다.

첫 단계는 필자와 신념을 같이할 동료를 구하는 일이었다. 먼저 대학 후배이며 식약청 서울지청장으로 퇴임한 김영만(金永萬) 청장을 만나 의견을 나눴으며, 이어 한국식품위생연구원 출신으로 마침 푸드원택(주)을 설립해 식품컨설팅 사업을 시작한 오원택(吳元澤) 박사에게 뜻을 전하니 적극 돕겠다고 하였다. 전직 고위공직자와 실무경험을 쌓은 전문가가 나타났으니 양 날개를 펼친 형국이 아닌가. 첫 단추가 쉽게 채워지니 일이 잘 풀릴 징조였다.

다음 단계는 여건을 형성하고 도움을 청하는 일, 우선 식품안전의 중요성과 관련 협회의 설립 당위성을 공감하고 협조를 받기 위한 논의와 절차가 필요했다. 그 첫 시도로 협회를 발기하기 위한 준비 모임을 2003년 6월 13일 아침 서울팰리스호텔에서 조찬을 겸해 개최했다. 자리에 오신 분들은 학계 대표로 한국식품위생안전성학회 장동석 교수(부경대), 한국급식위생학회 곽동경 교수(연세대), 한국HCCAP연구회 홍종해 교수(강원대), 관련기관인 한국식품개발연구원 강수기 원장, 전 식품안전청장을 역임한 박종세 박사(랩프론티어 대표), 식품업계는 (주)풀무원, (주)한국야쿠르트, 롯데제과(주),

현 CJ제일제당의 전신인 모닝웰(주), 방사선 조사업소인 그린피아기술(박순연), 급식업체인 (주)서래(김호균), 식품기계회사인 (주)신한디엠(유면수), 식품컨설팅회사인 푸드원택(오원택) 등 각계를 대표해 참석하였다.

먼저 발기인을 대표하여 본인이 협회 설립 경위를 설명하고, 이어 참석자의 의견을 청취하는 등 협회 설립 취지와 당위성을 논의했다. 그 결과 지금이라도 설립을 추진함에 적극 찬성하는 쪽으로 의견이 일치했으며, 바로 창립총회를 개최하는 등 협회 설립 절차를 취하기로 합의하였다. 우선 협회를 설립하는 발기인 대표는 필자를 비롯해 총 9명으로 구성하되, 전원을 이사로 선임토록 결의하는 등 창립총회 절차를 전체 참석자의 동의로 통과시켰다. 당일 선출된 임원은 회장 신광순, 부회장 김영만, 이사 장동석·곽동경·박순연·김호균·유면수·오원택, 감사 권익부(롯데중앙연구소장) 등이다.

이어 창립총회를 대비해 만든 (사단법인)한국식품안전협회 정관을 심의 의결한 바, 총 8장 45조 부칙으로 구성된 정관 중 협회의 사업(제4조) 부분을 요약하면 : 식품안전과 식품위생에 관한 조사 및 연구사업, 계몽홍보 및 교육훈련사업, 자료개발 및 출판사업, 인력개발 및 기술보급사업, 기타 국내외 협력사업, HACCP기술 지도 및 평가 지원사업, 회원 상호간의 정보교류 및 권익신장을 위한 사업 등 전반적인 사항을 망라하고 있다.

또한 회원의 구성 요건을 보면, 식품관련 업소 대표자는 정회원, 개인은 일반회원, 단체 및 기관은 특별회원의 자격을 주도록 하고 있다. 기타 임원의 구성 및 자격, 회원의 권리 및 의무, 임원의 수, 선임, 임기 및 직제와 직원에 대한 규정, 그리고 총회의 구성 및 기능, 의결권, 이사회의 구성과 기능 등 민법에 의한 사단법인 설립 요건은 물론 정관에 규제할 사항을 참고했다. 또한 사업계획 및 예산(안)도 이의 없이 통과시킴으로써 협회 창립의 절차를 모두 마무리한 셈이다.

창립총회 후 2주 만인 2003년 6월 27일, 식품의약품안전청에 민법에 의한 사단법인 설립허가 신청서를 제출했으며, 다시 정관 및 사업계획서 일부를 보완해 동년 7월 18일 정식으로 법인 설립 허가증(제2003-1호)을 교부받았다. 곧 이어 서울시 영등포구 여의도동 43-3 홍우빌딩 913호에 사무실을 마련 입주했으며, 협회의 요건인 법인설립 등기(001378호) 및 사업자등록증(107-82-09410)을 교부받음으로써 사단법인 설립 절차를 전부 마무리했다.

창립총회 후 불과 2개월 만에 협회 설립을 마칠 수 있었던 것은 참여한 임원들의 의지와 신념은 물론이고, 필요한 소요경비를 솔선 부담해 주신 덕분이라 생각한다. 총 출연금 5천만 원 중 기본재산 2천만 원은 이사인 그린피아기술(주) 박순연 대표가 1천만 원, 기타 임원들이 100만~400만 원을 출자했고, 운영재산 3천만 원은 필자가 전액 차입 형식으로 출연한 것이다. 이끄는 자가 책임지고 먼저 솔선수범하는 것이 도리라 생각했기 때문이다.

창립한 지 6년 동안 어려운 여건에서도 생애 마지막 작품인 협회의 활성화를 위해 최선의 노력을 기울였다. 그 후 협회는 2010년 2월 23일 정기총회에서 현 임원인 신동화(申東和 : 전북대 식공과 명예교수) 회장 및 임기섭(林基燮 : 전 식약청 식품안전국장) 부회장에게 인계하였다. 오늘 땅을 고르게 해야 내일 기둥을 세우고 서까래를 얹을 수 있으며, 모레는 지붕을 올리고 상량할 수 있게 된다. 집은 그렇게 완성되는 것이다. 지난 일을 돌아보며 흐뭇이 미소 짓는 날이 언젠가는 오리라 굳게 믿는다.

한국식품안전협회는 설립은 '뜻이 있는 곳에 길이 있으며, 길이 있는 곳에 희망이 찾아온다'는 신념과 용기가 있었기에 가능하였다.

　잉크가 바랠수록 추억은 빛이 난다

십시일반으로 도와주다

식품 안전사고가 계속 증가함에 따라, 국민들 사이에 먹을거리인 식품에 대한 불안감과 식품정책에 대한 불신이 고조되고 있었고, 이에 따라 식품업계의 직간접적인 피해도 커질 수밖에 없었다. 그동안 국내 식품산업은 양적인 성장에 비해 질적인 성장은 미흡한 실정이었다. 그러나 사회경제적인 여건과 환경의 변화에 따라 삶의 질적인 향상이 한국 사회의 당면 과제로 부상하는 추세였으며, 국민의 바람이기도 했다.

이러한 시대적 요구에 부응하기 위해, 소비자인 국민과 생산자인 식품업계 그리고 정부의 정책을 아우를 수 있는 식품안전 및 위생 향상에 기여하는 활동이 필요했다. 한국식품안전협회는 소비자의 식품안전성 확보, 식품영업자의 자율적 위생관리 및 정부시책의 적극적인 협조를 위한 사업을 전개할 목적으로 설립한 공익법인이다. 특히 식품의 안전관리 문제는 정부기관 혼자서 감당하기에는 한계가 있으므로 민간 차원의 자율적인 협조가 있어야 소기의 목적을 달성할 수 있다.

참고로 사단법인 한국식품안전협회 정관 제4조에 규정한 사업의 취지를 설명하면; ①조사 연구사업 : 정부, 산업체 및 소비자가 당면하고 있는 현황과 실태에 대한 조사 분석을 통하여 보다 발전적이고 효과적인 정책, 제도, 기준, 정보, 프로그램 등을 연구 개발한다.

②계몽교육 및 홍보사업 : 식품사고, 식품위해물질, 식품위생 및 안전관리 등에 대한 올바른 지식과 정보를 제공하고, 그 중요성을 널리 알림으로써 소

비자의 건강과 안전을 확보하고, 산업체의 식품안전 수준 향상에 기여한다.

③자료개발 및 출판사업 : 학생, 소비자, 식품산업체, 공무원 및 식품관련 종사자의 자질과 전문성 향상을 위한 각종 교재 및 자료를 개발하고 출판한다. 이 밖에도

④식품안전 우수 기술, 제품, 시스템의 발굴 및 보급사업,

⑤식품안전 기반 조성을 위한 인프라 구축 등 국내외 협력사업,

⑥HACCP제도 활성화를 위한 기술지도, 사후관리 및 평가지원 사업,

⑦회원 상호간 정보 교류 및 권익 신장을 위한 사업 등이다 .

그러나 처음 협회를 설립하다 보니 무엇보다 운영자금을 마련하는 것이 급선무였다. 협회 발족 시의 기본재산 2천만 원은 사무실 임대와 사무집기를 구입하는 데 충당했으며, 나머지 운영비는 필자가 출연한 3천만 원으로 한두 달 견딜 생각으로 협회를 출범시켰기 때문이다. 우선 일을 터뜨리다 보면 길이 보이겠지, 그동안 쌓은 경륜이 있기에 누군가 도움을 주겠지, 지성이면 감천이듯 좋은 일을 위해 뛰는데 해결의 실마리가 풀리겠지 등등 지금 생각하니 겁도 없이 협회를 만든 필자의 용기에 스스로 놀랄 따름이다.

우선 본격적인 사업에 앞서 협회를 알리고 회원을 확보하고 회비를 거출하기 위한 활동부터 시작했다. (사진 8-5, 8-6) 모든 식품기업을 대상으로 회원가입을 촉구하되, 특히 필자와 친분이 있는 회사에 가입을 권유하는 서신을 보내는 한편, 직접 연락하거나 방문하는 등의 방법으로도 접근하였다. 그 결과 첫 번째로 (주)한국야쿠르트(대표 김순무)가 2003년 11월 10일 회원으로 가입함과 동시에 입회비 및 연회비로 420만 원을 납부하였다. 이어 오원택 이사의 푸드원택(주)에서 125만 원(11. 19.), 롯데쇼핑(주) 식품사업본부가 350만 원(12. 10.)의 회비를 냄으로써 세 번째 회원사로 가입하였다. (사

 잉크가 바랠수록 추억은 빛이 난다

진 8-7)

2004년에는 식품시설 회사인 (주)신한디엠(대표 유면수)이 200만 원(1. 16.), 한국청정기기(대표 김봉건)이 150만 원(1. 31.)을 시작으로 CJ(주)에

사진 8-5
한국식품안전협회 소개 팸플릿

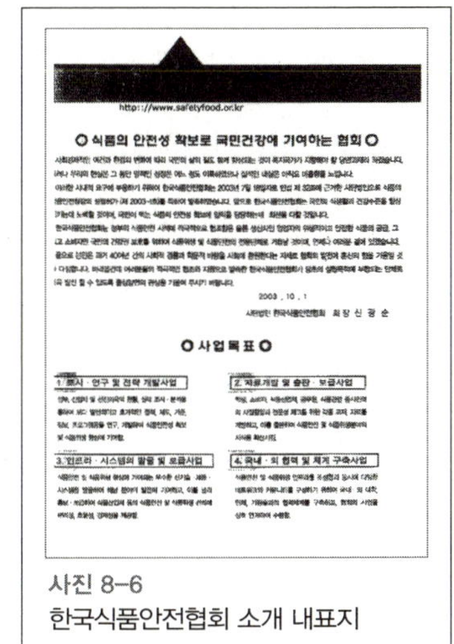

사진 8-6
한국식품안전협회 소개 내표지

사진 8-7
초창기 10개 회원사 명단

서 450만 원(3. 2.), (주)랩프론티어(대표 박종세) 175만 원(4. 1.), (주)풀무원녹즙 양주공장 250만 원(4. 23.), 롯데칠성음료(주) 450만 원(7. 19.), 그린피아기술(주) 125만 원(8. 19.), 대상(주) 450만 원(8. 27.), CJ프레시웨이(주) 450만 원(9. 15.), 매일유업(주) 450만 원(12. 3.), 서울우유 450만 원(12. 14.), 이어 2005년에는 (주)농심개발본부에서 450만 원(3. 17.), 삼양식품(주) 250만 원(6. 1.), 동서식품(주) 450만 원(11. 14.), 2006년에는 (주)하림에서 400만 원(10. 24.), 2007년에는 (주)태연이엔지에서 250만 원(3. 7.)을 내고 회원사가 됨으로써, 총 19개사가 협회에 가입한 셈이다. 참고로 회비는 본회에서 규정한 회비기준에 의하여 최초 가입비는 공히 100만 원씩이며, 연회비는 회사의 연간 매출액을 기준으로 정하되 최고 350만 원을 상한선으로 하였다.

물론 한국식품안전협회에 가입한 회원의 수는 미미한 감이 있으나, 그들이 납부하는 회비는 유사단체에 비해 부담이 컸다고 할 수 있다. 그만큼 양적인 면보다 질적인 협회 운영에 초점을 둔 결과이며, 몇몇 회원사의 각별한 이해와 협조가 있었기에 가능했다고 본다. 그 사례로 (주)한국야쿠르트 김순무(金順茂) 사장님의 경우 광고 찬조비로 매년 500만 원을 3년 동안 지원해줬으며, CJ(주) 식품안전센터 박대우(朴大雨) 소장 역시 300만 원을 3년간 찬조해주는 등 각별한 관심을 보였다. 그동안 꾸준히 도와주신 회원사 여러분들에게 거듭 감사의 말씀을 드린다.

초창기 협회로 회원사에 대한 이렇다 할 혜택도 없는데, 많은 분들이 도움을 주셨다. 그만큼 당시 식품업계가 식품안전의 중요성과 관련 학회의 필요성을 느끼고 있었다는 반증이기도 했다.

잉크가 바랠수록 추억은 빛이 난다

사업을 전개하는 데 올인하다 (Ⅰ)

다음은 2003년 7월 협회 창립부터 2009년까지, 6년간의 사업내용을 분야별로 요약한다.

**** 식품관련 법규제정에 대한 정책건의(3회)**

① 2004년 7월 28일에 개최한 국무총리 국무조정실에서 추진하는 식품안전기본법(안)에 대한 공청회 결과를 토대로, 회원사 및 관련업계의 의견을 수렴하여 문제점과 대안자료를 만들어 국무총리실에 건의함과 동시에 업계 실무책임자를 초청하여 협의회를 개최함(2004. 8. 10.).

② 2004년 9월 8일에 보건복지부에서 입법예고한 식품위생법개정(안)에 대하여 회원사 등 식품업계의 의견을 수렴하여 협회의 검토의견 및 대안, 추가 보완할 사항 등을 지적하여 보건복지부 및 국회에 건의함(2004. 9. 20.).

③ 이들 법안에 대한 협회의 의견과 대안, 참고자료 등을 국회 보건복지위원회 소속 국회의원 전원(20명)과 전문위원에게 이메일로 송부하여 동 법안을 심의할 때 참고하도록 함(2004. 11. 29.).

특히 식품업계에 대한 규제와 단속기능의 강화는 국민의 식품위생 및 안전성 확보와 소비자의 안심 의식 재고에 차선책은 될지언정 최선의 방법으로 볼 수 없다고 판단, 그 의견과 대안 등을 제시하였다.

**** 식품업계와 소비자인 국민의 식품안전 길잡이 역할(5회)**

식품 제조·가공 업계에서 필요한 현장 실무용 식품안전 자료집을 발간 보급하였다.

▷제1집 : 이물과 식품안전(2004. 3. 17.)

▷제2집 : 알기 쉽게 풀이한 세균성 식중독(2004. 5. 25.)

▷제3집 : 식품기업의 자주관리 매뉴얼(2005. 5. 14)

▷제4집 : 식품생산 현장 실무용 미생물관리 Q&A(2007. 4. 25.)

▷제5집 : 세계 주요 국가의 GM식품 표시제도(2009. 2. 20.) 등이다.

즉 식품생산 현장에 적용하고 실천해야 할 기본적인 행동 원칙과 보다 구체화한 실천 매뉴얼에 대한 모델 및 현장 사례 중심의 국내외 자료를 나름대로 취합 정리한 것이다.

**** 뉴스레터 〈식품안전 News〉지의 발간(9회)**

참고로 특집 주제만 제시한다.

▷제1호(2004. 7.) : 한국·일본·미국의 식중독 현황 분석, 여름철 식중독 장염비브리오(사진 8-8)

▷제2호(2004. 9.) : 식품안전과 Risk Communication, 가장 오래된 세균성식중독 살모넬라

▷제3호(2004. 11.) : 식품매개성 감염균 Listeria monocytogenes, 겨울철 식중독 '노로바이러스'

▷제4호(2005. 1.) : 일본의 식품안전을 위한 법적 제도 개선의 개요

▷제5호(2005. 3.) : HACCP의 확대 적용, 봄철에 많이 발생하는 포도구균 식중독

 잉크가 바랠수록 추억은 빛이 난다

▷제6호(2005. 5.) : 식품과 생물테러, 클로스트리듐 퍼프린젠스균 식중독

▷제7호(2005. 7.) : 식품알레르기의 문제점과 대응, 병원성대장균 식중독
(O157을 중심으로)

▷제8호(2005. 9.) : 식품과 미생물, 바실루스 세레우스 식중독

▷제9호(2006. 4.) : 조류와 사람의 인플루엔자, 캠피로백터 식중독

** 식약청 용역연구사업 수행(2건)

① 선진국의 식중독 관리 시스템 조사(연구자 : 신광순, 연세대 곽동경, 창원대 문혜경 교수)

② 즉석제조가공식품의 위생교육 교재 개발(연구자 신광순, 푸드원텍 오원택, CJ 박대우)

** 세미나 및 강연회 개최(6회)

① 소비자 요구에 부응한 농산물 고부가가치 창출 방안(농촌생활연구소 주최 심포지엄에서 신광순 회장 '농산물의 안전성 확보를 위한 위생관리 현황과 대응방안' 발표(2003. 5. 7.)

② 일본식품위생학회 제86회 학술강연회에서 신광순 회장 '한국의 식품안전 현황' 발표(2003. 10. 30.)

③ 전문가 초청 강연회 개최 '일본의 식중독 역학조사 자료의 해석과 세균성 식중독의 특징'(아베 가즈오, 미야기현 보건환경센타 전문감)을 주제로 한국급식위생관리학회 세미나(2004. 5. 29. 연세대 최이순홀)에서 발표, 또한 CJ푸드시스템(주) 위생안전 팀을 대상으로 식중독 관리 특강(2004. 5. 28.)

④ 협회 창립 1주년 기념 정책토론회를 '식품안전관리, 그 해법은 무엇인가?' 주제로 개최(2004. 7. 23. 서울팰리스호텔). 발표 주제 '식품안전관리체계의 개편 방안'(발표자 농정연구센터 황수철 박사) 및 분야별 토론자 7명이 참여하여 우리나라 식품안전관리의 기본 방향을 모색하기 위한 정책토론회 개최 (사진 8-9)

⑤ 식품업계의 역할과 발전 방향에 대한 토론회 '식품안전기본법 제정 및 식품위생법 개정안 입법예고에 대비한 식품업계의 대응 방안'을 주제로 한국식품공업협회 등 5개 단체 공동개최 (국회도서관 강당, 2004. 11. 9.), 주제 발표(좌장 신광순) '식품산업의 현안 과제 및 관련 법규'(중앙대 이종영), '소비자 권익보호와 식품산업 발전을 위한 바람직한 역할 분담'(전북대 신동화)

⑥ 소비자 농업시대와 농식품 안전관리, 축산 관련단체 공동 주최 행사에 참여(2006. 7.)

**** 회장의 일본 출장 (2회)**

① 일본식품위생학회 제86회 학술강연회(2003년 10월 30~31일, 이와데현 모리오카(盛岡) 시민문화홀)에서 '한국의 식품안전 현황' 발표 (사진 8-10)

② 일본의 식중독 시스템 조사(2004년 10월 17~23일) -미야기현(宮城縣) 위생국 및 보건환경센터, 시오가마(鹽釜) 보건소, 마쓰시마(松島) 양식 굴 처리장 등 방문하여 현황 조사 및 자료 수집.

이 밖에도 한국식품안전협회는 식품안전 문제가 사회적 이슈가 될 때마다,

잉크가 바랠수록 추억은 빛이 난다

협회장의 견해를 표하는 등 해결 방안을 모색하는 데 나름대로의 역할과 노력을 경주하였다.

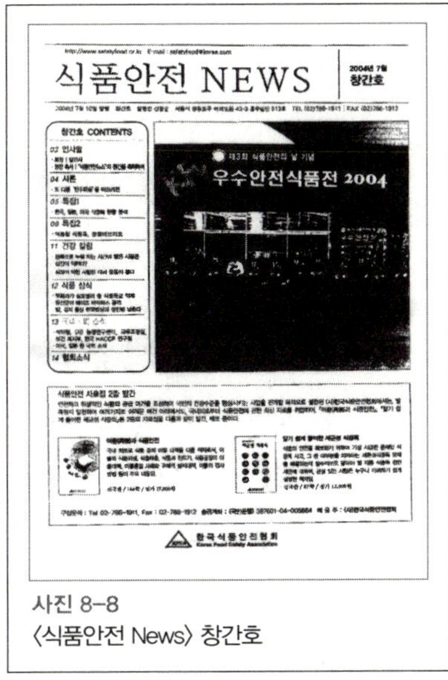

사진 8-8
〈식품안전 News〉 창간호

사진 8-9
한국식품안전협회 주관 토론회

사진 8-10
일본식품위생학회 제86회 학술강연회

사업을 전개하는 데 올인하다 (Ⅱ)

**** 협회 추진 주요사업계획 제출(2건)**

식품의약품안전청, 보건복지부 등에 협회가 추진할 수 있는 사업계획서를 제출하여 그 필요성을 누차 강조하였다. 내용은 다음과 같다.

① 식품안전·안심의식 정착을 위한 대국민 정보교류 사업(Risk Communication Campaign) —국민 불안감 해소를 위한 홍보시스템 구축

사업내용 : 인프라 구축을 위한 자료 개발, 홍보자료 제작 및 포털사이트 구축, 정보교류 및 대국민 보급운동 전개(소요예산 연간 10억 원).

② 식품위생행정 60년사 발간사업

1948년 정부 수립 이후 2007년까지 60년간의 식품위생행정 관련 역사를 발굴 정리하여 기록으로 남기는 사업(소요예산 총 3억 원).

그러나 당국의 인식 부족으로 이들 사업을 성사시키지 못해 아쉬움만 남겼다. 특히 대국민 식품안전·안심의식 정보교류 사업은 식품안전협회의 고유사업으로 계속 정착할 수 있는 날이 오기를 간절히 바란다. 그래야만 정부의 식품안전 정책에 대한 신뢰감은 물론 우리 국민이 식생활의 불안감에서 해방될 수 있기 때문이다.

**** 회장의 매스컴 투고 및 홍보 활동**

협회 발족 후인 2003년부터 2009년까지 일간지 및 전문지에 투고하거나 게재한 시사성 또는 건의성 논조들을 정리하면 다음과 같다.

① 일간지(총 7회)

▷조선일보, 독자칼럼 '식품안전처 만들자'(2005. 12. 22.), ▷중앙일보, 오피니언 '식품안전기본법 시안 소비자 입장 일방적 반영'(2005. 8. 3.), (사진 8-11) ▷매일경제, 분석과 전망 '식품위생 관리 민간 몫 아니다'(2004. 10. 16.), ▷뉴시스(통신사), '식중독 관리제도 개선 시급'(2006. 9. 11.), '식품안전처 신설 다음 정권으로 가나?'(2006. 12. 14.), '이명박 대통령 당선자에 바란다'(2008. 1. 11.),

② 전문지(총 50회)

주요 기사만 추리면 다음과 같다. ▷건강소식, 권두칼럼 '가축의 질병과 사람의 건강'(2004. 2. 1.), ▷식품신문 (3회), '국민건강 보호는 국가적 책임 - 노무현대통령 당선자 인수위원회(새 정부)에 바란다'(2003. 2. 1.), '식품안전 국가가 챙겨라'(2004. 7. 26.), ▷식품의약신문 (10회), '식약청 · 업계와 동반자 역할을 할 터'(2003. 11. 24.), 인터뷰-신광순 회장 '총리실 산하 식품안전처 신설로 통합조정 가능'(2006. 1. 6.), ▷식품환경신문 (8회), '한국의 식의 안전에 대한 대응'(2003. 11. 10.), '식중독 관리시스템 개선 방안'(2006. 9. 11.), ▷식품외식경제 (20회), '기생충 김치가 남긴 교훈'(2005. 11. 14.), 특별기고 '식품위해 정보전달을 위한 제언'(2005. 9. 19.), '식품안전, 안심의 식 보급 운동의 필요성' (2006. 1. 16), (사진 8-12) '도쿄도 식품위생 자주관리 인증제도'(2006. 2. 20.), '언론매체 식품위해 정보 전달의 중요성'(2006. 4. 3.), '우리를 슬프게 하는 식중독 사건'(2006. 7. 3.), '국정감사는 정책을 위주로 해야 한다'(2006. 10. 16.), '소리만 요란한 식품안전처'(2006. 12. 18.), '2007년도 식품안전 관리정책을 논함'(2007. 1. 22.), ▷환경시대신문

(총 4회), '소비자 중심이 소비자 피해 야기할 수도, -식품안전기본법, 식품 업체 입장 고려해야'(2004. 8. 16.), '신임 식약청장에게 바란다 -홀로서기보

사진 8-11
식품안전기본법 시안에 관한 의견(중앙일보)

사진 8-12
식품안전, 안심의식 보급 운동 필요성 기사(식품외식경제)

잉크가 바랠수록 추억은 빛이 난다

다 관련부처와 협조해야'(2004. 9. 6.), ▷식품음료신문, '식품안전기본법 제정 때 생산자 입장도 고려해야'(2004. 8. 16.), ▷보건신문, 이 사람 '식품안전은 굿 비즈니스'(2005. 11. 15.), ▷축산신문, 특별기고 '동물의 질병과 사람의 건강 -과학적 근거 믿고 소비를'(2004. 1. 27.), '식품안전관리 -그 해법은 무엇인가, (사)한국식품안전협회 창립 1주년 기념 정책토론회'(2004. 7. 30.) ▷한국인정원, 인증포커스 제11권 2008년 가을호, '식품안전 국가정책의 방향과 개선방안' 등이다.

이 밖에 2007년 2월 12일부터 식품외식경제에 '신광순 박사의 남기고 싶은 이야기'를 매주 시리즈로 연재하기 시작해 2010년 12월 27일까지 무려 4년간 172회로 마감했다.

이와 같이 우리 협회는 출발한 지 얼마 되지 않아 여러 가지로 어려운 상황에서도 식품안전에 대한 범국민적 관심도를 높이고, 식품 영업자들의 자긍심 재고와 자율적 노력을 통한 식품위생 수준 향상은 물론, 식품정책 추진에 앞서 식품업계의 입장을 반영하는 데 나름대로 노력을 기울였다. 그러나 앞으로 해야 할 일이 많으며, 특히 식품사업자의 자율적 실천을 돕고 소비자인 국민의 식품의식 함양에 이바지하기 위하여 '식품의 안전·안심의식 정착을 위한 대국민 정보교류 사업', 즉 '국민 불안감 해소를 위한 정보교류 시스템 구축 캠페인' 등 대국민 홍보·계몽 운동을 지속적으로 펼칠 필요가 있다. 또한 협회는 식품 안전의 기본인 식품의 유해성을 분석하고 평가 결과를 널리 알림으로써 막연한 심리적 불안감을 해소시키는 한편, 적절한 위해관리가 가능하도록 식품안전에 대한 정보의 전달 및 의견 수렴 등 위해정보 교류 활동을 전개해야 한다.

이 밖에 소비자 신뢰 확보를 위한 회원사 주력제품의 이미지 재고 및 안전·

안심의식 증진 사업의 전개, 보건복지부·농림수산식품부·식약청 등과의
협력사업 추진, 회원사 및 유수 식품사 대상의 CEO포럼·간담회 등의 개최
등으로 협회의 기능을 활성화하는 데 최선을 다해야 할 것이다. 협회의 발전
과 성장을 위한 지속적인 협조와 지원을 부탁드리며, 뜻이 있으면 이룰 수 있
다는 신념으로 보답할 것이다. 계속 변함없는 관심과 우려를 함께 베풀어주
시기 바란다.

비록 지금은 명예회장으로서 후진들에게 협회 운영을 일임한 입장이지만,
필자는 그동안의 경륜을 사회에 환원하기 위해 최선을 다했다고 생각한다.
다시 한 번 한국식품안전협회의 앞날에 여러분의 충정어린 격려와 지원이 계
속되기 바란다.

그동안 아무 보상도 없이 협회를 돌봐 주신 회원사는 물론 임원 여러분에게
진심으로 감사의 말씀을 드린다.

배움을 행동으로 실천하다

필자가 1998년 8월, 40여 년의 사회활동을 마감하고 대학에서 은퇴한 지도 벌써 14년이란 세월이 흘렀다. 그동안 진인사대천명(盡人事待天命)의 자세로 살기 위해 부단히 노력했으며, 생활의 활력을 찾고 이제까지의 삶을 재구축하는 데 힘썼다. 착한 일에 솔선하는 일선(一善), 새로운 것을 배우는 십학(十學), 책을 가까이 하는 백독(百讀), 글도 쓰고 발표도 하는 천서(千書), 친구들과 어울려 산에 오르는 만보(萬步) 등 나름대로 내세울 만한 실천 사례를 회고해보기로 한다.

먼저 배움에 대한 이야기부터 꺼낼까 한다. 정년 후 첫 번째로 배움의 문을 두드린 것은 2000년 1월 3일 용산에 있는 서울컴퓨터아카데미 학원 인터넷 실무 2개월 과정에 등록한 것이다. 그때만 해도 컴퓨터는 젊은이들의 전유물이지 퇴역한 사람에게는 별로 필요하지 않은 물건이었다. 그러나 필자에게 컴퓨터는 대학에서 이루지 못한 숙제였으며, 현대인으로 외면할 수 없다는 자존심이 앞섰다. 우선 2개월 동안 기초를 익히고자 했으나 쉽지 않았다. 그래서 추가 등록을 하고 끝장을 보기로 했다. 처음에는 싫증도 나고 골치도 아팠으나 나중엔 오기가 생겨 인내심을 갖고 덤벼들었다. 시간이 날 때마다 컴퓨터에 매달려 씨름하다 보니 차차 그 매력을 알게 되었고, 메일을 주고받는 아주 기본적인 일을 할 정도가 되니 새로운 세상에 눈을 뜬 기분이었다. 지금은 컴퓨터로 직접 원고를 씀은 물론 온갖 세상 정보를 접하는 데 불편 없이 지내고 있다.

또 다른 배움은 좀 늦었지만 골프를 본격적으로 시작한 일이다. 대학교수 시절 인도어에서 교습도 받고 연습도 했으나 형편없는 실력이었다. 그러나 시간과 금전의 여유, 필드에 나갈 기회도 없다 보니 그저 아쉬울 뿐이었다. 이제 정년퇴직도 했으니 어울려 운동할 때, 골프도 체면 유지의 실력은 돼야 하지 않겠나. 마침 대학 선후배들의 골프모임인 '수구회(獸舊會)'에서 참여를 바랐다. 먼저 퇴임한 선배들의 권유도 있었고 후배들과도 어울릴 수 있는 좋은 기회였다. 집 근처 인도어에서 개인 레슨을 받고 매달 한 번 필드에 나가니 겨우 어울릴 정도가 됐다. 그 후 수구회에 정식 가입한 것은 2002년 3월 용인의 양지파인 CC였다. 그때 주로 한 팀을 이룬 분은 선배인 정창국 (鄭昌國) 학장, 이창업(李昌業) 교수, 오봉국(吳鳳國) 농대학장, 유순호(劉順浩) 교수였다. 후배로는 나기식, 홍영선, 김동훈, 천병득, 김재원, 김진구, 김선중, 김영무, 백충기, 어중원, 최찬영, 이호원(총무) 등이 자주 참여했다. 또한 2003년 가을부터는 동기인 전동용(全東龍) 회장이 멤버십으로 있는 신갈의 골드CC에서 이창업, 김선중 교수와 자주 어울렸다. 그러나 불과 2~3년 후부터는 건강 문제 등으로 하나 둘 빠지게 되었지만 어떻게 할 수 없는 일, 그저 세월의 무상함을 느낄 뿐이다.

다음은 붓글씨(書藝)와 선비정신(儒學)을 익히기 위한 배움의 길이다. 컴퓨터와 골프를 어느 정도 마스터하고 나니 다시 새로운 욕심이 생겼다. 특히 젊어서부터 마음먹었던 일, 좀 늦은 감은 들지만 시작이 반이라 하지 않나? 마음을 굳히고 도전해보기로 했다.

2003년 10월 수소문 끝에 찾은 곳은 중앙일보에서 운영하는 중앙문화센터의 서예교실, 일주일에 하루씩 2시간 과정으로 한명택(韓明澤) 선생이 지도하는 반이었다. 먼저 한문서예의 기초인 해서(楷書)체를 북위 장맹룡비(北

魏張猛龍碑)란 교재로 배우고, 행초서(行草書)를 틈틈이 익혔다. 그런지 1년여, 이제 겨우 서예의 초보를 면할 무렵인 2005년 4월 중앙문화원이 문을 닫는다고 했다. 하지만 기왕에 시작한 공부를 중도에 포기할 수 없는 일, 한 선생이 강사로 나가는 수유리 강북구민회관에 개설한 서예교실에 따라갈 수밖에 없었다. 그러나 거리도 멀고 교육 분위기도 전과 달라 다른 곳을 찾기로 했다. 그래서 찾아간 곳이 마포구 구수동에 있는 동아일보의 동아문화센터였으며, 거기서 만난 지도 선생이 예서(隷書)의 대가인 청곡 김성환(淸谷 金聖煥) 선생이시다. 때는 2005년 9월로 그 후 2년간 예서체인 한나라 조전비(曹全碑)로 배움을 이어 갔다. 그러나 2007년 3월 그곳도 사정으로 문을 닫으니, 결국 선생의 서실인 명륜동 명혜(明惠)서원에서 본격적으로 사사하기에 이른다. 그 덕분에 2007년에서 현재까지 한국서도협회 주최의 서도대전에서 연속 4회(13~16회) 입선했으며, 이어 2008년부터 한국서가협회 주최의 서예전람회에 4회(16~19회) 출품하여 역시 입선의 영광을 누렸다. (사진 8-13, 8-13-1)

그 연유로 2010년 3월 14일에는 평산 신씨 시조이며 고려 개국 공신인 장절공(壯節公) 신숭겸(申崇謙) 장군 묘역(춘천) 경내에 신축한 전사청(典祀廳; 제사 용품 모시는 곳)의 현판 글씨를 휘필하는 영광을 누릴 수 있었다. (사진 8-13-2) 뒤늦게 취미 삼아 시작한 서예가 조상의 혼이 담긴 곳에 영원히 남겨짐을 감사하게 생각한다.

이 밖에 사람의 도리와 마음의 수양에 크게 도움을 주는 유학관련 공부를 시작했는데, 2008년 3월 성균관대학교 유학대학원에서 개설한 '유학지도자 고급과정'을 한 학기 마쳤으며, 이어 2009년 9월부터 12월까지 서울특별시 평생교육프로그램으로 개설한 종로구-성균관대 인문학 명품강좌 '조선의 선

비를 만나다' 및 '동양고전의 지혜 논어' 과정을 이수하였다. (사진 8-14)

이러한 배움을 통해 나 자신의 품격 향상은 물론 삶의 여유도 즐기게 되었다. 이렇듯 삶을 재구축할 수 있는 일에 최선을 다함으로써 활력 넘치는 노후 생활을 할 수 있었다고 생각한다.

사진 8-13
서예전람회 입선 상장

사진 8-13-2
전사청의 현판 글씨

사진 8-13-1
서예전람회 입선 작품

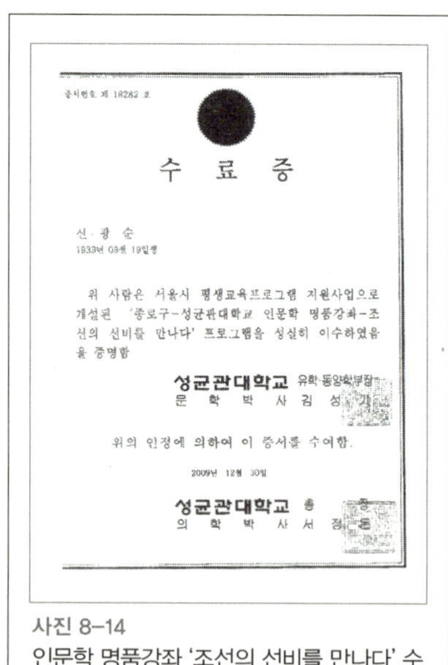

사진 8-14
인문학 명품강좌 '조선의 선비를 만나다' 수료증

잉크가 바랠수록 추억은 빛이 난다

등산하며 쓰레기 줍기를 자처하다

다음은 필자가 정년퇴임 한 후 나름대로 좋은 일을 했다고 여겨지는 사례 중 한 가지만 소개하기로 한다. 열 가지는 못했으나 하나라도 하고자 노력한 것만은 사실이었다.

먼저 주말마다 중학 친구(고 서문석, 김영무)와 같이 오르는 관악산, 삼성산 등반길에 떨어진 휴지를 줍는 일을 꼽을 수 있다. 거의 30년 전에 시작한 등산이지만 미처 실천하지 못하다가 1998년에 정년퇴임을 하고 할아버지 신세가 되니 마음놓고 할 수 있었다. 물론 전부터 산에 버려지는 쓰레기를 볼 때마다 저래서는 안 된다는 생각이 있었지만 체면이나 위신상 선뜻 용기를 내지 못했다. 그러나 길거리의 쓰레기 줍는 일도 정년퇴임 한 자의 특권인 듯한 생각이 들자 남의 눈치가 보이지 않았고, 오히려 남들이 꺼리는 일을 솔선한다는 자기만족 상태에 이르니 더 신나고 보람을 느끼며 으쓱해지기까지 했다.

그뿐이랴, 등산을 하면서 쓰레기를 줍기 위해 엎드리니 허리운동이 추가되는 일석이조요, 나무에 끈으로 묶여 매달린 전단 철을 면도날로 끊으니 목과 팔의 운동 효과를 겸하지 않는가. 비닐 끈으로 목을 매고 손목을 감고 허리를 조인 나무들을 풀어주었으니 얼마나 시원하겠나! 기쁨의 엔도르핀이 저절로 샘솟았다. 자칭 착한 노신사의 자연사랑인지 모르나 인간의 잘못을 대신 풀어준 격이 아닌가? 한 10년 몸에 배다 보니 이제는 길에 떨어진 휴지조각을 보면 저도 모르게 손이 나가고 허리가 굽혀질 정도로 생활화가 되었다.

처음에는 산을 섬기고 사랑해야 할 산악회가 거꾸로 산을 더럽히고, 훼손하는 행위인지 알면서 돈을 벌기 위해 광고 전단지를 뿌리는 얌체족들의 행태가 괘씸해서 시작했다. 산을 팔아 사리사욕을 취하는 그들을 산을 사랑하는 등산인으로서 용서할 수 없었다. 그뿐이랴, 내친 김에 산에 흩어져 있는 온갖 버려진 쓰레기들(나무에서 떨어져 휘날리는 산악회 전단지, 소풍객들이 먹다 버린 음식물, 생수병, 소주 및 막걸리 병, 땀수건, 휴지, 심지어 마스크, 사탕, 초콜릿 종이, 비닐조각 등), 눈에 보이는 것은 전부 수거 대상이었다.

또한 쓰레기 줍는 일도 습관이 되어 등산 때만 아니라 길거리, 지하철 계단에 버려진 것도 남의 눈치를 보면서 슬쩍 주어 쓰레기통에 버려야 직성이 풀리니, 이쯤 되니 좀 지나친 감도 든다. 간혹 집에까지 주운 것을 그대로 갖고 들어가는 경우 집사람이 눈치 채지 않게 몰래 버리거나 세탁기에 넣어 재생하는 경우도 있다. 아무도 말리지 못하는 필자의 행동에 친구들은 "뭐 그렇게까지 열심히 하나, 나라에서 지원하는 희망근로자들이 할 일인데, 그들 몫이 없어지지 않겠나?" 하였다. 일리가 없는 말은 아니나 그 명분 하나로 내가 좋아서 하는 일을 바꿀 수 없지 않은가?

여기서 산악회 광고물 수거와 관련한 일화 하나를 소개한다. 그들이 어렵게 매단 전단지를 떼어 버리는 일을 계속하면 광고효과가 없어져 점차 개선될 것으로 기대했다. 그러나 처음에는 등산로 입구 가로수 몇몇에 붙기 시작하더니 날이 갈수록 경쟁하듯 느는 추세로, 그 범위도 점차 넓어져 산 중턱에서 다시 정상까지 번져 나갔다. 자연 수거물량도 늘어 배낭을 가득 채움은 물론 큰 비닐봉지에 넣거나 끈으로 묶어 양손에 들 때도 생기고, 이것도 모자라 동행한 친구에게 도움을 청하기까지 했다. 이때 친구도 이를 마다하지 않았는데, 이에 동업자의 우애마저 느꼈다. 그러나 아무리 되풀이해도 개선

　　　　　　　　　잉크가 바랠수록 추억은 빛이 난다

될 기미가 보이지 않으니 화가 나고 힘도 들었다. 결국 나 혼자 고생할 것이 아니라 산을 관리 감독하는 당국에 고발하여 해결하는 방법을 택하기로 했다. 먼저 그 증거물을 제시하면서 실상을 고발하는 작전을 폈다. 아직도 버리지 않고 보관하고 있는 당시의 자료에서 그 일부 내용을 여기에 밝힌다.

첫 번째

2002년 8월 1일 및 2일자로 필자의 민원에 대한 답을 받은 바, 회신 내용은 단속의 어려움과 관리의 철저를 다짐하는 내용이었다. 이에 대한 본인의 답신은, 고발로 인한 효과인지 모르나 상당히 개선된 데 대한 고마움과 그 노고에 감사를 전하고, 동시에 나 '스스로의 행동을 다짐하는 실천계명'을 다음과 같이 첨부했다.

▷어김없이 주말마다 등산하며 땀 흘리고 숨 가쁘게 산에 오르니, 참으로 건강해 보이고 보기 좋은 관악산의 교수 출신 노신사 ▷매가 먹이를 낚듯 남이 버린 쓰레기, 허리 굽혀 열심히 주어 담는 것이 무슨 소득증대 사업인 양 흐뭇해하는 약간 이상한 취미생활자 ▷간혹 수고하신다고 위로받을 때 자연보호의 참 실천과 모든 등산인들에 대한 무실역행(務實力行; 참되고 실속 있도록 힘써 실행함, 도산 안창호 선생의 흥사단 정신임)의 본보기임을 자부하는 행동가 ▷만물의 창조주이신 하느님의 작품인 자연을 사랑하고 지키기 위하여 관악산의 파수꾼을 자임한 젊은 늙은이

두 번째

2002년 10월 6일자로 관악산 소관부서인 관악구청장(참조 공원녹지 과장)에게 팩스로 송부한 내용을 그대로 옮기면 다음과 같다.

제목 : 산악회 전단지 수거 전달 제7탄[3] 내용 : ▷그 동안의 2주 분입니다. 전단지 수거와 계속 전쟁 중입니다. (중략) ▷새로이 매다는 산악회가 생기고 있군요. 비가 와서인지 양적으로는 줄어든 감이 있지만! ▷끝까지 구청의 행정제재로는 불가능한 건지. 아무리 단속이 어려워도 이것 하나 해결 못하는 구청의 힘이라면, 차라리 공원 녹지과를 없애는 편이 나은 듯합니다. ▷제1광장의 쓰레기는 산 같이 쌓이고 훼손된 등산길은 1~2년이 넘도록 그대로 방치되어 있는데 해당과가 과연 필요합니까? 차라리 관악산 입장료 관리과(당시에는 입장료 조로 500원 징수, 다만 65세 이상은 면제함)로 과명을 바꾸는 편이 나을 듯합니다. ▷첨부물 : 9/29(일)-2개 및 10/6(일)−4개 산악회 전단지

10년이 지난 지금 다시 생각하니 그때가 필자 나이 고희(70)로 지금보다 훨씬 젊은 시절의 추억이다. 아직도 그 버릇을 버리지 못하고 있지만 그때만큼의 아집은 아닌 듯하다. 아마도 세상을 보는 눈이 흐려지고 힘이 빠진 탓인지 모르지만.

---

3) 1~2주분 전단을 그대로 팩스로 송부하는 일을 마치 전시 작전에 비유한 바, 7번째라는 뜻임

 잉크가 바랠수록 추억은 빛이 난다

등산으로 건강을 지키다

　이번에는 순서를 바꿔 만보(萬步)에 대한 이야기를 먼저 다룰까 한다. 원래 만보란 하루에 평균 그 정도는 걸어야 건강에 좋다는 통상적인 지표며, 최소한의 운동량을 말한다. 건강상 이유뿐 아니라 일상생활에서 인간도 동물과 마찬가지로 움직이는 행동이 필요하며, 만보는 현대인의 문명생활로 인한 운동 부족을 염려해 실천을 강조한 표현이다.

　필자 또한 일상생활에서 만보를 실천하기 위해 노력하고 있다. 가능한 대중교통 수단을 이용함은 물론, 버스보다는 지하철을 우선하며 15분 이내의 거리는 반드시 걸어간다. 또 걷는 방법이나 태도도 중요하기 때문에 가능한 속보로 걷고, 마치 군대행진을 하듯이 자세를 바로 세워 걷는다. 지하철도 될수록 승강기를 피하고 계단을 이용하되 두 계단씩 올라가는 경우도 있다. 우리 집 아파트 3층도 걸어서 오르내린다. 대개 이 정도만 실천해도 만보 걷기에 접근할 수 있다.

　다음은 주말마다 등산으로 건강과 활력을 지키는 일이다. 50대 초반부터 시작했으니 30년째, 이제는 생활의 일환으로 굳어졌다. 전에는 이런저런 사정으로 핑계를 대며 거른 적도 있지만 정년 후에는 더 열심히 할 수 있는 여건이 되었다. 여기서 스스로 터득한 등산의 9원칙을 굳이 내세우면 다음과 같다. 그러나 물론 이런 원칙을 지키도록 노력할 것을 강조한 것이지 절대 준수사항은 아님을 이해하기 바란다.

▷젊을 때의 산행은 혼자 해도 무방하나 나이가 들면 들수록 친구와 동행
　하는 게 좋다.

▷가능한 다른 분야 직업의 친구들과 어울리되, 연령대는 비슷할수록 좋다.

▷최소 2개 정도의 등산 팀에 관여하되, 매주 한 번씩 참여한다.

▷일정한 등산코스를 정하되, 간혹 높은 산에도 도전해 자신의 체력을 체
　크한다.

▷산행은 오전 시간을 이용하되, 3~5시간 이내의 거리를 지킨다.

▷월 또는 계절별로 등산 프로그램을 바꿔가며 운용한다.

▷동행 인원은 4~5명, 10명을 넘지 않도록 사전 조절이 필요하다.

▷하산 후 간단한 뒤풀이는 무방하나 지나치지 않도록 한다.

▷귀가에 앞선 목욕, 낮잠 등으로 피로를 풀고 활력을 유지한다.

현재 필자가 관여하고 있는 등산모임은 양정중학 35회 동창(6년제) 중 같은 반 출신 10여 명이 회원인 양우산회(養友山會)의 서울대공원팀과 80년대부터 시작한 등산모임인 어산회(於山會)의 일부 원로회원 중심의 북한산 등반팀이 있다. 이 중 양우산회는 2002년 6월 14일(금) 현대백화점 5층 홍보석에서 이종연(李鍾衍) 동문(전 조흥은행장)이 주최하는 동문회에서 발기했다. 그 자리에서 등산모임을 갖기록 합의했으며, 모임의 주관은 이중화(李重和; 전 세종대 총장) 회장이 맡기로 하고, 김생빈(金生彬; 전 동국대 부총장)과 필자가 부회장으로 지목됐다.

그 후 본격적인 등산은 그해 가을부터 시작한 것으로 기억한다. 당초에는 월 1회 정도 도봉산 포대능선, 우이암, 소요산, 관악산, 청계산, 춘천 강촌의 검봉 등 서울 주변 산을 찾는 친선산행이었다. 2006년 7월 15일(토)부터는

　　　　　　　　　　잉크가 바랠수록 추억은 빛이 난다

나이를 염려해 무리한 산행을 피하고, 되도록 참여도를 높이기 위해 격주로 모였으나 요새는 거의 매주 토요일 만나고 있다. 모임 장소도 지하철 4호선 대공원역에서 10시로 고정하고 있다.

참여 회원은 개인의 능력에 따라 등산 위주의 A팀과 걷기 위주의 B팀으로 나눠져 있다. A팀 소속 회원은 회장인 이중화(아호 松巖), 이종연(松山), 김생빈(曉山), 김학우(靑山) 동문과 필자(賢度) 등 80대에 접어든 노년들이나 젊은이 못지않은 투지를 과시하고 있다. 특히 청산의 경우 2009년 6월에 위암 수술을 받은 몸인데도 젊은이와 같은 실력이며, 별도로 주중에 1회 이상 높은 산을 찾는 알피니스트(등산가)이기도 하다. 이들 A팀은 월 2회(1·3주 토요일)는 대공원 뒷산인 청계산 응봉(369m) 및 매봉(582m)을 오르거나 산림욕 등산로 6.9km(코스별 거리 ; 가-2.2km, 나-1.7km, 다-1.4km, 라-1.6km) 코스의 전부 또는 일부를 일주한다. 또 2주 및 4주에는 분당선 이매역에서 만나 영장산(413.5m)을 오르는 정규코스는 물론 수시로 원정 산행을 즐기고 있다.

참고로 그동안의 산행일지를 정리한 효산 김생빈의 노트에 의하면 연간 10회 정도의 원정 산행을 즐기고 있음을 알 수 있다. 과거를 회상할 수 있는 자료를 제공해준 효산의 꼼꼼함에 찬사를 보내며 그 노고에 감사드린다.

* 2002년 : 북한산(10/19), 과천 관악산(11/16), 옛골 청계산(12/10) 등 월 1회

* 2003년 : 남한산성(2/15), 오이도 장모집(3/5-이상표 주관), 북한산(4/23, 5/24), 도봉산(6/21), 북한산(7/12, 8/16), 강촌 검봉산(9/20-필자 주관)

* 2004년 : 수락산(2/28, 3/20), 관악산(4/17), 남한산성(6/19), 북한산(7/4, 8/24, 11/20), 도봉산(10/12) 등 월 1회

* 2005년 7월 15일(토)부터 1·3주 토요일 과천 대공원역 10시에 모여 A, B팀 등산을 시작함. 그 후 A팀은 계속 격주로 나가 매봉 또는 삼림욕 등산로, B팀은 매주 모여 동물원 일주함. 또한 A팀은 2·4주 원거리 등산을 시작함

* 2009년(A팀) : 4/28 양평 용문산(1157m), 9/29 춘천 오봉산(779m), 10/29 월악산 (1094m), 11/10 도봉산 자운봉(740m), 11/12 유명산(862m), 11/18 하남시 검단산(660m), 11/28 경기 포천의 운악산(925m), 12/8 경북 문경의 주흘산(1,106m)

* 2010년(A팀) : 3/20(B팀 합류) 남한산성(400~500m), 4/24 남양주 죽령(883m), 5/13 조령산 폐쇄로 문경세제길 왕복, 6/1 소백산 연화봉(1383m), 7/6 광덕산 상해봉(1010m), 7/27 대관령 오색 주전골(12폭포), 10/12 도봉산 오봉~송추, 10/23(B팀 합류) 소요산(587m), 11/9 북한산 김신조 루트~형제봉~정릉, 11/13 북한산 대성문~남문~구기동, 12/11 경기 광주시 퇴촌면 앵자봉(670m)~천진암

* 2011년(A팀) : 1/2 평창동~형제봉~대성문~대남문~구기동, 2/12 구기동~대남문~ 구파발, 2/26 청계산~원터골~매봉, 3/12, 3/26, 4/7, 4/23, 5/28 이후 2·4주 계속(분당 이매역 10시 집합) 영장산(413.5m), 6/2 경북 청송 주왕산(720m), 7/23 북악산 산성(삼청동~숙정문~창의문), 춘천 오봉산(779m), 10/18 대관령 오색 주전골(12폭포), 10/22 양평 용문산 상원사~여주 이포보, 10/29 도봉산 오봉

한편 B팀 소속 회원들은 건강상의 부담을 고려해 대공원 순환로를 약 3시간 동안 일주하는 걷기운동 파들이다. 대부분 지병인 당뇨, 척추협착 등 노

     잉크가 바랠수록 추억은 빛이 난다

년기 질병을 갖고 있으나 매주 꾸준히 참여해 운동하고 친목도 다지니 심신의 활력이 샘솟는다고 한다. 참여 회원은 회장인 서상근(元谷), 공영목(桂陽), 안창수(芝翰), 원유호(大河), 윤태호(一光), 이상표(靑岩), 박용균(梅陰), 이병호(延靑) 동문 등이다. 이 밖에 발기 당시의 회원으로 김병기(金炳紀), 김창수(金昌洙), 서상철(徐商喆), 한신석(韓辛錫), 김철령(金澈寧) 등이다. (사진 8-15)

대부분 중학교 동기 동급생들이 지금까지도 모임을 갖고 매주 만나 운동하고 점심을 먹고 소주를 곁들여 즐거운 시간을 보낸다. 또 서로 돌아가며 한 턱을 내기도 하고, 간혹 송산의 주역 특강을 듣기도 한다. 아무튼 일주일에 한 번 꼴로 만나는 기회를 갖다 보니 서로 건강을 염려하고 위로하며 노년을 보내니 얼마나 바람직한 일인가?

우리들 모두 건강을 지켜 99-88세 하기 바라는 뜻에서 양우산회(養友山會) 모임의 기록을 여기 소개했다.

사진 8-15
양정 35회 동문들

이 밖에 필자가 참여하고 있는 또 다른 등산팀은 매주 일요일 오전 10시 지하철 제1호선 종각역에서 만나 평창동 북한산 형제봉 공원지킴터(북악터널 왼쪽) 입구에서 시작해 형제봉, 일선사 입구를 지나 정릉으로 하산하는 어산회(於山會) 노년 산행팀이 있다. 현재 참여 회원은 이형(李馨: 82세, 한국일보 편집국장 및 논설위원) 회장을 비롯해 장명섭(張明燮: 86세, 은행 지점장 및 임원), 동문인 이종연(80세)과 필자(80세), 그리고 간혹 참여하는 노관택(盧寬澤: 82세, 서울대 의대 교수 및 병원장) 등 4~5명이 명맥을 유지하고 있다. 필자는 2006년 가을 친구인 송산의 권유로 뒤늦게 참여해 노익장을 체험하고 있다. 그러나 이 노년팀은 이런 저런 사정으로 점차 산행 횟수가 줄어들고 있으며, 요새는 등산보다는 대공원 동물원을 걷는 워킹코스를 선호해 무리 없는 운동을 계속하고 있다. (사진 8-16)

앞으로 남은 여생 동안 노년을 서로 격려하고 보람을 함께 느끼고, 가능한 주말 산행을 오래 즐길 수 있도록 건강의 축복이 지속되기 바랄 뿐이다.

사진 8-16
헌인릉 입구에서 좌부터 필자, 이형, 이종연

 잉크가 바랠수록 추억은 빛이 난다

식품안전기본법, 식품위생법
개정안에 대한 의견을 내다

계속해서 책을 읽고 글을 써서 발표하는 사례를 들어보기로 한다. 좀 고루한 생각일지 모르나 교수란 교육하고 연구하고 봉사하는 직업인 동시에 머리를 쓰고 책을 읽고 글을 써야 하기에, 선비의 표상(상징)이라 생각한다. 참고자료를 찾아서 읽고, 생각을 정리하고, 다시 글로 옮기니 시간의 무료함을 달랠 수 있었고 삶의 생기가 솟았다. 특히 필자의 경우 과거의 활동을 계속한 셈이니 더 그럴 수밖에.

참고로 지난 10여 년 동안 틈틈이 쓴 50여 편의 시사성 글과 일간지, 전문지 및 협회지에 실린 몇 가지 내용을 간추려 소개한다.

＊＊ 식품안전기본법 시안 소비자 입장 일방적 반영

『중앙일보 오피니언; 2004. 8. 31. 식품안전 News(제2호) 오피니언; 2004. 9.』

정부는 지난 6월 22일 국무총리 국무조정실에서 주관하여 작성한 식품안전종합대책을 국무회의에 보고한 바 있다. 그 내용을 요약하면 식품안전을 위한 제도 개선, 위반자에 대한 적발 및 처벌 강화, 시민 참여 확대 및 피해구제 강화, 식품관리 체계 정비 등 총 4개항을 중점 대책으로 제시하고 있다. (중략) 여기서 그 검토 내용을 거론하자는 것이 아니라 평소 식품안전 관련 제도를 중심으로 연구한 바 있어 이번에 발표한 식품안전기본법(안)에 담겨야 할 주요 사항과 방향을 제시하고 문제점을 지적하고자 한다. (중략)

먼저 새로 제정되는 식품안전기본법은 종합적인 국가 기본계획 수립과 집행, 그리고 소비자 보호에 주안점을 둔 법률적 체제가 돼야 한다. 기존의 관련 법률인 식품위생법, 축산물가공처리법 등과의 조화와 조정도 전제돼야 한다. 그러나 이 법안은 관계부처는 물론 식품 관련 법규를 잘 아는 전문가의 의견이 제대로 반영되지 않은 감이 있다.

식품위해 및 안전성 확보 문제를 해결하는 수단과 방법을 강화하기 위해 소비자의 권리 증진에 초점을 맞춘 것은 이해가 된다. 그러나 소비자의 감시와 피해 규제에 대한 내용이 너무 일방적이 아닌가 여겨진다. 즉 소비자의 참여 증대는 절대 필요한 요건이지만 식품 시민감사제도, 식품 분쟁조정 및 식품 집단소송제도의 도입 등은 소비자와 사업자의 분쟁만 조장시킬 여지가 많은 규제사항으로 판단된다. (중략) 기타 식품안전정책위원회의 설치, 비상임위원으로 구성된 분야별 전문연구회의 운영 규정 등은 기존 식품위생법 등 관련 법률에서 정하고 있는 식품위생심의위원회 등과의 중복 문제가 검토돼야 한다. 또한 불필요한 중앙정책 조정기능의 집중화와 관련부처 및 일선 집행기능의 위축, 상급 감독기능의 중복 등 오히려 행정기능의 혼돈과 부처 간 의견 대립의 소지만 조장시킬 가능성이 예측된다.

결과적으로 식품안전기본법은 어디까지나 기본법의 범주에 머물러야지 기존의 식품관련 법령의 규제사항과 중복되거나 초법적인 규정을 둬서는 안 된다. 또한 소비자보호 관련 법률이나 제조물책임법 등 일반 법률에서 다루어야 할 사항을 이 법으로 다룸으로써 중복규제가 되지 않도록 해야 한다. 더욱이 법의 집행에서 올 수 있는 혼선과 이해집단 간의 분쟁의 소지를 조장하는 결과가 돼서는 안 될 것이다. 즉 식품안전기본법의 근본 취지를 충분히 살리면서도 그 한계를 벗어나지 않도록 국가식품안전관리의 기본적인 사항에

　　　　　잉크가 바랠수록 추억은 빛이 난다

중점을 둬야 한다. 그렇다고 너무 선언적이며 형식적인 법령이 되지 않도록 주의해야 한다.

** 식품 위생관리 민간 몫 아니다 (사진 8-17)

『매일경제 분석과 전망; 2004. 10. 16. 식품안전 News(제3호) 오피니언; 2004. 11.』

보건복지부가 지난 9월 8일자로 입법예고한 식품위생법 개정법률안은 위해식품 기준의 명확화와 위해평가의 실시, 소비자 참여 확대 및 시민 감시기능의 부여, 단속 및 위법자 처벌 강화 등이 골자다. (중략)

개정안 중 제20조 2항의 '소비자 식품위생감시원의 직무, 임명, 해촉 등은 소비자단체 등의 추천에 의하여 소비자 식품위생감시원을 해당 관청에 둘 수 있다'고 돼 있다. 그런데 '소비자 식품위생감시원'이라는 용어부터 혼란스럽

식품 위생관리 민간 몫 아니다

식품법 개정안 졸속 추진

기업 의식전환 유도해야

사진 8-17
매일경제 〈식품 위생관리 민간 몫 아니다〉

다. 현행법에서 공무원의 '식품위생감시원'(제20조) 조항이 명시돼 있기 때문이다. '소비자' 식품위생감시원과 '공무원' 식품위생감시원이 함께 활동하면서 빚어질 행정집행 난맥이 우려된다. (중략)

또 다른 문제는 제20조 3항의 '식품시민감사인제도'를 들 수 있다. 소비자단체 또는 비영리단체에서 추천한 전문가를 식품시민감사인으로 위촉할 수 있다고 규정하고 있다. 그러나 이 조항의 발상 동기와 입법 이유를 이해할 수 없다. (중략)

소비자보호가 최우선이라는 데는 물론 토를 달 수 없다. 그렇다고 공적 감시감독 권한을 대행할 수 있는 자를 민간이 추천한다는 것은 난센스다. 무리하게 규제의 칼날을 들이대는 것보다는 자율에 맡기면 될 것이다. 오랜 세월 식품위생관리에 시행착오를 겪어온 선진국들의 현 시점 결론은 '자율'과 '자주' 관리시스템으로 가고 있다. 식품위생법 개정법률안은 식품위해요소중점관리기준(HACCP)에서 강조하는 '안전한 식품만이 식품사업의 성공을 약속한다(Food Safety is Good Business)'는 철학을 영업자에게 심어주는 노력이 제도적으로 뒷받침될 때 성공할 수 있다.

비록 정년퇴임은 했지만 몸에 밴 교수의 본질은 지울 수 없는 일. 오히려 일하는 시간이 줄어드는 바람에 글을 읽고 쓸 수 있는 여유가 생겨, 그동안 쓰고 싶었던 글을 쓰고, 읽고 싶었던 책도 읽을 수 있었다.

잉크가 바랠수록 추억은 빛이 난다

"식품 안전처 만들자"
전문가의 견해를 피력하다

＊＊ '식품안전관리처' 만들자

〖조선일보 독자 칼럼; 2005. 12. 22. 목〗 (사진 8-18)

지난해 불량 만두 파동에 이어 금년에는 김치에서 기생충 알이 검출됐다. 이 같은 식품 안전사고의 원인을 정부의 행정체계 다원화 탓으로 돌리는 견해가 있다. 그러나 꼭 그런 것만은 아니다. 우리나라와 행정 시스템이 유사한 일본에서는 별 문제가 없다. 각 부처의 유기적 협조 속에 식품안전 행정이 빈틈없이 운영되고 있기 때문이다. 미국 보건복지부의 식품의약국(FDA)과 농업부의 식품안전검사처(FSIS)도 잡음 없이 손발을 맞춰가며 세계적인 권위를 인정받고 있다.

식품관련 정부기구를 단일화한 나라들도 있기는 하다. 하지만 이들 국가는 식품업무를 특정 부처로 몰아준 게 아니다. 부처별 현행 기능은 그대로 두고 집행기능만 일원화했다는 점을 주목해야 한다. 영국 식품기준청

사진 8-18
식품안전관리처 만들자(조선일보)

(FSA)과 캐나다 식품감시청(CFIA)이 좋은 보기다.

식품안전 문제를 기본법 부재에서 찾는 시각도 있다. 일본은 2007년 '식품안전기본법'을 공포했다. 이 법은 이름 그대로 식품안전 법규들을 하나로 묶은 법령이 아니라, 통합조정 기능만 추가했을 뿐이다. 다양한 법규와 각 부처의 행정기능은 현행대로 유지하고 있다. 식품안전기본법으로 통합한 조정 기능은 독립기관인 '식품안전위원회'가 맡는다. 위원회의 핵심 업무는 위해(危害) 평가와 위해 정보 교류다. 즉 행정 집행에 필요한 통합조정 기능권을 부여했을 뿐이다. 우리의 식품행정에는 8개 부처가 관여하고 있다. 식품안전 관련 법률도 다양하다. 그래서 식품안전기본법을 제정해야 한다는 발상은 본말 전도다. 건강 위해(危害) 원인을 규명하고 평가해 피해를 극소화할 수 있는 실천적 방안 제시가 우선이다.

2003년 11월 대통령 지시로 국무총리는 식품안전 체계 일원화 방침을 밝혔다. 총리실은 그해 4월부터 식품안전 태스크포스(TF)팀을 가동, 2005년 3월 국회에 식품안전기본법안을 제출했다. 각 정당도 나름대로 개정안을 만들었다. 이런 식으로 제안된 무려 7개의 법안을 놓고 국회 보건복지위원회 법안심사소위원회가 절충안을 논의 중이었다. 그 와중에 기생충 알 김치 파문을 일으키면서 다시 국무총리가 중심이 돼 식품행정 '개혁'에 돌입했다. 이미 3년 가까이 진행돼온 논의를 접고 무엇인가 새것을 얻어야 하는 상황이다.

우리는 영국이나 캐나다를 참고하여 중앙의 부처별 식품안전 행정기능과 업무 특성을 연계하는 것이 바람직하다. 또한 현재 대부분 지자체가 담당하고 있는 식품제조와 가공관리 업무 등 일선 집행기능까지를 하나로 묶을 때 비로소 종합적인 일원화가 성공할 수 있을 것이다. 이러한 맥락에서 볼 때 '식품안전관리처'의 신설은 좋은 발상이다. 그래야 원활한 행정집행이 가능하다. 동시에 식품안전기본법의 제정과 식품안전위원회 설치도 요구된다. 행정규제를 통합 조정하고 위해 요인을 분석하며 위해 정보를 교류하는 것이 필수적이기 때문이다. 답은 없이 이 문제가 저 문제를 부르는 양비론적 악순환의 연결고리를 이제는 끊을 때다.

** 식품안전처 신설, 다음 정권으로 가나

『뉴시스; 2006. 12. 14.』 (사진 8-19)

정부가 '식품안전처' 설립을 골자로 국회에 제출한 정부조직법 개정안이 난관에 봉착한 듯하다. 국회 행정자치위원회 심의 과정에서 여야 의원들의 반대로 사실상 물 건너 간 것이나 다름없는 분위기다. (중략)

이제껏 수없이 토론된 사실을 외면한 채 새삼 해당 분야 전문가의 의견을 수렴하는 공청회 개최 필요성을 제기하기도 한다. 허탈할 따름이다. 그동안 '누구를 위하여 종을 울렸는지' 묻지 않을 수 없다. 꼭 3년 전인 2003년 11월, 대통령 지시로 당시 이해찬 국무총리는 식품안전체계 일원화 방침을 밝혔다. 이후 국무조정실이 식품안전 태스크포스 팀을 가동, 국회에 계류 중인 식품안전기본법 입안과 식품안전처 설립계획을 수립하는 데 올인했다. (중략)

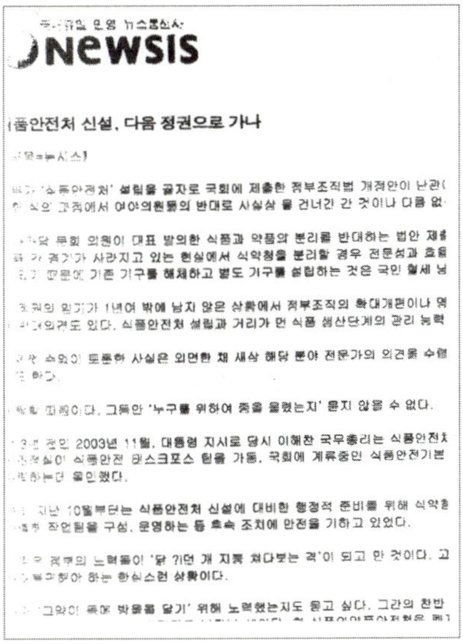

이 같은 정부의 노력들이 '닭 쫓

사진 8-19
식품안전처 신설, 다음 정권으로 가나(뉴시스)

던 개 지붕 쳐다보는 격'이 되고 만 것이다. 고대하던 종조리는 들어 보지도 못한 채 원대 복귀해야 하는 한심스런 상황이다. 누가 '고양이 목에 방울을 달기' 위해 노력했는지도 묻고 싶다. 그간의 찬반 논란과 활동 경위를 살펴 보면 어느 정도 예측 가능한 일들이 결과로 나타난 셈이다. 현 식품의약품안 전청을 폐지하고 식품안전처를 신설한다는 정부의 제안에 반대하는 목소리 만 높았을 뿐 찬성의 메아리는 별로 크지 않았던 것이 사실이다. (중략)

식품안전처 신설을 다음 정권의 몫으로 미룰지라도 국회에서 2년째 표류 하고 있는 '식품안전기본법'만은 현 17대 국회에서 마무리하는 것이 정부와 정치인의 도리일 것이다. 그래야만 소리만 요란했던 현 정권의 정책 가운데 하나라도 해결되기 때문이다. (중략)

1996년 현 식약청의 전신인 식품안전관리본부를 신설할 때 그 필요성을 주창하는 등 나름대로 노력했다. 작금의 사태에 관심과 감회가 깊을 수밖에 없다. 당시는 식품의약품안전청 설립이 최선의 수단이었다. 현재는 그 정책 이 잘못된 듯 비춰짐이 안타깝기만 하다. 다시는 되풀이되지 않는 식품안전 기구와 정책이 정착하기를 바랄 뿐이다.

우리나라도 국민소득 2만 달러 시대에 걸맞은 선진국 수준의 식품안전관리 시대를 맞이할 때가 됐다.

  잉크가 바랠수록 추억은 빛이 난다

정부에 호소하고 강조하다

**** 이명박에 바란다 : '국민건강 직결 식품안전정책, 국가 책임'**

『뉴시스; 2007. 12. 25.』 (사진 8-20)

이명박 제17대 대통령 당선자가 20일 첫 내외신 기자회견에서 "경제의 선진화와 '삶의 질' 선진화가 함께 가는 시대를 열겠다. 성장의 혜택이 서민과 중산층에 돌아가는 신 발전 체제를 열어야 한다"고 밝혔다. (중략)

먼저, 이명박 대통령 당선자가 대선후보 때 제시한 식품안전 정책을 평가하고 몇 가지 대안을 제시한다. 그는 '안전한 먹을거리를 통해 식탁의 안전을 보장하겠다'는 슬로건을 내걸었다. 그 내용을 요약하면 ▷어린이 먹을거리 안전대책, ▷생산 제조 단계부터의 안전성 확보대책, ▷생산이력 추적 관리제도 도입, ▷원산지 표시제도의 강화, ▷식품 표시정보의 확대, ▷건강기능식품의 허위 과대광고 규제, ▷식품안전관리 부서의 일원화, ▷영세업체에 대한 지원, ▷식품산업 진흥을 위한 제도 개선 및 지원, ▷새로운 웰빙식품 개발 및 전통식품의 명품화 등이다. (중략)

그러나 보다 근원적인 정책이 결여

<이명박에 바란다>
"국민건강 직결 식품안전정책, 국가책임"

기사등록 일시 [2007-12-25 10:57:40]

【서울=뉴시스】

이명박 제17대 내통령 당선자가 20일 첫 내외신 기자회견에서 "경제의 선진화와 '삶의 질' 선진화가 함께 가는 시대를 열겠다. 성장의 혜택이 서민과 중산층에 돌아가는 신 발전 체제를 열어야 한다"고 밝혔다. 이어 "새 정부는 매우 실용적이고 창조적인 정부가 될 것"이라고 강조했다.

모처럼 듣기 좋고 가슴에 와닿는 미래지향적 비전 제시다. 특히 '경제'와 함께 '삶'의 선진화를 동시에 추구한다는 것은 참으로 합리적인 발상이다. 경제 발전 만으로 삶의 질을 향상시킬 수는 없기 때문이다.

먼저, 이명박 대통령 당선자가 대선후보 때 제시한 식품안전 정책을 평가하고 몇가지 대안을 제시한다.

그는 "안전한 먹을거리를 통해 식탁의 안전을 보장하겠다"는 슬로건을 내걸었다. 그 내용을 요약하면 ▲어린이 먹거리 안전대책 ▲생산 제조 단계부터의 안전성 확보대책 ▲생산 이력 추적 관리제도 도입 ▲원산지 표시제도의 강화 ▲식품 표시정보의 확대 ▲건강·기능식품의 허위 과대광고 규제 ▲식품안전관리 부서의 일원화 ▲영세업체에 대한 지원 ▲식품산업 진흥을 위한 제도개선 및 지원 ▲새로운 웰빙식품 개발 및 전통식품의 명품화 등이다.

그러나 이들 식품 안전 정책은 대부분 현 노무현 정부가 이미 추진 중이거나 계획하고 있는 기존 시책들을 거의 그대로 답습한 데 불과하다. 물론 이 식품안전대책들도 당면한 필요 사안이고 과제임을 부인하지 않는다. 그러나 보다 근원적인 정책이 결여돼 있음을 지적하면서 몇 가지 기본적 정책 방향을 제시한다.

첫째, 식품안전에 대한 대통령의 국가정체 철학을 밝히고 로드맵을 국민 앞에 구체적으로 내놓아야 한다. 식품안전 문제는 건강하고 풍요로운 삶의 질 선진화와 복지국가를 이룩하는데 최우선 과제이기 때문이다. 1997년 5월 미

사진 8-20
이명박에 바란다 : '국민건강 직결 식품안전정책, 국가 책임'(뉴시스)

돼 있음을 지적하면서 몇 가지 기본적 정책 방향을 제시한다.

첫째, 식품안전에 대한 대통령의 국가정책 방향을 밝히고 로드맵을 국민 앞에 구체적으로 내놔야 한다. 식품안전 문제는 건강하고 풍요로운 삶의 질 선진화와 복지국가를 이룩하는 데 최우선 과제이기 때문이다. 1997년 5월 미국 클린턴 대통령이 시행을 명령한 '농장에서 식탁까지'의 국가 식품안전 정책을 참고할 때가 왔다. 대부분의 선진국은 국민건강과 직결되는 식품안전정책을 대통령이 직접 결정한다는 사실을 인식할 필요가 있다.

둘째, 참여정부의 식품안전정책을 분석, 평가해 실용적인 방안을 채택하되 정권 초기에 실천해야 한다. 계속 대안만 제시하고 실적은 하나도 없는 현 정부와 달리 행동으로 보이는 새 정부를 국민은 갈망하고 있다. 2003년부터 시작한 식품안전기본법 제정, 식품안전처 설립 등은 정부와 국회, 정치권에서 논의만 무성했을 뿐 시원하게 해결된 것이 하나도 없다. 그동안 수많은 연구와 검토를 거쳤다. 더 이상 부처 이기주의에 끌려가지 말고 국민의 편에서 정책적인 결단만 내리면 된다.

셋째, 대통령의 정책자문을 위한 국가식품안전자문회의 설치와 운영을 제안한다. 식품안전 문제는 국민의 건강권과 직결되는 현안이다. 정부는 식품안전에 대한 국민의 불안감을 해소할 의무와 책임을 면할 수 없다. 이 경우 위원회의 성격은 관련부처 중심의 협의 및 조정기구가 아니라 이해 당사자를 배제한 다방면의 전문가가 참여한 자문 수행기능이라야 한다. 노무현 정부가 추진한 국무총리 산하 국무조정실 식품안전 태스크팀의 유명무실한 전철을 되풀이하지 말아야 한다.

넷째, 특히 식품안전제도 연구 전문가와 경륜자의 의견을 존중하는 풍토가 조성돼야 한다. 과거나 현 정부에서 운영한 위원회 대부분은 들러리거나

  잉크가 바랠수록 추억은 빛이 난다

어용적 역할에 그친 것이 사실이다. 새 정부가 실용적이며 창조적인 정부를 지향하고 선진화를 추구하기 위해서는 먼저 인물 혁신이 필요하다. 새 술은 새 부대에 담아야 하듯, 때 묻지 않은 객관적 의견을 경청할 필요가 있다.

다섯째, 작은 정부 지향의 선진화 행정을 혁신적으로 추진할 필요가 있다. 나라는 정책과 비전을 제시하고 감독하는 시스템이 선진국가의 목표다. 특히 식품안전 정책은 민간 자율기능을 보장할 때 성공할 수 있다. 과거 정부 전담 행정행위 타성에서 벗어나 국민의 불안과 불신을 씻어주고 안전과 안심의식을 조성하는 실용적인 민간기능으로 전환해야 한다. 모든 식품안전 문제를 정부가 직접 수행해야 한다는 구시대적 사고를 버릴 때가 됐다.

이상 몇 가지는 앞으로 이명박 대통령이 국정 수행 초기에 염두에 두고 해결할 당면 과제들이다.

** 식품 위해정보 관리의 필요성

〖식품외식경제 오피니언; 2006. 6. 5., 식품안전 News 오피니언; 2005. 9.〗 (사진 8-21)

(전략) 당면한 현안 문제를 비롯하여 근래 사회적 물의를 일으킨 바 있는 일련의 식품안전성 문제의 공통적인 사항을 필자 나름대로 분석하면 다음 몇 가지로 요약할 수 있다. ①수사기관, 언론 및 시민단체의 검증을 거치지 않은 일방적 발표로 사회적 물의와 이슈화, ②이에 대응하는 식품행정 당국의 대처능력 부족과 후속조치 미숙, ③해당 식품업체의 대응 태세와 예상 문제에 대비한 평상시의 준비 부족, ④소비자의 과민한 반응과 지나친 불안·불신 풍토, ⑤식품산업계의 피해 발생과 사회경제적 손실 초래 등을 들 수 있다.

필자는 이러한 문제들을 해결하는 방안은 바로 국제식품기구(Codex)에서 제시하고 있는 위해정보 전달(Risk Communication)의 기본 원칙을 충실히 실천하는 것이라고 판단되기에 그 내용을 정리 소개한다. (제목만) ▷책임 있는 위해정보 교류가 중요하다. ▷신뢰할 수 있는 정보원이 있어야 한다. ▷정보의 투명성 확보가 필요하다. ▷책임의 분담이 있어야 한다. ▷상대방의 입장을 고려해야 한다. ▷정보전달의 전문성이 확립돼야 한다. ▷과학과 가치판단이 구별돼야 한다. (중략)

특히 언론매체는 정부와 업계의 발표를 정확하게 전달할 책임과 의무가 있다. 무소불위(無所不爲)의 자세와 일방적인 취재 결과가 전달돼서는 안 된다. 식품위해 문제는 소비자의 불안의식 조성에 절대적이기 때문이다.

그동안 식품안전 관리제도를 중점적으로 연구했고 또 우리나라 초창기에 직접 행정경험을 쌓은 전문가 입장에서 밝힌 아주 기본적인 대안임을 감안하기 바란다.

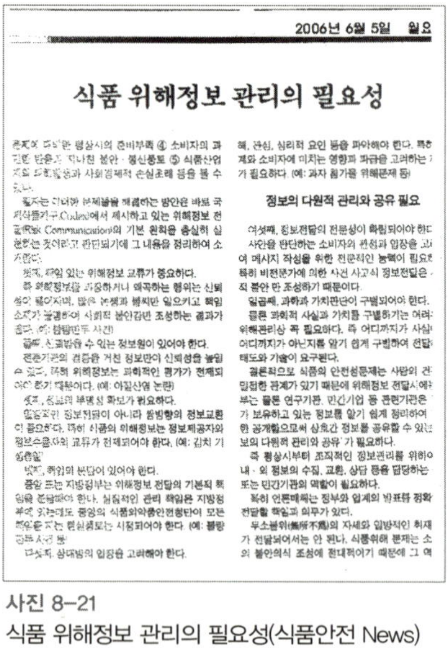

사진 8-21
식품 위해정보 관리의 필요성(식품안전 News)

그 필요성을 일깨우다

** 식품의 안전 · 안심의식 보급운동의 필요성

『식품외식경제 오피니언; 2006. 1. 16.』

근래 심심치 않게 일어나는 식품 안전사고로 국민은 먹을거리에 대한 불안의식이 커지고 있다. 특히 2004년의 만두 파동, 2005년 김치의 기생충 알 논쟁을 비롯하여 조류인플루엔자 인체감염 가능성 보도 등으로 소비자인 국민의 해당 식품에 대한 기피 현상이 그때마다 일어난 바 있다. 또한 이로 인한 경제적 손실도 커서 작년 김치파동 후 대 일본 김치 수출량이 46.5%나 줄었으며, 닭고기의 국내 소비량도 42%나 감소했다는 조사 보고가 있다.

이와 같이 식품안전 문제는 소비자에게 불신감과 불안감을 안겨주는 정신적, 심리적 문제인 동시에 식품의 국내 수급과 수출입에 영향을 미치는 사회적, 경제적 손실과도 직결되는 과제이다. 여기서 강조하고 싶은 것은 이러한 식품안전에 대한 인식을 개선하는 방안을 찾는 데 초점을 맞출 필요가 있다는 점이다. 즉 위험성이 없고 안전성이 확보된 상태의 식품을 공급함으로써, 식품에 대한 불신과 불안감이 없도록 소비자에게 관련정보를 제공하는 동시에 대국민 식품안전 · 안심의식 고취와 보급을 위한 사회운동의 전개가 필요하다.

선진국의 경우 식품으로 인한 질병의 이환율을 전체 인구 대비 20~30%로 추정하고 있다. 특히 미국 CDCP(전염성질병관리센터)의 추계에 의하면 위장관 질환 환자 발생 수가 연간 360~760만 명(인구의 26%)으로 이중 중증 환자가 325,000명(0.1%), 사망자가 5,200명(0.001%)으로 이에 소요되는 의료비 및 사회 경제적 피해로 인한 손실액이 연간 56~94억 불(평균 67억 불)로 보고 있다.

우리나라의 경우 한국보건산업진흥원에서 실시한 '식중독 경험 및 식품안전에 대한 인식 조사' 자료(박경진, 2003. 1,040명의 성인을 대상으로 한 전화조사)에 의하면 연 1회 이상 식중독을 경험한 사람이 12.4%(인구 환산 558만 명)이며, 이 중 병원에 입원하는 경우가 0.3%(15만 명)임을 보고하였다. 또한 이로 인한 연간 손실액을 무려 10억 불(약 1조 원)로 추계한 별도의 조사자료(2001년)도 있다. 물론 이러한 통계는 단순 조사 결과로, 선진국의 자료와 직접 비교하기는 어려우나 실질적인 조사 통계가 없는 우리나라의 경우 나름대로의 추정자료로 평가할 수 있다.

그 증거로서 식약청에서 집계한 우리나라 식중독 환자 발생 수가 연간 10,000명(2004년)으로 보고, 평균 1인당 손실액을 최소 15만 원, 최대 150만 원(임의 산출)으로 계산하면 15억 원 내지 150억 원이 소요된다. 그러나 실제 식중독 발생 수와 모든 식인성 위장관계 질환의 환자 수를 감안하면 보고된 환자 수의 150~350배(평균 250배) 정도로 볼 수 있다는 세계보건통계의 보고를 감안할 때, 그 손실액은 전술한 바와 같이 천문학적으로 나올 수 있다.

국가 입장에서의 식품안전 정책은 이러한 사회 경제적 손실을 가능한 억제하고, 국민의 삶의 질을 높일 수 있는 보건의료 및 복지시책과 연계하여 초점을 맞추는 것이 선진국의 사례인 것이다. 1997년 1월 미국 클린턴 정부의 식품안전 종합대책을 보면, 첫째로 새로운 교육 프로그램을 개발하여 소비자의 의식 수준을 향상시키고 올바른 정보를 전달해줌으로써 불필요하고 지나친 불안 요인을 해소시켜주었던 대국민 홍보교육 추진사업을 들고 싶다. 또한 일본의 경우도 2003년 7월 공포한 식품안전기본법에서 소비자 및 관련 사업자에게 위해정보를 올바르게 전달해주고 자주적으로 실천할 수 있도록 제도적으로 의무화하고 있다.

이와 같이 선진국의 식품안전정책의 기본 방향은 영업자의 자주적 위생관리(HACCP의 개념)와 더불어 소비자에게 위해정보를 적절하게 공급해주는 새로운 교육홍보 및 정보교류 사업을 강력히 추진하는 데 초점을 맞추고 있다.

바라건대 우리나라도 국민의 식품안전·안심의식 고취를 위한 정보전달 및 교류사업을 전개할 것을 제안한다. 왜 금연, 절주운동은 있는데 식품안전운동은 없는지 묻고 싶다. 소비자에게 주는 건강상 피해가 담배나 술보다 크지 않기 때문인가? 아니면 정부의 국민건강진흥법상의 사업대상이 아니기 때문인가? 그렇다면 국민의 건강진흥은 담배 판매수입에서 나온 재원만으로 하는 꼴이 아닌가? 식품의 안전·안심의식을 올바르게 심어주고 스스로 판단하게 할 필요가 없다는 말인가?

만일 만두소 사건이나 김치의 기생충 알 파동 때 평상시의 정보교류 시스템이 가동하고 있었다면 그렇게 큰 혼란과 사회적 물의를 어느 정도 사전에 예방하고 완화시킬 수 있었다고 본다.

국민인 소비자에게는 안심을, 영업자에게는 자주적 식품안전 실천 의식을 심어줄 때 비로소 정부 정책에 대한 신뢰도도 회복될 수 있으며, 식품위해 논쟁으로 인한 소비자의 과민한 불안 요인도 해소되는 것이다. 또한 안전한 식생활 풍토가 조성됨으로써 소비패턴의 정상화와 시장경제의 안정화도 가능하다. 더욱이 식품으로 인한 질병의 감소로 건강하고 건전한 생활이 조성되며, 의료비 등 국민 손실은 물론 영업자의 손실을 포함한 사회 경제적 부담도 줄일 수 있는 효과가 발생한다.

다 알고 있는 일인데도 실천하지 못하면 아무 소용이 없듯이, 새해에는 가시적인 대국민 안전·안심의식 보급운동이 정부사업으로 전개되기를 간절히 바란다.

 잉크가 바랠수록 추억은 빛이 난다

韓國獸醫 50년사
역사의 발자취를 처음 엮어내다

이 또한 천서(千書)에 해당할지 모르나 그동안 필자가 관여한 분야의 역사를 정리해 기록으로 남기는 데 일조한 일이다. 정년퇴임 직후인 1998년 대한수의사회에서 발간한《한국수의 50년사》편집위원장을 맡았으며, 그 10년 후인 2008년에는《한국수의 60년사》편찬위원회의 고문 및 집필자로 참여했다. 이어《서울대학교 수의과대학 60년사》(2008)의 일부를 집필했으며,《서울대학교 보건대학원 50년사》(2009)에도 투고한 바 있다. 또한 최근에는 필자의 뿌리인 평산 신씨 종친회에서 추진하고 있는《평산 신씨 1,000년사》편찬사업의 편집위원장이란 중책을 맡고 있다. 아마도 이러한 역사의 기록은 필자와 같이 노년에 접어든 교수 출신의 백수들이 해야 할 의무라 생각하기에 아무런 보답 없이 묵묵히 받아드리고 있다.

그 내용들을 간추리면 다음과 같다

**** 한국수의 50년사 (韓國獸醫 50年史)**
〖1998년 대한수의사회 발간〗(사진 8-22)
이 책에서 필자가 쓴 발간사를 인용함으로써 편집 및 집필 내용을 엿보기로 한다. (사진 8-23)

역사란 지난 과거의 변천 과정에 대한 사실 기록이라 할 수 있습니다. 인간이 동물과 다른 것은 인류 발전에 대한 역사적 기록을 갖고 있는 데 있습

니다. (중략)

우리 대한수의사회가 1948년 발족한 이래 50주년을 맞는 이제 그동안 수의계의 걸어온 발자취를 더듬어 보고 기록한다는 것은 자기 분야의 역사를 조명한다는 뜻에서 그 의의가 큰 것입니다. (중략)

마침 우리의 숙원이었던 수의과학회관도 마련되었으며, 이를 뜻있게 기리기 위해 우리 스스로의 역사를 정리한다는 것은 이 시대를 사는 수의사들에게 부여된 시대적 소명이 아닌가 생각합니다. 만일 이 시점에서 누군가에 의해 우리 수의계의 역사가 정리되지 않는다면 후세에 물려줄 유산을 저버리는 결과가 될 수 있는 것입니다.

물론 50년이 지난 일들을 역사적으로 조명한다는 것은 결코 쉬운 일이 아니며, 더욱 사실을 사실대로 기록한다는 것은 더더욱 어려운 일인 줄 알면서

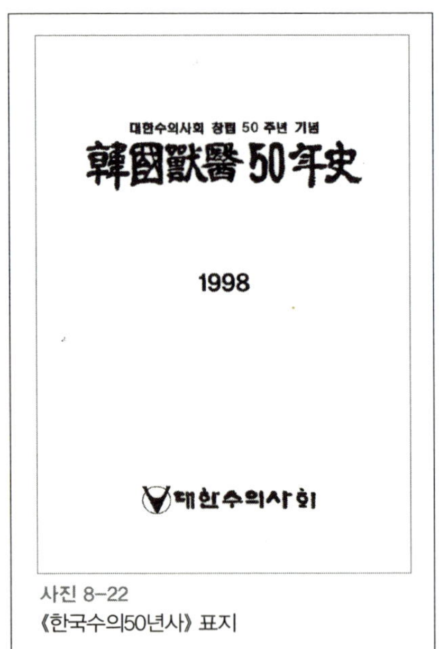

사진 8-22
《한국수의50년사》 표지

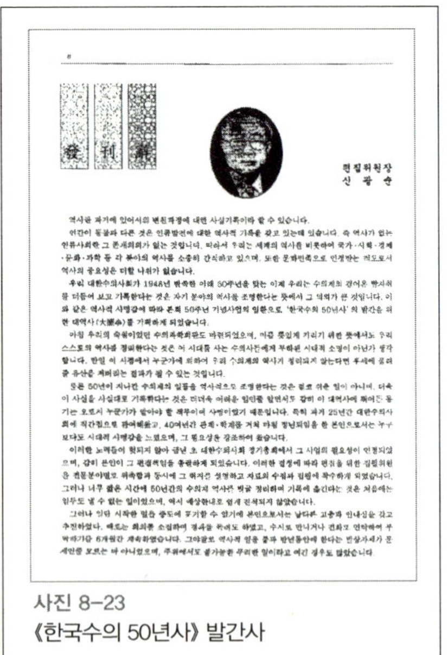

사진 8-23
《한국수의 50년사》 발간사

잉크가 바랠수록 추억은 빛이 난다

도 감히 이 대역사에 뛰어든 동기는 오로지 누군가가 맡아야 할 책무이며 사명이었기 때문입니다. 특히 과거 25년간 대한수의사회에 직간접으로 관여해왔고, 40여 년 동안 관계 및 학계를 거쳐 마침 정년퇴임을 한 본인으로서는 누구보다도 시대적 소명감을 느꼈으며 그 필요성을 강조해왔습니다. 이러한 노력들이 헛되지 않아 금년 초 대한수의사회 정기총회에서 그 사업의 필요성이 인정됐으며, 감히 본인이 그 편집 책임을 총괄하게 되었습니다. 그러나 너무 짧은 시간에 50년간의 수의계 역사를 발굴 정리하여 기록으로 옮긴다는 것은 처음에는 엄두도 낼 수 없는 일이었으며, 역시 예상한 대로 쉽게 진척되지 않았습니다.

그러나 일단 시작한 일을 중도에 포기할 수 없기에 본인으로서는 남다른 고충과 인내심을 갖고 추진했습니다. 때로는 회의를 소집하여 경과를 독려도 했고, 수시로 만나거나 전화로 연락해 부탁하기를 6개월간 계속했습니다. 그야말로 50년간의 일을 불과 반 년 동안에 한다는 발상 자체가 문제인 줄 모르는 바 아니었으며, 주위에서도 불가능한 무리한 일이라고 여긴 경우도 많았습니다. (중략)

또한 꼭 짚고 넘어가야 할 것은 이상과 같은 주어진 여건은 결과적으로 만족할 만한 내용의 역사 기록에 아주 미비한 작품이 되었다는 사실입니다. 즉 분야별 집필진이 다르다 보니 원칙의 통일이 어려웠고, 내용에 따른 일률적인 원칙 적용의 불가능 등 여러 애로사항이 많이 생겼습니다. 결과적으로 집필자에게 재량권을 많이 준 경향이 있으나, 역사는 기록이 중요하지 형식이 중요하지 않다는 일념에서 모든 내용을 용납할 수밖에 없음을 이해하기 바랍니다. 먼 훗날 이 기록을 거울삼아 보다 완성된 수의 역사가 훌륭하게 작성되기를 후세에 기대하면서 미완의 작품을 감히 내놓는 심정을 헤아려 주

시기 바랍니다. (후략)

1998년 11월 20일 편집대표 신광순

　참고로《한국수의 50년사》의 집필 내용과 당시 참여한 담당 집필진 18인을 여기 옮긴다.

　제1편 수의역사 : 남치주 서울대 수의대 교수

　제2편 대한수의사회(중앙회와 지부) : 박근식 상임부회장

　제3편 수의행정과 제도;

　1장 중앙 및 지방 : 김병성 전 농림부 인천동물검역소장

　2장 시도가축위생시험소 : 우기방 전 경기도위생시험소장

　제4편 방역과 검역;

　1장 국내방역 : 김용희 전 수의과학연구소 병독과장

　2장 국제검역 : 김옥경 농림부 축산국장

　제5편 수의기술의 개발과 응용 : 강영배 수의과학검역원 병리진단과장(편집간사)

　제6편 수의학 교육 : 양일석 서울대 수의대 교수

　제7편 수의관련 학술단체 : 이흥식 서울대 수의대 교수

　제8편 수의임상;

　1장 가축질병 : 한홍율 서울대 수의대 교수

　2장 대동물임상 : 조명래 갈촌동물병원장

　3장 양돈임상 : 홍문표 문성농장 사장

　4장 가금임상 : 장기식 고려산업(주)

　　　　　　　　　　　　잉크가 바랠수록 추억은 빛이 난다

5장 애완동물임상 : 조휘익 중부가축병원장

제9편 동물약품 : 홍영선 서울시수의사회 회장

제10편 동물원 : 오창영 전 서울대공원 동물부장

제11편 실험동물 : 이영순 서울대 수의대 교수

제12편 가축번식 : 정영채 중앙대 산업대 교수

필자가 역사학자가 아님에도 왜 이런 일에 관여하는지 스스로 회의가 들 때
도 있다. 하지만 그 회의도 잠시일 뿐, 본인이 일생 동안 관여한 분야를 기록
으로 남기는 데에는 나름대로 뜻이 있기 때문이다.

10년을 추가하고 보완하다

***한국수의 60년사 (韓國獸醫 60年史)**

『2008년 대한수의사회 발간』 (사진 8-24)

1998년《한국수의 50년사》를 발간한 지 10년이 지난 2008년, 다시《한국수의 60년사》를 편찬하는 일에 참여한 바, 그 전말을 여기 간추려 기록으로 남기고자 한다.

전술한 바와 같이 50년사 때는 편찬위원장으로 모든 것을 총괄하는 입장이었으나, 이번의 60년사에서는 일부 내용을 맡아 직접 집필하는 역할을 한데 뜻이 있었다. 물론 대한수의사회 정영채(鄭英彩) 회장의 간곡한 부탁도

있었고, 마침 시간의 여유도 있을 뿐 아니라 아직은 자료를 찾고 글을 쓰는 데 크게 지장을 받지 않는 건강상태라 기꺼이 참여하기로 마음을 굳혔다. 형식상 편찬위원회 고문으로 위촉된 것은 어디까지나 예우상의 일이며 실제는 집필위원 겸 총괄적인 자문역을 자임한 셈이다. 특히 50년사의 미비한 부분을 누구보다 잘 알고 있는 필자로서 그때 쌓은 경험은 60년사 편찬에 크게 도움을 주었다고 생각한다.

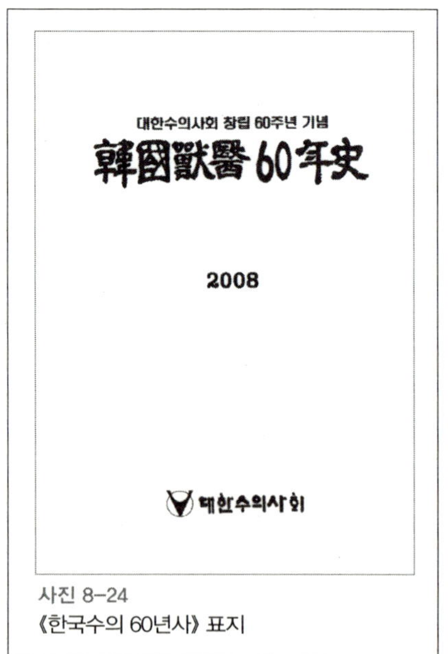

사진 8-24
《한국수의 60년사》표지

필자가 담당한 내용은 제2편 '수의사회의 발자취'에서 1장 '수의사회의 태동과 창립', 2장 '수의사법 공포'와 '수의사회의 발족', 3장 '대한수의사회 60년의 발자취'(1948년에서 1998년까지), 그리고 이번에 신설한 제8편 '수의공중보건'에서 1장 '수의공중보건의 발자취', 2장 '식품 및 축산물 위생'을 직접 집필했다. 또한 제1편 '수의역사'에서 집필자 천명선 박사가 쓴 원고를 교정하고 감수하는 일을 맡는 등 많은 도움을 주었다. 이 밖에도 편찬위원 입장에서 집필 원고 전체 내용에 대한 의견을 제시하는 등 50년사에서 부족했거나 잘못된 부분을 대폭 보완했음은 물론이다.

《한국수의 60년사》에서 거둔 수확 중 하나가 8·15 광복 후 1948년 서울대 농대 수의학부(서울 종로구 연건동 소재)에서 뜻있는 몇 분이 모여 발기한 대한수의사회 태동의 역사를 명확히 찾아낸 일이다. 그때 구성된 임원진은 회장 김병순(金柄淳) 중앙축산조합연합회 상무이사, 부회장 이남신(李南信) 안양가축위생연구소장, 오순섭(吳順燮) 서울대 농대 수의학부 교수, 상무 이병상(李丙祥) 서울가축병원장이었다. 그러나 1950년 6·25 사변과 1·4 후퇴 등 한국동란의 국가적 격동기를 거치는 동안 수의사회도 침체될 수밖에 없었다.

이후 다시 대한수의사회가 전국 규모로 발족한 것은 4년이 지난 1952년 11월 29일, 부산 피란지에서 개최한 각도 축정과장회의 때 창립총회를 개최한 것이 계기라 할 수 있다. 그러나 실제 배후에서 노력한 분은 당시 농림부 축정국 수의과 김영한(金永漢) 과장으로, 그는 '수의사법'의 시안 제정과 병행하여 전국 규모의 대한수의사회 조직의 필요성을 간파하여 추진하였다.

그때 선임된 임원은 각 시도를 대표하여 조이연(趙怡淵) 서울특별시수의사회 회장을 중앙회장으로 추대했으며, 부회장 두 분(이남신, 오순섭)은 그대로 유임하였다. 지역별 수의사회 회장에는 서울특별시 김덕균(金德均), 경기도 김진두(金鎭斗), 충북 김규상(金奎詳), 충남 정태식(鄭泰湜), 전북 최성호(崔成浩), 전남 백남현(白南鉉), 경북 장진호(張晋鎬), 경남 이남신(李南信), 강원 최윤기(崔允基), 제주 양태룡(梁泰龍)이었다. 물론 이러한 체제는 과도기적이지만 사단법인을 만들기 위한 축정당국의 적극적인 지원이 있었기에 가능했다고 본다.

그 후 1956년 12월 26일 오랜 진통 끝에 공포한 수의사법(법률 412호)에 근거하여 1957년 10월 26일 대한수의사회 창립총회가 열렸다. 회장단은 과거 태동기 회장이었던 김병순 3대 국회의원을 재추대했으며, 부회장도 그대로 유임시켰다. 또한 이사진으로는 김영한 농림부 수의과장, 조이연, 김진두, 정용주, 홍병욱, 김효중, 박영출 등 7인, 감사는 최윤기, 최성호, 장진호 3인으로 구성했다. 이들은 바로 농림부에 대한수의사회 설립 인가 신청을 제출했으며, 1957년 11월 17일자로 농림부장관의 인가서(농축 제1059호)가 교부된 바, 태동한 지 꼭 10년 만의 일이었다.

끝으로《한국수의 60년사》979~981쪽 편집후기에 실린 필자 및 최철순(崔哲淳) 편찬위원장의 글을 그대로 인용하니 참고하기 바란다.

① 필자의 글

새삼《한국수의 50년사》(1998)에 이어《한국수의 60년사》(2008)의 집필과 편집에 스스로 골몰한 보람을 한껏 느낍니다. 특히 '수의사회 발자취'를 엮으면서 1956년 말에 공포한 '수의사법'을 처음 초안하신 김영한 님(농림부 수의과장), 그리고 1967년 11월에 서울 서대문구 대현동의 '수의사회관'을 마련하는 데 기여하신 이남신 박사(축정국장) 두 분을 비롯한 여러 선배 수

　　　잉크가 바랠수록 추억은 빛이 난다

의사 어르신의 행적을 찾아내 소개한 일입니다. 이와 같이 먼저 걸어가신 원로 분들의 족적을 기리고 드높이는 전통이 이어질 수 있다면, 그동안 눈이 침침하도록 자판을 두드리고 교정을 본 나의 노력이 헛되지 않을 것입니다.

"먼 훗날 생령(生靈)이 다하면 사령(死靈)으로 남아서 굽어볼까 하노라."

② 최철순 위원장의 글

(전략) 특히 신광순 선생은 '대한수의사회의 발자취'와 '한국의 수의행정제도'를 정확히 바로잡고 누락된 역사를 보완하기 위하여 대한수의사회 사무실에 비치된 수의사회지 합본과 참고자료를 모두 본인의 한국식품안전협회 사무실로 이송하여 3개월에 걸쳐 지난 60년간에 일어난 일과 사건들을 조사하여 잘못된 역사를 바로 잡는 어려운 작업을 해주셨습니다. 또한 선생은 풍부한 식견과《한국수의 50년사》편찬위원장의 경험을 살려《한국수의 60년사》편집에 많은 도움을 주셨습니다. (후략)

의성(醫聖) 히포크라테스의 "Life is short, Art is long"이라는 말씀을 인용하여 "벼슬은 짧고, 인생은 길며, 역사는 영원하다"로 비유할 수 있다.

서울대학교 수의과대학 60년사
지난 역사를 기록으로 남기다

***서울대학교 수의과대학 60년사**(2008년)

서울대학교 수의과대학의 역사는 1947년 농과대학 수의학부의 태동으로 시작되었으니 2007년이 60주년에 해당한다. 이를 기념한 《서울대학교 수의과대학 60년사》(사진 8-25)의 발간에 편찬위원으로 참여한 바 있기에 그 전말과 집필한 내용을 간추려본다.

당초 수의과대학의 역사를 정리할 필요성이 대두된 것은 10여 년 전인 1996년 수의과대학 50주년을 1년 앞둔 최희인(崔熙仁) 수의대 학장 때다. 마침 정년을 2년 남긴 때로 현직 교수 중 선배 입장에서 대학의 역사를 기록으로 남기는 것이 도리임을 느꼈으며, 대학 동기인 최 학장에게 《서울대학교 수의과대학 50년사》 편찬 사업을 시작할 필요성을 강조했다. 그 결과 일차로 편찬위원회를 구성했으며, 필자는 초창기 역사를 담당하는 편찬위원으로 참여했다. 그 후 1997년 3월 김선중(金善中) 학장이 취임하면서 역사편찬 사업을 이어가는 의지를 보였으나 성사시키지

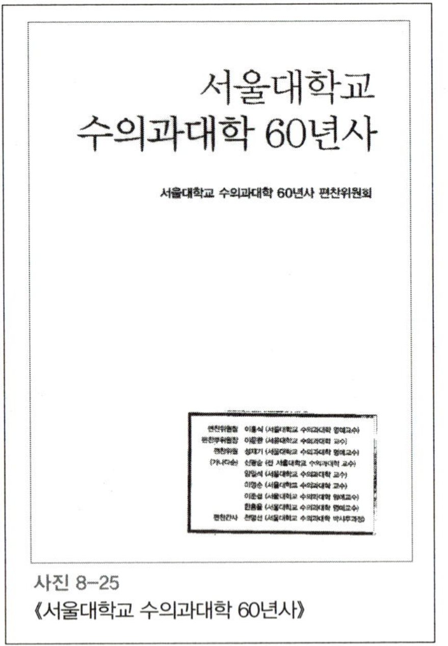

사진 8-25
《서울대학교 수의과대학 60년사》

  잉크가 바랠수록 추억은 빛이 난다

못하고 흐지부지 되었다. 그 와중에서 1998년 8월에 정년퇴임하여 더 이상 제 몫을 수행할 수 없었다. 무척 아쉬웠으나 그동안 나름대로 조사한 자료들인 초대학장 오순섭 교수 및 1회 졸업생 이방환(李芳煥) 박사와 인터뷰한 녹취테이프 및 대담하면서 기록한 메모, 특히 이박사의 저술서《수의축산 반세기의 회고》(1990년) 등을 참고하면서 정리한 귀중한 자료들을 편찬위원인 이문한(李文漢) 후배 교수에게 전달하면서 후일에 참고할 것을 당부할 수밖에 없었다.

그 후 10년이 지난 2007년 4월 수의과대학 개교 60주년 기념사업의 일환으로《서울대학교 수의과대학 60년사》편찬위원회(위원장 이흥식)가 재발족했으며, 필자 또한 과거의 인연으로 다시 편찬위원으로 정식 위촉되었다. 이는 솔직히 필자가 역사 쓰기를 좋아하고 관심이 많았기에 주어진 사명이라 생각했다.

2008년 말에 발간한《서울대학교 수의과대학 60년사》중에서 초창기 역사에 해당하는 부분을 주로 집필한 바, 그 내용을 소개하면 다음과 같다.

① 제2부(서울대학교 수의과대학 변천사)

1장 우리나라 수의학 교육의 태동(1908~1946) (사진 8-26)

1)수의학 교육기관의 변천

2)근대 수의학 교육과정의 변천

3)수의학과 학생 현황

2장 국립서울대학교 수의학부 개교(1946~1952) (사진 8-27)

1)수의학부의 설립

2)6·25 전쟁과 부산 전시교육

3)교무행정 등

즉 우리나라 수의학 교육의 태동기였던 일제강점기의 어려웠던 역사와 8·15 광복 후 미군정을 거쳐 대한민국 정부 수립, 다시 한국동란으로 부득이 부산에 소재하는 농림부 가축위생연구소에 얹혀 지내던 피난시절, 그 와중에서도 1953년 수의과대학으로 승격하는 등 초창기 기틀을 잡은 일 등 필자가 몸소 겪은 산 역사를 발굴하고 고증한 기록으로 평가할 수 있다.

② 또한 제8부(동문 회고록)에서 '우리나라 수의학 교육의 태동'을 집필하며 못 다한 이야기'란 타이틀로 초창기 학장이셨던 '오순섭(吳順燮) 학장님에 대한 회고'를 비롯해, '부산 송도 피난학교(1951~1953)' 시절의 퀀셋 교실 수업과 학생생활에 얽힌 이야기, '서울 환도와 학생활동(1953~1955)' 등 격

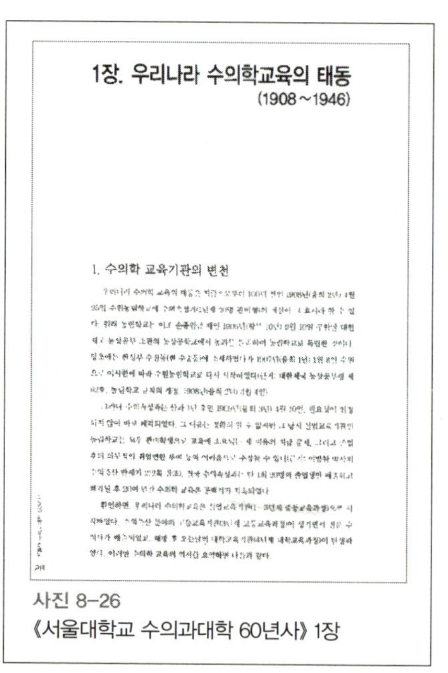

사진 8-26
《서울대학교 수의과대학 60년사》 1장

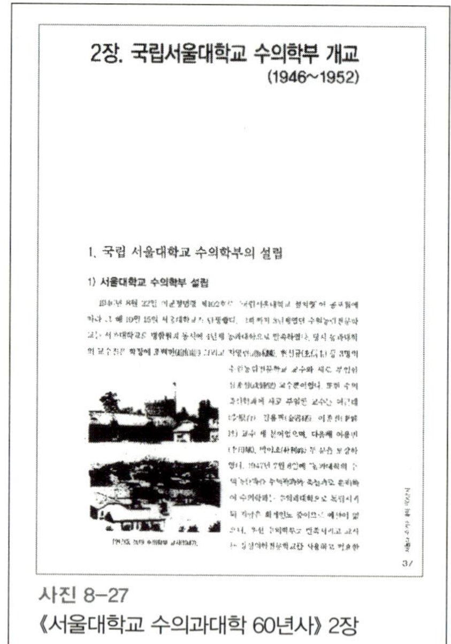

사진 8-27
《서울대학교 수의과대학 60년사》 2장

   잉크가 바랠수록 추억은 빛이 난다

변기의 생생한 추억 등 야사들을 정리해 남겼다.

특히 오 학장님의 생시 말씀을 정리하여 기록으로 남긴 데 뜻이 있으며, 초창기 어려운 여건에서 이룩한 숨은 업적을 밝힌 최초의 기록이라 하겠다. 이미 고인이 되신 오 학장님을 비롯하여 이 내용에 등장하는 많은 선배 동료들이 타계한 현시점에서 그분들의 숨은 이야기를 밝힌 것에 새삼 보람을 느낀다.

③ 이 밖에도 제6부(동창회) '1장 총동창회'의 역사를 기록으로 남기는 데도 관여했다. 물론 필자가 참여할 분야는 아니나 오래된 동창회 역사를 기술할 마땅한 동문도 없고, 또 세월이 지나다 보니 동창회 활동 기록도 거의 없으니 아무도 손을 댈 수 없다는 것이다. 그래서 그나마 수의과대학 교수 중 드물게 1990년에서 1996년까지 동창회 부회장을 역임한 경험이 있는 필자에게 그 몫이 주어질 수밖에 없었다. 어려운 일인 줄 알면서도 기왕에 봉사하는 일인데, 스스로 무거운 짐을 지기로 했다.

또한 역대 회장 중 전동용(全東龍: 1982~1990)과 김범래(金範來: 1990~1996) 회장이 필자와 동기생(8회)으로 비교적 그들이 한 일을 소상히 알고 있었다. 그동안 발행한 서울대 총동창회 및 수의대 동창회 명부 중 일부, 근래 것만 있는 총회 유인물, 몇 번 발간된 뉴스레터 등 찾을 수 있는 모든 자료를 뒤졌다. 초창기는 물론 근래 것도 별로 없는 상태에서 어렵게 정리한 역사 기록임을 밝히며 좋게 평가해준다면 이를 수고한 보람으로 여길 것이다.

특히 수의대 동창회 태동 및 창립 시기라 할 수 있는, 제1~3대(1953년~1970년) 이장락(李長洛)·윤석봉(尹錫鳳) 회장 시대, 동창회 재건기에 해당하는 제4~6대(1971~1982) 김환경(金煥卿)·길한식(吉翰植) 회장 시대의 이야기들은 선배들로부터 전해진 말들을 되살려 기록할 수밖에 없었다. 그나마 크게 도움을 주신 분은 동창회 재건 시 부회장을 지낸 강대경(姜大慶) 선배 동문(6회)이 1997년경에 글로 적어 보낸 기록 등 당시의 회고담과 차종상(車鍾相) 후배 동문(12회)의 증언으로 상세히 정리하고 기록할 수 있었음을 밝히며 감사의 말씀을 드린다.

특히 자신이 졸업한 모교이며 교수로 재직한 대학의 역사를 기록으로 남기는 일에 보람을 느꼈고, 역사의 산증인으로 영원히 남는 일을 한다는 자부심마저 들었다.

잉크가 바랠수록 추억은 빛이 난다

연재물 일부를 책으로 엮어내다

*과거를 보고 미래를 연다(2011년 4월)

필자는 2007년 2월부터 2010년 12월 까지 식품전문 주간지 〈식품외식경제〉에 무려 172회에 걸쳐 연재한 '신광순 박사의 남기고 싶은 이야기'를 시리즈로 연재한 바 있다. 그 연재물 중에서 전반부에 해당하는 88회분까지의 내용을 묶어 책으로 펴낸 것이 바로 《과거를 보고 미래를 연다》다. (사진 8-28) 이어 나머지 후반부인 89회부터 끝까지의 내용을 다룬 후편이 바로 이 책으로, 연이어 출간하는 셈이다. 그런 연계성으로 볼 때 이미 발간한 전편 책의 내용을 여기에 요약 소개하는 것도 독자의 궁금증을 푸는 데 도움이 될 것으로 생각한다.

《과거를 보고 미래를 연다》

▶ 책 소개

1960년~1970년대를 중심으로 하여 반세기에 걸친 우리나라 식품위생 안전성 관리의 발자취를 정리한 책이다. 저자는 1967년 보건사회부에 식품위생과가 신설되던 해부터 1973년까지 초창기 식품위생 행정의 기틀을 마련했고, 대학으로 적을 옮긴 뒤에도 보건복지부 식품위생심의위원, 식약청 식품기술자문관으로 활동한 원로 학자이며 식품과 관련한 각종 규정을 제정

하는 데 크게 공헌한 이이기도 하다.

저자는 사회가 제대로 정비되지 않았던 시절에 사람들을 괴롭히던 병이 무엇이며 그것을 어떻게 방제했는지, 어떤 식품이 무슨 말썽을 일으켰는지, 그 문제가 어떻게 해결되었는지, 또 그 문제가 사회에 어떤 영향을 끼쳤는지, 우리가 먹는 음식물을 다루는 규정이 어떻게 만들어졌는지에 대해 공식적으로 드러난 부분뿐만 아니라 그 이면에 숨은 이야기까지 세세하게 기록했다.

식품 보건 분야의 원로가 옛 자료를 뒤적이며 심혈을 기울인 이 회고록은 지난 반세기 동안의 식품위생 행정을 기록한 역사 그 자체이며, 식품 및 보건 분야에 종사하는 사람이라면 읽어둬야 할 책일 뿐 아니라 일반인에게도 많은 것을 이야기해주는 노작이다.

▶추천사

식품과 관련한 크고 작은 사건들의 처리 경위와 기준규격 제정의 동기 등 후배들이 꼭 알아야 할 내용이 가득한 책이다.

_(사) 한국식품위생안전성학회 회장 / 덕성여대 식품영양학과 교수 김건희

우리나라의 초창기 식품위생 행정의 숨은 이야기가 살아 숨 쉬는 듯하다.

_(사) 한국식품안전협회 회장 / 공학박사 신동화

이 책은 저자가 몸소 겪은 체험기인 동시에 대한민국 정부 수립 후 60년 동안의 식품행정 및 제도의 변천 과정을 기술하고 있으며, 특히 1960~70년대 사회적 물의를 일으킨 각종 식품위해 사건의 전말 등도 기록하고 있다. 거의 반세기 동안의 일들을 사실 그대로 정리한다는 것은 결코 쉬운 일이 아니며, 아무나 할 수도 없는 일이다. 아마도 저자의 탁월한 기억력과 고증 자

료 없이는 불가능한 일이며, 더욱이 팔순을 바라보는 연세에 이룩한 일이기에 더욱 놀랍고 존경을 금할 수 없다. 특히 '지난 역사의 발자취를 거울삼아 미래를 설계할 줄 알아야 한다'는 말은 우리 후배들이 본받아야 할 금언이라 하겠다.

_식품의약품안전청 청장 노연홍

▶내용 소개

이제는 40년 전에 만든 '보건범죄 단속에 관한 특별조치법'을 폐기할 때가 왔다고 본다. 그때는 나름대로 필요성이 있었겠지만 이제는 시대 상황이 많이 바뀌었다. 더욱이 법을 만들 때에도 우리나라에서 보건 3대 악이 사라질 때까지만 필요한 과도기적인 법으로 생각하였다. 당시 입법에 직접 참여한 사람으로서 이 법은 한시적 성격의 법률임을 전제로 하였음을 강조한다. 선진국에도 그 유례가 없고 반인권적이라 할 만큼 무리하게 만든 구법은 과감하게 정리해야 한다. 현실적으로도 실용성이 없으며, 예방행정 차원에서 만든 특별조치법이기에 더욱 폐기 대상인 것이다.

보건 3대 악 추방을 위한 '보건범죄 단속에 관한 특별조치법' 공포 중에서

우리나라 최초의 식품위해 논쟁으로 알려져 있는 롱가리트 사건이 터진 것은 지금으로부터 45년 전인 1966년의 일이다. 당시는 1962년 1월 20일 식품위생법이 공포된 지 불과 4년이 경과한 때였으며, 식품위생을 전담하는 정부기구도 없던 시대였다. …… 우리나라는 무슨 사건이 터진 후에서야 새로운 정책과 행정기구가 만들어지곤 한다. 이때도 예외는 아니어서 다음 해인 1967년 2월 1일 자로 당시 보건국의 위생과를 환경위생과와 식품위생과로 분리 개편하였으며, 식품위생과에는 위생계와 화학계를 설치하였다.

당시 삼양식품은 '파라핀' 사건으로 홍역을 치르고 있는 중이었다. 라면 원료에 유화제로 사용하는 식품첨가물인 '자당지방산에스텔'이 '파라핀'으로 판명된 데서 생긴 문제였다. …… 수거한 시료의 시험 의뢰 서류를 보니 검사 항목이 '파라핀'이었으며, 보건원 담당자도 공정시험법에 따라 실험한 결과 '파라핀'으로 확인한 것으로 외견상 처리에 큰 하자는 없었다. 그러나 삼양식품 측에서는 절대 파라핀을 첨가물로 사용한 사실이 없다고 항변하면서 억울함을 호소하는 것이 아닌가? …… 즉, 파라핀 시험법을 적용하면 파라핀으로, 자당지방산에스텔 시험법을 적용하면 자당지방산에스텔로 확인됨을 알아내었다. 즉시 동일한 샘플을 재수거하여 자당지방산에스텔 시험을 의뢰하니 이번에는 파라핀이 아님을 확인할 수 있었다.

라면 생산의 선두 주자 삼양식품에 얽힌 이야기 중에서

당시 미국에서 새로 출시한 소위 다이어트용 코카콜라의 표시 사항인 'artificial sweetening diet beverage(인공감미료 함유 식이용 음료)의 번역이 문제가 된 것이다. 당시 일반인들은 다이어트란 말 자체를 잘 모를 때라 영한사전에 나와 있는 대로 diet(식이, 영양)를 직역하여 그저 '먹는 음료' 정도로 판단하였다. …… 통신을 그대로 받는 일반 매스컴은 모든 코카콜라 제품에 인공감미료가 들어 있는 것으로 보도하였으며, 소문은 일파만파로 퍼져 나갔다. 특히 시판을 막 시작한 국내산 코카콜라에도 인공감미료가 들어 있다는 오해를 불러일으켰다.

미국 코카콜라의 한국 시장 상륙에 얽힌 이야기 중에서

그 사건의 요지는 라면의 튀김기름 및 마가린, 쇼트닝의 원료로 수입한 쇠기름(우지)이 식용이 아닌 공업용이라는 것이었다. …… 이 사건은 검찰의 기소와 서울지방법원의 유죄 판결, 다시 서울고등법원의 무죄 판결을 거쳐 1997년 8월 26일 대법원의 최종 판결로 8년 만에 막을 내린 우리나라 최대의 식품위해 사건이었다.

수입 우지 유무해 판정은 검찰의 월권행위 중에서

동일한 부식을 사는데도 한국 측은 비싸게 살 수밖에 없고, 스칸디나비아 측은 싼값으로 구입할 수 있는 것이었다. 또한 품질 면에서도 그들은 우수한 부식물만을 골라서 필요할 때마다 바로 구입할 수 있는데 반해 우리 측은 경쟁 입찰 절차를 거쳐 납품받다 보니 품질도 떨어지고 가격도 비쌀 수밖에 없었다.

메디컬센터 영양과의 기틀을 세운 보람 중에서

특히 참고가 된 말은 식품의 국제 교역에서 공직자의 자세에 따라 그 상황이 많이 달라진다는 것이었다. 즉, 자국민의 건강 보호 차원에서 다소 무리한 조치를 취해도 무방하다는 말이었다. 한마디로 고자세 협상일수록 국익에 도움이 되며, 저자세일수록 손실이 큼을 강조하였다.

1965년 WHO 연수 시절의 일들을 다시 회고하며 중에서

특히 이물검사실에서 동물과 사람의 털을 판별하는 방법을 배울 수 있었다. 흥미로운 것은 각종 털 조직편의 절단면을 현미경으로 관찰하여 그 동물의 종류뿐 아니라 체표상 털의 위치까지도 알아낸다는 것이었다. 분유를 예로 들면, 검사 결과 쥐 털이 나왔다면 공정상 원유에서 기인한 것으로 간주되며, 이 경우 쥐 분변과 살모넬라균의 검출 가능성이 있기 때문에 그 분유는 식용 불가로 판정을 받게 된다. 여기서 필자는 우모 검사만으로도 아

　잉크가 바랠수록 추억은 빛이 난다

    잉크가 바랠수록 추억은 빛이 난다

수의공중보건학회 설립으로 학문의 초석을 다지다

식품위생안전성학회의 설립과 이룩한 업적

식품 관련 언론보도의 중요성과 소신을 밝히다

'보건의 날' 기념식에서 '국민훈장 모란장'을 받다

•인명색인

•신광순 박사 프로필

사진 8-28
필자의 회고록(전편)

사진 8-28-1
책 발간 기념 모임 : 1960년대 옛 보사부 식품위생과 직원들(앞줄 오른쪽부터 시계방향으로 심한구, 강인구, 필자, 권우창, 허현, 박봉상, 신동진, 심한구, 신석우, 김영만, 한상욱)

고달픔 속에서도 보람을 느끼다

** 平山 申氏 千年史(2011년 7월)

다음은 필자가 퇴직한 후 수행한 사회활동 중에서 평산 신씨 대종중(중앙종친회)에 대한 이야기를 할까 한다. 그 시작은 1992년 평산 신씨 전서공파 도유사(회장)를 맡을 때부터였다. 부모님 고향인 황해도 연백 어른들의 간곡한 권유로 조상의 얼과 뿌리를 지키고 후대로 계승 발전시키는 활동에 동참하는 뜻에서 참여했다. 물론 처음에는 그저 파종중의 일들을 챙기는 정도로 몇 년을 지내다가 본격적으로 관여한 것은 1998년 정년 이후였다.

먼저 전서공파 종중에서 추진한 사업은 1994년 파조 전서공(典書公) 휘(諱) 호(灝)의 제단(설단) 및 비석을 경기도 가평군 외서면 상천리 무주동에 봉축한 일이다. 원래 전서공의 산소는 북한 땅인 황해도 연백군 괘궁면 생금리 괘궁산 밑 삼봉에 모셔져 있었으나, 왕래가 불가능한 실정으로 후손된 도리를 할 수 없었다. 이를 안타깝게 여기던 파종중의 어른들이 그 혼백이라도 모시기 위한 방법으로 제단을 봉축하기로 하고 소요비용을 마련하는 등 사업을 추진하여 이를 성사시켰다. 그 후 매년 춘향제(4월 마지막 주 일요일)를 올리고 있으며, 선조에 대한 경모와 종원 간의 화목을 돈독히 하고 있다.

또 필자는 2002~2008년까지 6년간 대종중 부도유사로서 '고려태사(高麗太師) 장절공(壯節公) 신숭겸(申崇謙) 장군 동상 건립' 사업의 추진 등 임원으로서 소임을 다했다. 그 결과 2004년 10월 22일 대종중 추향제 행사를 기해 동상 건립 제막식을 거행했으며, 동시에 당일 거행한 추향제 때는 헌관의 대표 격인 초헌관을 맡는 등 영광스런 직분이 필자에게 주어졌다. 또한 대종 중의 재산처리위원장(2005~2007) 및 자문위원(2008~2010)으로 위촉되어 종사에 깊이 관여했다. 기타 춘천 시조 묘소에 신축한 전사청(典祀廳)의 현판을 직접 휘필하는 영광도 주어졌다. 이와 같이 종사에 열심히 참여한 덕분인지 모르나, 2009년 초부터《평산 신씨 천년사》발간사업에 편집위원장을 수임받았다. 그동안 나름대로 사명감을 갖고 성심으로 임한 결과 2년여 만에 결실을 볼 수 있었다. (사진 8-29)

다음은 이 책의 간행을 기하여 필자가 당초에 쓴 편찬사 및 편집후기를 그대로 소개하니 참고하기 바란다.

사진 8-29
그동안 不撤晝夜로 同苦同樂한 편집실무위원들의 회의 장면(왼쪽부터 시계방향으로 달식 위원, 현덕 부위원장, 가운데 광순 위원장, 완철 간사, 수균, 영소 위원)

編 纂 辭

平山 申氏의 기원은 서기 918년 高麗 王建太祖가 開國功臣 壯節公 申崇謙 장군에게 賜姓을 한 것이 시작입니다. 그 후 千餘年이 지나는 동안 종중에 대한 역사 기록은 족보 형태로만 유지돼 왔을 뿐입니다.

우리 선조들은 1636년 《丙子譜》를 시작으로 《壬午譜》(1702년), 《癸酉譜》(1873년), 《庚午譜》(1930년), 《戊戌譜》(1958년)에 이어 1976년 《丙辰大同譜》를 발간한 바 있습니다. 그 후 1978년 《平山 申氏 文獻錄》의 간행으로 시조 장절공의 史蹟은 물론 유적지의 많은 역사적 자료가 정리되었고, 특히 역대 명조들의 행적과 선현들의 略傳을 비롯해 대종중의 역사 등을 수록함으로써 우리 평산 신씨의 발자취를 밝힐 수 있는 근거를 제공해 주었습니다.

이번에 大宗中에서 기획한 《平山 申氏 千年史》는 병진대동보와 평산 신씨 문헌록을 근간으로 했으며, 여기에 1990년대 전후로 발간한 각 派宗中의 派譜를 참고로 시대적인 보완을 했습니다. 이들 자료 외에 《韓國史》, 《朝鮮王朝實錄》, 《承政院日記》 등 기존의 史料에 나와 있는 훌륭한 선조들의 행적을 찾아내는 데 초점을 두었습니다. 전체적인 내용을 보면 시조 장절공의 사적은 물론 고려시대, 조선시대 및 근세의 역사를 개관하였고, 그 시대를 살아오신 선조들의 행적을 추려 연계되도록 했습니다. 그 결과 기존 문헌록에 수록된 인물 1,160위보다 많은 2,600여 명조에 대한 역사 기록을 찾아내는 성과를 올렸습니다. 이 밖에도 지역별로 입향한 世居地 문중에 대한 내력, 대종중 및 유적지의 역사, 각 파종중, 시·도 화수회의 발자취 등을 추가했습니다.

잉크가 바랠수록 추억은 빛이 난다

이와 같이 방대한 역사 자료를 불과 1년 남짓한 기간에 정리하기란 참으로 어려웠고, 처음에는 감히 엄두도 낼 수 없는 물량의 작업이었습니다. 더욱이 사업예산도 충분치 않고 담당 인력도 확보되지 못한 여건임에도 불구하고, '조상님들을 빛내기 위한 거룩한 일인데 너무 따지면 안 되지, 우선 시작하다 보면 해결 방법이 생기겠지, 선조님들이 굽어살펴 주시겠지, 얼마나 뜻있고 보람찬 사업인데 주저할 일이 아니지"란 생각과 각오로 《평산 신씨 천년사》 편찬사업을 추진한 셈입니다.

마치 '무에서 유를 창조하듯' 겁 없이 뛰어든 꼴이 되었습니다. 물론 내가 대학교수 생활을 할 때 전공서적을 집필한 적은 많이 있으나, 역사서를 만든 사례는 나의 직장이었던 대학 및 관련단체의 60년 역사를 편찬한 경험이 전부였습니다. 당연히 주저할 수밖에 없었고, 자신은 더욱 없었습니다. 처음에는 고민도 했으며, 사양도 해보았으나 누군가는 해야 할 일이었습니다. 오히려 우리 평산 신씨 가문의 역사를 온 세상에 알리는 거룩한 일에 소명감을 가져야 했습니다. 끝내 뿌리칠 수 없는 숙명으로 받아들이니 그저 영광스럽고 감사하기까지 했습니다. 새삼 '有志者事竟成 ―뜻을 갖고 정진하는 자는 마침내 그 일을 이룬다'는 신념과 사명의식으로 스스로를 얽어매야 했고, 그 멍에를 짊어질 수밖에 없었습니다.

그러나 예상치 못한 어려움과 풀어야 할 과제들이 계속 생겼고, 그때마다 '盡人事待天命'의 자세로 임해야 했습니다. 무려 천년의 세월을 거슬러 오르며 찾고 밝혀야 했으며, 우리 조상의 얼과 역사적 발자취를 복원하여 후세에 남긴다는 일념뿐이었습니다. 일단 목표를 세웠으면 그 길을 향해 가야 했고, 결코 그 여정을 늦출 수 없었으며, 오로지 인내와 성실의 자세로 달렸습니다. 별도로 마련한 예산이나 전문 인력의 지원도 없이 시작한 사업이기에 더욱 고달프고 외로운 길이었습니다. 그러나 '하늘은 스스로 돕는 자를 돕는다'는 말대로 뜻을 같이하는 후손들이 모여들었고, 그 분들의 적극적 참여와 봉사로 《平山 申氏 千年史》의 대역사를 마무리할 수 있었습니다.

특히 위원장의 직분이다 보니 일의 진척을 서둘러야 했고, 책임과 의무를 다해야 했습니다. 때로는 독촉도 하고 격려도 했으며, 때로는 화해도 시키고 조정 역할을 마다하지 않았습니다. 기왕에 맡은 일이기에 주저함이 없었고, 결코 물러설 수 없었습니다. 다 같이 한 배를 타고 망망대해를 항해하는 선장의 입장이었기 때문입니다. 심지어는 기존의 참고자료인 《대동보》,《문헌록》,《파보》에 기록된 내용(신도비 등 비문, 명조의 사적, 품계, 생졸연도, 서차 등) 중에는 사실과 다르거나 자료간의 차이가 나는 경우도 많았습니다. 참으로 고민스런 일이었고 그대로 넘길 수 없는 중대 사안이었습니다. 그때마다 해당 파종중 또는 문중과 상의함은 물론 그 의견을 반영하거나 협의 절차를 거치는 등 이해를 구하고 슬기롭게 대처했습니다.

이렇게 작성한 모든 원고는 1차로 편집실무위원회에서 일일이 검토 확인하는 절차를 취했습니다. 그 다음 일단 정리된 원고의 수정과 보완은 물론 여러 번의 교정을 거쳐야 겨우 인쇄에 회부할 수 있었습니다. 또 인쇄 초교가 나오면 다시 2~3차의 재교정을 해야 겨우 끝이 날 정도로 어렵고 고달픈 작업이었습니다. 보통 책도 아닌 역사서를 만드는 것이 얼마나 어려운 일인지 실감했으며, 그만큼 편집위원들의 노고가 클 수밖에 없었습니다. 그러나 이 모든 일을 단기간에 서두르다 보니 소홀히 다룬 부분도 많을 것이며, 탈오자는 물론 잘못된 내용도 허다할 것입니다. 모든 질책을 겸허히 받아들일 것이니, 그저 넓으신 아량과 관용을 베풀어주시기 바랍니다.

그동안 수많은 자료를 수집 분석하고, 컴퓨터 작업을 통해 집필하는 등 실무에 시종일관 참여해주신 편집위원 여러분의 노고에 깊이 감사드립니다.

특히 '시조 장절공 사적'편의 원고를 직접 편집했으며, 시대별 역사와 파별 명조록 등 모든 원고의 교정은 물론 신도비문 및 상계의 확인 과정에서 난해한 한문을 원본과 일일이 대조해가며 교정해주신 편집위원회 鉉德 부위원장님, '고려시대, 조선시대 및 근세'의 역사와 명조의 사적 등 편집 전반의 업무를 총괄하면서 1년 동안 하루도 쉬지 않고 불철주야로 수고하신 杭澈 간사님, 그리고 이 책의 핵심 부분인 '파별 명조록'의 작성을 위해 족보 자료들을 조사하여 문장을 만드는 등 편집 업무에 끝까지 참여한 達湜, 榮昭, 東輝 위원님 등과 교정에 도움을 주신 壽均 위원님, 그리고 준비단계에서 시조 신숭겸 장군의 역사학자 평가 논문 등 많은 참고자료를 수집해 주신 二哲 종원님 등 그동안 도움을 주신 여러분들의 노고를 결코 잊어서는 안 될 것입니다.

특히 명조 선현의 묘소와 유적지 등의 현장 사진을 찍기 위해 전국을 순회한 杭澈, 東宙 위원님의 활약은 결코 쉬운 일이 아니었습니다. 이 밖에도 '평산 신씨 대종중, 파종중 및 시·도 화수회의 발자취', '현대인물록', '세거지' 편을 만들기 위해 자료 제출을 독촉하거나 기존의 자료를 일일이 찾아내 새롭게 엮는 작업 또한 어려웠습니다. 이와 같이 많은 분들의 노고 덕분에 이 책이 출간되었다고 생각합니다.

끝으로 이 사업을 추진하는 데 주도적 역할을 해주신 正洙 도유사님, 鉉皓 상임부도유사님을 비롯한 대종중 직원 여러분의 협조에 감사합니다. 또한 편집위원들이 만든 초기 원고를 체크해주신 감수위원회 有植 위원장과 文雄 부위원장님, 그리고 泰湜 간사님도 감사합니다. 또한 어려운 여건에서도 자진해서 성금을 보내주신 파종중 도유사님과 종원 여러분의 성원이 있었기 이 사업이 성사될 수 있었습니다. 그리고 출판을 맡아주신 대관인쇄 申

寬秀 사장님과 세양기획 金俊淑 사장의 협조로 훌륭한《평산 신씨 천년사》가 탄생한 것입니다.

　다시 한번 평산 신씨 역사에 길이 남을 대업을 이룩하는 데 뜻을 함께 한 모든 분들에게 감사드립니다. 참으로 수고들 많이 하셨습니다.

2011년 5월
平山 申氏 千年史 編輯委員長 申光淳

編 輯 後 記

**** 委員長 申光淳**

　드디어《平山 申氏 千年史》1帙 3券의 編輯을 끝내니 몸도 마음도 날아갈 것 같군요. 지난 1년여 동안 억눌렸던 어깨가 활짝 펴지는 기분입니다.

　저를 비롯한 鉉德 編輯副委員長님(齊靖公派), 梡澈 幹事님(文僖公派), 達湜 위원님(思簡公派), 榮昭 위원님(齊靖公派) 등 編輯實務委員 모두가 함께 느낄 것입니다. 참으로 수고들 많이 하셨습니다. 여러분의 노고는 결코 잊혀지지 않을 것이며, 우리 平山 申氏 宗中 歷史에 영원히 기록될 것입니다. 우리 다같이 生靈이 다하고 死靈이 된 후에도 굽어살필 것을 다짐합시다.

　한 가지 특기할 일은 이 책 내용 중에서 북한 黃海道 平山 太白山城에 있는 시조 配享地인 太師祠편(제1권 122~124쪽)에 올라있는 「高麗 開國功臣 壯節申公 忠節」 紀蹟碑와 부근 東門의 사진을 발굴해 게재한 사실입니다. 그것도 원고 교정이 끝나 곧 인쇄에 넘길 찰나에 생긴 일로, 마치 시조의 魂靈이 役事하신 듯한 감마저 느낍니다. 이들 사진을 구하는 데 중개 역할을 한

　　　　　　　　　　잉크가 바랠수록 추억은 빛이 난다

掌令公派 鉉茂 도유사님과 그의 삼촌이신 能均(Nelson Shin) 회장님께 각별한 감사를 올립니다. 특히 能均 회장님은 재미교포로 '국제 애니메이션 필림 협회(ASIFA)' 회장으로 북한의 실권자와 교류하는 입장이기 때문에 가능했을 겁니다. 그는 2002년 업무차 북한을 방문했을 때 자신이 태어나고 자란 황해도 평산군 남천면을 방문하는 기회에 이들 사진을 찍어 올 수 있었다고 합니다. 그의 傳言인 북한 안내원의 말에 의하면 원래 太白山城 안에 있던 太師祠는 6·25 때 미국의 폭격으로 전소되어 현재는 볼 수 없다는 것입니다. 물론 남한에서도 그 시절 남하하신 분들을 통해 전해들은 바 있으나 사실이 아니기를 바라던 차에 다시 확인하니 후손된 자로서 송구스러우며, 죄책감마저 느낌이 필자만은 아니기에 그간의 경위를 추가했습니다.

선조의 행적을 정리해 후손에 전하다

전술한 《평산 신씨 천년사》에 나와 있는 내용 중에서 필자의 할아버님을 비롯해 아버님 3형제에 대한 행적을 그대로 간추려 여기 옮긴다.

할아버님 신종균(申宗均) 1867년(고종 4) ~ 1927년

사진 8-30
조부 청람 신종균

사진 8-31
흠모비

자(字)는 응규(應奎), 호(號)는 청람(淸嵐). 1912년 황해도 봉북면 초대면장을 지냈으며 육영사업으로 사립 연흥(延興)학교(1921년에 봉북면 소송리 관덕동 봉북공립보통학교로 발전)를 설립, 17년간 무상교육을 실시하여 수백인의 인재를 배출하고, 서로 지켜야 할 일과 금할 일을 규정한 동계규약(洞契規約)과 금계조항(禁戒條項)을 정하여 근검저축 운동을 펼쳤다.

치산치수(治山治水) 및 구민구빈(救民救貧)을 위한 식목과 관개사업(灌漑

事業) 비용을 부담하여 향리 전체를 옥전답(沃田畓)으로 만들었다. 10년간 10만여 주의 식수, 3일경(三日耕, 약 삼천 평)의 밭을 무상으로 제공하여 상묘(桑苗) 및 양잠(養蠶)을 장려하고, 양돈 양계 등의 부수입으로 동리계(洞里契)를 운영해 상부상조의 모범마을을 이룩하였다. 말년에는 영세가구 1,050호에 대한 조세를 대납하고, 임야 50정을 희사하여 장학사업을 펼치는 등 향리는 물론 황해도 연백군 봉북면 일대 농민의 생활안정과 농촌의 부흥, 그리고 신세대 교육 등에 기여한 선각자이시다.

그 공덕을 기리기 위해 공의 장례는 지방 유지 60인이 발기하여 집행한 바, 1000여 명의 영구 봉안 행렬, 연 조문객 3000여 명, 각종 단체 봉도기(奉悼旗) 23개, 만장(輓章) 200여 개 등 유례없는 영결행사를 거행했으며, 1년 후에는 고을 유지들의 뜻에 따라 송덕비와 기적비가 세워졌다.

또한 의병활동에도 참여한 바, 그 활약상을 병진보에 다음과 같이 기록하고 있다. 정미년 고향에서 많은 선비들과 평산 도평산에서 의병을 일으킬 것을 창의하였고, 박기섭 목천부사를 대장으로 맞이하는 데 주도적 역할을 하였다.

묘(墓) : 경기도 장단군 장도면 사시리 산 11-2 좌원
단(壇) : 경기도 양평군 양동면 삼산리, 양평공원묘원 '성신 차236호'
배(配) : 밀양(密陽) 김혜자(金惠慈), 부(父) 희열(熙烈)
자(子) : 현기(鉉琦)(출계 학균學均), 현모(鉉謨), 현성(鉉聲), 현경(鉉炅)

큰아버님 신현기(申鉉琦) 1892년(고종 29) ~ 1975년

사진 8-32
백부 우석 신현기

사진 8-33
양평공원묘원 '성신 차236호'

생부(生父)는 종균(宗均), 자(字)는 윤일(允一), 호(號)는 우석(愚石). 1935년~1940년대에 걸쳐 농촌 부흥을 위한 서해안 간척사업을 대대적으로 펼쳤다. 황해도 옹진군 교정면 판정리(가루지) 및 서경개 일대 연안 30만 평, 충남 서산군 해미지역 서해안 20만 평을 개간하는 등 간척사업을 주도함으로써 농민 소득 증진과 농촌 개발에 이바지하였다.

이 밖에 인촌(仁村) 김성수(金性洙)가 설립한 민족언론사 동아일보에 거액의 육성자금을 희사했으며, 민족자본으로 출발한 한성은행(조흥은행 전신)의 주주로 참여하는 등 민족정기 함양에 힘썼다. 또한 일제하 민족 말살 정책의 일환인 창씨개명에 결연히 저항했으며, 1948년 대한민국 정부 수립 후에는 반민족행위자를 처벌하는 특별재판위원회 제2부 재판관으로 선임되어 친일 인사들을 처단하는 데 기여하였다.

종중사에도 크게 공헌한 바, 1907년(순종 1년)에서 1921년 사이에 일제 조선총독부의 태사사(太師祠) 국유화 편입 시도에 항의하여 종중 대표로 신원

잉크가 바랠수록 추억은 빛이 난다

희(申元熙), 신현기(申鉉琦) 외 수인을 선출하여 그 연혁을 증언하고 그 부당함을 진정하는 등 3년여의 투쟁으로 평산 신씨 종중의 소유권을 지킬 수 있었다. 1940년에는 황해도 평산군 산성리 태백산성에 위치한 고려 개국공신 신숭겸(申崇謙), 유금필(庾黔弼), 복지겸(卜智謙), 배현경(裵玄慶)을 배향한 태사사(太師祠)의 사적비 설치 비용을 전담하여 건립하는 등 선조 숭모에 솔선했다.

1950년대 해공 신익희(翼熙), 익균(益均), 국사(菊史), 현태(鉉泰) 등과 같이 대종중의 기틀을 재정비하는 데 기여했으며, 1976년 발간한 병진대동보의 발기인 고문 및 특별심의위원으로 활약하는 등 종사에 평생을 바쳤다.

묘(墓) : 경기도 양평군 양동면 삼산리, 양평공원묘원 '성신 차236호'
배(配) : 안동 장씨(安東 張氏) 부(父) 교승(敎承)

　　　　곡산 연씨(谷山 延氏) 매당(梅堂) 부(父) 봉조(鳳祚)
자(子) : 연철(延澈), 상순(商淳)
녀(女) : 미경(美卿), 철경(哲卿), 명경(明卿), 선경(善卿)

아버님 신현모(申鉉謨)　　1894년(고종 31) ~ 1975년

사진 8-34
부 해관 신현모

사진 8-35
대전국립현충원 제1애국지사 묘역 173호

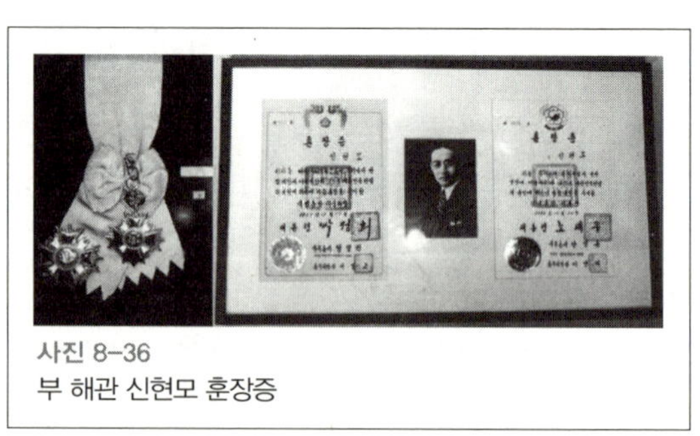

사진 8-36
부 해관 신현모 훈장증

　자(字)는 윤국(允局), 호(號)는 해관(海觀). 1907년 아버지가 세운 연흥(延興) 학교에서 3년간 수학한 후 1912년 서울 경신(儆新)학교 3학년 재학 중, 예배당에 태극기 계양을 금지하자 이에 항거하여 교장 배척운동을 하다 퇴학당하였다. 그 후 해주(海州)공립농업학교에 입학했으나 친일적 교풍에 회의를 느껴 졸업을 3개월 앞두고 자퇴하고. 비분 속에서 망명을 결심하고 그 준비단계로 서울로 올라와 중앙기독교청년학관(YMCA)에서 영어, 서북학회 회관에서 중국어를 수학한 후 여권도 없이 조국을 떠나 만주를 거쳐 남경, 상해 등지에서 동지들과 규합하다가 미국으로 망명하였다.

　1917년 도미 후 독립운동단체인 대한인국민회(大韓人國民會)에 가입했으며, 청년훈련소에서 2년간 훈련을 받고 흥사단(興士團)에 단우번호 67로 입단하였다. 1919년 조국에서 3·1 운동이 일어나자 청년혈성단(靑年血誠團)을 결성하여 독립기금 모금에 힘쓰는 한편, 노백린(盧伯麟) 장군의 군관학교와 통합되자 계속하여 대한인국민회가 발행하는 공채와 상해 임시정부의 애국금, 인구세, 기타 의연금 모금 등 주로 재정업무를 담당하였다. 그러나 독립운동에 한계를 느낀 공은 귀국 준비를 위해 1924년 테네시주 링컨메모리얼대학 영어예비과, 캔사스주 클락스상업학교를 거쳐 1931년 뉴저지주 라이더대학(트랜톤시) 경제과를 차례로 졸업하였다.

　　　　　　　　　　　　　　　잉크가 바랠수록 추억은 빛이 난다

1932년 귀국한 후에는 가산을 투입하여 이윤재(李允宰) 선생이 주도하는 〈국사강의록(國史講義錄)〉을 발간했으나 일제의 탄압으로 무산되고, 또한 각 지역 박물관에서 수집한 막대한 역사자료를 경찰에 압수당하는 수모도 겪었다. 또한 항일단체인 동우회(同友會, 흥사단 국내조직) 상무이사, 경제 수탈에 대항하여 조직한 조선물산장려회(朝鮮物産奬勵會) 이사, 조선어학회(朝鮮語學會) 표준어 사정위원, 특히 《한글 큰사전》 편찬을 위한 재정위원으로 그 경비를 부담하는 등 일제의 침탈에 항거 투쟁하는 한편, 조선흥업회사(朝鮮興業會社)를 창립하여 민족자본 형성을 도모하였다.

1937년 6월 수양동우회(修養同友會) 사건으로 43인의 회원과 함께 체포되어 서대문형무소에서 잔혹한 고문을 받고 1941년 11월 17일 고등법원에서 무죄로 석방될 때까지 3년여의 옥고를 치르고 다시 1942년 10월 조선어학회 사건으로 33인과 함께 구속되어 함경남도 홍원경찰서에서 고초를 겪었으며, 엉터리 조서를 꾸며 함흥지방법원으로 넘겼는데, 1943년 9월 18일 1년의 옥고를 치른 후 기소유예 판결을 받고 석방되었으며, 8·15 광복과 더불어 자유의 몸이 되었다.

1945년 해방된 조국에서 한국민주당 창당에 참여 당무부장 및 중앙상무집행위원을 역임했으며, 1948년 5월 10일 제헌국회의원 선거 시 고향인 황해도 연백군 을구에서 당선, 재정경제위원회 위원으로 활약하였다. 당시 동료의원인 정준(鄭浚) 의원(경기 김포)과 함께 '국회의원이란 신분은 국가의 녹을 먹는 직업인이 아님'을 스스로 실천하기 위해 수당(의원거마비)을 반납하는 등 강직하고 청렴한 정치인의 표상이었다. 6·25 전쟁 시에는 부산피난지에서 연백군민회를 조직 구호사업에 힘썼으며, 휴전 후에는 충무공기념사업회 이사로서 민족정기 선양에 주력하였다.

정부에서는 그의 공훈을 기리어 1969년 12월 국민훈장 무궁화장(건국유공 제111호), 1990년 12월 건국훈장 애족장(제1820호)을 추서하였으며, 기타 흥사단 단우표창(1969년), 한글학회 공로표창(1971년)을 받았다.

묘(墓) : 대전광역시 유성구 갑동, 대전국립현충원 제1애국지사 묘역 173호
배(配) : 전주 이씨(全州 李氏) 국당(菊堂), 부(父) 치록(致祿)
자(子) : 광순(光淳)
녀(女) : 좌경(佐卿)　서(壻) 이기인(李起仁)

4) 작은아버님 신현성(申鉉聲)　1896년(고종33) ~ 1979년

사진 8-37
양평공원 묘원 '성신 차237호'

사진 8-38
좌측부터 현기(鉉琦), 현모(鉉謨), 현성(鉉聲) 3형제와 손자 광순(光淳)을 안고 있는 김혜자(金惠慈) 할머니

잉크가 바랠수록 추억은 빛이 난다

자(字)는 윤선(允宣). 1924년 조선유학생학우회 위원으로 다른 유학생들과 힘을 합쳐 국내외 항일운동에 참여했으며, 1930년에는 신간회(新幹會) 대표회원으로 활동하였다. 그런 연유로 일제강점기에는 고향인 황해도(연백) 출신 민선 도평의원으로 선임되어 지역 발전에 기여했으며, 해방 후에는 연안여자고등학교 교장을 거쳐 재무부 산하의 지방 전매국장(해성염전)을 역임하였다.

묘(墓) : 경기도 양평군 양동면 삼산리, 양평공원 묘원 '성신 차237호'

배(配) : 나주 임씨(羅州 林氏) 매당(梅堂) 부(父) 흥린(興麟)

자(子) : 의철(懿澈), 영철(令澈)(출계 언상彦相), 대식(大湜), 춘식(春湜)

녀(女) : 우경(佑卿), 문경(文卿) 서(壻) 서수준(徐守俊), 권재창(權在昌)

건강도 장수도 대물림이다

　필자가 건강을 관리하기 위해 실천하는 생활습관에 대해 한마디 추가하고자 한다. 흔히 '88~99 : 1~2, 3~4' 등 무병장수를 바라는 건강 지향적 표현들을 한 번쯤 들어본 일이 있을 것이다. "건강을 위하여!!"란 축배가 일상화되고 있는 사회에서 현대인들의 수명은 날로 길어지고 있으니, 100세까지 사는 것이 요즘 시대엔 예사로운 일인 듯하다.

　필자도 벌써 팔순이니 이제 서서히 인생을 마무리할 때도 된 듯하다. 그러나 꼭 그렇지만도 않은 것 같다. 이러한 태도와 생각은 지나친 과욕에서 오는 것도 아니고, 생에 대해 남다른 애착이 있어서도 아니다. 지금도 이 책에 실릴 글을 직접 쓸 수 있고, 자료를 찾아내고 책도 읽을 수 있으며, 주말마다의 등산은 물론 세 시간 동안 서서 쓰는 서예실에도 1주에 2~3회 나가고, 시간 날 때마다 컴퓨터와 친해져 자판을 두드리고, 친구들과 메일을 주고받는 등, 개인이나 사회와 관련된 일들을 할 수 있을 정도로 건강을 유지하고 있다. 물론 정도의 차이는 있겠지만, 그래도 마음먹은 만큼은 해낼 수 있다는 자신감이 살아있으니, 누가 말릴 수 있겠는가? 또 선대로부터 꾸준히 실천하고 있는 몇 가지 생활습관을 보면 이러한 자신감이 결코 부질없는 만용이거나 허황된 노욕이 아님을 알 수 있다.

　참고로 필자가 생활습관으로 실천하고 있는 몇 가지 사례를 들어본다.

1) 간단한 운동을 매일 습관적으로 꾸준히 한다

아침에 일어날 때부터 저녁 잠자리에 들 때까지 하루에도 몇 번씩 실천하는 운동이 있다. 총각 때 아버님과 함께 자면서 배운 것으로 20대부터 시작했으니 실천한 지 족히 60년은 된 듯하다.

아침 일어날 때 그대로 누운 자세로 윗몸 일으키기를 하는 허리와 배 운동이다. 젊었을 때(20~40대)는 몸이 굽었을 때의 각도가 90~120도 정도, 횟수는 연령만큼, 중년(50~60대)부터는 45~90도로 77회, 노년인 70대부터는 30도 정도로 120회를 목표로 매일 실천하고 있다. 연령에 따라 일으키는 각도는 줄이는 대신 횟수는 늘려 나가는 식으로 해야 오래 할 수 있다. 또 허리는 나이가 들수록 약해지기 때문에 횟수를 그만큼 더 늘리는 것이 효과적이란 생각에서 비롯된 원칙이다.

또한 스트레칭을 겸한 아침 체조를 매일 실천하고 있다. 보통 10~15가지 동작을 매 20~30회씩 하며(동작에 따라 가감), 총 15~20분간이 소요된다. 허리, 다리, 무릎, 팔, 목 등 관절 중심의 스트레칭을 겸한 운동이다. 이 동작은 아침뿐 아니라 낮에도 오래 앉아서 허리가 뻐근해지거나 가슴이 답답할 때마다 필요한 동작을 골라 하며, 또 잠자리에 들기 전에도 하는 등, 하루 3~4회 습관적으로 하고 있다. 특히 취침시의 운동은 숙면을 취하는 지름길이고 나이가 들수록 불면증이 오기 쉬우므로 꾸준히 실천하면 좋은 효과를 볼 수 있다.

2) 주식은 줄이고 부식은 늘리되 골고루 먹는다

나이가 들수록 동물성인 육식보다 채식과 과일 쪽으로 가되, 음식의 양은 줄이고 조절해야 한다. 고기보다 생선을 택하고, 밥이나 국수 등 주식의 양은 줄이고 그것을 야채나 과일로 채우는 식이다.

하루에 먹는 총량에서 주·부식의 비율을 50 : 50으로 볼 때 주식의 양은 더 줄이고 부식은 늘려야 한다. 일반적으로 50대까지는 주·부식 비율을 50 : 50으로 유지한다. 그리고 이 시기의 음식량을 100%로 두었을 때, 60대는 주식을 10% 줄인 주식 : 부식 = 40 : 50, 70대는 20% 줄인 주식 : 부식 = 35 : 45, 80대는 30% 줄인 주식 : 부식 = 30 : 40, 90대는 40% 줄인 주식 : 부식 = 25 : 35 비율이 적당하다.

즉 주식인 밥, 면류, 빵류의 양은 줄이고 대신 야채, 과일, 우유, 주스 등으로 총량을 충당하는 것이 된다. 그러나 이 비율은 절대적인 기준이 아니며, 본인의 활동 강도와 소요되는 열량에 따라 적절히 조절하는 것이 원칙이다.

3) 소식으로 균형 잡힌 식단을 알맞게 실천한다

근래 먹고 있는 필자의 하루 식단을 참고로 제시한다.

아침 운동 전후 : 인삼 꿀 차 한 컵

아침 식사 : 각종 과일과 야채(사과, 배, 포도, 토마토, 키위, 오렌지, 오이, 당근, 감, 밤, 대추 등 10~15종) 한 접시(총량 약 400~500g으로 보통 사과 또는 배로 한 개 분량임)와 커피 한 잔, 다만 활동기(60대 이전)에는 시리얼 또는 식빵 한 쪽과 우유 한 컵 추가함

점심 식사 : 밥 한 공기 또는 면류 한 그릇과 부식은 적당량

저녁 식사 : 밥 반 공기, 부식은 식사량에 맞춤

흔히 먹는 부식류 : 고기, 생선, 야채, 국, 찌개, 김치 등은 기호에 따라 선

택한다. 다만 그 종류나 질과 양에 따라 차이가 많기 때문에 가능한 전술한 기준을 준수하고, 부식으로 배를 채우도록 노력하되, 먹고 싶은 양보다 약간 부족한 느낌으로 먹는다. 특히 잠자리에 들기 이전의 군것질이나 주류, 탄산음료 등 열량이 있는 기호식품은 절대 멀리해야 한다.

소식과 절식이 장수의 길이라면, 과음과 과식은 만병의 화근임을 알아야 한다.

4) 잠은 충분히 자고 숙면을 취한다

밤잠은 보통 7~8시간이 적당하나, 낮에도 졸음이 오면 그때마다 자는 것이 좋다. 수면은 육체뿐 아니라 정신적 피로와 직결되기 때문이다. 또 충분히 잠을 자면 심신에 활력을 주고 일의 능률이 올라 건강한 생활을 누리는 데 도움이 된다. 수면이 부족하면 매사가 귀찮고, 충분하면 힘이 생기기 때문이다.

흔히 나이가 들어 잠을 제대로 못 이루는 이유는 낮에 육체적 정신적 일거리가 없어 피로하지 않기 때문이다. 따라서 육체적 운동이나 노동을 하거나 머리를 쓰는 정신활동을 하면 피로감이 생기며, 잠도 오게 마련이다. 잠은 곧 건강의 척도이니 적당한 일을 하거나 운동을 함으로써 심신에 어느 정도 피로감을 줘야 한다.

5) 아침 걷기 운동과 주말 산행을 지속적으로 한다

아침 걷기 운동은 기분이 내킬 때마다 하며, 주말 등산은 정기적으로 실천하고 있다. 30년 동안 해온 주말 등산은 근래 토·일요일을 연속으로 하는 경우도 있다. 토요일은 강도가 좀 있는 산행을, 일요일은 굳은 근육을 풀어주는 셈치고 걷기 위주로 가볍게 하니 크게 무리가 가지 않는다. 이와 같이 운동에도 지나치거나 모자라지 않는 과유불급(過猶不及)의 자세가 필요하다.

또한 등산 후 심신을 풀어주고, 땀을 듬뿍 흘리게 하는 목욕은 피로 회복은 물론 대사의 촉진으로 체중 조절에도 영향을 주며, 목욕 후 적당히 수면을 취하는 것도 리듬을 유지하는 데 도움이 된다.

6) 목욕탕을 자주 이용하여 심신의 피로를 푼다

목욕탕 내에는 열탕, 사우나실, 냉탕 등이 있다. 이 점을 이용하여 열탕에서 반좌욕과 다리운동을 하고, 사우나실 안에서는 생활체조, 냉탕에서는 복부 물안마 및 폭포수 등허리 맞기, 때밀이 수건을 이용한 팔운동 등을 하면 좋다.

목욕과 운동을 동시에 실천하는 일거수일투족의 습관이다. 또한 발바닥의 굳은살을 면도칼로 긁어내는 것도 필자가 개발한 방법으로 오래전부터 실천해오니 발에 티눈 하나 없는 항상 매끈한 상태를 지키고 있다. 그러나 이 모든 것을 실천하려면 총 100분 정도의 시간이 소요되니, 목욕탕에 갈 때는 부득이 혼자 가야 하는 점이 단점이라면 단점이다.

7) 소금으로 잇몸을 문지르고 소금물로 양치질을 한다

이 또한 일찍이 아버님으로부터 대물림 받은 생활습관 중 하나이다. 소금 한 줌을 손가락을 써서 잇몸을 마사지하는 식으로 이를 닦는다. 그리고 소금기가 입 안에 그대로 남은 상태에서 물을 넣고, 그 소금물이 입 안에 담겨진 채로 고개를 아래위로 돌리면서 "아~아~"하는 목구멍 소리 내기를 24회 되풀이하니 목운동도 되고, 잇몸이 튼튼해질 뿐 아니라 입 안의 살균도 가능한 일석삼조의 효과가 있다. 이 소금양치질 습관은 목욕할 때는 정식으로, 매일

　　　　　　　　　　　　잉크가 바랠수록 추억은 빛이 난다

아침 식사 후에는 약식으로 실천하며, 점심을 먹은 후와 저녁 취침 전에는 칫솔을 사용하는 습관을 지켜 왔다. 이런 습관이 지금까지 치아의 뿌리를 그대로 유지할 수 있는 비방이라 생각한다.

그리고 단골 치과병원을 정하여 50년간 관리를 계속하다 보니, 충치 예방은 물론 지금까지 이가 아파서 치료를 받은 적이 없다. 물론 나이로 인해 그동안 앞니를 인공치아로 바꾸고, 어금니 몇 개를 금으로 씌운 것은 있으나, 치아 뿌리는 아직 건재하니, 나이 팔순에도 요즘 유행하는 임플란트와는 거리가 멀다.

8) 머리를 손질할 때 두피 마사지를 2~3분간 한다

이 또한 아버님이 하시던 생활습관을 고스란히 이어받은 셈이다. 두피 영양제 또는 양모액을 두피에 뿌린 다음 양 손가락으로 비벼대는 식으로 두피가 붉어질 때까지 2~3분 계속한다. 그러면 머리 전체에 청량감이 느껴지며, 모근에 활력이 생겨 머리카락이 빠지지 않는 반면 새 머리카락이 검게 돋아날 수도 있다. 모발에 윤기가 생기고 비듬이 생기지 않음은 물론이다.

9) 의자와 침대는 쿠션이 없고 딱딱한 것이 좋다

가능한 앉는 자세는 직각을 유지하고, 안락한 의자나 소파, 푹신한 침대는 피한다. 의자에 앉을 때는 될수록 등판에 붙이고 꼿꼿한 자세를 취한다. 잠잘 때는 자연 돌침대나 온돌방을 선호하는 습관이 생기니, 외국 여행 시에도 침대보다는 바닥에서 자는 편이 편안하다. 그래야만 다음날 허리도 안 아프고 거뜬하기 때문이다. 천생이 한국 고유의 재래식 생활문화에 젖었기 때문이다.

10) 노동의 어려움으로 심신의 편안함을 느낀다

그 좋은 사례가 옛날 앞을 잘 못 보시는 선친께서 매일 아침 뒤뜰에서 실천한 흙 퍼내기 일이다. 생땅을 곡괭이로 파헤치고, 삽으로 퍼 옮기고, 다시 제자리로 돌리고, 또 옮기고, 동일한 행동을 되풀이하신다. 그렇다고 밭을 일구는 것도 아닌데 무엇 때문에 저렇게 땀을 비 오듯 흘리면서 하실까, 그저 무모하고 이상한 행동으로 여겼었다. 지금 다시 생각하니 몸소 노동의 어려움을 겪으니 마음이 흡족해질 것이고, 적당한 피로감이 와 아침 식사 후 한잠 푹 자니 기분이 무척 편안했을 것이다. 그런 모습을 옆에서 보고 자란 덕분에 이제야 그분의 참뜻을 헤아리게 되니 이것이 대물림이 아니고 무엇이겠는가?

물론 전술한 모든 생활습관들도 모두 이러한 맥락에서 알게 모르게 전해진 것들임을 다시 한번 밝힌다.

끝으로 한마디 추가한다. 누가 '몇 살까지 살 수 있겠습니까?'하고 물었을 때 자신 있게 답할 사람은 아무도 없을 것이다. 그만큼 건강과 장수는 예측할 수 없는 일이기 때문이다. 그러나 돈키호테와 같은 생각일지 모르나 어느 정도 추리가 가능하기에 우리 집안의 사례를 들어 본다.

우선 직계 선조님들의 돌아가신 연령을 기준으로 한 수명 예측이다.

할아버님 60세(1927년), 할머님 84세(1952년), 아버님 84세(1975년), 어머님 100세(1992년), 또 방계인 큰아버님 86세(1975년), 큰어머님 88세(1978년), 작은아버님 84세(1979년), 작은어머님 84세(1976년), 그리고 필자의 누님도 2012년이면 100세로 아직도 건강하시며, 사촌 형님은 83세, 사촌 누님 두 분도 88세로 건재하시다. 물론 70대 후반에 돌아가신 사촌들도 있으나 대부분 80대를 넘기셨다. 우리 집안에서는 90대까지 사는 것이 보통이니 장수집안이라 할 수 있다. 그 연계선상에서 볼 때 필자가 예측하는 수명은 양부모님의 졸년 평균치(84+100=92)인 92세로 계산할 수 있다. 여기에 현대 의료혜택 지수를 더한다면, 그 이상의 수명을 기대하는 것이 지나친 과욕만은 아닐 것이다.

다음은 성인병 유발 요인에 대한 유전성을 근거로 한 수명 예측이다.

흔히 말하는 5대 성인병인 당뇨, 고혈압, 심혈관 및 순환기 질환, 암 등의 대물림 사례를 본보기로 해야 한다. 모든 일에는 인과관계가 성립하듯이 수명도 마찬가지다. 흔히 '조상을 잘 만나야 부귀와 영화가 따른다는 옛날식 사고에서 벗어나, 조상의 훌륭한 유전자를 잘 이어받아야 건강과 장수를 누릴 수 있다'는 사실을 현대의학은 증명하고 있다. 물론 전술한 수명과도 같은 맥락이지만 성인병이 없으니 장수할 수 있고, 또 유전성 질환이 없으니 건강할 수밖에 없다. 좀 더 비유적으로 말하면 부모의 건강과 장수는 바로 나와 내 후손에 직결되는 대물림이다. 현명한 현대인이 추구해야 할 가치이며 도리임을 깨달아야 한다.

가족들 이야기를 남기다

2007년 2월 5일, 월요일자 식품전문 주간지인 〈식품외식경제〉에 연재를 시작한 후 2010년 12월 27일까지 무려 4년 가까운 세월이 흘렀다. 당초에는 약 2년 동안 100회 정도 예정하고 시작했으나, 글을 쓰다 보니 무려 172회로 길어졌다. 대충 내가 걸어온 발자취를 훑어본 셈이며, 특히 〈식품위생과 함께한 신광순 박사의 회고록〉에 중점을 두다 보니 필자의 가족이나 친교가 있는 주변사람들과 관련된 것은 깊이 다룰 수 없었다. 그러나 이 연재 시리즈의 원고를 만드는 데 크게 도움을 준 집사람 차인자 님과 내 직계 가족에 대한 이야기만은 여기 남길까 한다.

어떤 때는 하루 종일, 어떤 때는 밤 늦도록 서재에서 컴퓨터의 자판을 두들기며 원고를 쓰니 온통 정신이 한쪽으로 쏠리는 발분망식(發憤忘食) 상태, 밥 먹는 것도 잊어버릴 지경이니 서로 소홀해질 수밖에. 그러나 불평 한 번 없이 지극정성으로 내조해준 덕분에 이 연재를 계속할 수 있었다. 특히 40여 년의 중학교 '국어' 선생님 경력을 지닌 아내가 옆에 계시니 수시로 물어가며 원고를 쓸 수 있는 행운도 함께 했다. 또한 원고의 교정, 문장의 구성과 표현 등 이 회고록을 쓰는 데 실질적으로 많은 도움을 받았다. 그뿐이랴 일찍부터 글을 쓸 수 있는 서재를 만들어 주었고, 국어대사전, 한자옥편 등 필요한 자료를 갖춰준 것도 모두 집사람의 배려였다. 이 글을 쓰고 있는 지금도 책상 한편에는 따끈한 생강차와 과일 접시가 가지런히 놓여 있다. 만일 내가 원고료를 받는다면 그 절반 몫을 한 셈이다. 그러나 실제 소득이 없으니 아쉬울 뿐 그 빚을 갚을 길이 없다. 다만 아내 차인자 님에게 감사의 뜻을 표하는 정표로 육감(六感)의 글을 지어 나의 마음을 대신하니 애교로 받아주기 바란다. 감지덕지(感之德之), 감사무지(感謝無地), 감개무량(感慨無量), 감은감읍(感恩感泣), 감희감흥(感喜感興), 감탄망극(感歎罔極). (사진 8-39)

다음은 이 회고록을 쓰는 데 많은 도움을 준 내 서실에 관해 몇 마디 하겠다. 서재 한 모퉁이에는 조상들의 영혼을 모시고 기리는 뜻에서 옛날 사진들이 진열되어 있다. 80여 년 전인 1927년 1월 19일(음) 황해도 연백군 봉북면 소성리 118번지(원적지) 관덕정(觀德亭) 마을에서 만 60세를 일기로 작고하신 신종균(申宗均; 1867년생) 할아버님, 1952년 12월 28일(음) 추운 겨울에 대구 피난지에서 84세로 돌아가신 김혜자(金惠慈; 1868년생) 할머님, 그리고 1975년 1월 29일(음력 12월 18일) 서울 회기동 집에서 역시 84세로 타계하신 신현모(申鉉謨; 1894년생) 아버님, 1992년 4월 8일(음력 3월 6일) 백수(白壽) 잔치를 잡수신 후 만 100세를 두 달 앞두고 돌아가신 이국당(李菊堂; 1892년생) 어머님의 옛 사진이 위아래에 나란히 모셔져 있다.

또한 고향인 연백에서 연흥학교를 세워 후세 교육과 농촌의 발전 및 현대화에 선구자 역할을 하신 조부님의 행장, 비명, 유사 등을 한데 엮은 《청람실기-淸嵐實記》(1994년), 그리고 일찍이 중국을 경유 미국으로 망명해 조국의 독립을 위해 헌신하다 18년 만에 귀국한 후 일제에 항거하여 수양동우회(흥사단) 및 조선어학회 사건에 연루되어 옥고를 치르셨고, 광복 후에는 황해도(당시는

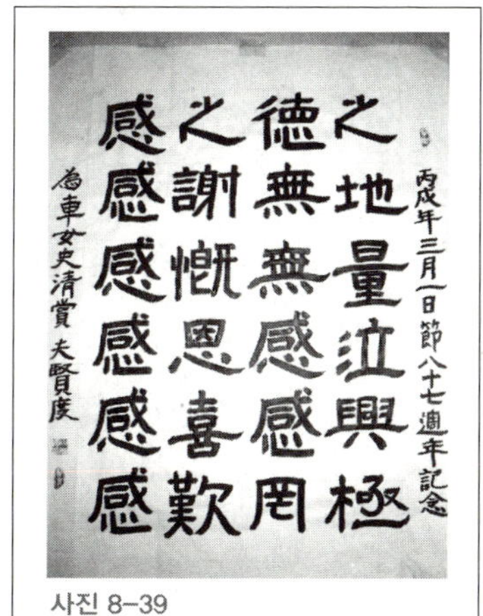

사진 8-39
아내 차 여사에게 전하는 마음

경기도) 연백을구 제헌국회의원으로 활동하신 아버님의 자술기인《필부불
가탈지-匹夫不可奪志》(1994년)를 한 권으로 묶은《가계전승 선조행적 -家系
傳承 先祖行績》도 함께 꽂혀 있다. 또 필자가 주관해서 편집하고 '평산 신씨
대종중'에서 발간한《平山 申氏千年史》총 3권(2011년)도 함께 놓여 있다.
물론 그 책에는 조부님과 큰아버님, 아버님 및 작은아버님에 대한 약전 기록
도 들어 있다.

　서재 양쪽 벽면에는 아버님의 훈장증인 국민훈장 무궁화장(제헌의원 및
헌법제정 유공: 대통령 박정희, 1969. 12. 17.) 및 건국훈장 애족장(자주독
립 및 국가발전 유공: 대통령 노태우, 1990. 12. 26.)의 액자가 걸려 있다. 또
한 필자가 받은 국민훈장 모란장(국민보건 향상 및 사회발전 유공: 대통령 김
영삼, 1997. 4. 7.)과 아내가 받은 국민훈장 목련장(2세 교육 헌신 봉사 및 교
육 발전 유공: 대통령 김대중, 1999. 8. 31.) 액자도 나란히 걸려 있다. (사진
8-40) 가문의 자랑스러운 증표로 훌륭하신 선조님의 행적을 후손들이 이어
받기 바란다. 또 이곳은 기쁘거나 슬픈 일, 즐거움과 어려움이 생길 때마다
그 마음을 함께 하고 보살핌을 간구하는 기원의 장이기도 하다. 이런 분위기
에 더하여 온통 사방이 책으로 꽉 채워진 서재에서 지금도 이 연재의 글을 마
무리하고 있음은 물론이다.

　다음은 필자의 가족사항을 소개한다. 먼저 어머님인 이국당(李菊堂; 1892)
님은 전주 이씨 효령군파 문중으로 이웃 동네인 황해도 연백군 봉북면 송정
리에서 이인칠의 큰따님으로 태어났다. 보통 가정과 달리 어머님이 슬하에
1남 1녀의 자녀만 갖게 된 것은 아버님과의 본의 아닌 이별로 20년 가까이
떨어져 살았기 때문이다. 그만큼 모진 고생을 홀로 겪으신 어머님은 굳건하
고 당당한 의지로 일생을 참고 이기신 장한 어른이시다. 또 하느님을 성실과

순정으로 믿으시고 자식들을 지극정성으로 키우신 거룩하신 분이셨다. 그
뿐이랴 당시 다들 외면할 만큼 무서운 폐병으로 죽어가는 큰댁 큰아들인 연
철조카를 큰어머님 대신 돌본 희생양 역할을 서슴지 않으셨다.

또 대가(大家)의 둘째 며느리로 들어와 본의 아니게 외롭게 사시는 동안의
고생은 이만저만이 아니었다. 무거운 물동이를 머리에 이고 다니니 머리카
락이 다 빠졌고, 돌에 걸려 삔 발목을 그대로 내버려 둔 탓에 항상 부은 상태
로 지내다 흐리고 비오는 궂은 날이면 무척 쑤시고 아파하시던 모습을 생생

사진 8-40
저자와
'국민훈장 모란장'
훈장증

히 기억하고 있다. 오죽했으면 할아버님 행적을 기리는 비문에 어머님의 고생하신 글이 새겨져 있을 정도다. 그러나 흔히 고생 끝에 낙이 온다고 뒤늦게 40세가 넘어 나를 낳았고, 1남 3녀의 손주와 2남 4녀의 외손주를 돌보고 키웠으며, 만년에는 남들이 부러워하는 백세의 천수를 누리신 다복한 분이기도 했다.

필자의 아내 차인자(車仁子: 1940) 님은 충남 당진군 합덕면 신석리 111번지 출신으로 아버지 연안 차공 주완(柱完: 1896년생, 字 大昌)님과 어머니 김해 김씨 만수(萬壽: 1901년) 님의 2남 3녀 중 넷째로 태어났다. 일찍이 고향에서 합덕국민학교를 거쳐 서울의 동구여상 및 수도여사대(세종대 전신) 국문과를 졸업했다. 그 후 바로 덕화여중과 해성여자중학교에서 40여 년 동안 교사생활을 하다 1999년 정년퇴임한 교육자이다. 또한 나의 평생 내조자이며 영원한 동반자로서 가정의 기틀을 세우고 자식들을 훌륭하게 키운 장한 어머님이며, 사랑스런 지어미이기도 하다.

1963년 4월 29일 우리 두 사람이 만나 결혼했으니(사진 8-41) 2013년이면 50주년 금혼을 맞는다. 그동안 시부모를 친부모처럼, 아니 나보다 더 지극정성으로 모셨고, 또 자식은 이렇게 키우는 것이 정도라는 듯 '신사임당' 못지않게 귀감을 보여 주위의 칭송이 자자하다. 특히 남편에 대한 내조가 남달라 다른 사람들이 감히 견주거나 흉내 낼 수 없었음은 물론, 우리 집안을 이만큼 일으키고 중흥시킨 일등공신이다. 그저 겉으로의 현모양처가 아니라 진심으로 마음과 몸을 바쳐 헌신했으니 어찌 구구한 말이 필요하겠는가? 그저 미안하고 고맙고 감사할 뿐이다. 앞으로 남은 여생 동안 그 빚을 조금씩 갚아 나갈 것이다. 한 20년 걸릴지 모르나 오래 끌수록 수월하기 때문이다. 그 슬하에는 1남 3녀의 자식과 4남 3녀의 손들을 둔 다복한 할머님이시다.

잉크가 바랠수록 추억은 빛이 난다

큰아들 신동립(申東立: 1964)은 연세대 사학과를 졸업한 후 한국관광공사에 입사했다가 바로 한국일보의 일간스포츠, 국민일보 등에서 사회부 기자로 활동하다가 현재는 뉴스통신사 NEWSIS 편집국 문화부 부국장으로 있다. 며느리 이효숙(李孝淑: 1964) 역시 연세대 동기동창으로 가정을 돌보면서 틈틈이 부천대학에도 외래교수로 출강하고 있다. 또 2012년 봄 대학에 입학해 애니메이이션 분야의 전공을 준비하고 있는 손녀 신규섭(申圭燮: 1993, 한성여고 졸업)과 손자 신재혁(申栽爀: 2000, 돈암초교 6학년)을 돌보고 있다.

큰딸 신동귀(申東貴: 1967)는 강서구 염창동에서 신앤윤 가정의학과의원 원장으로 있으며, 이화여대 의과대학 출신의 의사이다. 큰사위 강주안(姜周安: 1967)은 새로 출범한 jTBC(중앙종방) 사회2부장으로 고려대 신문방송학과를 졸업하고 중앙일보 기자로 활동한 바 있다. 2008년에는 LG 상남언론재단이 지원하는 장학금으로 미국 미주리대학교 저너리즘대학에서 연수

사진 8-41
결혼사진

과정을 수료했다. 물론 가족이 다 함께 갔으며 외손인 강신찬(姜信燦: 1998,
세종과학고등학교 입학)과 강예신(姜禮信: 1998, 월촌중 2학년) 도 미국에
서 나름대로 공부하는 기회를 얻었고, 오바마 대통령이 주는 최우수상을 받
기도 했다.

둘째 딸 신동희(申東熹: 1968)는 모교인 이화여대 사범대 과학교육학과 교
수로서 지구과학 분야의 연구사업을 주도하고 있다. 일찍이 서울대 자연과
학대에서 석사학위를 마치고, 미국 콜롬비아대학교에서 과학교육 전공으로
박사학위를 취득했다. 귀국 후 한국교육과정평가원 연구원을 거쳐 단국대
교수로 재직하다가 다시 이화여대로 옮겼다. 사위 신종각(辛宗珏: 1962)은
한국고용정보원 연구위원으로 성균관대 경제학과를 졸업하고 뉴욕시립대에
서 경영학 석사 및 경제학 박사를 취득했다. 귀국 후 처음에는 한국보건사회
연구원 책임연구원을 거쳐 한때 세명대학 교수로 잠시 근무한 바 있다. 외손
인 신원하(辛沅夏: 1994, 세원고 2학년)와 신주현(辛周炫: 1999, 서운중 1학
년)이 있다.

셋째 딸 신동선(申東璇: 1971)은 (주)스파이더스토리미디어 〈LEON〉지
편집장으로 그 명성이 대내외에 알려져 있다. 연세대 주생활학과 출신으로
한성대 예술대학원에서 석사학위를 취득하였다. 그동안 패션전문 잡지인
〈Jlook〉 편집장 경험을 인정받은 듯 단국대 패션제품디자인학과 강사로도
뛰고 있다. 사위 방성진(方成振: 1969)은 푸르덴셜보험주식회사 컨설팅플래
너로, 서울대 공과대학 토목공학과 및 동대학원에서 공학석사를 취득한 후
잠시 대림산업에 근무한 바 있다. 막내 외손자인 방준해(方俊海: 2001, 원촌
초 6학년)가 있다. (사진 8-42)

다음으로 멀리 미국으로 이민해 살고 있는 누님 가족들을 빼놓을 수 없다.

  잉크가 바랠수록 추억은 빛이 난다

누님네 식구들과 한집에서 거의 동거하다시피 했으니 필자로서는 2남 4녀의 조카들 6남매의 성장기를 잘 알고 있다. 특히 6·25 전쟁 때 매형 이기인(李起仁: 1906) 님이 납북된 탓에 거의 반생을 홀로 고생하며 공부시킨 누님네 가족들을 여기 소개한다.

먼저 누님 신좌경(申佐卿; 1914)은 태어난 지 얼마 안 된 세 살 때 아버지 신현모 님이 1916년 중국을 거쳐 멀리 미국으로 망명길에 오르면서 홀로 자라야 했다. 특히 어머니 이국당 님은 어떤 어려움이 있어도 딸만은 남다르게 키우겠다는 일념으로 무척 고심했다고 한다. 당시만 해도 딸은 공부시키지 않아도 괜찮은 시절로 집안 어른들도 별로 신경을 쓰지 않는데 저항해 투쟁한 결과, 누님을 서울에 있는 명문사학인 숙명여고에 입학시킬 수 있었다. 그 후 누님이 졸업반이며 18세 때인 1932년 아버님은 16년 만에 귀국하니 다시 재회의 기쁨을 누리시었다.

사진 8-42
정년기념 가족사진

그때부터 누님은 귀한 딸이 되었고 다시 여성의 최고 전당인 이화여전 가사과에 들어갔다. 그러나 얼마 안 된 1935년 8월 30일 누님은 아버님 친구(吳鳳翊)의 중매로 매형 이기인(李起仁)과 중국 상해에서 결혼식을 올렸다. 그 후 중국과 일본 간에 전쟁이 터지자 바로 귀국했으며, 1936년 첫딸을 낳았다. 이때부터 필자는 누님 식구들과 한집에서 살기 시작했으며, 일제 말기 매형이 경기도 고양군 먹골에서 배나무농장, 양주군 별내면 화점리에서 젖소목장을 경영할 때 약 5~6년간 떨어져 살다가 다시 8·15 해방 후에는 서울 용산구 청파동 3가 118번지에서 6·25 때까지 산 셈이다.

원래 매형 이기인 님의 고향은 충남 서산군 운산면 용현리 277번지로 4남 1녀 중 막내로 알고 있다. 형제 중 가장 총명한 탓에 일찍 서울로 올라와 사립명문인 휘문학교를 다녔고, 이어 일본으로 유학을 떠나 규슈(九州)제국대학 농학부에서 잠사학과 유전학을 공부하였다. 졸업 후 중국 베이징(北京)대학에 조교로 갔으며, 그때 누님과 결혼했다. 다시 한국으로 돌아온 매형은 모교인 휘문고등보통학교 등에서 생물학(당시는 박물학) 선생으로 근무하다가 길을 바꿔 전술한 농장과 목장을 경영하던 차 해방을 맞는다. 바로 미군정청 농림부 잠사과장으로 발탁되어 약 1년간 지내다가 1947년 서울대학교가 국립대학교로 발족함과 동시에 사범대학 생물학과 교수로 참여해 기틀을 잡는 데 크게 기여했다. 당시 학과 창립을 함께한 분은 김준민(식물생태학), 최기철(생물분류학) 교수 등으로 우리나라 생물학의 1세대 학자들이다. 그러나 매형은 6·25 사변으로 납북되는 불운을 겪으면서 소식이 두절됐다.

그가 남긴 유품 중 유일하게 남아 있는 것은 《새 사리갈말 말광 - 생물학술용어사전 ; 한일영, 일한 편》(이기인 엮음, 서울 양양사, 단기 4282년-1949년)이란 저서가 있다. 이 책은 저자가 생물학 용어를 순우리말로 바꿔 창작

   잉크가 바랠수록 추억은 빛이 난다

해 만든 일종의 용어사전으로, 필자가 중학생 때 매형의 지도로 사전에 들어
갈 어휘카드를 영문타이프로 일일이 타자해서 만든 것이다. 당시 한글타자
기가 없다 보니 부득이 영문타자기를 사용하는 편법을 쓸 수밖에 없었다. 즉
'가나다라' 순서가 아니라 'ABCD' 순서로 A=아, B=ㅂ, C=ㅊ, D=ㄷ 식으로
나열하다 보니 한글을 영문자로 찍은 카드를 활용하는 편이 수월했기 때문
이다. 이런 인연으로 저자가 쓴 책의 머리말에도 원고 다듬기에 힘써준 공정,
이원구 군과 함께 필자 이름이 올라 있다.

그러나 전쟁 통에 당시 출판한 책은 전부 없어져 무척 아쉬웠던 차, 천우
신조로 1952년 12월 1일 피난지 부산 동대신동 대학촌 석촌서점에서 우연
히 발견하니 그렇게 반가울 수 없었다. 어떻게 그 책이 부산까지 흘러 왔는
지 신기했다. 무척 감격스러워 즉시 그 책을 구입했으며, 그 후 지금까지 60
년간 보배처럼 보관하고 있으나 색도 누렇게 바랬고 종이도 너덜너덜한 상
태다. 또 책의 크기도 수첩 정도이며 종이 질이나 인쇄 활자도 아주 작다 보
니 잘 보이지도 않는다. 부득이 몇 년 전 을지로 인쇄소에 들고 나가 크게 복
사해 다시 제본한 것을 몇 권 만들어 따로 보관하고 있다.

또한 뒤늦은 감은 들지만 이 책을 세상에 알리고 기록으로 남기기 위해
2000년 10월 9일자 한국일보 자매지인 〈스포츠투데이〉 신문 23면에 신동
립 기자의 한글날 기사로 소개한 내용이 실려 있다. 그 기사의 타이틀은 "묻
사리 옮사리 듣느끼 얕따수가 뭐지? -납북 이기인 교수 저 '새 사리갈말 말광'
발견, 외국어 일색인 자연과학 용어 우리말로 엮어"다. 여기서 말하는 묻사
리는 식물, 옮사리는 동물, 듣느끼는 시신경, 얕따수는 저온을 뜻한다. 또 이
책의 내용을 이해시키는 뜻에서 필자가 쓴 서문 중간에 나와 있는 부분을 여
기 옮기니 참고하기 바란다.

"이왕에 한문 글자는 쓰지 않는 것이 민주주의 민족문화를 빨리 일으키는데 좋고, 옳은 일이라면 한걸음 나아가 〈조족지혈 〉보다 〈새발의 피〉, 〈아전인수〉보다 〈내 논에 물대기〉, 〈생존경쟁〉보다 〈살기다툼〉, 〈돌연변이〉보다 〈갑작다름〉, 〈부유〉보다 〈하루사리〉, 〈동물〉보다 〈옮사리〉 따위 말이 훨씬 더 민주주의 나라의 말이 아니랴!!"

다음 큰딸인 이춘순(李春順: 1936)은 서울대 사범대학 생물학과를 졸업한 후 국립의료원 세균과에서 테크니션으로 근무하다가 미국으로 취업이민을 떠난 후 보스턴 등지 병원에서 임상분야 전문가로 활동하다가 정년퇴직했다. 남편이며 동창인 김인수(金仁洙: 1935)는 인천 송도고등학교 교감으로 잠시 근무했고, 딸 김경아는 미국 보스턴대학을 거쳐 다시 의과대학을 졸업하고 의사가 되었다. 또한 이들이 주선한 덕분에 어머니와 동생들도 가족이민 절차를 거쳐 차례로 미국으로 떠날 수 있었다.

차녀인 이이순(李二順: 1938)은 서울대 약학대학을 졸업한 약사로 서울 장위동에서 잠시 약국을 경영하다가 미국으로 떠났다. 남편 인준식(印俊植: 1936)은 서울대 사범대학 체육교육과를 졸업하고 양정고등학교 교사로 재직했으며, 이민 후 미국 보스턴에 정착해 귀금속 사업을 벌려 크게 성공했다. 가족으로 아들 인기환과 인승환을 두고 있다.

3녀 이경순(李卿順: 1942)은 한국에서 초등학교 교사생활을 오래한 탓으로 이민을 가지 않았고, 남편 신인식(申仁植: 1938)은 중앙대 경영학과 졸업 후 서울시교육청에 근무하다 병환으로 일찍 작고했다. 아들 신제호는 건국대 축산가공학과에서 석사학위를 취득했으며, 한국야쿠르트 연구소에 근무하다가 미국으로 떠나 살고 있다. 딸 신수연은 서울신학대 사회사업학과 졸

　　　　　　　　　잉크가 바랠수록 추억은 빛이 난다

업 후 아동보육사 및 사회복지사로 일하고 있다.

누님의 큰아들인 이강필(李康必: 1945)은 서울대 공과대학 기계공학과를 졸업한 후 미국으로 유학을 떠났으며, 명문인 MIT대학에서 박사학위를 취득하고 현재까지 벤처회사인 ASPENS INC를 운영하는 등 크게 성공하였다. 그의 처는 고려대를 다닌 송재옥(宋在玉: 1953)이며, 딸 수진과 아들 유진 남매도 영특하고 훌륭히 자라 나름대로 열심히 살고 있다.

차남인 이강립(李康立: 1948)은 서울시립대 원예학과를 졸업하고 대학원에 다닐 때 불의의 교통사고로 중상을 입고 고생하다가 결국 어머니와 함께 미국 이민 길에 올랐다. 아내 한명희(韓明姬, 유리안나: 1951)의 헌신적인 내조와 미국의 사회보장제도 덕분에 잘 지내고 있으며, 두 딸인 이수향과 이수원도 보스턴에서 대학을 다녔다.

4녀인 이계순(李季順: 1950)은 서울보건전문대학 출신으로 서울대 문리대 국문학과를 졸업하고 양정고등학교 교사인 김형범(金炯範: 1936)과 결혼한 후 역시 미국 보스턴으로 이민 가 아들 김원두와 김정두를 좋은 대학에 보내 훌륭히 공부시켰다.

끝으로 지난 세월의 발자취를 총 정리하는 〈신광순 박사의 남기고 싶은 이야기〉의 연재를 끝냈을 때, 문득 히포크라테스의 '인생은 짧고 예술은 길다'는 말씀에서 '인생은 짧으나 역사는 영원하다'는 말이 떠올랐다. '지난 일을 알아야 앞이 보이고, 과거를 아는 사람만이 미래를 열 수 있으며, 멀리 내다보아야 길이 트이는 법이다' 고 비유함은 이 회고록을 쓰면서 되돌아본 필자의 인생역정에서 터득한 진실이며 얻은 결론이다.

우리나라 식품위생 역사의 산 증인
신광순 박사 회고록

잉크가 바랠수록 추억은 빛이 난다

1판 1쇄 인쇄 | 2012년 2월 28일
1판 1쇄 발행 | 2011년 3월 5일

지은이 | 신광순
펴낸이 | 최봉규

책임편집 | 김종석
편집 | 문현묵
표지본문디자인 | 이오디자인
마케팅총괄 | 김낙현
경영지원 | 양윤선

펴낸 곳 | 지상사
출판등록 | 제2002-000323호(2002년 8월 23일)
주소 | 서울특별시 강남구 역삼동 730-1 모두빌 502호
전화 | 02)3453-6111
팩스 | 02)3452-1440
이메일 | jhj-9020@hanmail.net
홈페이지 | www.jisangsa.co.kr

ⓒ 신광순, 2012
ISBN 978-89-6502-143-8 03810